KNAUR

*Im Knaur Taschenbuch Verlag sind bereits
folgende Bücher des Autors erschienen:*
Frei von Schuld
Auf eigene Gefahr
Tote Freunde
Niedertracht

Über den Autor:
Chris Tvedt wurde 1954 in Bergen geboren. Neben dem Jurastudium absolvierte er u. a. auch ein Studium der Literaturwissenschaft. Von 1998 bis 2007 praktizierte er als Rechtsanwalt. Seitdem widmet er sich nur noch seinen Romanen und lebt mit Frau und zwei Kindern in Bergen. 2011 erhielt Chris Tvedt für seinen Roman »Niedertracht« den renommierten norwegischen Rivertonpreis, der jährlich für den besten norwegischen Spannungsroman vergeben wird. Damit reiht er sich in die Reihe illustrer Preisträger wie z. B. Jo Nesbø ein. Weitere Romane um den Helden Edvard Matre sind in Vorbereitung.

CHRIS TVEDT

ZU STAUB SOLLST DU ZERFALLEN

KRIMINALROMAN

Aus dem Norwegischen
von Günther Frauenlob

Besuchen Sie uns im Internet:
www.knaur.de

Deutsche Erstausgabe Januar 2015
Knaur Taschenbuch
Copyright © 2012 by Cappelen Damm AS
Copyright © 2015 für die deutschsprachige Ausgabe bei
Knaur Taschenbuch.
Ein Unternehmen der Droemerschen Verlagsanstalt
Th. Knaur Nachf. GmbH & Co. KG, München.
Alle Rechte vorbehalten. Das Werk darf – auch teilweise – nur mit
Genehmigung des Verlags wiedergegeben werden.
Redaktion: Friederike Arnold
Umschlaggestaltung: ZERO Werbeagentur, München
Umschlagabbildung: © Alexandre Cappellari / Arcangel Images
Satz: Adobe InDesign im Verlag
Druck und Bindung: CPI books GmbH, Leck
ISBN 978-3-426-51538-9

2 4 5 3 1

Elisabeth

Prolog

Die Riis-Kirche liegt im Westen von Oslo, unweit der Ringstraße. Um die Kirche herum liegen die Gräber. Die meisten sind gepflegt, viele mit Blumen geschmückt. Nur eines hebt sich deutlich von den anderen ab. Auf ihm steht kein traditioneller Grabstein, sondern ein runder, unebener Felsen, der einen Umfang von gut drei Metern hat. Auf dem Fels ist nur ein Relief eingraviert. Es zeigt Gebäude, die von hohen Bäumen umgeben sind. Wer einmal in der Psychiatrischen Klinik Gaustad gewesen ist, wird das Motiv erkennen.
Im Grab liegen Patienten dieser Klinik.
Wer sie sind und wie viele dort liegen, ist unbekannt.
Die Roma und Sinti, die über lange Zeit vom Staat verfolgt wurden und die sowohl Opfer von Zwangseinweisungen als auch von Lobotomie geworden sind, glauben, dass in diesem Massengrab vorwiegend ihre Ahnen liegen.
Am 7. Mai jeden Jahres wird am Grab eine Andacht gehalten, und vor einigen Jahren erhielt der Stein eine kleine Tafel.

> *Verzeih, aber vergiss niemals*
> *In Erinnerung an die Mitmenschen, die ihr Leben lassen mussten, weil die Gesellschaft unfähig und nicht willens war, ihr Schicksal und ihre Eigenart zu verstehen.*
> *Friede, Friede, denen in der Ferne und denen in der Nähe, spricht der HERR,*
>
> *Jesaja 57,19.*

Nach Ansicht vieler Menschen haben die Behörden die volle Wahrheit über das Massengrab an der Riis-Kirche unterschlagen.

Erst als die Massenmedien, allen voran die Zeitung *VG*, sich für das Grab interessierten, regte sich etwas, und schließlich gaben die Behörden nach und willigten ein, das Grab zu öffnen. Im Herbst 2010 wurden die Leichen exhumiert, und die Identifizierung der Toten begann.

Kapitel 1

Es war unmöglich, Details zu unterscheiden. In der Dunkelheit waren nur die Umrisse eines steilen Dachs und die Silhouette eines Turms zu erkennen, der sich auf dem Dachfirst erhob. Vor dem Haus lagen schneebedeckte Felder. Dahinter begann der Wald. Die Nadelbäume standen so dicht, dass sie wie eine Wand wirkten, undurchdringlich, aber das war eine Illusion, eine optische Täuschung. Zwischen den Stämmen und unter den schneebedeckten Zweigen war reichlich Platz.

Die Dämmerung begann. Ein verzerrtes Rechteck aus Licht leuchtete kurz unter dem Vordach auf und verlosch wieder. Nach einer Weile blitzte ein Feuerzeug auf, und danach war rote Glut zu sehen, nicht aber der Mann, der dort stand, eingehüllt in einen dicken Pelz.

Er schlief nicht mehr gut, wachte nachts oder früh am Morgen immer wieder auf. Und das war in der letzten Zeit noch schlimmer geworden. Er wusste, warum.

Verbotene Träume. Verbotene Erinnerungen, die er ein halbes Leben lang verdrängt hatte, die aber plötzlich wieder an die Oberfläche gekommen waren und ihn seither nicht mehr in Frieden lassen wollten. Ihn immer wieder aus dem Vergessen des Schlafs rissen.

Egal, das wird so oder so bald vorbei sein, dachte er. Dann werde ich wieder schlafen. Es gibt Erinnerungen, die sind wie Trolle, sie vertragen kein Tageslicht.

Er gähnte herzhaft und nahm noch einen Zug von seiner Zigarette. Um ihn herum dämmerte es. Das Dunkel sickerte aus der Landschaft, lief von den Wänden, dem Dach und von den filigran geschnitzten Säulen, die das Vordach stützten. Alles, was vorher schwarz gewesen war, wurde erst bleigrau und glänzte dann wie Schiefer.

Er lebte abseits, weitab von den Menschen, war die meiste Zeit allein, nur umgeben von Tieren, die er selten sah. Nur ihre Spuren blieben wie geheime Zeichen auf den gefrorenen Flächen zurück.

Da draußen gibt es ein Leben, das ich nicht kenne, dachte er. Ich sehe die Spuren, kann sie aber nicht lesen.

Auch mit ihm war das so, auch ihm war sein Leben unbekannt und undurchdringlich. Ein Leben in der Randzone, in dem schmalen Bereich zwischen Dickicht und Waldrand, in den das Tageslicht noch eindrang.

Die Zigarette verbrannte ihm die Finger, er hatte sie, ohne es zu bemerken, ganz heruntergeraucht. Er warf sie weg und hörte irgendwo unterhalb des Geländers das Zischen im Schnee. Spürte, dass er fror, und sah auf das Thermometer, das an der Säule hing. Minus fünfzehn. Über den Hügeln war der Himmel bereits hell. Es würde ein schöner, aber eiskalter Tag werden. In der Küche war es warm, und der Kaffee sollte jetzt auch fertig sein. Als er sich umdrehen und ins Haus gehen wollte, schlug die Kugel dicht über dem Nasenrücken in seinen Kopf. Sie drang in sein Hirn, bohrte sich durch graue Hirnmasse, zerfetzte Nerven und Adern, ehe sie ihm ein faustgroßes Loch in den Hinterkopf riss. Der Mann sackte zusammen, eine Marionette, deren Fäden man abgeschnitten hatte. Die Wand hinter ihm glänzte vor Blut und Hirnmasse, die tropfend und zäh an dem schwarz geteerten Holz nach unten glitt.

Ein großer Vogel flog krächzend im Wald auf, alarmiert durch den scharfen Knall. Dann wurde es wieder still. Der Wald war wie zuvor, ebenso dunkel und geheimnisvoll. Nach einer Weile trafen die ersten Sonnenstrahlen auf die Hügel im Westen, ließen die Schneekristalle glitzern und zeichneten schwarze Schatten in die Tierspuren auf dem gefrorenen Boden. Das einzige Lebenszeichen, das an diesem kalten Dezembermorgen zu erkennen war, war der Rauch, der aus dem Schornstein des Holzhauses emporstieg, aber gegen Ende des Tages, als die Schatten einen bläulichen Ton bekamen, wurde auch die Rauchsäule dünner und dünner, um schließlich ganz zu verschwinden.

Kapitel 2

Edvard Matre ließ die Scheibe herunter. Die eiskalte Luft stach ihm ins Gesicht. Ein Polizeibeamter beugte sich vor und sah in den Wagen. Er hatte sich die Mütze tief ins Gesicht gezogen und sich einen Schal um Kinn und Nase gewickelt, so dass er wie ein maskierter Bandit aussah.
»Hauptkommissar Matre, Kripos«, sagte Edvard.
Der Beamte streckte seinen Arm aus. »Ausweis, bitte.«
Edvard suchte seinen Dienstausweis heraus. Der Beamte warf einen Blick auf das Bild und musterte Edvard. Er erkannte die markanten Züge und die kleine, aber deutliche Narbe unter dem linken Auge. Ein verschlossenes Gesicht.
»Sie müssen dahinten parken«, sagte er und deutete zu einer Gruppe von Autos am Wegrand. »Von da aus geht es nur noch zu Fuß weiter. Der Weg ist nicht bis zum Haus geräumt.«
»Wie weit ist es?«
»Nicht weit. Aber der Schnee liegt ziemlich hoch. Man kommt kaum vorwärts.«
Edvard nickte. Er stellte den Wagen ab, schaltete den Motor aus und blieb noch ein paar Sekunden sitzen. Plötzlich graute ihm davor, in den kalten Morgen hinauszugehen. Und vor dem, was ihn dort erwartete. Er würde sich nie daran gewöhnen. Jedes Mal, wenn er an einem Tatort eintraf, bekam er dieses sinkende Gefühl im Magen, ihm wurde leicht übel, und er hatte einen metallischen Geschmack im Mund. Er hatte keine Details erfahren, als ihn das Telefon aus dem Schlaf gerissen hatte, und war so weit weg gewesen, dass er gar nichts kapiert hatte. Deshalb musste er erst noch einmal nachfragen, bevor er verstand, dass ein älterer Mann ermordet worden war und dass die lokale Polizeibehörde

die nationale Kriminalpolizei, Kripos, um Unterstützung gebeten hatte.
Er riss sich zusammen, schob den Fahrersitz, so weit es ging, nach hinten, zog sich die Schuhe aus und streifte sich die gefütterten Stiefel über. Dann legte er Mütze, Schal und Handschuhe an. Er stieg aus, nahm den Parka aus dem Kofferraum und sah blinzelnd in die tiefstehende, hell glitzernde Sonne. Die Spur zog sich wie eine unebene Fährte über die weiße Fläche, bevor sie hinter einem Baumgrüppchen einige hundert Meter entfernt verschwand.

Der Beamte hatte recht. Man kam wirklich kaum vorwärts. Edvard war groß und sank bei jedem Schritt bis zu den Knien ein. Er fluchte und begann trotz der Kälte zu schwitzen. Als er die Hälfte der Strecke geschafft hatte, blieb er stehen und drehte sich um. Etwa fünfzig Meter hinter ihm kam jemand. Die Person war so dick eingepackt, dass sie wie ein kleiner, runder Bär aussah. Und dahinter folgte ein großgewachsener Mann ohne Mütze, der Schwierigkeiten hatte, sich auf den Beinen zu halten. Edvard schüttelte den Kopf und ging weiter. Hinter den Bäumen erkannte er den Giebel eines Hausdachs.
Auf der Veranda vor dem Haus kniete ein Mann. Er drehte sich um, als er Edvard kommen hörte. »Hallo«, sagte er und stand, etwas steif in den Knien, auf. »Ich bin Dr. Lunden.«
Edvard stellte sich vor und sah sich um.
»Die örtlichen Polizeibeamten sind in der Küche«, sagte der Arzt. »Hier draußen war es ihnen zu kalt.«
»Ist das das Opfer?«
»Ja, kommen Sie ruhig näher.«
Der Tote lag flach auf dem Rücken. Ein älterer, rundlicher Mann in einem schwarzen Pelzmantel. Unter dem Mantel trug er einen abgetragenen Wollpullover. Er hatte nichts auf dem Kopf, und seine grauen Haare waren dünn. Eine Fellmütze, wie sie die rus-

sischen Politiker getragen haben, lag wie ein totes Tier ein paar Meter entfernt auf dem Boden. Das eine Auge starrte milchig weiß und matt in die Ewigkeit, und dort, wo das andere hätte sein sollen, war nur ein Loch, umringt von schwarzem, koaguliertem Blut. Das schmale, rote Rinnsal, das aus dem Loch gelaufen war, schien schnell versiegt zu sein.
»Was ist mit seinem Auge? War er blind?«
Dr. Lunden streckte den Arm aus. »Nein, das glaube ich nicht. Ich denke, das war die Kälte. Die Feuchtigkeit auf dem Augapfel ist gefroren. Das andere hat sich vermutlich ein Vogel geholt. Aber es waren auch schon andere Tiere hier. Sie sehen ja die Spuren, die haben ihn ein bisschen angeknabbert.«
Edvard nickte. »Getötet haben die ihn aber nicht.«

Von Solveig Reiten war nicht mehr zu sehen als eine rote Nasenspitze und ein Paar hellblauer Augen, in denen Tränen standen. Der Rest verschwand in Daunenjacke, Mütze, Schal und wattierten Hosen. Sie nickte Dr. Lunden kurz zu und begrüßte Edvard.
»Was haben wir hier?«, fragte sie.
Edvard winkte sie nach oben auf die Veranda. Sie standen schweigend da und betrachteten den gefrorenen Leichnam. Ein paar Minuten später kam Tommy Wallberg keuchend zu ihnen. Er trug eine kurze Lederjacke über einem Rollkragenpullover. Die blaue Jeans klebte auf seinen kräftigen Oberschenkeln, und seine Füße steckten in spitzen Cowboystiefeln. Tommy trug Lederhandschuhe, hatte aber nichts auf dem Kopf. Fancy Haarschnitt, kurz an den Seiten und hinten, oben dafür potent und aggressiv nach oben gestylt. Er rieb sich die Ohren. »Verdammt kalt.«
Edvard sah ihn an, öffnete den Mund, um etwas zu sagen, schwieg dann aber. Das war jetzt weder die richtige Zeit noch der passende Ort. Tommy sah auf die Leiche. »Was ist denn mit seinem Auge passiert?«

»Ein Vogel.«
»Ein Vogel soll das gefressen haben …? Bäh, mein Gott!«
Edvard ignorierte ihn. »Was sagen Sie, Doktor? Ein Mann … etwa … etwa sechzig?«
»In etwa ja.«
»Kopfschuss. Die Todesursache dürfte ziemlich klar sein.«
»Ja.« Lunden deutete mit dem Zeigefinger auf den Nasenrücken. »Das ist die Einschusswunde.«
»Das sehe ich. Und die Austrittswunde?«
»Ich habe noch nicht nachgesehen. Sein Hinterkopf ist am Boden festgefroren. Wollen Sie, dass ich ihn umdrehe?«
»Später. Wie lange ist er schon tot?«
Ein Schulterzucken. »Bei der Kälte ist das unmöglich zu sagen. Mal sehen, ob ich eine Kerntemperatur finde, aber der kann längst gefroren sein. Es ist ja schon mindestens vierzehn Tage so kalt.«
»Sie meinen, er kann schon vor vierzehn Tagen erschossen worden sein?« Solveig hatte das Wort ergriffen.
»Ich meine nur, dass es schwierig werden wird, einen genauen Todeszeitpunkt zu ermitteln, wenn die Leiche gefroren ist. Ich glaube aber nicht, dass er schon so lange hier liegt. Dann hätten die Tiere ihm mehr zugesetzt. Aber das ist bloß eine Vermutung, ich bin kein Spezialist, was das angeht.«
»Ein paar Tage, meinen Sie?«
Ein neuerliches Schulterzucken. »Vielleicht. Kann sein.«
Tommy hockte sich hin. »Vielleicht ist die Kugel gar nicht wieder ausgetreten. Die kann doch noch in seinem Kopf stecken.«
Ein Klingeln unterbrach das Gespräch. Solveig tastete mit steifen Fingern in ihrer Tasche nach dem Handy. Obwohl sie sich abwandte, hörten alle ihre etwas unsichere Stimme: »Hallo, Papa, ich rufe dich nachher zurück. Ich bin auf der Arbeit, es passt gerade schlecht. Ja, mit der Bank ist alles in Ordnung, mach dir keine Gedanken. Ich melde mich.«

Sie steckte das Handy zurück in ihre Tasche und drehte sich wieder zu den anderen um. »Tut mir leid.«

»Die ist durch den Kopf geschlagen«, sagte Edvard, ohne weiter darauf einzugehen. »Guck dir doch mal die Wand an. Wegen des Reifs ist das nicht so gut zu erkennen, aber ich glaube, dass das Blut und Gehirnmasse ist. Er muss ... ungefähr hier gestanden haben, als die Kugel ihn getroffen hat.«

Tommy trat einen Schritt näher an die Wand heran. »Du hast recht. Und da ist dann wohl auch unsere Kugel.«

»Wahrscheinlich ja«, sagte Edvard. Er sah über die Felder. Eine ungebrochene, reinweiße Fläche bis zum dunklen Waldrand.

Dr. Lunden nahm die Schulter des Toten und versuchte, ihn umzudrehen, aber der Körper rührte sich nicht. Er fluchte und packte den Leichnam noch einmal mit beiden Händen. Der Kopf löste sich mit einem Laut wie von zerreißendem Papier von der Unterlage, und Lunden drehte den Toten auf den Bauch. Der Hinterkopf war ein dunkelroter, fast schwarzer Krater.

»Da haben wir die Austrittswunde«, sagte Lunden mit grimmiger Zufriedenheit in der Stimme.

Kapitel 3

Die Verandatür öffnete sich, und ein längliches, bedrücktes Gesicht schob sich durch den Türspalt. »Da sind Sie ja. Gut, sehr gut. Kommt rein, wir haben in der Küche angeheizt. Es ist kalt draußen, verdammt kalt.«
Die Küche dampfte. In der Ecke stand ein bollernder Holzofen. Edvard sah sich um. Ein großer, altmodischer Raum. Drei Männer in Uniform standen um den Ofen herum und wärmten sich. Sie waren kräftig, mit breiten Schultern, und fast so groß wie Edvard. Der Mann, der sie hereingebeten hatte, war älter und schlanker. Er reichte ihnen die Hand.
»Polizeihauptmeister Berg«, sagte er. »Ich bin froh, dass Sie hier sind. So was wie das hier kommt bei uns nur selten vor.«
Edvard ergriff die ausgestreckte Hand, stellte sich vor und präsentierte die anderen.
»Hallo«, sagte Tommy. Solveig nickte, nahm die Mütze ab und wickelte sich aus dem Schal. Die Männer starrten sie an, während ihr Gesicht langsam zum Vorschein kam. Kurze, dunkelblonde Haare, Himmelfahrtsnase und ein großer, fröhlicher Mund mit vollen Lippen. Nicht hübsch, aber auch kein Allerweltsgesicht, das man schnell vergaß.
»Na ja, Morde passieren bei Ihnen ja wohl auch«, sagte Edvard.
»Ja«, sagte Berg. »Schon, aber wirklich nicht oft. Und das sind dann meistens irgendwelche Prügeleien im Suff, die aus dem Ruder laufen, oder Familientragödien. Sie wissen schon, Männer, die es nicht verkraften, verlassen zu werden, und so was in der Art.«
Edvard nickte. Er wusste genau, was Berg meinte.
»Das hier ist anders«, fuhr der Polizist fort. »Das sieht eher wie

eine Hinrichtung aus. Der Mann wurde aus weiter Distanz erschossen. Das war ein geplanter Mord.«
Er hielt inne und sah Edvard ein bisschen verunsichert an, bis dieser nickte. »Ich bin ganz Ihrer Meinung. Das sieht nach einem vorsätzlichen Mord aus. Aber erst einmal interessiert mich, wer das Opfer ist.«
»Oh, tut mir leid. Er heißt Hjalmar Holst.«
»Ist er identifiziert worden?«
»Unser Ort ist nicht so groß. Ich kenne die meisten. Oder weiß wenigstens, wer sie sind. Hjalmar Holst hat beinahe sein ganzes Leben hier gewohnt. Abgesehen von ein paar Jahren in Oslo.«
»Okay, was hat er gemacht?«
»Nichts, soweit ich weiß.«
Edvard zog die Augenbrauen hoch.
»Hjalmar Holst war ein Einsiedler, die meiste Zeit über war er hier draußen allein. Das ist sein Elternhaus, die Familie hatte früher einmal ziemlich viel Geld. Ich weiß nicht, ob er eine Rente bekommen oder von dem Erbe gelebt hat, aber soweit ich weiß, hat er nie gearbeitet. Ich habe allerdings keine Ahnung, was er in seiner Zeit in Oslo gemacht hat.«
»Wer hat ihn gefunden?«
»Der Postbote. Holst hatte schon ein paar Tage lang seine Post nicht mehr geholt, deshalb wollte er nachschauen, ob mit dem Alten alles in Ordnung ist.«
Edvard nickte nachdenklich. Die anderen sahen ihn abwartend an.
»Okay«, sagte er schließlich. »Wir brauchen einen Schneescooter, Berg. Die Leiche muss abtransportiert werden, und wir müssen den Waldrand untersuchen, sobald die Spurensicherung gekommen ist. Der Mörder hat vermutlich von dort aus geschossen. Solveig, darum kümmerst du dich. Tommy, wir zwei sehen uns mal das Haus an.«

Er redete langsam und methodisch und verteilte die Aufgaben. Berg machte sich Notizen, nickte und war sichtlich froh darüber, dass ein anderer die Verantwortung übernommen hatte.
Jacken wurden zugeknöpft und Handschuhe und Mützen angezogen. Die anderen verschwanden, und Edvard drehte sich zu Tommy.
»Weißt du eigentlich, wie kalt es da draußen ist, Tommy?«
Ein Schulterzucken. »Das wissen die Götter. Minus zwanzig Grad, vielleicht?«
»Und du hast nichts auf dem Kopf, trägst eine kurze Jacke und ungefütterte Stiefel? Bist also unbrauchbar für alle Arbeiten, die nicht drinnen stattfinden. Du hättest das wissen müssen. Beim nächsten Mal ziehst du dich passend an, egal ob das zu deinem Image und deiner modischen Frisur passt, verstanden?«
Tommy zuckte mit den Schultern, ohne zu antworten. Edvard ärgerte sich, schluckte seinen Ärger aber runter. Sie kannten sich nicht gut, waren erst vor ein paar Tagen einander vorgestellt worden und arbeiteten jetzt zum ersten Mal zusammen. Es war auch das erste Mal, dass Edvard eine Mordermittlung leitete. Er wollte aber nicht mit einem Streit anfangen, nicht autoritär und steif wirken.
»Na, dann fangen wir an«, sagte er einfach.

Das Haus war riesig. Vier Zimmer mit hohen Decken, vollgestopft mit Möbeln, unordentlich, voller Schatten und Staub. Ihr Atem blieb wie weiße Wolken in den Räumen hängen.
Eine halbvolle Tasse Kaffee und eine löchrige, zerknüllte Decke auf einem abgenutzten Ledersessel verrieten, wo Hjalmar zu sitzen pflegte. Ein kleiner Stapel Bücher und Hefte lag neben der Kaffeetasse. Schnell warf Edvard einen Blick auf die Bücher. Sie schienen von Religion und verschiedenen Kirchengemeinschaften zu handeln.
»Darüber solltest du mit Solveig reden«, sagte Tommy.

»Wieso das denn?«

»Sie gehört selbst irgend so einer Sekte an.«

»Woher weißt du das denn?«

Tommy zuckte mit den Schultern. »Das wissen alle. Über so etwas wird geredet.«

Edvard legte die Bücher wieder weg. »Geh schon mal nach oben, ich kümmere mich um den Rest.«

Keines der anderen Zimmer schien benutzt worden zu sein. Edvard schaltete ein paar Lampen ein, aber sie waren nicht mehr als gelbe Lichtflecken in halbdunklen Räumen. Ein viel zu großes Haus, um allein darin zu wohnen, zu groß und zu düster. Er ging zurück ins erste Zimmer. Auf einem kleinen Tisch, gerade noch in Reichweite des Sessels, stand ein altmodisches, schwarzes Telefon. Edvard nahm den Hörer ab, lauschte dem Freizeichen und legte wieder auf. Ein weißer Zettel ragte unter dem Telefon hervor. Er nahm ihn und las die wenigen handschriftlichen Worte. »Der Weg zur Erlösung führt über das leere Grab. Wer seine Sünden bekennt, wird Vergebung und Gnade finden«, stand dort geschrieben.

»Amen«, murmelte Edvard.

»Chef!« Tommys Stimme kam aus dem ersten Stock. »Chef! Heh, Chef!«

Er saß vor einem alten Schreibtisch im Schlafzimmer. Auf der Tischplatte stand ein PC mit eingeschaltetem Monitor. Edvard beugte sich vor und kniff die Augen zusammen, brauchte aber seine Brille. Ein blutjunges Mädchen, so jung, dass sie noch keine Brüste hatte, posierte zurückgelehnt auf einem Sofa. Sie hatte den Kopf in den Nacken gelegt und die Lippen zu einem Kussmund verzogen, aber ihre Augen waren schwarz und ängstlich, wie bei einem gefangenen Tier. Und sie war nackt.

»Holst mochte kleine Mädchen«, sagte Tommy. »Kein Wunder, dass ihn jemand erschießen wollte.«

»Und ebenso logisch, dass er auf der Suche nach Vergebung war«, murmelte Edvard.

Als sie etwas später nach draußen auf die Treppe traten, war die Sonne bereits hinter den dunklen Hügeln im Westen untergegangen. Es war vollkommen still und noch kälter geworden. Edvard sah sich um und schauderte.
»Wer zum Henker wohnt denn an einem derart gottverlassenen Ort? Mitten im Wald?«, sagte er.
Tommy sah ihn überrascht an. »Meine Großeltern kommen von hier«, sagte er. »Als Kind war ich viel hier. Mir gefällt's.«

Kapitel 4

»Kommen Sie rein, Edvard.« Katrine Gjesdahl war eine kleine, stämmige Frau mit grünen Augen und grauen Haaren. Sie wirkte wie ein gutmütiges Mütterchen und war deshalb oft unterschätzt worden, aber Edvard war nie in diese Falle getappt. Sie war seine Chefin.
»Sie wollten mit mir sprechen?«
»Ja. Ja, wie läuft es mit dem Holst-Fall? Es sind jetzt drei Monate vergangen. Sind Sie weitergekommen?«
Edvard zuckte mit den Schultern und musste plötzlich gähnen.
»Entschuldigen Sie, aber nein, wir stecken irgendwie fest.«
Sie zog die Augenbrauen hoch. »Halten Sie das für eine ausreichende Zusammenfassung?«
»Wir haben wirklich nichts, es deutet alles darauf hin, dass der Mörder am Waldrand darauf gewartet hat, dass Holst sich zeigt. Es hat aber geschneit, und heftigen Wind hatten wir auch, bevor die Leiche entdeckt wurde, und das hat uns die Sache zusätzlich erschwert. Wir haben keinerlei Spuren von dem Mörder finden können. Wir haben nur die Kugel, die Holst getötet hat, aber die ist von einem sehr verbreiteten Kaliber und wertlos, solange wir keine Waffe haben, mit der wir sie vergleichen können. Keiner der Nachbarn hat etwas Verdächtiges bemerkt, und wir haben auch sonst kaum Hinweise. Nur die Aussage eines Pärchens, das draußen war, um in Ruhe knutschen zu können, und das auf einem verlassenen Waldweg einen Wagen stehen sah. So einen SUV, vermutlich einen Volvo. Zeitlich passt das mit dem angenommenen Tatzeitpunkt zusammen.«
»Keine Verdächtigen?«
»Nein. Hjalmar Holst war unverheiratet und kinderlos. Seine

Verwandten, also die Erben seines nicht sonderlich üppigen Vermögens, können wir ausschließen. Sie hatten wenig Kontakt zu ihm, und das sind alles schon ältere Leute, denen es finanziell recht gut geht. Der Mann hatte überdies kaum soziale Kontakte und lebte da oben ein sehr abgeschiedenes Leben. Es gibt keine Hinweise, dass er in irgendwelche Konflikte oder Ähnliches verstrickt war.«
»Und was ist mit seiner Vergangenheit?«
»Auch da ist nichts. Holst ist in einem ganz normalen Elternhaus aufgewachsen und hat nach der weiterführenden Schule eine landwirtschaftliche Ausbildung begonnen, die er jedoch nicht beendet hat. Er hat ein paar Jahre in Oslo gelebt, war Bote, hatte einen Putzjob und hat als Nachtwache in einem Krankenhaus gearbeitet. Jobs eben, wenn man keine Ausbildung hat. Wir haben keine Hinweise gefunden, dass damals etwas passiert ist, was mit der jetzigen Tat in Verbindung stehen könnte. Dann starben seine Eltern innerhalb eines knappen Jahres. Danach ist er wieder nach Hause gezogen.«
»Und welchem Ansatz folgen Sie jetzt?«
»Den Kinderpornos auf seinem Rechner. Es ist ziemlich viel Material, mehrere tausend Bilder, viele davon sehr brutal und ein Großteil davon offensichtlich ausländischer Herkunft. Es ist mühsam, aber wir haben jetzt die unangenehme Aufgabe, die Opfer und die Umgebung auf den Bildern zu analysieren. Wir gehen dabei von der Hypothese aus, dass Hjalmar Holst vielleicht selbst einige der Bilder gemacht hat und dass er aus Rache für Übergriffe, die er begangen hat, ermordet wurde.«
»Haben Sie etwas gefunden?«
»Bis jetzt nicht, nein.«
Katrine Gjesdahl drehte sich auf dem Stuhl herum und sah abwesend aus dem Fenster. Der Schnee war auch auf den Wiesen rund um die Kripos-Zentrale in Bryn weitestgehend geschmolzen. Nur

ein paar vereiste Flecken waren geblieben. »Das ist Routinearbeit. Die kann eigentlich jeder machen«, sagte sie.

Edvard antwortete nicht, sah sie aber überrascht und voller Aufmerksamkeit an. Er witterte eine Chance, der Sklaverei vor dem Computerbildschirm zu entkommen, die endlosen Tage mit Bildern von missbrauchten, zerstörten Kindern, die sich in seine Netzhaut einbrannten und ihn mehr und mehr abstumpften, was fast das Schlimmste war.

»Ihr Team, Edvard, funktioniert es?«

Er dachte nach und zögerte mit der Antwort. »Es funktioniert eigentlich ganz gut. Tommy ist ziemlich schlau, er hat einen wachen Geist, zieht aber manchmal vorschnelle Schlüsse. Die Routinearbeit liebt er nicht sonderlich, aber er ist loyal. Solveig ist ... sie macht ihre Arbeit gründlich und gewissenhaft, aber ihre eigentliche Domäne ist das Verhör. Da ist sie brillant, wenn ich das sagen darf, auch wenn wir bislang ja noch nicht viele Leute zum Verhör hier hatten. Dieser Fall hat den beiden noch nicht die Chance gegeben, sich wirklich von der besten Seite zu zeigen.«

»Gilt das auch für Sie?«

Edvard lächelte schief. »Wenn es so eine Seite gibt.«

»Das liegt auf der Hand, Edvard. Sie sind methodisch und systematisch, haben sich dabei aber die Fähigkeit bewahrt, kreativ und manchmal gar intuitiv zu denken. Diese beiden Eigenschaften sind nur selten in dieser Kombination zu finden, und das wissen Sie genau. Es ist wichtig, sich seiner Stärken bewusst zu sein. Ebenso wichtig, wie seine Schwächen zu kennen.«

»Und die wären?«

Katrine Gjesdahl antwortete nicht direkt. »Wie funktionieren Sie sozial?«

»Sozial?«

Sie seufzte.

»Das ist also Ihre Antwort auf meine Frage. Sie müssen Ihre Mitarbeiter leiten, Edvard. Sie sind der Chef, und das verlangt mehr, als nur ein guter Ermittler zu sein. Sollen Sie als Team funktionieren, müssen Sie einander kennenlernen. Sie müssen die starken Seiten des jeweils anderen schätzen lernen und die Schwächen tolerieren. Ihr Job ist es, genau dafür zu sorgen. Haben Sie die beiden mal auf ein Bier eingeladen? Nein, dachte ich mir. Gehen Sie mit Ihren Kollegen mal in einen Pub, und reden Sie über etwas anderes als die Arbeit.«
»Ich gehe nicht so oft in Pubs.«
»Dann gehen Sie in den McDonald's, und kaufen Sie ihnen ein Happy Meal. Tun Sie, was Sie wollen, aber machen Sie Ihren Job als Teamleiter.«
Edvard wartete, aber das war's, mehr kam nicht. Katrine Gjesdahl beugte sich über den Stapel Dokumente, die vor ihr auf dem Schreibtisch lagen. Er stand auf und drehte sich zur Tür, um zu gehen. Als er die Klinke schon fast in der Hand hatte, sagte sie:
»Sie dürfen für eine Weile nach Hause, Edvard.«
»Wie bitte?«
»Sie müssen nach Bergen. Sie kommen doch von da, oder?«
»Bergen? Warum das denn?«
»Da ist letzte Woche eine junge Frau ermordet worden.«
»Ist das nicht ein Fall für den Polizeidistrikt Hordaland?«
»Schon. Es ist auch sonst weit unter deren Würde, Hilfe aus der Hauptstadt anzufordern, aber es gibt noch ein zweites Opfer. Auch eine junge Frau, die mit schweren Verletzungen bewusstlos im Krankenhaus liegt. Die beiden Fälle haben, wenn ich das richtig verstanden habe, Gemeinsamkeiten, aber um das zu erkennen, haben unsere Bergenser Genies ganz schön lange gebraucht. Jetzt fürchten sie, es mit einem Serienmörder zu tun zu haben, und in solchen Fällen sind selbst die Bergenser schlau genug, um Unterstützung anzufordern. Kurzum, sie haben uns gerufen.«

Sein Puls stieg. Ein neuer Fall. Endlich Schluss mit der Sklaverei vor dem Bildschirm. Schluss mit einer Ermittlung, die nicht vom Fleck kam, einem Fall, der vollkommen festgefahren war. »Und der Holst-Fall?«
Sie blickte nicht einmal auf.
»Den übernimmt Petterson. Er versteht sich auf Routinearbeit. Geben Sie den anderen Bescheid, und machen Sie sich auf den Weg, bevor die da im Westen es sich doch noch anders überlegen.«

Kapitel 5

Edvard blieb vor der offenen Bürotür stehen. Ragnar Petterson saß am Tisch und hatte den Kopf in die Hände gestützt.
»Hallo, Edvard«, sagte er, ohne aufzublicken.
»Woher wusstest du, dass ich das bin?«
»Weil du kaum ein Geräusch gemacht hast. Du bewegst dich für deine Größe unglaublich leise.«
»Ist doch eine gute Eigenschaft, oder? Dann hören mich die bösen Buben nicht kommen.«
Petterson schüttelte den Kopf. »Ich trampele lieber wie ein Elefant durchs Leben. Auf diese Weise hören sie mich kommen und können sich vom Acker machen, bevor es Probleme gibt.«
Edvard grinste und ließ sich auf einen Stuhl fallen. Petterson war elf Jahre älter. In seinem langen, schmalen Gesicht schienen alle Linien vertikal ausgerichtet zu sein. Trotz des Altersunterschieds waren sie Freunde. Jeden Herbst gingen sie für eine Woche gemeinsam auf Hirschjagd. Sie schossen nie etwas, und es war ein stehender Witz zwischen ihnen, dass Petterson das auch gar nicht wollte und extra lautstark durchs Unterholz stolperte, um kein Tier erlegen zu müssen.
»Was machst du gerade?«, fragte Edvard.
»Routinearbeit. Ich habe mich gefragt, ob ich nicht ein paar Tage freimachen kann. Eine Woche Gran Canaria käme jetzt gerade recht.«
»Ich fürchte, das kannst du vergessen.«
»Was? Wieso?«
»Bescheid von oben. Du sollst den Holst-Fall übernehmen.«
»Holst? Diesen Einsiedler aus Finnskogen?«
»Nicht Finnskogen, aber in der Richtung.«

»Tretet ihr da nicht auf der Stelle? Ich habe erst neulich gehört, wie Tommy Wallberg sich in der Kantine beschwert hat, dass er seit Wochen nur irgendwelchen Scheiß durcharbeiten muss.«
»Kinderpornos, ja, das ist richtig«, sagte Edvard. »Tut mir leid, Ragnar.«
Petterson zuckte mit den Schultern. »Dann scheiß auf Gran Canaria. Ich hätte doch nur wieder einen Sonnenbrand bekommen und zu viel getrunken. Und du, was musst du machen?«
»Ich muss nach Bergen. Da ist eine junge Frau umgebracht und eine andere schwer verletzt worden. Möglicherweise gibt es einen Zusammenhang.« Edvard stand auf. »Ich muss nach Hause und packen. Ich schreibe dir heute Abend einen Bericht, okay?«
Ragnar Petterson nickte etwas resigniert. »Bergen, na ja? Einen Sonnenbrand kriegst du da wenigstens auch nicht.«

»Ruf mich an«, tippte Solveig. »Muss nach Bergen. Das Essen am Freitag klappt damit nicht.«
Er war nicht ans Handy gegangen, als sie ihn angerufen hatte. Vermutlich war er bei einer Chorprobe, sicher war sie sich aber nicht. Sie wusste nie, an welchen Abenden er Termine hatte. Als Musiker dirigierte er verschiedene Chöre, und auch sie beide hatten sich so kennengelernt – durch den Chor, in dem sie sang. Der vorherige Dirigent war krank geworden, und Hans Christian hatte übernommen. Und das mit so viel Freude und Enthusiasmus, dass sie sich immer schon voller Erwartungen auf die nächste Probe gefreut hatte.
Irgendwann hatte sie realisiert, dass sie sich nicht nur auf die Musik freute. Er war so voller Begeisterung, konnte vollkommen in dem aufgehen, was er tat, ohne sich aber darüber bewusst zu sein, dass er sie buchstäblich verführt hatte.
Sie war nicht sonderlich überrascht, als es an der Tür klingelte, irgendwie hatte sie darauf gewartet.

»Du musst weg?«, war das Erste, was er fragte. »Ich hatte mich so auf Freitag gefreut.« Die Enttäuschung stand ihm ins Gesicht geschrieben.

Manchmal dachte Solveig, dass er ganz schön kindisch war und sein immerwährendes Auf und Ab sie anstrengte, andererseits wusste sie, dass es gerade seine Impulsivität und seine Intensität waren, die sie an ihm liebte.

»Ja, ich muss verreisen«, sagte sie und umarmte ihn.

Sie gingen ins Schlafzimmer und liebten sich nach demselben ruhigen Muster, das sich für sie beide als das beste herausgestellt hatte. Anfangs hatte Solveig darauf bestanden, das Licht auszuschalten. Es war ihr unangenehm, wenn er sie beim Sex sah, sie war noch nie glücklich mit ihrem Körper gewesen. Ihrer Meinung nach waren ihre Hüften zu breit und ihre Brüste zu klein. Hans Christian hatte den Kopf geschüttelt.

»Sieh mich an«, hatte er gesagt. »Zwanzig Kilo zu viel, ein Bauch wie ein Fußball, eine Brille der Stärke minus 4 und schüttere Haare. Quält es dich, mich zu sehen?«

Sie hatte den Kopf geschüttelt, ihm über den runden Bauch gestreichelt und gesagt, dass sie das alles liebe.

»Genau«, sagte er. »Und warum kannst du mir nicht das gleiche Vertrauen entgegenbringen? Glaubst du nicht an die Liebe, du zynische Polizistin?«

Sie wusste, dass er ihr guttat. In jeder Hinsicht. Mit ihm fühlte sie sich frei, er half ihr, sich schön zu fühlen, geliebt, begehrt. Und er brachte sie zum Lachen. Trotzdem spürte sie Verärgerung in sich aufsteigen, als er sich ihr zuwandte, nachdem sie wieder zu Atem gekommen waren, und sagte, dass sie zusammenziehen sollten. Es war nicht das erste Mal, dass er dieses Thema ansprach.

Er merkte es und richtete sich im Bett auf. »Willst du nicht?«

Sie wich der Frage aus. »Ich bin gerne mit dir zusammen. Aber

ich weiß nicht, ob du mich noch magst, wenn du mich jeden Tag, im Alltag, erlebst.«
»Da irrst du dich. Ich will dich, Solveig. Mit allem Drum und Dran. Im grauen Alltag und an Feiertagen. In guten wie in schlechten Zeiten.«
Er wirkte so ernst, dass sie nicht wusste, was sie sagen sollte. Der Gedanke daran, sich nicht mehr zurückziehen zu können, keine eigene Wohnung mehr zu haben, keine Zeit für sich, war plötzlich unerträglich, klaustrophobisch.
»Können wir nicht ein anderes Mal darüber reden, Hans Christian? Wenn ich zurückkomme. Jetzt muss ich wirklich versuchen, ein bisschen zu schlafen, ich muss morgen früh los.«
Er nickte. »Wenn du aus Bergen zurück bist«, sagte er. »Dann reden wir.« Sie wusste nicht, ob es wie ein Versprechen oder wie eine Drohung klang.

Tommy Wallberg tropfte der Schweiß herunter. Er lag auf dem Boden, keuchte und konzentrierte sich. Die letzte Wiederholung. Nur noch zehn Liegestützen, dann war er fertig. Seine Brust- und Oberarmmuskeln brannten, als er seinen langen Körper hochstemmte und wieder absenkte.
Anschließend betrachtete er sich im Spiegel. Studierte das Spiel seiner Muskeln, drehte und wendete sich und war zufrieden. Er sah gut aus. Früher war er einmal ein kleiner, schmächtiger Knirps gewesen. Er erinnerte sich gut daran, wie die Menschen ihn damals behandelt hatten, und wollte das nie mehr erleben.
Unter der Dusche fantasierte er über den neuen Fall, stellte sich vor, wie er den Mörder entlarvte, ihn jagte und zuletzt stellte und übermannte. Tommy wusste, dass diese Gedanken kindisch waren, aber das war ihm egal. Es ging doch eigentlich um nichts anderes als Gerechtigkeit, Jagd, Kampf und Sieg. Waren sie alle

nicht genau deshalb zur Polizei gegangen? War das alles nicht ganz einfach?
Bevor er ins Bett ging, leerte er den Kühlschrank. Er machte sich nicht die Mühe, erst zu sortieren, was haltbar war und was nicht, sondern warf alles in den Mülleimer.
Er fragte sich, ob er seine Mutter anrufen und sie informieren sollte, dass er nach Bergen musste, ließ es dann aber bleiben. Sie wurde oft ärgerlich, wenn er anrief. Stattdessen schickte er eine SMS, wohl wissend, dass er keine Antwort bekommen würde.

Edvard suchte seinen Koffer heraus und öffnete den Kleiderschrank. Alles war an seinem Platz. Die Hemden hingen frisch gebügelt und ordentlich nebeneinander. Pullover und T-Shirts waren messerscharf gefaltet und nach Farben sortiert. Hosen, Unterhosen, Socken sahen allesamt neu aus. Eine Reihe blank geputzter Schuhe.
Natürlich war das neurotisch, er kümmerte sich aber nicht darum. Er brauchte um sich herum System und Struktur, um sich auf die wichtigen Dinge konzentrieren zu können. Er packte rasch und systematisch, aber mit Sorgfalt. Nach zehn Minuten war er fertig.
Danach putzte er die Wohnung und räumte auf. Das machte er immer, wenn er woanders arbeiten musste. Als Letztes nahm er sich den Kühlschrank vor und warf alle Reste weg. Die frischen Sachen packte er in eine Plastiktüte und nahm sie zusammen mit einer Topfpflanze mit zu der Nachbarin, die unter ihm wohnte. Er klingelte.
»Edvard!« Elise hatte rote Haare, war üppig, wenn nicht übergewichtig und sprach seinen Namen immer so aus, als wäre sie vollkommen überrascht, ihn zu sehen.
»Ein paar Sachen aus dem Kühlschrank«, sagte er und hielt ihr die Tüte hin. »Wär doch schade, wenn das alles verkommen würde.«

»Edvard Matre, der letzte Moralist des Universums«, sagte Elise und nahm die Tüte. »Musst du wieder weg?«
»Ja, könntest du dich …?« Edvard hielt ihr die Pflanze hin.
Sie seufzte. »Aber klar. Aber ich verspreche nichts. Ich will keine Schuldgefühle oder ein schlechtes Gewissen haben, wenn auch die stirbt.«
»Ich vergeb dir schon im Voraus.«
»Gut. Willst du einen Moment reinkommen?« Sie legte ihre Hand auf seinen Unterarm. »Kann ich dir ein Glas Wein anbieten? Eine schnelle Nummer?«
Edvard lächelte. »Verlockend, das alles, Elise, aber ich muss morgen verdammt früh los, und du würdest mich bestimmt ziemlich fertigmachen.«
»Feigling«, sagte sie und machte einen Schmollmund.
Auf dem Weg nach oben fragte Edvard sich, was sie wohl getan hätte, wenn er sie beim Wort genommen hätte. Vermutlich Panik bekommen, oder auch nicht? Der Gedanke ließ ihn nicht los, das spürte er. Es war Ewigkeiten her, dass er zuletzt etwas mit einer Frau gehabt hatte. Seine wenigen festen Beziehungen hatten nie lange gehalten. Er war sich bewusst, dass das an ihm lag, dass er sich immer wieder zurückzog, wenn es zu eng wurde. Denn mit der Nähe kam die Angst vor Verlust.

Kapitel 6

Der Kriminaltechniker in dem weißen Overall dachte an alte Leichen. Er war in dem Raum mit den Skeletten gewesen, sorgsam aufgereiht und zusammengesetzt aus den Knochenresten, die sie aus dem Massengrab auf dem Friedhof der Riis-Kirche ausgegraben hatten. Zweiundvierzig Gebeine, die Überreste früherer Patienten der Gaustad-Klinik, nebeneinander auf glänzenden Metalltischen, mitsamt einem überzähligen Oberschenkelknochen. Dieser Oberschenkelknochen hatte in der Kantine des Rechtsmedizinischen Instituts eine Reihe von Spekulationen ausgelöst und war Anlass für schlechte Witze gewesen, aber niemand hatte eine vernünftige Erklärung für das Vorhandensein dieses Knochens vorbringen können.
Die Reste der Skelette waren größtenteils intakt. Einem fehlte ein Finger, aber die Pathologen hatten nachweisen können, dass die entsprechende Person dieses Fingerglied schon zu Lebzeiten verloren haben musste. Der Kriminaltechniker ging davon aus, dass man das aus der Bruchfläche schließen konnte, war sich aber nicht ganz sicher. Sein Fachgebiet waren DNA-Tests, und auf dem Bildschirm vor ihm wurde nun endlich das DNA-Profil eines Skeletts aus dem Massengrab angezeigt. Die flimmernden Säulendiagramme aus unterschiedlichen Blautönen faszinierten und verwunderten ihn noch immer, repräsentierten sie doch den genetischen Code eines Menschen, der ihn von allen anderen Menschen unterschied. Auf der ganzen Welt.
Er gähnte und verließ seinen Schreibtisch, um sich eine Tasse Kaffee zu holen. Als Nächstes musste er das Profil mit den DNA-Profilen all derjenigen abgleichen, die annahmen, Verwandte in diesem Massengrab zu haben. Verblüffend viele Menschen hatten

DNA-Proben abgegeben. Viele tausend. Bei den meisten handelte es sich wohl um Zigeuner, aber allem Anschein nach hofften oder fürchteten auch viele andere, die Gebeine ihrer Eltern oder Großeltern in diesem Grab zu finden. Einige Kollegen rissen zynische Witze darüber, aber der Techniker verstand nicht, was daran lustig war. Die verzweifelte Suche der Menschen nach ihrer Vergangenheit, nach Wurzeln und Antworten rührte ihn. Nein, er verstand wirklich nicht, was daran witzig sein sollte.
Er bereitete den Datenabgleich vor. In das hochmoderne Programm waren die Erfahrungen aus großen Katastrophen eingeflossen: der Angriff auf das World Trade Center 2001 und der Tsunami 2004. Es suchte nicht nur nach identischen DNA-Sequenzen, sondern auch nach Ähnlichkeiten zwischen den Proben, um mögliche Verwandtschaften aufdecken zu können. Seine Finger tanzten über die Tastatur. Er hatte das schon so oft gemacht, dass die Arbeit wie von selbst ging. Er gähnte. Eigentlich war er zu müde, aber er brauchte das Geld für die Überstunden. Er wurde Vater, und sie brauchten eine größere Wohnung. Er drückte »Enter« und startete die Suche. Lehnte sich zurück und wartete. Jedes Mal, wenn er an sein ungeborenes Kind dachte, den lebendigen, kleinen Menschen, stürmten widersprüchliche Impulse auf ihn ein: Angst und Freude. Dabei sollte man doch erwarten, dass man sich irgendwann auch an diesen Gedanken gewöhnte.
Als er wieder auf den Bildschirm blickte, sah er, dass die Suche längst abgeschlossen war. Es gab einen Treffer. Zum ersten Mal hatten sie wirklich jemanden gefunden. Er überlegte, ob der Betreffende sich freuen, ob er erleichtert sein würde, endlich die Wahrheit zu kennen, oder ob die Verzweiflung überwog, weil seine bangen Ahnungen sich bestätigten. Doch dann bemerkte er, was ganz oben auf dem Bildschirm stand, und fluchte. Der Treffer war wertlos. Er hatte, einer alten Gewohnheit folgend, die

DNA mit der DNA-Datenbank der aktuellen Kriminalfälle abgeglichen und nicht mit der Datei der potenziellen Verwandten. Er hob die Hand, um das Suchergebnis zu löschen, hielt dann aber inne. Die Wahrscheinlichkeit, dass es in dieser Datenbank einen Treffer gab, war verschwindend gering. Er sah sich die Daten auf dem Bildschirm genauer an, kontrollierte den Verwandtschaftsgrad und warf einen Blick auf den blinkenden Namen. Er wusste, wer das war.

Kapitel 7

Einen Latte, bitte«, sagte Victoria.
Es machte Spaß, die Bedienung arbeiten zu sehen. Sie ging so systematisch vor, jede Bewegung war zielgerichtet und elegant.
Victoria nahm den Kaffee entgegen und verbrannte sich an dem heißen Glas die Finger. Sie nahm zwei Tütchen Zucker mit, setzte sich ans Fenster und stellte ihre Tasche auf den leeren Stuhl neben sich. Hoffentlich dauerte es nicht so lange, bis Unni kam. Sie musste oft auf sie warten und fragte sich bei diesen Anlässen immer wieder, ob sie etwas an ihrer Verabredung falsch verstanden hatte. Sie warf einen Blick auf ihr Handy und kontrollierte die Uhrzeit. Als sie den Kopf wieder hob, sah sie Unni die Straße überqueren. Ihre schnellen, hektischen Bewegungen waren so vertraut.
Victoria kam mit einem Mal in den Sinn, wie sie Unni das erste Mal begegnet war. Wie klein sie an diesem eiskalten Herbstabend gewirkt hatte. Unni hatte allein an der Kreuzung gestanden und geweint, weil sie den Nachhauseweg nicht finden konnte. Sie war nur ein paar hundert Meter von dem Haus entfernt gewesen, in dem sie wohnte, aber das war für sie unendlich weit entfernt gewesen. Sie war sich mutterseelenallein vorgekommen. Wie anders sie jetzt wirkte.
Unni sah Victoria durch das Fenster und winkte ihr zu. Als sie an dem Spiegel auf dem Flur vorbeikam, warf sie rasch einen Blick hinein. Die Sonnenstrahlen ließen ihre Augen aufleuchten, und die grünen Punkte auf ihrer Iris waren sehr deutlich zu erkennen. Unwillkürlich dachte sie an Gunnar, der immer betont hatte, dass sich ihre Augenfarbe je nach Licht änderte. Sie zögerte einen

Augenblick, ehe sie zu Victoria an den Tisch kam. Sie umarmten einander.

Es war nur noch Schaum in den Gläsern, als Unni sagte: »Gunnar und ich überlegen, zusammenzuziehen.«
»Oh?«, sagte Victoria vorsichtig.
»Ja. Ja, wir sprechen schon länger darüber, aber ich war mir nicht sicher. Aber das ist ja ... ich meine, vielleicht ist das die Chance meines Lebens.« Sie lachte leise. »Ja, ich glaube, das ist es.«
Victoria ließ sich von all den Vorbehalten nicht täuschen. Unni redete oft so, auch wenn sie sich längst entschieden hatte. Sie ist verliebt, dachte sie, dieses Mal ist sie wirklich verliebt. Und jetzt wird alles anders.
»Wie wunderbar«, sagte sie laut. Victoria beugte sich vor und drückte ihre Freundin an sich. Sie lächelten sich an. Trotzdem hatte Unni irgendwie das Gefühl, Victoria zu hintergehen.
Unni sah auf die Uhr. »Ich muss los«, sagte sie.

Auf dem Heimweg kam Unni an einer schwangeren Frau vorbei. Seit geraumer Zeit fielen ihr Schwangere auf, und in den letzten Wochen war sie beinahe ständig von runden Bäuchen umgeben. Als beneidete sie sie um ihre Unförmigkeit und um die Fruchtbarkeit, die von dem Leben erzählte, das in ihnen heranwuchs. Sie wusste, dass es idiotisch und dumm war, aber manchmal provozierte sie all das Glück, das diese Frauen ausstrahlten. Ohne Übergang dachte sie plötzlich an Gunnar. Wie er aussah, wenn sie am Küchentisch saßen und etwas aßen, nachdem sie sich geliebt hatten. Wie sein Lächeln sein ganzes Gesicht öffnete und die kleinen Fältchen an den Augen hervortraten.

Victoria blieb noch eine Weile im Café sitzen und sah in das Sonnenlicht, das durch die Blätter der Bäume gefiltert wurde. Ein schimmerndes Muster aus Licht und Schatten zeichnete sich auf der Straße ab. Dann entschloss sie sich, nach unten zum Atelier zu gehen. Vielleicht konnte sie ja ihr Bild abschließen. Die Arbeit war ins Stocken geraten, aber an diesem Tag würde sie sie beenden.

Kapitel 8

Edvard saß schräg auf seinem Flugzeugsitz. Egal welche Stellung er einnahm, der Platz reichte für seine Knie nicht aus. Er neigte den Kopf und sah nach unten auf eine Landschaft ohne Farben. Keine Städte, keine Dörfer, nur weißer Schnee und schwarze Berge. Es war eine Wohltat, als seine Augen schließlich eine Linie fanden, die sich durch das Gelände zog und bestätigte, dass auch hier schon einmal Ingenieure und Arbeiter gewesen waren.
Das Flugzeug war nur spärlich besetzt. Zwei Reihen vor ihm saßen Tommy und Solveig, aber Edvard hatte unter dem Vorwand, müde zu sein, eine Reihe für sich allein vorgezogen. Eine Stunde Smalltalk hätte er nicht verkraftet, und über den Fall, der sie erwartete, wusste er nichts, so dass auch dieses Thema sinnlos gewesen wäre.
»Sie dürfen für eine Weile nach Hause«, hatte Katrine Gjesdahl gesagt, was ihn verwirrt hatte. Bergen war für Edvard kein Zuhause, sondern bloß die Stadt, aus der er stammte. Jeder kam ja irgendwoher. Bei der Polizei arbeiteten viele, die an irgendwelchen Fjorden, in Bergdörfern oder verstaubten Käffern an verlassenen Landstraßen aufgewachsen waren. Sie alle waren zu guter Letzt in Oslo gelandet und mit der Zeit zu Großstädtern geworden, urbanisiert, vertrauter mit der Karl Johan als mit ihrem Dorf. So auch Edvard.
Er erinnerte sich nicht einmal daran, wann er zuletzt in Bergen gewesen war. Am dreißigsten Geburtstag seines Bruders Bjørn? Er hatte sich bei seinem Bruder und seiner Schwägerin durch den Abend gequält, umgeben von selbstzufriedenen Freunden, allesamt aus dem Banker- und Finanzmilieu. Das war vor mehr als einem Jahr gewesen. Sie hatten ihn zwar wie immer Weihnachten

zu sich eingeladen, aber Edvard hatte wie üblich höflich abgelehnt.

Nein, Bergen war nicht sein Zuhause. Ihm fiel niemand ein, den er dort gerne besucht hätte. Absolut niemand.

Unter dem linken Flügel tauchte plötzlich der Mast auf dem Berg Ulriken auf. Er wirkte so nah, als brauchte man nur die Hand auszustrecken, um ihn zu berühren. Ein paar Sekunden später flog die Maschine über die steil abfallende Bergflanke, und unter ihnen breitete sich die Stadt aus. Er erkannte den Lille Lundegårdsvann mit dem Springbrunnen, das charakteristische Hanseviertel Vågen, den Puddefjorden und die Landzunge Nordnes mittendrin, doch dann verschwand das Flugzeug in einer Wolkenbank, so dass mit einem Mal nur noch ein schmutziges Grau zu sehen war.

»Typisch«, murmelte Edvard vor sich hin. »Typisch Bergen.«

Auf dem Weg zum Zentrum schwiegen sie. Das war zu Beginn eines Falls immer so. Unsicherheit, eine Mischung aus Spannung, Tatendrang, aber auch der Widerwille, erneut in die Abgründe der menschlichen Seele eintauchen zu müssen, beschäftigte sie alle.

Edvard sah die ersten Blocks in Fyllingsdalen. Rechter Hand lag das Stadion. Wann war er zuletzt in diesem Viertel, in der Landschaft seiner Kindheit gewesen? Plötzlich spürte er die Asche unter den Stollen seiner Schuhe, das Brennen der aufgescheuerten Knie und die Wut, wieder auf eine der schnellen Finten seines Bruders reingefallen zu sein. Edvard war immer ein guter Spieler gewesen, stark und solide, aber Bjørn war schneller gewesen und hatte, obwohl er jünger war, eine bessere Technik gehabt. Bjørn war in fast allem besser als Edvard gewesen, wenigstens ein bisschen. In der Schule, sozial, bei den Mädchen. Nur beim Prügeln und im Schach war Edvard besser.

Solveig brach das Schweigen.
»Wo bist du aufgewachsen, Edvard?«, fragte sie.
»In einer Vorstadt. Einer hässlichen, nichtssagenden Vorstadt.«
Draußen vor den Autoscheiben zog Fyllingsdalen grau wie die Kulisse eines finnischen Films vorbei.

Kapitel 9

Hauptkommissar Preben Jordal war groß und dick, ging etwas gebeugt und hatte fast keine Haare mehr. Aus seinem leicht geöffneten Hemd quollen dunkle Locken.
»Ich dachte, dass ich Sie erst einmal informieren sollte, damit Sie eine Übersicht haben. Ist das in Ordnung?«
Ohne auf eine Antwort zu warten, teilte er drei dünne Mappen aus. Kippelte auf seinem Stuhl. »Das erste Foto zeigt Laila Nilsen, sechsundzwanzig Jahre alt. Single, keine Kinder. Sie arbeitete in einer Boutique in der Galerie und wohnte in einer kleinen Wohnung in Kalfaret.«
Auf dem Foto lächelte die junge Frau breit, sie hatte weiße Zähne und neckende, braune Augen. »Ein schönes Mädchen«, sagte Solveig.
»Auf den nächsten Fotos ist sie nicht mehr so schön.«
Preben Jordal musterte die anderen, als sie weiterblätterten. Laila Nilsen lag auf dem Rücken auf einem Bett. Ihre Hände waren mit Klebeband an den Bettpfosten gefesselt. Auch ihre Beine waren mit einem Seil zusammengebunden und am Bett fixiert worden. Jemand war mit einem scharfen Gegenstand auf sie losgegangen. Edvards Gesicht verschloss sich, als wendete er sich ganz nach innen. Tommy bekam rote Flecken auf den Wangen, und Solveig schloss kurz die Augen. »Mein Gott.«
»Ja, übel, nicht wahr? Sie wurde in ihrem eigenen Bett getötet. Ich war am Tatort. Ich glaube, ich habe so etwas vorher noch nie gesehen. Für die Details sollten Sie den Obduktionsbericht lesen, aber Sie sehen ja schon, dass sie schrecklich zugerichtet worden ist.«
»Es sieht so aus, als hätten die Brüste und der Unterleib das meiste abbekommen. Ein Sex-Sadist?« Das war Edvard.

»Ja, das haben wir auch gedacht«, sagte Jordal. »Aber wie dem auch sei, klar im Kopf kann der nicht sein. Sie sieht aus, als wäre sie von einem Raubtier angegriffen worden.«
»Genau das ist passiert«, sagte Solveig.
Einen Moment lang war es still am Tisch.
»Woran ist sie gestorben?«, fragte Tommy. Seine Stimme klang heiser.
»Ob Sie es glauben oder nicht, aber trotz all der Stiche und Verletzungen ist die eigentliche Todesursache Ersticken. Sie sehen ja, dass der Täter ihr auch den Mund mit Gaffa-Tape verklebt hat. Irgendwann, während sie misshandelt worden ist, hat sie sich wegen der Schmerzen oder des Schocks erbrochen und ist an ihrem Erbrochenen erstickt.«
Edvard stand auf und streckte sich.
Jordal fuhr fort: »Sie wurde Donnerstag vor einer Woche von einer Freundin gefunden, nachdem sie nicht zu einer Verabredung gekommen ist und auch nicht ans Telefon ging. Die Freundin ist zu ihr nach Hause gefahren, hat durch die Gardinen umgestürzte Gegenstände und zerbrochenes Glas auf dem Boden liegen sehen und uns angerufen.«
»Was ist mit den Wundrändern, die sehen so uneben aus. Ist die Tatwaffe gefunden worden?«, fragte Solveig.
»Nein, am Tatort haben wir nichts gefunden, aber der Rechtsmediziner hat eine Theorie. Er meint, dass es sich um ein Tauchermesser handeln könnte. So ein Ding, womit man auch Fische reinigen kann. Einige haben oben am Schaft eine gezackte Klinge. Laut Rechtsmediziner haben diese Zacken die Wundränder verursacht.« Er beugte sich über den Tisch und zeigte auf das Bild. »Hier an der linken Brust sehen Sie deutlich, was ich meine.«
»Und was sagen die Ärzte über den Todeszeitpunkt?«, fragte Edvard.
»Im Laufe des Mittwochs. Vermutlich Mittwochvormittag.«

»Okay. Und der andere Fall?«
Neue Unterlagen wurden auf den Tisch gelegt. Edvard öffnete die Mappe und sah das Gesicht einer weiteren, hübschen, jungen Frau, die ihn anlächelte. Im Gegensatz zu Laila war sie stark geschminkt und hatte einen unnatürlichen Rotschimmer in den Haaren.
»Sølvi Gjerstad ist vierundzwanzig Jahre alt, Single und kinderlos. Sie arbeitet normalerweise in einem Nagelstudio namens Nail Me. Sie macht da die Maniküre. Jetzt liegt sie im Haukeland Universitätskrankenhaus mit schweren Kopfverletzungen.«
»Kopfverletzungen? Warum glauben Sie dann, dass es …?«
»Sie hat sich die Kopfverletzungen zugezogen, als sie durch das geschlossene Fenster ihrer Wohnung in Nygårdshøyden gesprungen ist. Aus dem ersten Stock, sie ist mit dem Kopf voran auf dem Platz vor dem Haus gelandet. Sie war nackt, ihr Mund war verklebt, ebenso ihre Hände. Blättern Sie um, und sehen Sie sich die nächsten Bilder an.«
Es folgte eine Reihe von Nahaufnahmen von Sølvi Gjerstads Händen. Auf den ersten Blick sah es so aus, als betete sie.
»Eine seltsame Fesselmethode«, sagte Tommy. »Ich glaube, ich würde das anders machen. Es reicht doch, die Handgelenke zusammenzukleben. Aber die Hände sind an den Handflächen zusammengeklebt, wie Asiaten, die sich grüßen.«
Jordal nickte. »Ja. Und nicht nur das, gucken Sie mal genau hin. Die Daumen sind separat verklebt, so dass sie vom Rest der Hand abstehen. Hier sind Bilder von Laila Nilsens Händen. Da ist es genauso, eine ziemlich charakteristische Methode.«
»Und …?«
Jordal sah zu Tommy. »Was meinen Sie?«
»Was haben Sie sonst noch?«
»In beiden Fällen wurde die gleiche Art Klebeband verwendet.«
»Das gleiche Klebeband, nicht von derselben Rolle?«

»Das wissen wir nicht. Die Abrissstellen passen nicht zusammen.«
»Das ist alles?«
»Ja.«
»Das ist verdammt dünn.«
»So, wie wir das sehen, ist Sølvi Gjerstad zu Hause überfallen worden. Sie bekam wahrscheinlich zuerst einen Schlag ins Gesicht oder auf den Kopf, aber das ist aufgrund der anderen Kopfverletzungen schwer zu sagen. Dann hat man ihr den Mund und die Hände verklebt, aber bevor der Mörder auch ihre Beine fesseln konnte, muss sie es irgendwie geschafft haben, aufzustehen und aus dem Fenster zu springen. Sie ist Turnerin und außergewöhnlich stark und durchtrainiert.«
»Vielleicht.« Tommy sah noch immer skeptisch aus, aber Jordal ignorierte ihn und blickte zu Edvard.
»Ja«, sagte Edvard schließlich. »Das könnte passen. Eine wirklich seltsame Methode, um Hände zu fesseln. Ich bezweifle, dass das ein Zufall ist. Ihr Szenario hört sich nicht unlogisch an. Aber gibt es sonst eine Verbindung zwischen den beiden jungen Frauen? Kannten sie einander? Haben sie in den gleichen Kreisen verkehrt?«
»Wir konnten da nichts finden.«
»Dann haben wir ein Problem. Gibt es irgendwelche Spuren?«
Jordal seufzte. »Es gibt natürlich eine Unmenge an Beobachtungen aus der Gegend, aber es zeichnet sich kein Muster ab, nichts, das in eine konkrete Richtung deuten würde.«

Edvard joggte. Es war nach zehn, er war schrecklich müde, hatte sich aber trotzdem gezwungen, noch die Joggingschuhe anzuziehen, nachdem sie im Hotel eingecheckt hatten. Er wusste, dass er das brauchte. Gewöhnlich trainierte er mindestens vier Mal die Woche, aber in den letzten Monaten war er mehr und mehr von dieser Routine abgewichen. Er spürte das deutlich, als er den Kalfarhügel hochlief. Es hatte am Nachmittag geregnet, und der Asphalt glänzte nass. Das Licht der Autoscheinwerfer spiegelte sich in den Pfützen auf dem Bürgersteig. Oben folgte er der Hauptstraße nach links und lief an der alten Hansa-Brauerei vorbei. Als Jugendlicher hatte er dort einen Ferienjob gehabt. Die Erinnerung an das ohrenbetäubende Klirren der Flaschen auf dem Sammelband und den quälenden Malzdunst war nie verblasst. Jetzt waren Wohnungen in der Fabrik. Er bog in den Svartediksveien ein und wusste, dass er ganz in der Nähe des Ortes war, an dem Laila Nilsen ermordet worden war, schob den Gedanken aber beiseite und machte sich an die heftige Steigung zum Bellevue. Als er den Fjellveien erreichte, waren seine Beine schwer, und er rang nach Atem, aber danach flachte das Gelände wieder ab, und er fand endlich eine Art Rhythmus.

Er versuchte, alle Gedanken zu verdrängen und nur auf den Rhythmus zu achten, die Schritte, das Geräusch der Joggingschuhe auf dem nassen Asphalt, aber die Tatortfotos gingen ihm nicht aus dem Kopf. Edvard wusste, dass das kein gewöhnlicher Mordfall war. Das war kein Vergewaltiger, der Panik bekommen hatte, kein eifersüchtiger Ehemann. Da steckte mehr dahinter. Etwas anderes. Ein Mörder, der aus Lust tötete. Ein Sadist, ein Folterer, jemand, der seine Opfer allem Anschein nach ganz zufällig auswählte. Es konnte jede treffen.

Unbewusst beschleunigte Edvard seine Schritte. Er lief keuchend und mit klopfendem Herzen durch das Dunkel, ein Mann auf der Flucht vor einer unsichtbaren Bedrohung.

Nachdem er geduscht hatte, rief er Bjørn an.
»Hei, hier ist Edvard.«
Eine Sekunde Stille. »Edvard, so was. Lange nichts von dir gehört.«

»Ja, ich dachte nur ... weißt du, ich bin in Bergen.«
»In Bergen? Mein Gott, warum rufst du nicht vorher an?«
»Ich bin wegen dem Job hier. Ein Fall. Ich werde wohl eine Weile hier sein.«
»Verstehe. Wegen dem Mädchen, das ermordet worden ist?«
»Ja.«
»Ein hässlicher Fall, wenn ich das richtig mitbekommen habe.«
»Ja, das kannst du laut sagen.«
»Aber dann müssen wir uns treffen. Wann kommst du zu uns?«
»Im Augenblick ist es ziemlich hektisch.«
»Klar, das verstehe ich. Aber du musst uns besuchen. Die Kinder werden sich freuen, dich zu sehen, Cecilie auch.«
»Klar schaue ich vorbei. Wir müssen nur erst richtig in Gang kommen. Ich rufe dich in ein paar Tagen an.«
»Ja, gut. Edvard ...«
»Ja?«
»Du weißt das sicher, aber nächste Woche jährt sich der Unfall zum fünfzehnten Mal. Wenn du schon hier bist, willst du doch bestimmt mit zum Grab kommen?«
Edvard schwieg einen Augenblick.
»Natürlich, ich komme mit.«

Er hatte gehofft, durch das Joggen schlafen zu können, aber sein Hirn war wach, egal wie erschöpft sein Körper auch sein mochte. Edvard drehte sich in dem großen Hotelbett hin und her, während er die Liste der Dinge, die zu erledigen waren, wieder und wieder durchging. Immer wenn er kurz davor war, einzuschlafen, poppten Bilderfetzen des misshandelten Körpers von Laila Nilsen auf. Die roten, klaffenden Wunden, einige davon so tief, dass Knochen und Sehnen zu sehen waren. Der matte Schleier über den aufgerissenen Augen und die Streifen des geronnenen Blutes, die wie ein abstraktes Muster über ihre blasse Haut verliefen.

Kapitel 10

Es knirschte unter Edvards Schuhsohlen. Er blieb abrupt stehen und sah nach unten. Ein vertrockneter Rosenstrauß und eine zerbrochene Vase. Zwischen den glänzenden Scherben kleine Spritzer getrockneten Blutes, als hätte jemand einen Pinsel ausgeschüttelt.
»Sieh mal hier, Tommy.«
»Blutflecken?«
»Ja.«
Sie waren bei Laila Nilsen, es war eine Erdgeschosswohnung mit eigenem Eingang in einer altehrwürdigen Villa, die durch einen Spekulanten in sechs moderne, aber etwas stillose Wohnungen aufgeteilt worden war. Die Kriminaltechniker und Fotografen waren längst fertig, und Edvard rechnete nicht damit, noch etwas von Bedeutung finden zu können. Als er Tommy gefragt hatte, ob er ihn zum Tatort begleiten wolle, hatte Tommy nach dem Grund gefragt. Er war ihm eine richtige Antwort schuldig geblieben.
»Ich muss den Ort mit eigenen Augen sehen«, sagte er nur. Tommy war skeptisch, hatte ihn aber trotzdem begleitet. Vorsichtig ging Edvard um die Glassplitter und das Blut herum, ohne zu wissen, warum. Tommy trampelte darüber hinweg und ging zu einem kleinen Schreibtisch in der Ecke. Er zog eine Schublade heraus. Sie war leer.
»Sind all ihre Papiere mit aufs Präsidium genommen worden?«, fragte er.
»Ja, ich denke schon. Der PC auch.«
»Ist das schon von jemandem durchgesehen worden?«
»Keine Ahnung. Wenn nicht, darfst du dich gerne darum kümmern.«

Tommy schrieb etwas in ein kleines Notizbuch.
Die Küche sah unberührt aus. Ordentlich, kein schmutziges Geschirr, keine Essensreste. Der Kühlschrank war nicht besonders voll. Eine fettarme Milch jenseits des Verfallsdatums, ein Orangensaft, Käse, Diätleberwurst. Tacosauce, Soyasauce, Tomaten und im Gemüsefach ein Salatkopf und eine Zwiebel.
»Viel ordentlicher als bei mir«, sagte Tommy. »Da führen die Essensreste ein Eigenleben. Diese Frau war wirklich gut organisiert.«
Edvard dachte, dass dies auch sein Kühlschrank hätte sein können.
Auch im Bad war alles aufgeräumt. Viele Tiegel und Fläschchen, Schminke und Shampoo auf kleinen Regalen. Der Korb für die Schmutzwäsche war fast leer, lediglich ein paar T-Shirts und Slips lagen darin.
»Teure, modische Unterwäsche«, sagte Tommy und nahm einen Slip mit Daumen und Zeigefinger heraus. »Geldnöte hatte sie nicht. Hast du die Jacken im Flur gesehen, die sind auch nicht gerade billig.«
»Hm«, sagte Edvard. »Habe ich bemerkt. Keine H-&-M-Sachen. Und auch Fernseher und Musikanlage sind teure Fabrikate.«
»Arbeitete sie nicht in einer Boutique?«
»Doch.«
»Hat sie diese Wohnung gemietet, oder gehört die ihr?«
»Weiß ich nicht. Ihre Finanzen sollten wir uns mal vornehmen.«
»Aber spielt das bei einem zufälligen Opfer eines Lustmörders wirklich eine Rolle?«
»Vielleicht nicht«, sagte Edvard. »Aber wir wissen ja noch nicht sicher, mit was wir es hier zu tun haben. Und kein Mörder sucht sich seine Opfer ganz zufällig aus. Es gibt immer irgendwelche Kriterien, auch wenn das manchmal nicht mal dem Mörder bewusst ist. Da kommt alles Mögliche in Frage: Körperbau, Haar-

farbe, Alter, Rasse, was weiß ich, eine Gemeinsamkeit gibt es aber meistens.«
»Aber wohl kaum die finanzielle Situation«, sagte Tommy.
»Überprüf es trotzdem.«

Als hätten sie ein stillschweigendes Übereinkommen getroffen, warteten sie mit dem Schlafzimmer bis zum Schluss. Es lag im Halbdunkel. Die dichten Gardinen waren vorgezogen, und die Kriminaltechniker hatten das Licht ausgemacht, als wollten sie die Spuren des Geschehens verbergen. Edvard blieb in der Tür stehen, tastete an der Wand entlang und fand den Lichtschalter. Blinzelte, als die Deckenlampe ihr scharfes Licht in das Zimmer warf.
»Verdammt«, sagte Tommy hinter ihm.
Überall war Blut. Auf dem Boden und an den Wänden bis nach oben. Rostfarbene Streifen hinter dem Bett, als hätte jemand das Blut mit der Hand verstrichen. Am schlimmsten aber sah das Bett aus. Das Bettzeug war entfernt worden, bestimmt für die Analyse, aber die Matratze war so vollgesogen mit Blut, dass sie schwarz wirkte. Sogar unter dem Bett war Blut zusammengelaufen, als hätte die große Doppelmatratze nicht alles auffangen können. Das Einzige, das nicht verschmiert oder vollgespritzt war, war das Plakat, das die berühmten Hände zeigte, die Michelangelo an die Decke der Sixtinischen Kapelle gemalt hatte.
»Er schlägt sie im Wohnzimmer nieder«, sagte Edvard langsam. »Schlägt ihr ins Gesicht, so hart, dass sie keinen Widerstand mehr leistet. Sie hatte eine Schwellung auf dem Wangenknochen.«
»Wirklich?«
»Ja, lies den Obduktionsbericht. Sie wird niedergeschlagen, fällt und reißt dabei die Blumenvase herunter, die auf dem Wohnzimmerboden kaputtgeht. Er schleppt sie hier rein, wirft sie aufs Bett, verklebt ihren Mund und ihre Hände. Fesselt sie an das Bett und

legt los. Mit der einen Hand muss er sich ein paar Mal an der Wand abgestützt haben, wenn er sie da nicht abgewischt hat. Das weiß ich nicht.«

Ein fast lautloses Seufzen kam von Tommy. »Aber wer macht denn so was?« Einen Augenblick ließ er die übliche, etwas zynische Maske fallen, und Edvard sah, wie jung er eigentlich noch war.

»Jemand, dem das Spaß macht.«

»Nicht jemand, der sie wahnsinnig hasst?«

»Auch möglich. Aber wie ist dann der andere Fall zu erklären?«

»Vielleicht hängen die beiden Fälle ja doch nicht zusammen.«

»Ich glaube schon, Tommy.«

Sie gingen wieder ins Wohnzimmer.

»Und keiner der Nachbarn hat etwas gehört?«

Tommy schüttelte den Kopf. »Es war Vormittag. Alle waren arbeiten, abgesehen von einer Frau im obersten Stockwerk, aber sie war krank, hatte hohes Fieber und war ziemlich benebelt. Außerdem hatte sie den iPod im Ohr, sie hätte so oder so nichts gehört, meinte sie.«

»Wie ist er reingekommen?«

»Er hat geklingelt und wurde in die Wohnung gelassen.«

»Warum? Normalerweise lassen alleinstehende junge Frauen keine fremden Männer in ihre Wohnungen. Und im Flur gibt es keine Anzeichen eines Kampfs.«

»Er hatte eine Geschichte. Irgendetwas, das sie bewogen hat, ihn in die Wohnung zu lassen. Vielleicht irgendein Kontrolleur.«

»Möglich. Er kann von Tür zu Tür gegangen sein. Wir müssen die Nachbarschaft befragen, ob an diesem Tag jemand herumgelaufen ist.«

Tommy sah sich um. »Er kann durch ein Fenster gekommen sein.«

»Alle Fenster waren geschlossen. Aber der Mörder kann es natür-

lich selbst wieder geschlossen haben. Überprüf mal, ob die draußen vor den Fenstern nach Fußabdrücken gesucht haben.«
Tommy machte sich Notizen. Edvard spürte, dass er Kopfschmerzen bekam. Immer wieder musste er an das Plakat über dem Bett im Schlafzimmer denken. Jeden Morgen beim Aufwachen hatte Laila Nilsen dieses Bild gesehen. Die beiden Hände, die sich einander entgegenstreckten und fast erreichten. Vielleicht hatte sie das getröstet. Vielleicht hatte sie an Gott geglaubt, oder sie hatte die Hände als Symbol gedeutet, dass sich Menschen treffen können, dass sie einander auf eine Weise berühren konnten, die Bedeutung hatte.
Vielleicht war das Bild der beiden Hände das Letzte, was sie gesehen hatte. Er zweifelte aber daran, dass es sie in diesem Moment getröstet hatte. Sie musste zu diesem Zeitpunkt längst erkannt haben, was die Hände eines Menschen einem anderen antun konnten. Und Gott musste ihr sehr weit weg erschienen sein. Unendlich weit weg.
Er holte tief Luft. »Fahren wir zum anderen Tatort. Hier sind wir wohl fertig.«

Jemand musste gefegt und gewischt haben, trotzdem waren die dunklen Flecken auf den Platten im Hinterhof von Sølvi Gjerstads Haus noch zu erkennen. Als wäre das Blut in die Steine eingezogen. In den Fugen zwischen den Platten glitzerten Glassplitter. Das Wohnzimmerfenster, durch das sie sich gestürzt hatte, war provisorisch mit einer neuen Scheibe überklebt worden. Ein Mülleimer stand in der Ecke des Hofes. Edvard klappte den Deckel hoch und sah hinein. Scherben, Eispapier, verwelkte Rosen.
»Sie muss verdammt verzweifelt gewesen sein«, sagte Tommy. »Das sind ein paar Meter von da oben.«
»Ja, sie hat Angst gehabt. Sie wusste, was passieren würde. Vielleicht hatte sie von dem Mord an Laila Nilsen gelesen.«

»Oder er hat sich sein Werkzeug bereitgelegt, als wollte er einen Fisch ausnehmen.«

Solveig sah von ihrem Computer auf. Sie hatte rote Augen und wirkte müde.
»Und, hat euch die Tour was gebracht?«
»Sølvi Gjerstad hat einen schlechten Geschmack«, sagte Tommy. »Viel Rosa, viel Plüsch, viel Nippes. Keine Bücher im Regal, nur Glamour-Pop und Modezeitschriften.«
»Dann ist der Mörder einer, der rosa Plüsch und geistlosen Modepop hasst?«
»Das musste ja irgendwann passieren«, sagte Tommy. »Ich hatte schon mehr als einmal Lust, einen dieser Reality-Stars umzubringen. Vielleicht war Sølvi ja mit im Dschungel. Der Wohnung nach zu schließen, würde das passen.«
»Wie geht es dir, Solveig?«, fragte Edvard.
»Ich habe ziemlich viel eingelesen.«
Ihre Aufgabe war es, alle zugänglichen Informationen der Ermittlungen in ein Computerprogramm einzugeben.
»Tommy kann dir helfen, damit wir auf dem neuesten Stand sind.«
»Ich habe erst noch ein paar andere Dinge zu erledigen, Chef. Das da ist nicht gerade meine Stärke, und du hast mich ja gebeten ...«
»Wir müssen alle Daten im System haben, Tommy. Sonst kriegen wir nie eine Übersicht.«
Er nickte mürrisch, außerstande, sein Missfallen zu verbergen.
»Und was machst du dann?«, fragte Tommy, während er sich auf den Stuhl vor seinem Computer fallen ließ.
»Ich fahre ins Krankenhaus.«

Kapitel 11

Die Frau im Bett sah klein und schutzlos aus. Die rechte Seite des Gesichts war geschwollen, große Blutergüsse zeichneten sich ab. Sie atmete so schwach, dass sich kaum die Decke bewegte. Nur die Maschinen an der Wand blinkten und verrieten, dass die Lungen arbeiteten und das Herz das Blut rhythmisch und gleichmäßig durch Sølvi Gjerstads Körper pumpte. Die Maschinen sagten aber nichts darüber, was unter der weißen Bandage vor sich ging, die um ihren Schädel gewickelt war. Edvard fragte sich, ob sie träumte, ob sie den Alptraum, dem sie ausgesetzt gewesen war, noch einmal durchlebte oder ob es hinter der ausdruckslosen Fassade ihres Gesichts still und dunkel war.

»Sie liegt im Koma«, sagte die Ärztin, die mit ihm ins Zimmer gekommen war. »Aufgrund der schweren Kopfverletzungen.«

»Wird sie wieder aufwachen?«

»Das wissen die Götter.«

Edvard warf ihr einen Blick zu. »Mehr können Sie nicht sagen?«

»Leider nicht. Wenn Menschen aus dem einen oder anderen Grund ins Koma fallen, klassifizieren wir sie nach der sogenannten Glasgow-Koma-Skala. Vollständig wache Patienten erreichen dabei fünfzehn Punkte und die schwersten Komapatienten nur drei. Jeder, der acht oder weniger Punkte erreicht, gilt als komatös.«

»Und Sølvi?«

»Sieben. Es gibt aber leider keine klare Korrelation zwischen der Tiefe des Komas eines Patienten und der Zeit, die er braucht, um wieder aufzuwachen.«

»Aber sie wird aufwachen?«

»Vielleicht. Ich bin optimistisch. Aber wie lange es dauern wird? Manche liegen ewig im Koma.«
»Schrecklich!«
Die Ärztin sah müde aus, sie hatte dunkle Ringe unter den Augen. »Und sollte sie aufwachen, ist es unmöglich vorherzusagen, in welchem Zustand sie sich befinden wird. Sie kann bleibende Schäden haben, Gedächtnisverlust, das alles wissen wir nicht. Es ist mehr als unsicher, dass sie Ihnen irgendetwas über den Angreifer sagen kann, wenn Sie es darauf abgesehen haben.« Sie schüttelte den Kopf. »Ich hoffe, Sie kriegen den«, sagte sie. »Wirklich, von ganzem Herzen.«

Ein Schatten fiel über das Bett. Edvard drehte sich um und erblickte einen relativ jungen Mann mit langem Mantel und enger schwarzer Hose. Er beachtete Edvard nicht, sondern betrachtete das Mädchen im Bett.
»Hallo, Robert«, sagte die Ärztin leise. »Ich habe mich schon gefragt, wo Sie sind.«
»Ich war nur auf der Toilette«, sagte er und rieb sich die Hände an den Hosenbeinen ab.
Die Ärztin deutete auf Edvard. »Das ist Hauptkommissar Matre von der Kripos.«
Edvard reichte ihm die Hand. »Und Sie sind?«
»Robert Langeland. Sølvis Freund.« Sein Händedruck war nicht besonders fest, und sein Gesicht wirkte schutzlos, er sah verwundbar aus. Edvard hatte diesen Ausdruck oft bei Menschen erlebt, die trauerten oder einen Schock erlitten hatten. Es war fast so, als wäre die Fassade, die äußere Hülle, die sie vor der Wirklichkeit schützte, einen Moment lang verschwunden.
»Robert sitzt hier, seit Sølvi vor drei Tagen eingeliefert wurde«, sagte die Ärztin. »Ich habe ihm gesagt, dass er mal Pause machen muss, dass er nach Hause gehen soll und schlafen, aber ...«

»Ich bin lieber hier«, sagte er. »Wissen Sie ... sollte sie aufwachen ... dann will ich hier sein.«
Die Ärztin seufzte. »Tun Sie, was Sie wollen. Aber früher oder später müssen Sie schlafen, und es kann lange dauern, bis Sølvi aufwacht. Wir geben Ihnen Bescheid, wenn ihr Zustand sich ändert, Sie können wirklich nach Hause gehen.«
Sie wandte sich an Edvard. »Wenn es sonst nichts mehr gibt, würde ich gerne mit meiner Runde weitermachen.«
Er nickte und bedankte sich für ihre Hilfe. Als sie gegangen war, drehte er sich zu Robert, der auf einem Stuhl neben dem Bett Platz genommen hatte. »Können wir ein bisschen miteinander reden?«
»Wir können hier reden, oder? Wenn wir leise reden, stören wir sie bestimmt nicht.«
»Sie wird uns wohl nicht ...«, begann Edvard. Wer wusste, was ein Mensch im Koma noch mitbekam, was zu ihm durchdrang?
»Sind Sie schon lange zusammen?«
Er schüttelte den Kopf. »Nein, nicht so lange. Aber das ist unwichtig. Sie und ich ... wir sind füreinander bestimmt. Wir wollen den Rest unseres Lebens miteinander verbringen.«
Edvard starrte auf das blasse, reglose Gesicht des Mädchens. »Haben Sie schon eine Aussage bei der Polizei gemacht, Robert?«
»Ja, das habe ich.«
»Dann will ich Sie nicht weiter stören. Ich gehe davon aus, dass auch Sie keine Ahnung haben, wer ihr das angetan haben kann?«
Er schüttelte den Kopf. »Das muss ein Missverständnis sein. Ich verstehe das nicht.« Vorsichtig streichelte er über die Decke.
»Ein Missverständnis?«
»Ja. Warum sollte sie sonst verletzt worden sein. Wer würde ihr denn so etwas antun? Sie ist so wunderbar. Warum ausgerechnet ihr? Aber sie wacht bestimmt bald auf.«

Als Edvard still die Tür hinter sich schloss, fiel sein Blick noch einmal auf Robert Langeland. Er hatte sich über das Bett gebeugt und seine Arme um Sølvi Gjerstad gelegt, als wollte er sie für immer festhalten.

»Ich habe im Krankenhaus Robert Langeland getroffen«, sagte Edvard.
»Robert Langeland?«
»Sølvi Gjerstads Freund.«
»Okay.« Solveigs Finger glitten rasch über die Tastatur. »Den Namen habe ich schon einmal gesehen. Konnte er dir irgendwelche Hinweise geben?«
»Nein, nicht wirklich. Es war auch schwer zu sagen, wann er zuletzt geschlafen hat, außerdem weißt du ja, wie das in solchen Situationen mit Angehörigen ist. Sie denken nicht gerade rational.«
»Stimmt. Ich habe hier seine Aussage. Ich schicke sie dir auf deinen Computer, dann kannst du sie lesen.«
Tommy sah von dem Stapel Dokumente auf, die er durchblätterte. »Warum interessierst du dich für den Freund? Ich dachte, wir suchten nach einem Serienmörder?«
Edvard zuckte mit den Schultern. »Stimmt, aber du weißt ja, wie das ist. Es ist nicht klug, Lebensgefährten oder Ehepartner vollends auszuschließen.«

Langeland hatte das beste Alibi der Welt. Bei dem Überfall auf seine Freundin war er auf einer Ölplattform mitten in der Nordsee gewesen. Niemand hatte ihn über die Tat informiert. Als er nach Hause gekommen war, hatte er sie nicht erreicht und war beunruhigt zu ihrer Wohnung gefahren. Erst da hatte er von dem Vorfall erfahren. Es war ein Schock für ihn gewesen. Sie hatten vorgehabt, noch im Sommer zu heiraten.

Edvard ging wieder zu Solveig hinein.
»Hast du die Befragung von Robert Langeland gelesen?«
Sie nickte. »Ich habe sie überflogen, ja.«
»Ist es nicht seltsam, dass ihn niemand angerufen und ihm gesagt hat, was passiert ist?«
»Ich weiß nicht«, sagte Solveig und tippte etwas in den Computer. »Ihre nächsten Verwandten sind informiert worden, sie hat einen Bruder in Namsos, aber die hatten kaum Kontakt. Ich glaube nicht ... aber lass mich rasch nachgucken. Genau. Der Bruder wusste nicht einmal, dass sie einen Lebensgefährten hatte.«
»Okay. Hat jemand sein Alibi überprüft?«
»Das des Bruders oder des Freundes?«
»Ich dachte an den Freund, aber ...«
»Der Bruder war in Namsos, auf der Arbeit und bei der Familie. Robert Langeland war ... Augenblick. Hier ist ein Bericht von einem Kommissar Geir Junker. Er hat bei Statoil angerufen, und die haben bestätigt, dass Langeland zur Zeit des Überfalls auf der Plattform war.«
»Okay, mit anderen Worten, ein wasserdichtes Alibi.«
Solveig gähnte. »Vollkommen.« Sie gähnte noch einmal. »Ich halte nicht mehr lange durch, bin schon ganz benommen.«
»Ja, wir sollten mit unseren Kräften lieber haushalten«, sagte Edvard. »Die Sache hier kann lange dauern.« Er dachte plötzlich an Katrine Gjesdahls Ermahnung, ein Team zu bilden und den Zusammenhalt zwischen ihnen zu stärken. »Kommt jemand mit auf ein Bier, bevor wir zurück zum Hotel gehen?«
Solveig hob nicht einmal den Blick. »Nein danke, heute nicht.«
»Tommy?«
»Ich glaube nicht, Chef, ich würde gerne noch was von dem Champions-League-Spiel mitkriegen und auf dem Zimmer fernsehen. Vielleicht bekommt Arsenal ja mal eins auf die Mütze.«
»Okay«, sagte Edvard, »dann ein andermal.«

Tommy freute sich auf das Spiel. Wenn möglich, verpasste er kein Spiel von Manchester United. Es war schon komisch, aber hielt man erst zu einer Mannschaft, hielt diese Liebe für immer. Ja, in vielerlei Hinsicht betrachtete er diese Verbindung als die große Liebe seines Lebens. All die anderen Beziehungen kamen und gingen. Nicht so diese. Er hatte den Lovern seiner Mutter nicht viel zu verdanken, mit einer Ausnahme. Øyvind. Bei jedem Spiel von Manchester hatten sie sich vor den Fernseher gepflanzt, Øyvind mit zwei Flaschen Bier und er mit einer Tüte Süßigkeiten. Manchmal gesellten sich ein paar Freunde von Øyvind zu ihnen. Auch das hatte Tommy gefallen, auch wenn Øyvind dann weniger mit ihm redete. Dafür konnte er all den Ausrufen, Flüchen und der Begeisterung der anderen lauschen.
Irgendwann war Øyvind wie alle anderen Lover seiner Mutter verschwunden. Auf die Frage, warum er nicht mehr da war, hatte Tommy nur die vage Antwort erhalten, dass sie nicht mehr zueinander gepasst hätten. Aber obgleich Øyvind weg war, hatte Tommy weiter treu zu ManU gehalten. In den letzten Jahren war er sogar mehrmals in England im Old Trafford gewesen. Jetzt musste er nur noch zwei Pils kaufen, dann war er bereit für das Spiel.

Kapitel 12

Edvard. Schön, dass du mal wieder da bist!«
»Hallo, Cecilie!«
Sie sah wie immer kühl und elegant aus. Ihre Wangen streiften sich leicht. Bjørn stand mit den Kindern da und hatte ihnen jeweils eine Hand auf die Schulter gelegt, als fürchtete er, sie könnten weglaufen, wenn er sie nicht festhielt. Edvard beugte sich zu ihnen hinunter. »Hallo, Kinder!«
Sie sahen ihn ernst an.
»Sagt hallo zu Onkel Edvard«, sagte Cecilie.
»Hallo, Onkel Edvard«, sagte Therese und deutete einen Knicks an. Sie war sechs Jahre alt, wohlerzogen und gehorsam. Andreas war vier und sagte nichts, starrte Edvard nur an, als hätte er ihn noch nie gesehen.
Schweigend gingen sie über die schmalen Kieswege, während die Kinder zwischen den Grabsteinen Fangen spielten, riefen und lachten. Bjørn sah sie lächelnd an. Einige der Gräber waren auffällig gepflegt, sorgsam bepflanzt, es standen Grableuchten darauf, auf den meisten wuchs aber nur Unkraut.
»Lange her, dass du hier warst, Edvard, nicht wahr?«
Er dachte darüber nach, ob in der Frage seines Bruders ein versteckter Vorwurf lag, und musterte sein Gesicht, konnte es aber nicht deuten.
»Ja, das ist eine ganze Weile her.«
Sie liefen endlos über die verzweigten Wege, und Edvard wurde klar, dass er das Grab allein niemals gefunden hätte. In Wahrheit erinnerte er sich nicht einmal daran, wann er zuletzt am Grab seiner Eltern gewesen war.
Der Grabstein war bemoost, aber die Namen waren gut zu lesen.

»Peder Matre, 1935–1996. Caroline Matre, 1939–1996.«
Das Grab war gepflegt und ordentlich, fast kein Unkraut. Cecilie nahm einen kleinen Spaten und eine Harke aus ihrer Tasche und kümmerte sich um die Grabstätte. »Therese und Andreas«, sagte sie. »Wollt ihr mir helfen?«
Edvard und Bjørn standen da und sahen zu, während die Kinder eifrig mit den Händen in der Erde wühlten.
»Erinnerst du dich noch an den Abend, an dem es passiert ist?«, fragte Bjørn leise. »Du bist in mein Zimmer gekommen und hast mit mir gesprochen. Ich höre noch heute deine Stimme, sie klang so normal, wie ein Nachrichtensprecher im Radio. Aber du sahst wütend aus, und dein Gesicht war weiß wie Papier.«
Edvard erinnerte sich ganz genau. Er hatte den Pastor nicht ins Haus gelassen, der ihm stockend und unsicher erklärt hatte, dass beide Eltern bei einem Autounfall ums Leben gekommen seien. Edvard hatte reglos dagestanden und zugehört. Er empfand nur Abscheu für die Fürsorglichkeit des Pastors, und als dieser geendet hatte, hatte Edvard vor seiner Nase die Tür zugeknallt. Danach war er nach oben gegangen und hatte Bjørn alles erzählt, bevor er in seinem Zimmer verschwunden war. Er erinnerte sich noch heute an die Laute in dieser Nacht aus dem Zimmer seines Bruders, aber er war nicht noch einmal zu ihm gegangen, sondern hatte in seinem Bett gelegen, ins Dunkel gestarrt und gedacht, dass es nie wieder Morgen werden würde.
»Ja, ich erinnere mich«, sagte Edvard. »Ich hätte vielleicht …«
»So«, sagte Cecilie. Sie stand auf und wischte sich die Knie ab. »Das war's. Ist es nicht schön geworden?«
Zwei begeisterte Kindergesichter sahen zu ihnen auf. »Sehr schön«, sagte Bjørn.
Es war zwar bewölkt, aber ein freundlicher Tag. Nebeneinander blieben sie eine Weile stehen, ohne etwas zu sagen.

»Schade für Opa und Oma, dass sie mich nie sehen können«, sagte Andreas plötzlich, und alle lachten.
Auf dem Rückweg zum Parkplatz spürte Edvard eine Hand in seiner. Er blickte nach unten und sah, dass Andreas seine Hand genommen hatte. Edvard lächelte ihn an. Der Junge erwiderte sein Lächeln nicht, sondern musterte Edvard ernsthaft, ohne seine Hand loszulassen.
Nachdem die Kinder auf den Rücksitz des glänzend neuen Mercedes verfrachtet worden waren, drehte Cecilie sich zu ihm um. »Kommst du zum Essen mit zu uns?«
Edvard schüttelte den Kopf. »Ich habe keine Zeit. Viel zu viel zu tun, aber danke für die Einladung.«
Sie nickte, als hätte sie genau diese Antwort erwartet. Trotzdem gelang es Edvard nicht, ihren Gesichtsausdruck zu deuten.
»Dann bis bald, komm einfach, wenn du Zeit hast«, sagte Bjørn.

Kapitel 13

Edvard wachte davon auf, dass das Telefon auf seinem Nachttisch klingelte. Er lag auf dem Bett, hatte einen trockenen Mund und Nebel im Hirn und verstand nichts von dem, was ihm die Stimme am anderen Ende sagte. Er wusste nicht einmal, ob es Abend oder Morgen war.
»Was sagen Sie?«
»Hier ist die Rezeption«, wiederholte die Stimme geduldig. »Hier unten steht ein Professor Hellstrøm.«
Endlich gelang es ihm, auf seine Uhr zu schauen. Fünf vor neun. Draußen war es dunkel, also war es Abend.
»Hellstrøm? Gunnar Hellstrøm?«
»Ja, soll ich ihn nach oben schicken?«
»Nein, ich komme runter. Bitten Sie ihn, in der Bar zu warten. Ich bin in zehn Minuten da.«
Als Edvard nach unten kam, waren seine Haare noch nass von der Blitzdusche, sein Kopf war aber bereits wieder klar. Gunnar Hellstrøm saß in einer Ecke der fast leeren Bar und beugte sich über ein Glas mit einer farblosen Flüssigkeit. Edvard reichte ihm die Hand.
»Was machst du in Bergen, Gunnar?«
»Gin Tonic?«, fragte Hellstrøm.
»Warum nicht?«, antwortete Edvard, und Hellstrøm hob sein Glas in Richtung des Barkeepers und streckte zwei Finger in die Höhe.
»Ich muss morgen früh auf ein Seminar im Gades-Institut und habe gehört, dass du hier bist.«
Gunnar Hellstrøm war Professor am Reichshospital in Oslo, genauer gesagt im Rechtsmedizinischen Institut, Abteilung für Kri-

minalbiologie. Edvard kannte ihn schon seit vielen Jahren aus Seminaren, Vorträgen und durch die Arbeit an konkreten Fällen. Sie waren keine engen Freunde, aber per Du und mochten sich. Die Drinks kamen, und sie redeten über gemeinsame Bekannte und über Fälle, an denen sie gearbeitet hatten, aber das Gespräch stockte immer wieder.
»Quält dich etwas?«, fragte Edvard nach einer Weile.
»Mich?«
»Ja, ich will dir nicht zu nahe treten, aber du wirkst irgendwie abwesend. Als wärst du mit deinen Gedanken woanders.«
Hellstrøm seufzte und legte das Kinn auf die Hände.
»Du hast doch von dem Grab an der Riis-Kirche gehört, oder?«
»Das Massengrab mit den Gaustadpatienten? Das hat doch wohl jeder mitbekommen, der Zeitung liest oder fernsieht.«
»Ja. Und dann weißt du vermutlich auch, dass wir die Leichen identifizieren müssen und dass wir das über DNA-Tests machen.«
Edvard nickte. »Ja. Es sollen ja ziemlich viele glauben, Verwandte in diesem Grab zu haben.«
»Man könnte meinen, jeder Heimat- oder Geschichtslose dieses Landes hätte eine DNA-Probe abgegeben und hoffte darauf, durch die Verwandtschaft mit einem anonymen Skelett aus einem Massengrab eine neue Identität zu bekommen.« Er schnaubte. »Als würde ihnen das helfen. Vermutlich wirft das für die meisten mehr Fragen als Antworten auf.«
Er verstummte, und Edvard wartete darauf, dass er weiterredete. Wie alle Ermittler verstand er sich aufs Warten. Schließlich nahm Hellstrøm einen großen Schluck aus seinem Glas und fuhr fort:
»Unser Vorgehen ist simpel. Wir gleichen die DNA aus dem Grab mit der Datenbank möglicher Angehöriger ab. Viele Treffer haben wir noch nicht. Vor ein paar Tagen haben wir neue Tests gemacht, und dabei ist einem der Techniker ein Fehler unterlaufen.«

Er räusperte sich. »Wir haben ja, wie du weißt, auch andere Datenbanken. Zum Beispiel die DNA von Straffälligen. Oder die Spuren von diversen Tatorten und den jeweils ermittelnden Beamten, damit wir jederzeit ausschließen können, dass ein Ermittler einen Tatort kontaminiert.«

Edvard nickte. Er wusste das alles. Hellstrøm sprach weiter. »Es war ein ganz banaler Fehler. Die DNA von einem der Funde im Massengrab wurde mit dem Spurenregister abgeglichen und nicht mit dem der Angehörigen. So ein Fehler spielt ja eigentlich keine Rolle, man muss den Abgleich dann einfach noch einmal mit der richtigen Datenbank machen. Das Problem war nur, dass wir auf einmal, vollkommen unerwartet, einen Treffer hatten.«

Edvard beugte sich vor. Hellstrøm hatte sein Interesse geweckt. »Einen Treffer? Willst du damit sagen, eine der Leichen auf dem Riis-Friedhof hat an einem Tatort Spuren hinterlassen? Wie soll das denn gehen? Die Leute sind seit den achtziger Jahren tot, wenn nicht noch länger. Damals hatten wir mit der Registrierung der DNA doch noch gar nicht begonnen.«

»Du verstehst das falsch, Edvard. Wir suchen nicht nach einem DNA-Match. Wir suchen nach Verwandten.«

»Ah ja, klar, sorry, daran habe ich nicht gedacht. Dann habt ihr eine Verwandtschaft zwischen einem aus dem Massengrab und jemandem festgestellt, der eine Straftat begangen hat? Das ist doch nicht weiter tragisch, oder? Eigentlich heißt das doch nur, dass ein unbekannter Straftäter mit einem Patienten der Gaustad-Klinik verwandt war, der dort gestorben ist.«

»Mag sein«, sagte Hellstrøm. »Vorausgesetzt, der Treffer hätte mit einer Spur an einem Tatort zu tun gehabt. Aber das war es nicht. Es war ein Treffer mit einem Ermittler. Wir haben eine Übereinstimmung mit deiner DNA gefunden, Edvard. Wenn ich das richtig sehe, haben wir deine Mutter in diesem Grab gefunden.«

Es dauerte ein paar Sekunden, dann begann Edvard zu lachen. »Tut mir leid, Gunnar, aber das kann nicht stimmen. Meine Mutter wurde 1996 zusammen mit meinem Vater beerdigt. Sie starben bei einem Autounfall am 8. April. Ein Frontalzusammenstoß mit einem Lastwagen. Ich war erst heute noch an ihrem Grab.«
»Ich weiß«, sagte Gunnar Hellstrøm. »Als ich das Resultat gesehen habe, bin ich auch erst einmal deine Akte durchgegangen. Ich weiß also, was passiert ist. Aber die DNA lügt nicht, Edvard. Ich habe den Test persönlich noch einmal gemacht, mit dem gleichen Resultat. Deshalb wollte ich mit dir sprechen.«
Edvard schüttelte den Kopf. »Das muss ein Fehler sein, Gunnar. Ich weiß nicht, wo dieser Fehler stecken könnte, aber irgendwo habt ihr da Mist gebaut. Vielleicht habt ihr meine DNA-Probe irgendwie mit der eines anderen vermischt?«
Hellstrøm steckte die Hand in die Innentasche und holte einen kleinen, versiegelten Plastikbeutel heraus, den er aufriss. Dann reichte er Edvard ein Wattestäbchen. »Ein naheliegender Gedanke, Edvard. Deshalb habe ich dieses kleine Testset mitgenommen. Du kannst uns eine neue DNA-Probe geben, damit wir diese Fehlerquelle ausschließen können. Vorausgesetzt, du bist einverstanden«, fügte er hinzu.
Edvard nahm das kleine Stäbchen und steckte es sich in den Mund. Dann reichte er es Hellstrøm, der es in einen neuen Beutel legte, versiegelte und den Namen darauf notierte. »Ich rufe dich an, sobald ich mehr weiß«, sagte er.
Nach einer Weile richtete er sich auf seinem Stuhl auf und räusperte sich.
»Die Gerüchte besagen, dass du auf der Jagd nach einem Serienmörder bist?«
Als könnten sie die Zeit zurückdrehen. Als gäbe es diese DNA-Probe nicht, das Grab, das Gespräch, das sie gerade erst geführt hatten.

»Möglich. Wir sind uns noch nicht sicher.«
»Hm. Erstaunlich, dass die Presse davon noch keinen Wind bekommen hat.«
»Es ist nur eine Frage der Zeit, aber dann wird die Hölle los sein.«
»Hast du Erfahrung mit Serienmördern?«
Edvard zuckte mit den Schultern. »Die sind hier bei uns ja nicht an der Tagesordnung. Ich glaube, wir haben nur Arnfinn Nesset, und der ist verurteilt worden und gehörte zu der einfachen Gruppe, die nur in einem eng begrenzten sozialen Milieu morden. Bis jetzt hatten wir zum Glück noch nie mit Leuten zu tun, die sich ihre Opfer ganz zufällig aussuchen. Aber ich war schon ein paar Mal auf diesen FBI-Kursen, vermutlich habe ich den Fall deshalb bekommen.«
»Hm, das erklärt einiges. Ich musste an einen Typ denken, den ich bei Fachtagungen getroffen habe und der dir vielleicht helfen kann. Er hat viele Jahre in den Staaten gearbeitet, unter anderem an solchen Fällen.« Hellstrøm durchwühlte seine Tasche, fand einen Kugelschreiber, schrieb etwas auf eine Serviette und reichte sie Edvard.
»Daniel Wiersholm?«
»Ja, er ist Professor der Psychiatrie. Du findest ihn im Haukeland-Krankenhaus. Ruf ihn an.«
Edvard nickte. Dann geriet ihr Gespräch wieder ins Stocken. Die unverständliche, genetische Verbindung zwischen Edvard und einem Skelett ohne Namen und Identität, gefunden in einem Massengrab, stand wie ein Schatten zwischen ihnen. Nach einer halben Stunde verabschiedete Edvard sich und ging wieder nach oben in sein Zimmer. Er versuchte, zu lesen und fernzusehen, aber das alles nützte nichts. Er bekam das, was er gehört hatte, nicht aus dem Kopf, und es gelang ihm auch nicht, sich einzureden, dass das alles bestimmt nur ein Missverständnis war. Gunnar Hellstrøms Worte hatten etwas Grundlegendes in ihm ange-

stoßen, und Edvard war beunruhigt, ja fast verängstigt. Es war fast so, als hätte er sich auf zu dünnes Eis hinausgewagt, als hörte er es knacken und wäre sich erst jetzt der kalten, nassen Tiefe unter seinen Fußsohlen bewusst geworden.

Schließlich nahm er eine halbe Schlaftablette. Als er verschwitzt und verwirrt von Träumen, an die er sich nicht erinnern konnte, aufwachte, war es draußen dunkel. Die Uhr zeigte Viertel nach vier. An Schlaf war jetzt nicht mehr zu denken.

Kapitel 14

»Ha!«, sagte Tommy und durchbrach mit seinem Ausruf die Stille und Konzentration im Raum. Die anderen blickten auf, mit einem Mal gespannt und voller Erwartung.
»Was ist, Tommy?«
»Die Telefonlisten. Ich bin gerade die Verbindungsdaten von ihren Mobilfunkbetreibern durchgegangen. Ziemlich mühsamer Scheiß. Warum kriegen wir so was nicht digital?«
Edvard riss sich zusammen und hielt den Mund. Er wusste, dass Tommy ihn ärgern wollte.
»Wir haben einen Treffer auf beiden Listen.«
»Was meinst du mit Treffer?«
»Eine gemeinsame Nummer. Eine Nummer, die sie beide gewählt haben.«
»Wer? Und wann?«
»Schauen wir mal …« Tommy blätterte die Listen durch. »Eine Victoria Ravn. Sie hat am 15. Februar mit Laila telefoniert. Das war der Tag vor ihrer Ermordung. Und mit Sølvi hat sie am 7. Februar gesprochen. Zwölf Tage vor dem Überfall auf sie.«
»Ist das irgendwie von Bedeutung?«, fragte Solveig.
Tommy wandte sich ihr zu. Er wirkte fast beleidigt. »Bedeutung? Keine Ahnung, aber wir haben nach Kontaktpunkten zwischen den Opfern gesucht, oder? Nach einer Verbindung. Und das könnte so etwas sein.«
»Besorg mir die Adresse von dieser Victoria Ravn«, sagte Edvard.

Das Gesicht lag im Dunkeln. Edvard sah nur den Umriss eines Kopfes hinter der Sicherheitskette.
»Ja?« Die Stimme einer jungen Frau.

»Victoria Ravn?« Ohne auf eine Antwort zu warten, zeigte er ihr seinen Ausweis. »Edvard Matre, Kripos. Ich würde gerne mit Ihnen reden.«

»Kripos? Was …?«

»Darf ich einen Moment reinkommen?«

Die Tür wurde geschlossen, und er hörte, dass sie die Kette abnahm, bevor sie sie weit öffnete. Sie ging vor ihm durch den langen Flur, eine schlanke, ziemlich große Frau mit dunklen, schulterlangen glatten Haaren. Sie trug einen weißen Morgenmantel und war barfuß.

»Tut mir leid, wenn ich Sie geweckt habe.«

»Sie haben mich nicht geweckt«, sagte sie mit unverkennbarem Nordlanddialekt. »Wollen Sie einen Kaffee?«

Er nahm dankend an, und während sie in die Küche ging, blieb er stehen und sah sich um. Das sparsam möblierte Zimmer war groß, luftig und hell und hatte eine hohe Decke. Keine Sitzgruppe, nur eine Art Bett mit einer hellen Tagesdecke und Kissen in verschiedenen Farben. Ein weißes, freistehendes Bücherregal teilte den Raum. Vor dem Fenster standen zwei antike Stühle an einem Tisch, alles weiß gestrichen. An der Wand daneben hing ein großes Gemälde, die stilisierte Gestalt eines Menschen vor einem Hintergrund aus Rot, Violett und Grün.

Edvard trat näher und las die Signatur. Er wusste ganz genau, wer das Bild gemalt hatte. Vor ein paar Jahren hatte er es in einer Ausstellung gesehen und war damals von der Dramatik dieses Bildes fasziniert gewesen, davon, dass die Gestalt gleichzeitig Ohnmacht und Kontrolle ausstrahlte.

»Gefällt es Ihnen?«

»Killi Olsen, oder?«

»Ja, ich hätte nicht gedacht, dass sich Polizeibeamte für Kunst interessieren.«

Er drehte sich um und sah sie an. Sie hatte sich umgezogen, trug jetzt ein einfaches, schwarzes Kleid, war aber noch immer barfuß. Der Gedanke streifte ihn, dass sie nur schnell den Morgenmantel abgelegt und sich dieses Kleid übergeworfen hatte und darunter womöglich nackt war. Er zwang sich, ihr ins Gesicht zu sehen. Sie war schön. Wobei das eigentlich das falsche Wort war. Auffällig traf es besser. Hohe Wangenknochen. Eine etwas zu große Nase, ein breiter Mund. Aber ruhige, tiefblaue Augen, wie sie manche Menschen mit dunklen Haaren haben.

»Warum sollten wir uns nicht für Kunst interessieren?«, fragte er. Sie zuckte mit den Schultern und reichte ihm die Kaffeetasse. Er nahm sie und sah sich um.

»Bitte«, sagte Victoria Ravn, und sie setzten sich auf die weißen Stühle. Sie sah ihn ruhig und abwartend an.

»Es geht um Laila Nilsen.«

Sie nickte. »Dachte ich mir schon. Schrecklich, was mit ihr passiert ist. Aber …«

»Sie kannten sie?«

»Ja, flüchtig. Nicht gut.«

»Nicht?« Er ließ ihr Zeit.

»Also, wir haben uns ein paar Mal in der Stadt getroffen. Vermutlich über gemeinsame Bekannte oder so, das weiß ich nicht mehr. Aber Freundinnen waren wir nicht.«

»Haben Sie ihre Nummer im Telefon gespeichert?«

»Was? Ja, ich glaube schon. Aber ich habe alle möglichen Nummern gespeichert. Das heißt nicht, dass wir …«

»Wann haben Sie zuletzt miteinander gesprochen?«

»Am Telefon? Keine Ahnung.«

»Kann das am 15. Februar gewesen sein?«

Ihr Blick veränderte sich. »Warum fragen Sie, wenn Sie es ohnehin schon wissen«, sagte sie ärgerlich.

»Antworten Sie bitte einfach auf meine Fragen.«

»Am 15. Kann sein.«

»Erinnern Sie sich, worüber Sie gesprochen haben?«
»Laila hat mich angerufen und gefragt, ob ich mit zu einer Unterwäscheparty gehen würde.«
»Einer was?«
»Einer Unterwäscheparty. Ein Privatverkauf von Unterwäsche.«
»Ach so. Und, wollten Sie?«
»Ich wusste es noch nicht. Und dann ...« Sie machte eine flüchtige Handbewegung.
Edvard trank einen Schluck Kaffee. Er war viel zu stark für ihn. Am liebsten hätte er um ein bisschen Milch gebeten, aber er wollte nicht aus dem Rhythmus kommen und stellte die Tasse wieder auf den Tisch.
»Kennen Sie Sølvi Gjerstad?«
»Sølvi Gjerstad? Was hat das mit dem Fall zu tun?«
»Kennen Sie sie?«
»Ja, aber auch nicht sonderlich gut. Warum ...?«
»Woher kennen Sie sie?«
Edvard spürte ein kaum merkbares Zögern, bevor sie antwortete.
»Aus dem Nagelstudio. Ich lasse da meine Nägel machen, künstliche und so, Sie wissen schon. Und danach habe ich sie ein paar Mal in der Stadt getroffen.«
Edvard musterte ihre Nägel. Sie waren lang, knallrot und gepflegt. Waren die falsch? »Wann haben Sie sie zuletzt gesehen?«
»Oh, das ist bestimmt ein paar Monate her. Genau weiß ich das nicht.«
»Und wann haben Sie zuletzt mit ihr gesprochen?«
Sie sah ihn an und biss sich etwas verunsichert auf die Lippe. Er war zu groß für den Stuhl, auf dem er saß. Eigentlich ganz attraktiv. Seine Stimme war angenehm, die Hände kräftig, mit langen Fingern und gepflegten Nägeln, und er war gut angezogen. Vielleicht ein bisschen zu sehr gepflegt. Es schien so, als wäre das, was er trug, genau ausgewählt. Ein Pedant, dachte Victoria. Ein Mann,

der den Eindruck erwecken wollte, die Kontrolle zu haben, sowohl über sein Inneres als auch über das, was passierte. Er wirkte ruhig, aber sie hatte das Gefühl, dass er das eigentlich nicht war. Die Intensität, die er ausstrahlte, konnte für alle, die sich ihm in den Weg stellten, sehr unangenehm sein.

»Vielleicht vor ein paar Wochen«, sagte sie schließlich. »Ich bin mir nicht sicher.«

Nachdenklich sah sie auf ihre Hände. »Ich glaube, bei diesem Anruf hat sie mich gefragt, ob ich auch zu dem Fest eingeladen sei, zu dem sie gehen wollte.«

»Und, waren Sie's?«

»Ja, ich erinnere mich jetzt. Wir waren beide da, aber ich habe mich gelangweilt und bin gegangen.«

»War Laila auch da?«

»Nein.«

»Kannten sich Laila und Sølvi?«

»Ich glaube schon, genau weiß ich es aber nicht. Wir leben ja nicht gerade in einer Großstadt. Die Wege kreuzen sich.«

Sie stand mit einem Ruck von ihrem Stuhl auf. »Ich will jetzt wissen, was das alles soll. Ist mit Sølvi auch etwas passiert?«

»Sølvi Gjerstad liegt im Krankenhaus.«

Sie schlug die Hand vor den Mund. Irgendwie sah es künstlich aus.

»Ist sie ...«

»Sie ist bewusstlos. Liegt im Koma, nachdem sie aus einem Fenster gestürzt ist. Vielleicht wurde auch sie überfallen. Wir wissen noch nicht, ob es einen Zusammenhang gibt. Zurzeit überprüfen wir alle Spuren, und Sie sind die einzige Verbindung zwischen den beiden.« Edvard stand auf. Sein Rücken schmerzte von dem harten Stuhl. Er trat ans Bücherregal und berührte ein paar Bücher.

»Was arbeiten Sie?«, fragte er, ohne sich zu ihr umzudrehen.

»Ich bin Künstlerin.«

»Was für Kunst machen Sie? Malen Sie?«
»Ja, auch, aber gerade mache ich eine Auftragsarbeit. Ein paar kleine Skulpturen.«
Er betrachtete die Stereoanlage im Bücherregal und fuhr mit den Fingern über das Markenzeichen. Bang & Olufsen, dieselbe Marke wie der Fernseher. Alles sah neu aus.
»Eine erfolgreiche Künstlerin, nehme ich an?« Er hörte selbst, dass er sarkastisch klang.
»Ich komme zurecht.« Sie hatte kleine rote Flecken auf den Wangen. »Gibt es sonst noch etwas?«
»Nein, vorläufig nicht. Danke für Ihre Hilfe. Und für den Kaffee.«
Victoria begleitete ihn nach draußen, nahm seine Karte und versprach, ihn anzurufen, sollte ihr noch etwas einfallen. Sie legte die Sicherheitskette vor, als hätte sie Angst, er könne zurückkommen, erneut in ihre Wohnung eindringen, mit den Fingern über ihr Hab und Gut streichen und alles taxieren.
Irgendwie hatte er ihr das Gefühl gegeben, dass alles, was sie sagte oder war, bewertet, abgewägt und verworfen wurde, als genügte sie nicht dem Standard, den nur Edvard Matre kannte. Sie war wütend, ohne zu wissen, warum. Wütend, aber auch ein bisschen verängstigt. Sie legte den Kopf an die Tür, drückte die Stirn gegen das kalte Glas und schloss die Augen. Laila war tot, und Sølvi lag im Koma. Sie fragte sich, was um alles in der Welt hier vor sich ging. Bemühte sich, sich davon zu überzeugen, dass es ein Zufall war und nichts mit ihr zu tun hatte. Es dauerte eine ganze Weile, bis sie wieder ruhiger wurde.

Edvard steckte die Hände in die Tasche und beschleunigte seine Schritte. Er dachte an Victoria Ravn. Sie hatte ruhig und gesammelt gewirkt und brauchbare Antworten gegeben. Es gab keinen Grund zu der Annahme, dass der Kontakt zwischen den drei Frauen irgendeine Bedeutung für den Fall hatte. Bergen war, wie sie es ausgedrückt hatte, nicht gerade eine Großstadt. Die Menschen begegneten sich. Aber trotzdem war er sich unsicher. Irgendetwas war da gewesen. Irgendetwas, das er nicht hatte fassen können. Etwas, das sie nicht gesagt hatte. Und er glaubte, dass sie unter diesem Kleid nackt gewesen war, ja, er war sich beinahe sicher. Ob er sie wiedersehen würde?

Kapitel 15

Sie versammelten sich zu der regelmäßigen Morgenbesprechung. Solveig kam um Viertel vor neun, Preben Jordal um Punkt neun, und als Letzter traf Tommy ein. Er war fünf Minuten zu spät und stürmte mit hochrotem Kopf herein. Edvard wirkte wortkarg und lustlos und gab Preben Jordal gleich das Wort. Seine Leute waren von Tür zu Tür gegangen, aber ohne Erfolg.

»Dann haben wir überhaupt keine Ansatzpunkte?« Tommy klang so, als meinte er, die Beamten hätten ihren Job nicht richtig gemacht.

Jordal sah ihn an, kaute nachdenklich mit seinen gelben Pferdezähnen auf einem Streichholz herum und sagte: »Sie können gerne noch einmal persönlich die Runde machen und checken, dass uns auch kein Fehler unterlaufen ist.«

Edvard ging dazwischen. »Solveig, hast du noch etwas?«

»Ich habe die Finanzen der Frauen überprüft, wie du es vorgeschlagen hast. Was ich da gefunden habe, macht überhaupt keinen Sinn.«

»Wie meinst du das?«

Sie breitete ein paar Dokumente vor ihnen auf dem Tisch aus. »Laila Nilsen hat keine Ausbildung. Sie arbeitet in einer Modeboutique, aber nicht Vollzeit. Laut Finanzamt verdiente sie im vorletzten Jahr etwas mehr als 180.000 Kronen brutto. Ich habe mit der Besitzerin des Ladens gesprochen, in dem sie arbeitete, und ihren Angaben zufolge hat Laila im letzten Jahr noch weniger verdient. Lailas Wohnung gehört ihr nicht. Sie mietet sie für 10.000 im Monat. Das ist die Kaltmiete. Mit Nebenkosten ergibt das bestimmt 12.000 pro Monat, also 140.000 im Jahr und damit mehr, als sie netto verdient. Ich bin noch mal in die Wohnung gefahren. Und ihr habt vollkommen recht. Sie hatte viele teure Klamotten. Ich habe auch mit dem Vermieter gesprochen. Seiner Aussage zufolge hat sie die Miete in der Regel bar bezahlt, ich finde aber keine entsprechenden Abhebungen auf ihrem Konto. Mit anderen Worten: Sie muss eine andere Geldquelle gehabt haben, eine, die sie beim Finanzamt nicht angegeben hat.«

»Also, wo hatte sie dieses Geld her?«, fragte Edvard.

»Ich habe keine Ahnung, wirklich auffällig ist aber, dass sich das bei Sølvi Gjerstad genauso verhält. Sie hat ihre Wohnung vor ein paar Jahren für mehr als zweieinhalb Millionen Kronen gekauft und hat große Teile des Kredits in den letzten Jahren bereits abbezahlt. Ich habe mir auch ihre Steuerunterlagen angeschaut, und die Einnahmen aus dem Nagelstudio reichen dafür nicht annähernd.«

»Womit haben wir es dann zu tun?«, fragte Jordal. »Drogen?«

Es wurde still am Tisch.

»Falls sie nicht ...«, sagte Tommy. »Falls sie nicht etwas ganz anderes gemacht haben.«

Jordal sah ihn verwirrt an. »Wie meinen Sie das?«

Tommy nahm die Bilder der beiden jungen Frauen und warf sie auf den Tisch. »Seht sie euch an! Was haben sie gemeinsam? Ich meine, man sieht doch auf den ersten Blick, dass sie beide außergewöhnlich hübsch sind. Ich glaube, die haben sich prostituiert.«

»Tommy!« Solveig stöhnte. »Bitte. Zwei attraktive Frauen mit unerklärlichen Geldquellen, und das Einzige, was dir einfällt, ist Prostitution? Versuch doch mal, ein bisschen weniger klischeehaft zu denken.«

»Moment.«

Tommy stand auf und verschwand aus dem Besprechungszimmer. Kurz darauf kam er mit einem Stapel Zettel zurück, den er auf den Tisch warf. »Das sind die iCal-Ausdrucke von Lailas Computer.«

»Was für Dinger?« Edvard sah ihn fragend an.
»Ihrem Kalender. Sie hat einen Mac, so heißen die Kalender da. Seht mal hier. Mehrmals in der Woche, meistens an drei Tagen, manchmal aber auch an vier oder fünf, hat sie Verabredungen. All diese Termine sind entweder tagsüber zwischen halb zwölf und zwei oder abends, und nirgends ist der volle Name eingetragen. Immer nur Initialen. ›BG‹, ›AF‹ und so weiter. Ich glaube, das sind Kunden.«
»Was ist mit den Sachen, die aus ihrer Wohnung mitgenommen worden sind? Haben wir da etwas gefunden, das auf eine Tätigkeit in der Sex-Branche hinweist? Kondome, Dildos, Reizwäsche, so etwas?«
»Ja«, sagte Solveig. »Aber nur das Übliche, was eine moderne, junge Frau bei sich im Schrank hat.«
»Du meinst also, die Initialen stehen für Kunden, Tommy? Und was ist dann das hier?« Edvard zeigte auf einen Eintrag im Kalender. Neben den Initialen »GO« stand mit kleinen Buchstaben »gr«. Er blätterte wahllos weiter. Die Abkürzung tauchte auch noch an anderen Stellen auf, aber auch die Kürzel »fr«, »de« und »do«.
Tommy grinste. »Ich hab's«, sagte er. »Obwohl das ziemlich sinnlos und keinem System zu folgen scheint. Anfangs habe ich mich gefragt, ob das vielleicht eine Art Code sein kann. Ich habe mir die halbe Nacht darüber Gedanken gemacht, das hat mich echt beschäftigt. Erst als Solveig das mit dem Geld gesagt hat, hat es bei mir Klick gemacht.«
Solveig zog die Augenbrauen zusammen. »Verstehe ich jetzt nicht…«
»Natürlich nicht«, sagte Tommy. »›gr‹ steht für Griechisch.«
Preben Jordal amüsierte sich zusehends. Edvard lächelte. Solveig sah irritiert aus.
»Griechisch?«

»Analsex«, sagte Tommy.
Ihr Mund presste sich zusammen.
»Und ›fr‹ ist französisch, also oral, und ›do‹ ... steht für Dominanz«, rief Jordal. »Verdammt, ich glaube, Sie könnten recht haben. Aber was bedeutet dann ›de‹?«
»Das ist doch klar«, sagte Tommy. »›de‹ steht für deutsch.«
»Häh? Und was soll das für Sex sein?«, fragte Jordal.
»Das wissen Sie nicht?« Tommy lachte. »Das darf doch nicht wahr sein. Sie kennen alle möglichen Perversionen, aber von einer gewöhnlichen Nummer in der Missionarsstellung haben Sie noch nichts gehört?«
Er wandte sich an Edvard. »Was meinst du, Chef? Das kann doch stimmen, oder?«
»Es könnte sein«, sagte Edvard. »Und was ist mit dieser Sølvi?«
»Kein Computer.«
»Aber sie hat einen normalen Terminkalender«, sagte Solveig langsam. »Ich meine, den bei ihren Sachen gesehen zu haben.«
»Den können wir nicht übersehen haben«, sagte Edvard. »Bei einem Fall wie diesem übersieht man doch keinen Terminkalender.«
»Nein, den werden wir uns wohl angesehen haben«, sagte Jordal etwas zögernd. »Aber vermutlich nur, um zu überprüfen, ob sie für den Zeitpunkt des Überfalls etwas eingetragen hatte oder ob es andere, relevante Einträge gab.«
»Okay«, sagte Edvard. »Du überprüfst das, Tommy. Und wir müssen mit der Sitte reden. Vielleicht haben die was über diese Mädchen, wenn sie denn wirklich auf dem Markt waren.«
»Darum kümmere ich mich«, sagte Jordal.

Edvard versuchte, sich auf das Dokument zu konzentrieren, das vor ihm auf dem Tisch lag, doch immer wieder musste er an das Gespräch mit Gunnar Hellstrøm denken. Einmal nahm er den

Hörer in die Hand, um Bjørns Nummer zu wählen, legte dann aber wieder auf. Er wusste nicht, was er sagen sollte.
Bei dem Gedanken an Hellstrøm kam ihm der Psychiater in den Sinn, den er ihm empfohlen hatte, und er durchwühlte seine Jackentasche nach der zerknüllten Serviette, auf der der Name in Blockbuchstaben stand. Er ging ins Internet und googelte Daniel Wiersholm. Es war einiges über ihn zu finden. Die meisten Referenzen waren fachlicher Natur. Er schien eifrig zu publizieren, wobei sein Fachgebiet abweichende, kriminelle Persönlichkeiten waren. Und er arbeitete tatsächlich im Haukeland-Universitäts-Krankenhaus. Edvard rief dort an, ließ sich verbinden und landete auf einer Mailbox. Zögernd legte er auf, ohne etwas zu sagen.
Eine ganze Weile saß er unkonzentriert vor dem Bildschirm und sah sich Zeitungsüberschriften an. Über die Fälle wurde fast nicht berichtet. Es gab nur eine kurze Notiz über den Mord an Laila, über Sølvi jedoch gar nichts. Irgendwie war das nicht logisch. Er scrollte nach unten, fand aber nur Klatsch über Promis und irgendwelche dummen Gerüchte. Tageszeitungen und Wochenblätter unterschieden sich kaum noch. Einem Impuls folgend, öffnete er noch einmal Google und schrieb einen neuen Namen ins Suchfeld. Dann drückte er »Enter«. Nach ein paar Sekunden strahlte ihm Victoria Ravns Gesicht entgegen.
Sie sah etwas anders aus, als er sie in Erinnerung hatte. Jünger und mit längeren Haaren. Sie war Künstlerin, ausgebildet an der Staatlichen Kunsthochschule in Bergen. Er las eine Übersicht über ihre Ausstellungen. Es waren nicht viele. Er zögerte etwas, ehe er eine neue Seite öffnete, für die er sich mit Nutzernamen und Passwort einloggen musste. Dann begann er ernsthaft in Victoria Ravns Leben zu graben.

Kapitel 16

Tommy Wallberg studierte Sølvi Gjerstads Terminkalender. Auch sie hatte mehrmals pro Woche Verabredungen, aber im Gegensatz zu Laila hatte sie ihre Termine immer auf den Abend gelegt. Tommy nahm an, dass sie tagsüber im Nagelstudio arbeitete.

Er zog sich die Jacke an, ging nach draußen und lief durch die Straßen, bis er schließlich vor dem Studio Nail Me stand. Er trat ein. Zwei junge Frauen warteten, während eine dritte neue Nägel bekam. Lange Krallen in einem rosa-schwarzen Schachbrettmuster.

»Tag, die Damen«, grüßte Tommy. Eine der beiden, die warteten, grüßte zurückhaltend und musterte ihn mit ihren stark geschminkten Augen. Die andere würdigte ihn keines Blickes, sondern las weiter in ihrer Zeitschrift.

Er richtete sich an die Kosmetikerin und fragte sie, ob er sie ein paar Minuten sprechen könne. Allein. Sie seufzte und fragte, ob er von der Polizei sei, und als er dies bestätigte, warf sie den Kundinnen einen vielsagenden Blick zu, stand auf und ging vor ihm her ins Hinterzimmer.

»Um was geht es denn jetzt schon wieder?«, fragte sie. »Ich habe in letzter Zeit ziemlich oft mit Ihnen gesprochen.«

Der Raum war so klein, dass ihre Körper sich beinahe berührten. Ihre weiße Bluse war oben geöffnet und gab den Blick auf den oberen Rand eines schwarzen BHs frei, der ihre kleinen Brüste betonte. Tommy spürte die Wärme, die sie ausstrahlte, und nahm ihren Geruch wahr. Eine Mischung aus Deodorant und Schweiß, die er gleichermaßen erregend und abstoßend fand. Er spürte, dass sie ihn nicht kaltließ.

»Wo notieren Sie sich Ihre Kundentermine? Haben Sie einen Terminkalender?«
Sie beugte sich vor, und einen Augenblick spürte er ihre Brust an seinem Oberarm. Er war kurz davor, sie zu packen, als er ein leises »Pling« hörte und merkte, dass sie bloß den Arm ausgestreckt und den PC eingeschaltet hatte. Er räusperte sich. Hatte einen trockenen Mund.
»Wie heißen Sie?«
»Emma.«
»Hier macht jeder sein eigenes Ding, oder?«
»Ja, das ist richtig. Wir teilen uns die Kosten, die Einnahmen aber nicht. Ich hoffe, Sølvi kommt bald wieder, sonst muss ich umziehen oder mir jemand Neues suchen. Allein kann ich die Miete nicht zahlen. Wissen Sie, ob sie bald wieder auf den Beinen ist? Ich hatte noch nicht einmal Zeit, sie zu besuchen.«
»Ich weiß es nicht. Was ich gerne wissen würde, ist, ob Sølvi noch andere Einnahmequellen als das Nagelstudio hatte?«
»Andere Einnahmequellen? Was sollte das sein?«
»Es gibt gewisse Hinweise, dass sie als Prostituierte gearbeitet hat.«
»Davon weiß ich nichts.«
»Würden Sie es denn wissen, sollte es stimmen?«
»Sølvi kann tun und lassen, was sie will. Ich mische mich da nicht ein. Nur solche wie Sie stecken ihre Nase ständig in anderer Leute Dinge. Ich muss mich jetzt wieder um meine Kundin kümmern. Sie können unter dem Nutzernamen ›Sølvi‹ den Terminkalender öffnen. Ein Passwort oder so etwas gibt es nicht.«
Sie schob sich an ihm vorbei. Tommy spürte ihre Hüfte und ihren Oberschenkel und bekam unbändige Lust, sie zu packen und sie mit aller Kraft zu küssen. Einen Augenblick lang begegneten sich ihre Blicke. Er nahm aber nur kalte Ablehnung wahr. Gern hätte er etwas gesagt, drehte sich dann aber nur wortlos zum Computer um und hämmerte wütend auf die Tastatur ein.

Er ging den Terminkalender Woche für Woche durch und sah, dass Sølvi ihre Kunden immer mit vollem Namen notiert hatte und dass alle Vereinbarungen innerhalb der Geschäftszeiten lagen. Als er wieder ins Studio kam, hatte er das Gefühl, als hätte Emma mit den anderen über ihn gesprochen. Sie sahen ihn so komisch an. Die Stimmung im Raum war verändert. In den Blicken, die ihn streiften, lag Distanz, vielleicht sogar Verachtung.

Als Edvard den Psychiater zum dritten Mal anrief, hatte er ihn gleich am Apparat.
»Daniel Wiersholm.«
»Hallo«, sagte Edvard. »Mein Name ist Matre, ich bin Hauptkommissar bei Kripos. Ich habe Ihren Namen von ...«
»Wie, sagen Sie, war Ihr Name?«
»Edvard Matre, von Kripos.«
Es wurde still am anderen Ende. Edvard hörte den Atem des Mannes, er klang angestrengt.
»Hallo? Sind Sie noch da?«
»Was wollen Sie?« Die Stimme war barsch, beinahe abweisend.
»Wie ich schon gesagt habe, ich habe Ihren Namen von Dr. Hellstrøm vom Rechtsmedizinischen Institut in Oslo. Wir brauchen Hilfe bei einem Fall, und er meinte, Sie seien der richtige Mann.«
Erneut eine Pause. »Aha. Verstehe. Wie genau kann ich Ihnen helfen?«
»Was ich Ihnen jetzt sage, ist vertraulich. Wir haben die Befürchtung, dass hier in Bergen ein Serienmörder aktiv sein könnte.«
»Soso«, sagte Wiersholm, klang jetzt aber so, als riebe er sich die Hände. »Wenn das stimmt. Sehr ungewöhnlich, aber interessant. Sehr interessant.«

Als Tommy zur Tür hereinkam, saß Edvard noch immer am Telefon. Er streckte einen Finger hoch, um ihm anzudeuten, dass er gleich fertig war, und deutete auf einen Stuhl. Tommy setzte sich und wartete.
»Okay ... gut ... ausgezeichnet. Das machen wir dann so. Morgen früh um neun, ja. Bis dann.«
»Das war Professor Dr. Wiersholm«, sagte Edvard. »Spezialist für Serienmörder, Sex-Sadisten und so weiter ...«
»Und der arbeitet hier in Bergen? Ist das nicht ein bisschen seltsam?«
»Ja, aber der Mann hat viele Jahre in den USA Erfahrung gesammelt. Er hat sich bereit erklärt, uns zu helfen, und kommt morgen früh um neun hierher. Was hast du herausgefunden?«
»Nicht viel.«
Tommy berichtete ihm von seinen Ermittlungen, und Edvard hörte aufmerksam zu. Danach griff er erneut zum Telefon. »Erkundigen wir uns doch mal, was Jordal für uns hat. Und bitte Solveig, in den Besprechungsraum zu kommen.«

»Nein«, sagte Jordal. »Die Sitte weiß von nichts. Sie haben eine gewisse Kontrolle über den Straßenstrich. Die meisten, die dort arbeiten, kommen aus Nigeria. Des Weiteren gibt es Huren, die in Hotels wohnen und Bergen auf ihrer Reiseroute haben. Viele kommen aus Osteuropa oder Asien. Wir glauben, dass sie von der russischen, baltischen oder ukrainischen Mafia kontrolliert werden, sicher sind wir uns aber nicht. Die Hintermänner sind ohnehin nicht von hier.«
Er trank einen Schluck aus der Tasse, die schon die ganze Zeit vor ihm gestanden hatte, und schnitt eine Grimasse. »Die Sitte weiß, dass es auch noch einen anderen Markt gibt, eine Art *upscale marked,* um es einmal so zu sagen. Dort operieren die Mädchen sehr diskret von privaten Wohnungen aus, aber was diesen Markt

angeht, haben sie keine Übersicht. Ich weiß aber nicht, wie intensiv sie versucht haben, sich Zutritt zu verschaffen.«
»Was ist mit den Jugendarbeitern und Streetworkern?«, fragte Solveig, aber Jordal schüttelte den Kopf.
»Nein, die wissen nichts von diesen Mädchen.«
»Okay«, sagte Edvard. »Dann haben wir bis jetzt also nur die Theorie, dass die beiden jungen Frauen Prostituierte waren. Beweisen können wir das nicht.«

Kapitel 17

»Spielt es eigentlich eine Rolle, ob sie Prostituierte waren oder nicht?«, fragte Preben Jordal.
Professor Daniel Wiersholm sah etwas überrascht aus. »Ich glaube, das kann wichtig sein. Es sagt uns etwas Fundamentales über den Mörder. Und überdies etwas darüber, wer sein nächstes Opfer sein kann.«
Wiersholm beugte sich über den Tisch. Obwohl er sich dem Rentenalter näherte, wirkte er fit, war gut gekleidet und selbstsicher, was häufig bei Ärzten vorkam, die in ihrem Fachgebiet Erfolg hatten. Edvard sah auf seine Hände. Kräftige, gelenkige Finger und glatte, weiche Haut. Nachdem Edvard ihn vorgestellt hatte, war Wiersholm, ohne zu zögern, aufgestanden und hatte sich kurz und bündig präsentiert, mit allen seinen akademischen Referenzen. Eine imponierende Vorstellung. Jahrelang hatte er an vielen renommierten amerikanischen Universitätskliniken geforscht und wissenschaftliche Artikel über eine ganze Reihe von Themen veröffentlicht, die sich zwischen Recht und Psychiatrie bewegten. Er war sogar als Berater und Sachverständiger des FBI tätig gewesen, genauer gesagt für das Nationale Zentrum für die Analyse von Gewaltverbrechen. Als Jordal ihm die Fotografien von den Tatorten und der Obduktion von Laila gab, studierte er die Bilder, ohne mit der Wimper zu zucken.
»Als Erstes würde uns interessieren, ob wir es tatsächlich mit einem Serientäter zu tun haben? Was meinen Sie?«
Wiersholm sah Edvard an und zuckte mit den Schultern. »Um das zu entscheiden, sind Sie ebenso qualifiziert wie ich. Die Art, wie er den Opfern die Hände gefesselt hat, ist beinahe identisch, weshalb ich zu der Annahme tendiere, dass wir es mit dem glei-

chen Mann zu tun haben, aber das hat nichts mit Psychiatrie zu tun, sondern bloß mit gesundem Menschenverstand. Und denken Sie daran, dass wir eigentlich nur einen richtigen Tatort haben, ein Vergleich der Vorgehensweise ist daher kaum möglich. Andererseits ist es gefährlich, zu sehr auf die rituellen Aspekte der Morde zu achten, wie wir das nennen. Die wiederkehrenden Aspekte sind bei Serienmorden eine Zeitlang zu sehr gewichtet worden. Denken Sie nur an den Mörder in ›Schweigen der Lämmer‹, der eine Puppe des Totenkopfschwärmers in den Rachen der Opfer plaziert hat. So ist es nicht immer, in Wahrheit experimentieren die Täter überraschend viel. Außerdem ändern sich mit der Zeit auch ihre Bedürfnisse. Viele brauchen einen immer stärkeren Stimulus, um den ursprünglichen Kick zu erleben.«
»Und wie ist es dann überhaupt möglich, einen Serienmörder zu erkennen?«, fragte Tommy.
Wiersholm lächelte. »Verstehen Sie mich nicht falsch. Es gibt zwischen den Morden immer wieder Übereinstimmungen. Ich wollte damit nur ausdrücken, dass es uns nicht überraschen darf, wenn es auch Unterschiede und Weiterentwicklungen gibt. Und denken Sie daran, dass die Polizei in der Regel sehr zurückhaltend ist und sich nur zögerlich dazu bekennt, dass ein Serienmörder unterwegs ist. Auch nachdem der Autor Johan Unterweger sechs Prostituierte mit ihren eigenen BHs erdrosselt hatte, dementierte die Wiener Polizei, es mit einem Serienmörder zu tun zu haben. Unterweger brachte in zwei Jahren zwölf Frauen um, und die Presse sprach schon lange von Serienmorden, bevor auch die Polizeibehörde dies anerkannte. Ich weiß nicht, warum das so ist.«
Er lächelte in die Runde und entblößte seine blendend weißen Zähne. »Vielleicht sind Sie einfach nur so wie alle anderen auch, Sie verdrängen schlechte Neuigkeiten, solange es geht.«
»Vielleicht«, sagte Edvard. »Aber wenn Sie sich nicht sicher sind, wie sollen wir es dann wissen?«

»In einer Sache bin ich mir sicher«, sagte Wiersholm. »Wenn da draußen ein Serienmörder herumläuft, ist es nur eine Frage der Zeit, bis er wieder tötet.«

»Auf was basiert diese Annahme?«

»Diese Menschen töten, um eine Fantasie auszuleben, ein Szenarium, das sie in ihrem Inneren immer wieder durchleben, bis der Druck einen kritischen Punkt erreicht. Dann wird diese Fantasie in die Wirklichkeit umgesetzt, und ist das erst einmal geschehen, ist die Wahrscheinlichkeit hoch, dass es noch einmal geschehen wird, allerdings erst, wenn der Druck sich erneut aufgebaut hat. Der andere Überfall ist aus Sicht des Mörders sicherlich missglückt. Er konnte seine Fantasien und sadistischen Rituale nicht ausleben, und deshalb hat ihn das auch nicht befriedigt. Berücksichtigt man das und die kurze Zeitspanne zwischen dem ersten und dem zweiten Überfall, bin ich fast überrascht darüber, dass er noch nicht wieder zugeschlagen hat.«

Es wurde still am Tisch.

»Vorausgesetzt, er existiert wirklich«, fügte Wiersholm hinzu.

Edvard hustete. Er fühlte sich schwer, ihm war kalt, und er fragte sich, ob er irgendeine Krankheit ausbrütete. »Lassen Sie uns davon ausgehen, dass er existiert«, sagte er. »Eigentlich haben wir keine andere Wahl, als uns bei der Arbeit voll darauf zu fokussieren. Aber wie finden wir ihn?«

Wiersholm breitete die Arme aus. »Diese Frage ist unmöglich zu beantworten. Ich muss die Tatorte sehen, um mehr darüber sagen zu können, mit was für einer Art von Mensch wir es hier zu tun haben. Zum Beispiel, ob er organisiert oder desorganisiert ist, aber es gibt viele Mythen über Serienmörder. Das einzige Muster, das sich zum jetzigen Zeitpunkt abzeichnet, ist, dass er Prostituierte tötet.«

»Und bedeutet das, dass er es weiter auf Prostituierte absehen wird?«, fragte Solveig.

»Ja, vermutlich. Das mögen ja die häufigsten Opfer sein, aber …«
»Aber was?«
»Nun, einer der Gründe, warum so viele Serienmörder Huren umbringen, ist sicher der, dass es einfache Opfer sind. Sie sind nachts unterwegs, gehen freiwillig mit dem Täter mit und werden häufig erst deutlich später vermisst. Aber es gibt noch andere Gründe. Oft sind Huren allein durch ihre Tätigkeit auch Gegenstand des Hasses, der Verachtung oder der Begierde des Täters.«
Solveig sah sich um. »Sollten wir die entsprechende Zielgruppe dann nicht warnen?«
»Und wie sollen wir das tun?«, fragte Edvard. »Wir haben ja keinen Überblick über die Prostituierten dieser Stadt. Jedenfalls nicht über die draußen auf den Straßen, und das ist ja wohl seine Zielgruppe, oder?«
Sie zögerte. »Wir könnten eine öffentliche Warnung herausgeben.«
»Und Panik auslösen? Ich glaube nicht, dass das eine gute Idee wäre. Was meinen Sie, Preben?«
Jordal zuckte mit den Schultern. »Ich bezweifle, dass der Polizeipräsident da mitspielt, solange wir nicht mit Sicherheit sagen können, dass wir es mit einem Serienmörder zu tun haben, der es explizit auf Prostituierte abgesehen hat. Und das können wir doch wohl nicht, oder?«
»Nein«, sagte Edvard. »Das stimmt.«
Er drehte sich wieder zu Daniel Wiersholm um. »Werden Sie uns in diesem Fall weiter zur Seite stehen? Haben Sie Zeit? Wir können Sie offiziell als Berater anstellen.«
»Ja, das kann ich einrichten. Auf jeden Fall für eine gewisse Zeit, und unter dem Vorbehalt, dass ich natürlich noch ein paar andere Pflichten zu erledigen habe.«
»Wir wären Ihnen sehr dankbar«, sagte Edvard, aber Wiersholm schüttelte den Kopf und lächelte schief.

»Kein Problem. Ich hege eine lebenslängliche Faszination für Serienmörder und habe sie über viele Jahre hinweg gründlich studiert. Trotzdem dachte ich nie auch nur im Traum daran, dass so jemand mal in meiner Heimatstadt auftauchen würde. Ich würde etwas dafür zahlen, bei diesen Ermittlungen dabei zu sein.«

Edvard konnte den Gedanken nicht von sich weisen, dass es etwas geschmacklos, ja fast makaber war, eine derart offensichtliche Faszination für einen Mordfall zu empfinden.

Als Gunnar Hellstrøm anrief, war es bereits elf Uhr abends.
»Hallo«, meldete er sich. »Ich habe dich doch nicht geweckt, oder?«
»Nein, nein.«
»Wie läuft der Fall? Hast du Kontakt zu dem Psychiater bekommen, den ich dir empfohlen habe?«
»Ja, das habe ich. Er wird uns helfen.«
»Das freut mich. Daniel Wiersholm ist ein guter Mann.«
Einen Moment kam das Gespräch ins Stocken. Edvard wartete geduldig, bis Hellstrøm schließlich wieder zu reden begann.
»Also, wegen der neuen DNA-Probe, die du abgegeben hast.«
»Ja?«
»Ich habe die so rasch wie möglich noch einmal durchs System gejagt.«
»Und?«
»Alles war richtig. Das Ergebnis des ersten Abgleichs stimmt tatsächlich.«
Edvard atmete ein paar Mal tief durch. »Dann habt ihr in diesem Grab tatsächlich die sterblichen Überreste meiner Mutter gefunden?«
»Daran gibt es keinen Zweifel.«
Edvard wurde still. Kurz darauf fuhr Hellstrøm fort: »Ich habe

ein paar Leute von uns, die mit so etwas Erfahrung haben, gebeten, sich das Skelett einmal genauer anzusehen.«
»Okay.«
»Es ist eine Frau, klar, das konnte ich auch sehen. Sie war bei ihrem Tod verhältnismäßig jung, etwa Anfang zwanzig. Sie war circa 1,70 m groß, ziemlich schlank und gut gebaut. Sie nehmen an, dass sie vor dreißig bis fünfunddreißig Jahren gestorben ist, aber das ist nur eine Einschätzung, die auf der Erfahrung dieser Leute basiert. Ich habe einen kurzen Bericht geschrieben, den du bei Gelegenheit bekommen kannst.«
»Okay, danke ... Ich danke dir wirklich, Gunnar.«
»Es tut mir echt leid, Edvard«, sagte Gunnar Hellstrøm, aber seine Worte verschwanden im Nichts, denn Edvard hatte bereits aufgelegt.

Edvard hatte sich zu überzeugen versucht, dass das Ganze ein Fehler war und sich die absurden Behauptungen Hellstrøms in Luft auflösten, wenn die neuen Proben analysiert worden waren. Doch jetzt gab es da nichts mehr zu leugnen. Wenn er über die Konsequenzen nachdachte, endete er immer nur in gedanklichem Chaos. Als befände er sich an einem fremden Ort, ohne Landmarken, die ihm einen Hinweis geben konnten, wo er war, woher er kam oder wohin er wollte.

Kapitel 18

Robert Langeland«, sagte Solveig, und Edvard blickte verwirrt von seinem Frühstück auf. Es war fünf nach sieben, und er war bereits seit zwei Stunden wach.
»So heißt der doch, oder? Der Lebensgefährte von Sølvi? Wir müssen natürlich mit ihm sprechen.«
»Warum?« Edvard sah noch immer so aus, als verstünde er nichts.
»Weil er vielleicht bestätigen kann, dass seine Freundin als Prostituierte gearbeitet hat. Vielleicht haben wir dann endlich Gewissheit. Wir brauchen ein paar sichere Anhaltspunkte.«
»Vielleicht weiß er nichts. Sie kann das vor ihm geheim gehalten haben.«
Sie sah ihn ungeduldig an. »Ja, natürlich, aber wir müssen ihn trotzdem fragen, oder?«
»Ja, du hast recht, fragen müssen wir ihn. Wir hätten früher daran denken sollen. Ich fahre nach der Morgenbesprechung ins Krankenhaus.«

Der Stuhl neben Sølvi Gjerstads Bett war leer. Robert Langeland war nicht da. Edvard sah auch keine Ärzte oder Pfleger. Er ging ins Schwesternzimmer.
»Langeland ist nach Hause geschickt worden«, sagte eine der Schwestern.
»Nach Hause geschickt? Wie meinen Sie das?«
»Es war nicht zu verantworten, dass er weiter hier saß. Der wurde langsam verrückt. Ich weiß nicht, wie lange er nicht geschlafen hat, aber dieser Mann war ja nicht mehr wiederzuerkennen. Der Oberarzt hat ihm irgendwann klar zu verstehen gegeben, dass er jetzt nach Hause gehen und schlafen muss.«

»Wann war das?«
»Gestern früh.«

Neben der Tür waren zwei Klingeln, ohne Namen. Edvard zögerte, trat einen Schritt zurück und sah sich das Haus noch einmal an. Es war ein kleines, einstöckiges Steinhaus.
»Hallo?«
Edvard drehte sich um und sah Robert Langeland mit einer Plastiktüte in der Hand am Gartentor stehen.
»Ach, Sie sind's«, sagte er zu Edvard, und sein Gesichtsausdruck veränderte sich. »Ist etwas passiert? Mit Sølvi …?«
»Nein, nein, es ist nichts. Beruhigen Sie sich. Ich wollte Sie nur ein paar Dinge fragen.«
Er sah erleichtert aus. »Okay, ich hatte nur plötzlich Angst, dass … Sie wissen schon.«
»Es steht kein Name an den Klingeln, deshalb war ich mir nicht sicher, ob ich hier richtig war. Wohnen Sie oben oder unten?«
»Äh, oben, das Erdgeschoss vermiete ich.«
»Können wir reingehen und reden?«
»Ja, aber …« Robert Langeland zögerte. »Ich wollte eigentlich gerade einen Spaziergang machen. Im Park. Vielleicht kommen Sie mit, dann können wir da reden? Ich muss mich einfach ein bisschen bewegen, verstehen Sie? Es ist irgendwie leichter zu ertragen, wenn ich in Bewegung bin, außerdem ist ja endlich mal schönes Wetter.«
Er hob die Tüte mit dem Einkauf an. »Wenn Sie einen Augenblick warten, ich stelle die nur gerade in den Flur.«

Schweigend gingen sie nebeneinanderher. Der Park war an einem normalen Werktag beinahe menschenleer. Die Sonne wärmte nicht, und ein kalter Nordwind blies. Als sie zu einer Bank kamen, setzte Robert Langeland sich hin. Edvard blieb vor ihm stehen.

»Was wollen Sie wissen?«

»Sølvi hat ja dieses Nagelstudio, nicht wahr? Aus ihren Bilanzen können wir entnehmen, dass sie da nicht allzu viel verdient hat. Privat deutet aber alles darauf hin, dass sie finanziell recht gut gestellt ist.«

»Ja, und?«

»Deshalb habe ich gehofft, dass Sie uns vielleicht helfen könnten. Wie ist das möglich? Woher stammt dieses Geld?«

Robert Langeland hielt Edvards Blick eine Weile stand, ehe er zu Boden sah. Er schlug die Arme um sich, als fröre er. »Sie wissen es, nicht wahr?«

»Was wissen wir, Robert?«

»Dass sie ..., dass Sølvi ...« Edvard wartete geduldig. »Dass sie sich verkauft hat?«

»Sie war Prostituierte?«

»Ja.« Er sah wieder auf und begegnete Edvards Blick. »Sie finden es bestimmt komisch, dass ich mit einer Frau zusammen sein kann, die so etwas mit anderen Männern macht. Ich weiß, dass Sølvi ein etwas anderes Leben geführt hat, aber das hat nichts mit mir zu tun. Als wir uns kennengelernt und ineinander verliebt haben, wollte sie aufhören. Wir wollten zusammenleben, ein normales Leben führen, das ist alles.«

»Beruhigen Sie sich, Robert«, sagte Edvard. »Ich verurteile niemanden. Wir mussten das nur wissen, das ist alles.« Dann fügte er mit etwas schärferer Stimme hinzu: »Was ist mit Laila Nilsen. War auch sie Prostituierte?«

»Was? Ich kenne keine Laila Nilsen. Warum fragen Sie das?«

Edvard schüttelte den Kopf. »Nur so ein Gedanke.«

»Dann wäre das also geklärt«, sagte Preben Jordal. »Und das erhöht wohl die Wahrscheinlichkeit, dass auch Laila in der gleichen Branche tätig war, oder was meinen Sie?«

Noch ehe Edvard ihm antworten konnte, ergriff Daniel Wiersholm das Wort. »Natürlich«, sagte er, »wir brauchen aber trotzdem noch eine Bestätigung. Kollegen, Freunde, Familie, es ist wohl an der Zeit, sie etwas mehr unter Druck zu setzen. Wir hätten das längst tun sollen. Geben Sie Gas.«
Es wurde still im Zimmer. Die Gesichter am Tisch wandten sich erst Wiersholm und dann Edvard zu.
»Herr Wiersholm, Sie sind hier, weil Sie über Fachwissen verfügen«, sagte Edvard langsam. »Aber das tun auch wir. Unser Fachgebiet ist die Ermittlung von Kriminalfällen. Sagen Sie uns bitte nicht, wie wir unsere Arbeit machen sollen, und übernehmen Sie nicht die Leitung der Gruppe. Das ist mein Job.«
Nach ein paar Sekunden gequälten Schweigens versuchte sich Wiersholm an einem Lächeln. »Tut mir leid. Ich wollte Ihnen nicht auf die Füße treten. Ganz und gar nicht. Ich wollte nur konstruktiv sein.«
»Schon in Ordnung«, antwortete Edvard steif. »Im Übrigen haben Sie recht. Wir müssen noch einmal eine Runde machen. Freunde, Arbeitgeber, alle, die mit ihr zu tun hatten. Irgendjemand muss etwas wissen. Und wegen Laila: Fahr noch mal ins Nagelstudio, Tommy, und bring dieses Mädchen zum Reden. Ich wette, dass sie mehr weiß, als sie gesagt hat.«
Alle atmeten auf. Stuhlbeine kratzten über den Boden, und sie verließen den Raum.

In seinem Büro dachte Edvard noch einmal über die Episode nach. Er hatte einen Moment die Wut in Wiersholms Augen gesehen, bevor dieser sich zusammengerissen hatte. Und ihm war nicht entgangen, wie rot der Hals des Psychiaters geworden war, als er ihn zurechtgewiesen hatte.
Edvard zuckte mit den Schultern und sagte sich, dass das nicht wichtig war. Es gab andere Dinge, über die er nachdenken muss-

te. Er ging ins Internet und suchte mit den Stichworten »Anwalt« und »Bergen«. Sein Blick blieb an einem Namen hängen, den er kannte. Er wählte die Nummer.
»Ist es eilig?«, fragte die Frau am Telefon.
»Ja, sehr«, sagte Edvard und erhielt schon am nächsten Tag einen Termin.

»Und was machen Sie, wenn ich nicht zur Zusammenarbeit bereit bin? Mir Handschellen anlegen oder in einen dunklen Keller einsperren?« Emma lächelte und schien sich zu amüsieren.
Tommy spürte, wie ihm das Blut in den Kopf stieg. Er wusste, wie schnell er dieses Lächeln auslöschen konnte. Das Brennen auf seiner Handfläche, der Schock in ihren Augen, das flammende Rot auf ihrer Wange. Unbewusst strich er sich über das Hosenbein und versuchte, freundlich zu lächeln.
»Sie ist Ihre Freundin, oder? Wollen Sie uns wirklich nicht helfen, den zu finden, der sie überfallen hat?«
»Sie können mich mal«, sagte Emma höhnisch.
Irgendwann hatte Tommy genug. Er hatte schon den ganzen Tag damit verbracht, mit Menschen zu reden, die ihm entweder nichts sagen konnten oder nichts sagen wollten. Er war das alles so verdammt leid.
»Wissen Sie was, fahren Sie doch zur Hölle, Sie Luder«, sagte er und ging.

Kapitel 19

Am Empfang der Anwaltskanzlei gab es außer der *BA* nichts zu lesen. Edvard blätterte durch die Zeitung, bekam aber nicht wirklich etwas mit. Der ältere Drogenabhängige, der ihm gegenüber auf einem Sofa saß, war im Begriff, einzuschlafen. Irgendwo klingelte unaufhörlich ein Telefon. Edvard wippte mit dem Fuß und sah auf die Uhr. Die aufmerksame, ältere Frau an der Rezeption warf ihm einen entschuldigenden Blick zu und sagte: »Er ist sicher gleich so weit.«

Die Sekunden tickten langsam davon. Edvard hatte Lust, dem Beispiel des Mannes in der Ecke zu folgen, der noch weiter nach unten gerutscht war, den Kopf nach hinten gelegt hatte und leise schnarchte.

»Sie können jetzt reingehen, erst geradeaus und dann nach rechts.«

Er ging über den Flur und sah durch eine offene Tür eine hübsche junge Frau, die beim Telefonieren die Füße auf den Tisch gelegt hatte.

»Das können Sie gleich vergessen«, sagte sie. »Unter diesen Bedingungen willigen wir nicht in den Vergleich ein.« Ihr Ton war unversöhnlich, als sie aber sah, dass sie beobachtet wurde, lächelte sie. Die Tür rechts war geschlossen. Edvard klopfte an und öffnete. Ein Mann, der hinter einem Stapel Papiere an einem Schreibtisch saß, stand auf und reichte ihm die Hand. Er war groß, ein wenig schlaksig, hatte graumelierte Locken und trug eine abgetragene Jeans und einen schwarzen Kapuzenpulli, dessen Ärmel etwas ausgefranst waren.

»Mikael Brenne«, sagte er.

Edvard war verwirrt. Das kleine, unordentliche Büro hatte er

ebenso wenig erwartet wie einen Mann mit legerer Kleidung, vorsichtigem Lächeln und leiser Stimme. Aufgrund der kursierenden Gerüchte hatte er ihn sich eher als dynamischen Draufgänger vorgestellt. Möglicherweise bemerkte Brenne etwas in Edvards Blick, denn er lächelte entschuldigend. »Verzeihen Sie mir meinen Aufzug«, sagte er. »Ich bin diese ewigen Anzüge und Schlipse einfach leid.«
»Das spielt doch keine Rolle«, sagte Edvard.
Der Anwalt fragte ihn nach seinen Personalien und tippte sie direkt in den Computer. Als er zu Edvards Beruf kam, blickte er auf. »Sie sind Polizist? Wo denn? In welcher Abteilung?«
»Kripos.«
»Kripos? Und Sie brauchen einen Anwalt?«
»Nein«, sagte Edvard.
Brenne sah ihn verdutzt an. »Nein? Ich hatte gedacht, dass …« Dann winkte er ab. »Egal, ein Missverständnis. Was führt Sie zu mir? Sie wissen, dass ich primär Strafrechtsfälle übernehme?«
»Nur Strafrecht? Ich bin auf Sie gekommen, weil Ihr Name mir etwas gesagt hat, ich habe aber nicht daran gedacht, dass …«
»Ist schon in Ordnung. Vielleicht erklären Sie mir erst einmal in groben Zügen, wobei Sie Unterstützung brauchen. Dann sehen wir, was ich tun kann.«
»Ja«, sagte Edvard, verstummte dann aber wieder. Mit einem Mal wusste er nicht mehr, wo er anfangen sollte.
Mikael Brenne wartete geduldig, doch schließlich stand er auf. »Ich hole uns mal einen Kaffee. Und dann reden wir in aller Ruhe. Milch und Zucker?«
Nachdem die ersten Worte ausgesprochen waren, redete Edvard wie ein Wasserfall. Mikael Brenne hörte zu, ohne ihn zu unterbrechen.
»Hm«, sagte er schließlich. »Eine sehr spezielle Geschichte. Ich kann mir denken, dass das nicht leicht für Sie ist.«

»Ich will einfach nur die Wahrheit wissen«, sagte Edvard.
»Das verstehe ich gut. Was genau erwarten Sie von mir? Was soll ich tun?«
»Ich möchte, dass Sie eine Genehmigung erwirken, das Grab meiner Eltern zu öffnen.«
Brenne sah ihn verblüfft an. »Was? Warum das denn?«
»Um auch von ihnen DNA-Proben zu nehmen, damit ich weiß ... ich muss einfach wissen, was geschehen ist. Sie brauchen dafür doch wohl einen Gerichtsbeschluss? Ich meine, so etwas gelesen zu haben.«
»Ich habe keine Ahnung«, sagte Brenne. »Aber ich glaube nicht, dass das nötig ist.«
»Aber ...«
Der Anwalt schüttelte den Kopf. »Sie denken nicht klar, Matre. Ich kann das verstehen, das Ganze muss ein Schock für Sie sein, aber wenn das eine normale Ermittlung wäre, würden Sie erkennen, wie sinnlos Ihr Vorschlag ist.«
Edvard sah ihn stumm an.
»Aller Voraussicht nach wurden Sie einfach adoptiert.«
»Adoptiert?«
»Ja. Es gibt viele Menschen, die adoptiert wurden, ohne dass sie das jemals erfahren haben. Aber um das herauszufinden, öffnen wir keine alten Gräber, auf jeden Fall nicht gleich. So etwas kann man in den Standesämtern und Einwohnermeldeämtern überprüfen. Ich werde da mal Nachforschungen anstellen, und in ein paar Tagen sprechen wir uns dann wieder, okay?«

Abends ging Edvard wieder joggen. Seine Beine trugen ihn automatisch den Kalfarhügel hinauf. Er war die Strecke jetzt schon gewohnt und lief, ohne nachzudenken, aber statt weiter die Strecke hinauf zum Fløyen zu nehmen, bog Edvard nach rechts ab. Er kam an der Dentistenschule vorbei und passierte die alte Studentensiedlung Alrek. Erst als er durch das Tor des Friedhofes lief, wurde er langsamer.

Niemand sonst war zu so später Stunde dort. Obwohl er erst vor wenigen Tagen am Grab seiner Eltern gewesen war, hatte er Schwierigkeiten, es zu finden. Er wusste die ungefähre Richtung, aber der Abstand zwischen den Laternen war groß, und in dem schwachen Licht waren die Inschriften kaum zu lesen.

Dass er das Grab schließlich doch fand, lag an den Blumen und der Grableuchte, die Cecilie und die Kinder beim letzten Mal aufgestellt hatten. Die Blumen waren bereits welk, und die Leuchte stand schief. Er hatte sich warm gelaufen, aber inzwischen war der Schweiß an seinem Rücken kalt geworden, und er begann zu frieren.

Er wusste nicht, was er fühlte. Tat er sich selbst leid, war er enttäuscht oder wütend? Vor fünfzehn Jahren hatte er seine beiden Eltern plötzlich und gewaltsam verloren. Jetzt war das Gleiche noch einmal geschehen, aber dieses Mal fühlte er nur Leere. Er versuchte, sich an ihre Gesichter zu erinnern, aber es gelang ihm nicht. Sie waren unscharf geworden, konturlos und verloren sich mehr und mehr im Dunkeln.

Er hockte sich hin, las die Inschrift auf dem Stein und streichelte über die Buchstaben. Peder und Caroline. Dank ihnen war er auf der Welt. Sie waren die Familie Matre. Vater, Mutter und zwei Söhne. Eine ganz normale, norwegische Familie mit demselben Hintergrund, einer gemeinsamen Geschichte, mit demselben Blut. Das alles stimmte plötzlich nicht mehr. War zeit seines Lebens eine Lüge gewesen, ein Trugschluss. Edvard wusste plötzlich nicht mehr, wer er war.

Kapitel 20

Solveig traute Steinar Salbu nicht. Für sie sah er aus wie ein Mann, der verfiel. Sie roch den Alkohol quer über den Tisch, und obgleich er Zeit und Geld für seine Kleidung zu verwenden schien, wirkte er ungepflegt. Die Jeans war fleckig, und das Hemd schien er auch schon mehrere Tage getragen zu haben. Außerdem hatte er einen Ziegenbart, und etwas Schlimmeres gab es in ihrer Vorstellung nicht.

»Sie sind also Journalist?«

Er nickte.

»Und Sie haben Informationen über den Mord an Laila Nilsen?«

»Leiten Sie die Ermittlungen?«, fragte er.

»Nein, aber Sie müssen trotzdem mit mir reden.«

Er zögerte. »Hören Sie ... wenn ich das richtig verstanden habe, gibt es einen Zusammenhang zwischen dem Mord und dem Überfall auf Sølvi Gjerstad?«

»Oh, wo haben Sie das denn her?«

»Man hört in dieser Stadt so einiges.« Seine Augen kamen nie zur Ruhe und wanderten rastlos hin und her.

»Hören Sie«, sagte Solveig leise und beugte sich über den Tisch. »Wenn Sie Informationen zu diesem Fall haben, dann sollten Sie uns diese nicht vorenthalten. Haben Sie es aber nur darauf abgesehen, selbst etwas zu erfahren, sollten Sie schleunigst verschwinden.«

»Sie verstehen mich falsch!« Er wedelte erregt mit den Händen. »Meine Informationen können wichtig sein, falls es wirklich einen Zusammenhang gibt.«

»Warten Sie einen Augenblick.«

Solveig stand auf und verließ den Raum. Ein paar Minuten später kam sie zusammen mit Edvard zurück. Das Zimmer wirkte plötzlich überfüllt.

»Mein Name ist Edvard Matre«, sagte er. »Ich leite diese Ermittlungen. Also, raus mit der Sprache.«

Steinar Salbu schüttelte den Kopf. »Ich will erst wissen, ob es einen Zusammenhang zwischen den beiden Fällen gibt.«

»Das ist möglich«, sagte Edvard. »Wir wissen das aber noch nicht hundertprozentig.«

Salbu zögerte noch einen Moment, dann klappte er mit einem Seufzen die Mappe auf, die auf seinen Knien lag.

»Ich weiß nicht, ob das von Bedeutung ist«, sagte er, »aber vor ein paar Monaten habe ich eine Reportage für unsere Samstagsbeilage gemacht. Einen Bericht über die Prostitution in Bergen. Dafür habe ich allerdings nicht mit den Nutten vom Straßenstrich gesprochen, sondern mit – wie soll ich das ausdrücken – den Upperclass-Vertreterinnen ihres Fachs. Schöne, nicht selten kluge und anscheinend erfolgreiche Frauen und Mädchen, die sich nicht prostituieren, weil man sie dazu zwingt oder um ihre Drogensucht zu finanzieren, sondern weil sie sich selbst ganz bewusst dafür entschieden haben.«

»Wollen Sie damit sagen, dass diese Frauen Freude daran haben?« Solveig hörte sich ungläubig an, aber Salbu winkte ab.

»Nein, nein, nicht so. Ich wollte damit nur sagen, dass wir einen Bericht gemacht haben, um ein etwas nuancierteres Bild der Prostitution wiederzugeben. Mal etwas anderes als das, was sonst so in den Medien zu finden ist.«

Er breitete ein paar Seiten auf dem Schreibtisch aus. Edvard blickte über die Schulter des Journalisten und nahm die Zeitung. Die erste Seite war eine Doppelseite, fast vollständig dominiert von einer Fotografie, die vier junge Frauen zeigte. Die ganze Reportage heischte nach Aufmerksamkeit. »Das geheime Leben«,

stand mit roten, romantisch geschwungenen Buchstaben auf schwarzem Grund. Auf dem Bild posierten Körper in unterschiedlichen Stellungen, Frauen im Korsett, mit Strapsen und hochhackigen Schuhen. Die Gesichter waren von der Kamera abgewandt, so dass sie nicht zu identifizieren waren.
Edvard überflog den Text. Offenbar hatte der Journalist alle vier gleichzeitig interviewt. Sie redeten oberflächlich über ihr Leben als Prostituierte, über ihre Beweggründe, ihren Verdienst und darüber, wie sie ihre Tätigkeit vor ihrer Umgebung geheim hielten. Edvard hatte solche Reportagen schon mehrfach gelesen.
Er legte die Seiten weg und sah Salbu an. »Und was wollen Sie uns nun sagen?«
Erneut suchte der Journalist etwas aus seiner Mappe heraus, und schließlich landete ein großer A4-Umschlag auf dem Tisch. Salbu nahm eine Fotografie heraus und reichte sie Edvard. Das Bild zeigte die gleichen vier Frauen, aber dieses Mal von vorn. Sølvi und Laila lächelten den Fotografen an, die Gesichter der anderen waren unkenntlich gemacht.
»Und was für einen Zusammenhang leiten Sie daraus ab?«, fragte Edvard den Journalisten, der mit den Schultern zuckte.
»Ich weiß nicht, auffällig finde ich es aber schon. Ich mache eine Reportage über vier Edelhuren, und ein paar Wochen später wird eine von ihnen ermordet, und eine andere liegt im Koma. Da geht man doch nicht von einem Zufall aus. Oder?«
Edvard ignorierte die Frage. »Wie sind Sie in Kontakt mit den Frauen gekommen?«
»Ich kenne jemanden, der als Nachtportier in einem der besseren Hotels der Stadt arbeitet, und er hat mir den Tipp mit Sølvi gegeben. Ich habe daraufhin mit ihr Kontakt aufgenommen und ihr erklärt, was ich machen wollte. Erst war sie abweisend, aber als ich ihr Anonymität zusicherte und sie über unseren Quellenschutz informierte, fand sie die Idee plötzlich toll.«

Solveig sah von der Seite auf, die sie las. »Warum sollte sie die Idee toll finden? Warum wollten diese Frauen über ihre Erniedrigung sprechen?«

»Ich weiß nicht, ob sie das so empfunden haben«, sagte er. »Sølvi meinte, es sei eine Chance, zu erzählen, wie es wirklich sei. Ganz davon abgesehen, habe ich die Erfahrung gemacht, dass viele Leute gerne in die Zeitung kommen, auch wenn es anonym ist. Es gibt ihnen einen Kick, zu wissen, dass andere über sie lesen.«

»Und die anderen?«, fragte Edvard. »Wie sind Sie in Kontakt mit denen gekommen?«

»Sølvi hat mir den Kontakt vermittelt.«

»Dann kennen die sich untereinander?«

Salbu zog sich am Bart. »Da bin ich mir nicht ganz sicher. Einige kannten sich auf jeden Fall, wenn Sie verstehen, was ich meine. Aber ich weiß nicht, ob sie sich alle kannten. Eine Clique waren sie jedenfalls nicht.«

»Warum nicht?«

»Weiß nicht. Der Eindruck hat sich bei mir eingestellt. Sie waren ziemlich verschieden. Wenn Sie den Artikel lesen, werden Sie feststellen, dass ihr Hintergrund und ihre Interessen sich unterscheiden.« Er zögerte etwas. »Sehe ich wirklich Gespenster am helllichten Tage? Gibt es da keinen Zusammenhang?«

»Ich weiß es nicht, Salbu. Wie lauten die Namen der anderen beiden Frauen?«

Er richtete seinen Blick auf den Boden. »Sorry. Die kann ich Ihnen nicht geben. Quellenschutz.«

»Wenn Sie recht haben und es einen Zusammenhang gibt, kann es lebenswichtig sein, dass Sie uns die Namen nennen.«

Entschiedenes Kopfschütteln. »Tut mir leid, das kann ich nicht. Ich habe das extra mit unserem Redakteur abgeklärt, bevor ich zu Ihnen gekommen bin. Würden Sie bestätigen, dass es einen Zusammenhang gibt und die anderen Mädchen in Gefahr sind,

würden wir die Sache noch einmal diskutieren. Ansonsten müssten Sie das einklagen.« Er stand auf. »Ich glaube aber nicht, dass das helfen würde. Die Dokumente und Bilder können Sie aber behalten.«
Edvard blieb sitzen und studierte die Fotos. Es gab keinen Zweifel daran, was diese Frauen anboten, aber sie repräsentierten unterschiedliche sexuelle Vorlieben und Klischees – vom unschuldigen, jungen Mädchen bis zum ausgeprägt sinnlichen Typ. Drei von ihnen trugen explizit erotische Korsetts, Strümpfe und hochhackige Schuhe, nur die vierte war anders. Ihr Körper war in glänzendes, schwarzes Latex gehüllt. Sie wirkte auf den ersten Blick abschreckend, was durch ihre Positur noch verstärkt wurde. Streng und kontrolliert zeigte sie herausfordernd auf den Fotografen. Edvard wünschte sich, ihren Blick sehen zu können. Er betrachtete das Bild lange. Irgendetwas an ihr faszinierte ihn, traf ihn wie ein Stich direkt in den Bauch.

Kapitel 21

»Was wollen Sie?«, fragte Victoria.
»Kann ich kurz reinkommen?«
Sie zögerte. Ihr Blick war kühl, aber er blieb stehen und wartete und gab ihr das Gefühl, dass sie ihn nicht abwimmeln konnte. Seufzend öffnete sie die Tür. »Wenn es sein muss.«
Im Flur hängte Edvard den Mantel zu ihrem Missfallen an die Garderobe. Es sah fast so aus, als wollte er länger bleiben, als wäre das ein privater Besuch und nichts Berufliches. Eigentlich hatte sie vorgehabt, ihm Kaffee anzubieten, doch unter diesen Umständen ließ sie es bleiben.
»Ich habe Ihnen nicht mehr zu sagen als beim letzten Mal.«
Es war Abend geworden, und draußen war es bereits dunkel. Auch ihr Wohnzimmer lag im Dunkeln, nur eine einzelne Kerze brannte über dem Bild von Killi Olsen. Ein Spotlight, das das Gemälde beinahe schweben ließ. Edvard antwortete ihr nicht, sondern blieb stehen und betrachtete das Bild.
»Dieses Bild gefällt mir verdammt gut«, sagte er.
Eine Sekunde lang begegneten sich ihre Blicke. »An was denken Sie, wenn Sie es betrachten?«, fuhr er fort.
Die Frage war zu persönlich.
»Was wollen Sie?« Sie bemühte sich, einen nüchternen, geschäftsmäßigen Ton anzuschlagen. Wollte, dass er zur Sache kam und dann gleich wieder verschwand, aber er ließ sich nicht aus der Ruhe bringen.
»Habe ich Ihnen gesagt, dass ich dieses Gemälde einmal beinahe gekauft hätte? Ich habe es in einer Ausstellung gesehen und mich direkt in das Bild verliebt, aber es war bereits verkauft. Es ist fast so, als hätten sich unsere Wege früher schon einmal gekreuzt.«

Sie gab es auf, das Gespräch kontrollieren zu wollen, stand mit verschränkten Armen da. »Wenn ich Ihnen das Bild gebe, kommen Sie dann zur Sache?«
Er musste lachen, ein herzliches, ansteckendes Lachen, das sein Gesicht veränderte. Es öffnete sich und machte ihn jünger, weniger bedrohlich. Sein Lachen gefiel ihr.
»Es gibt einen Grund, weshalb ich das erwähne«, sagte er. »Weil ich das Bild kaufen wollte, weiß ich, dass es 150.000 Kronen gekostet hat. Als Sie es gekauft haben, waren Sie gerade mit der Kunsthochschule fertig und arm wie eine Kirchenmaus. Wie konnten Sie sich dieses Gemälde leisten?«
»Sie haben meine Finanzen überprüft? Meinen Background?« Sie klang betroffen, verletzt. »Sie haben nicht das Recht ...«
»Ich bin Polizist, Victoria. Ein Polizist, der in einem Mordfall ermittelt. Das gibt mir alles Recht der Welt. Ich weiß, dass Sie aus einem kleinen Ort auf den Vesterålen kommen, dass Sie gleich nach der weiterführenden Schule nach Bergen gegangen sind, um Kunst zu studieren, und dass Sie eine begabte Studentin waren. Aber ich weiß nicht, woher Sie diese 150.000 hatten. Das ist viel Geld. Wie sind Sie an diese Summe gekommen?«
Der letzte Satz kam ganz ruhig, beängstigend ruhig, aber sie schüttelte nur den Kopf und biss die Kiefer zusammen. Er fand, dass sie noch arroganter aussah als sonst.
»Sølvi und Laila waren Prostituierte«, fuhr er fort.
»Wirklich?«
»Verdienen auch Sie so Ihr Geld?«
»Ich bin Künstlerin.«
Jetzt war es an ihm, mit dem Kopf zu schütteln. »Wie Sie ja selbst bemerkt haben, habe ich mich ein bisschen mit Ihrem Leben beschäftigt. Sie haben ein paar Aufträge, Sie hatten im letzten Jahr zwei Ausstellungen, und ich weiß genau, was Sie verkauft haben.«

Edvard machte zwei Schritte zur Tür und schaltete die Deckenlampe ein. Sie blinzelte angesichts der plötzlichen Helligkeit. Er holte den Umschlag aus der Innentasche und legte die Bilder wie ein Pokerspieler, der seine Trumpfkarten präsentierte, in Fächerform auf den Tisch.

»Laila«, sagte er und zeigte auf das Bild. »Und hier ist Sølvi. Die hier kenne ich nicht, aber das hier sind Sie, nicht wahr?«
Insistierend tippte er mit dem Finger auf die Frau in Schwarz. Victoria sah ihn abweisend an und schwieg.
»Das sind Sie«, wiederholte er, ohne zu wissen, warum er das behauptete. »Wir können vor Gericht gehen und die Herausgabe der Originale einklagen, wenn es sein muss.«
Es war ein Bluff, aber ihre Schultern sanken, und ihr trotziger Blick verschwand einen Moment lang.
»Warum reiten Sie so darauf herum? Es ist doch nicht verboten...«
»Zwei der vier Frauen aus dieser Reportage wurden überfallen. Eine von ihnen wurde getötet, die andere ist um Haaresbreite mit dem Leben davongekommen. Ich glaube, dass ein und dieselbe Person dahintersteckt, und ich befürchte, dass das in Zusammenhang steht mit ebendieser Reportage. Sie können in Gefahr sein.«
Sie dachte einen Augenblick nach und schüttelte dann den Kopf. »Das nehme ich Ihnen nicht ab. Wo sollte der Zusammenhang sein?«
»Ein Verrückter, der es auf Huren abgesehen hat?«
»Der Artikel ist doch anonym und die Bilder auch. Wie soll man mich denn finden?«
Nicht dumm, dachte Edvard. »Mag sein, dass das nicht leicht ist, bei dem Täter könnte es sich aber auch um einen Kunden handeln. Um jemanden, der es etwas härter mag und der mit der Zeit immer heftigere Stimuli braucht, bis er ausrastet und tötet. Ich brauche eine Liste Ihrer Kunden.«

»Sie haben doch nicht alle!«

»Hören Sie, Victoria, ich will niemanden dafür bestrafen, dass er für Sex Geld bezahlt, ich suche einen Mörder. Ich verspreche Ihnen, dass ich diese Namen nur für die Mordermittlung nutzen werde. Es ist in Ihrem eigenen Interesse. Sie können wirklich in Gefahr sein, bedenken Sie das.«

Sie starrte ihn an und schüttelte noch einmal den Kopf. »Sehen Sie sich doch dieses Bild an, Kommissar Matre. Gucken Sie mal ganz genau hin.«

Er tat, was sie wollte. Musterte die schwarzen, strengen Linien ihres Körpers, den autoritären Zeigefinger.

»Was biete ich an? Glauben Sie, das ist der übliche Blümchensex? Glauben Sie, meine Kunden liegen schnaufend auf mir und stöhnen zehn Minuten in der Missionarsstellung, bevor sie dankbar wieder nach Hause zu ihren Frauen gehen? Ich bin das, was man eine Domina nennt. Ich dominiere die Männer. Genau das macht meine Kunden an. Sie wollen nicht Frauen bestrafen, sie wollen von ihnen bestraft werden. Ich glaube wirklich nicht, dass Ihr Mörder unter meinen Kunden zu suchen ist, Herr Hauptkommissar. Und ich glaube auch nicht, dass ich einen von ihnen fürchten muss.«

Er betrachtete das Bild und sah sie wieder an. Gab sich Mühe, ihrem Blick standzuhalten, musste aber schließlich schlucken und schaute zu Boden. Als er abermals zu ihr aufsah, glaubte er so etwas wie Verachtung in ihren Augen zu erkennen, als hätte er ihren Erwartungen nicht entsprochen.

»Sonst noch etwas?«, fragte Victoria.

»Ja«, sagte Edvard. »Der Name der vierten Frau.«

»Den kann ich Ihnen nicht geben.«

Er beugte sich vor, überragte sie und versuchte, wieder in die Offensive zu gehen. »Denken Sie nach, Victoria. Auch wenn Sie glauben, nicht in Gefahr zu sein, kann die andere in Gefahr sein.

Ich weiß noch nicht, ob diese beiden Fälle mit der Reportage zusammenhängen, aber da draußen läuft jemand herum, der Prostituierte umbringt. Seien Sie froh, dass Sie nicht gesehen haben, was er mit Laila gemacht hat. Wollen Sie das Risiko eingehen, dass das noch jemandem geschieht?«

Edvard bemerkte ein leichtes Zucken in ihrem rechten Auge. Mit einem Mal sah sie verletzbar aus, weniger selbstsicher. Einen Augenblick glaubte er, sie überredet zu haben und den Namen von ihr zu bekommen, doch dann wurde ihr Blick wieder kalt und hart, und er wusste, dass er verloren hatte.

»Sie hat aufgehört«, sagte Victoria.

»Wie meinen Sie das? Sie arbeitet nicht mehr als Prostituierte?«

»Genau. Sie wollte nicht mehr. Und deshalb ist auch sie nicht in Gefahr.«

»Ich hoffe, Sie haben recht.« Als er sie musterte, bemerkte er abermals ihre verblüffend blauen Augen. Die Farbe war so klar und stark, dass es fast künstlich wirkte. »Sie sollten auch aufhören.«

»Warum sagen Sie das?«

Er zuckte mit den Schultern, wusste nicht einmal selbst, warum er das gesagt hatte. »So ein toller Beruf ist das ja nun auch wieder nicht, oder? Gefährlich, demütigend und …«

»Demütigend? Sie haben doch keine Ahnung. Das, was ich tue, hat nichts Demütigendes an sich. Für andere vielleicht, aber ich habe keinen Zuhälter, kein Drogenproblem, das ich finanzieren muss, und ich bin auch kein Trafficking-Opfer. Für mich geht es viel mehr um Stärke, darum, die Kontrolle zu haben und nicht kontrolliert zu werden. Und es geht darum, dass nichts egal ist.«

»Ja, aber das ist kein …« Er verstummte plötzlich. Es war so, als spräche sie eine andere Sprache. »Vergessen Sie's. Es geht mich nichts an. Seien Sie einfach vorsichtig.«

Sie suchte in seinen Augen nach dem, was bei allen Männern, die wussten, was sie tat, unter der Oberfläche loderte. Verachtung oder Begierde oder beides, sah aber nur Verwirrung. Er sah aus wie ein Mann, der sich verlaufen hatte, und mit einem Mal fand sie ihn fast sympathisch.

Kapitel 22

»Ist das alles?«
Mikael Brenne nickte. »Ja, mehr war auf den Ämtern nicht zu kriegen.«
Edvard nahm den dünnen Stapel Papiere entgegen. Sie wogen fast nichts. Ebenso gut hätte er Luft in den Händen halten können. Plötzlich verspürte er Widerwillen, wollte sich die Unterlagen nicht ansehen.
Sein Anwalt schien das zu merken. »Sie können die Details später durchgehen. Das Wichtige ist, dass wir recht hatten.«
»Dass Sie recht hatten, meinen Sie.«
Brenne zuckte mit den Schultern. »Sie wurden am 9. März 1977 von Ihren Eltern adoptiert.«
»Meinen Eltern?«
»Ja, durch die Adoption wurden sie ganz offiziell zu Ihren Eltern, ebenso praktisch wie juristisch. Sie waren damals noch sehr jung, nicht einmal ein Jahr, weshalb ich denke, dass sie Ihnen auch emotional sehr nah waren.«
»Ich ...«
Brenne richtete sich auf seinem Stuhl auf und beugte sich vor. »Hören Sie mir einen Augenblick zu. Ich verstehe, dass es für Sie ein Schock sein muss, erst im Erwachsenenalter zu erfahren, dass Sie adoptiert wurden, aber vielleicht sollten Sie versuchen, das im Zusammenhang zu betrachten, Matre. Das Leben, das Sie gelebt haben, wird dadurch nicht anders. Sie haben erlebt, was Sie erlebt haben. Die Menschen, die Ihnen wichtig waren, sind noch dieselben. Auch Sie sind noch derselbe. Es verändert nichts von dem, das war.«
Edvard hörte die Worte, verstand die Sätze, aber sie ergaben kei-

nen Sinn für ihn. Er sah auf die Unterlagen, die er noch immer in der Hand hielt. »Was haben Sie sonst noch herausfinden können?«

Brenne seufzte. »Ihr Taufname ist Edvard Isaksen. Ihre Mutter hieß Anna Isaksen. Der Vater ist als unbekannt angegeben. Entweder wusste sie nicht, wer er war, oder sie wollte ihn schützen. Es kann natürlich auch sein, dass sie ihm die Vaterschaft verwehren wollte. Das herauszufinden, ist unmöglich. Anna kam ursprünglich aus der Finnmark, aus einem kleinen Ort namens Dønnesfjord, aber sie wohnte in Oslo, als Sie adoptiert wurden. Mehr weiß ich nicht.«

Brenne zögerte einen Augenblick. »Nach meiner Einschätzung müssen wir wohl davon ausgehen, dass Ihre biologische Mutter irgendwann als Patientin in die Gaustad-Klinik eingeliefert wurde, was natürlich bedeutet, dass sie starke psychische Probleme gehabt haben muss. Das könnte durchaus auch der Grund für die Adoption gewesen sein. Vielleicht war sie so krank, dass sie sich nicht um ein kleines Kind kümmern konnte. Ich weiß das natürlich nicht, aber die Vermutung liegt nahe.«

Er zögerte erneut, fuhr dann aber fort: »Es geht mich ja nichts an, und ich weiß auch nicht, wie Sie das empfinden, aber alles in allem betrachtet, war das dann eine verdammt verantwortungsvolle Handlung, ein mutiger Entschluss. Ich habe genug Menschen erlebt, die sich an ihre Kinder klammern, obwohl sie ihnen nicht mehr als Trauer und Entbehrungen bieten können.«

»Ja«, sagte Edvard. »Das mag sein.«

Mikael Brenne kam es so vor, dass Edvard keine Ahnung hatte, auf was er da antwortete.

Es hatte wieder zu regnen begonnen. Das kurze Sonnenintermezzo war bereits ein ferner Traum. Die Fußgänger liefen im Zickzack über die Bürgersteige und versuchten, den Tropfen aus den

Dachrinnen und den Spritzern der vorbeifahrenden Autos zu entgehen, aber Edvard kümmerte sich nicht darum.

»Anna Isaksen. Edvard Isaksens.« Er sagte es laut vor sich hin. Fremde Namen von fremden Menschen. Namen, die ihm nicht leicht über die Lippen gingen, die sich in der Mundhöhle verhakten, zäh und trocken wie die Fischgerichte seiner Kindheit. Und Dønnesfjord, Finnmark. Er wusste nicht einmal, wo das war, hatte keinerlei Vorstellungen von diesem Ort. Ebenso gut hätte es in Sibirien sein können, oder in Afrika.

»Es verändert nichts von dem, das war«, hatte der Anwalt gesagt. Es verändert alles, dachte Edvard.

»Stimmt was nicht?«, fragte Solveig.
»Äh, wieso?«
»Ich weiß nicht. Du wirkst so ... abwesend.«
»Es ist alles in Ordnung mit mir«, sagte Edvard.
Tommys Bürotür stand einen Spaltbreit auf. Er hatte die Füße auf den Tisch gelegt und las die *VG*. Als er Edvard sah, hob er zwei Finger zum Gruß und vertiefte sich wieder in die Zeitung. Edvard wurde bewusst, dass er niemanden hatte, dem er sich anvertrauen konnte. Er hatte Freunde, darunter auch gute wie Ragnar Petterson, aber er war es nicht gewohnt, mit ihnen über persönliche Dinge zu reden. Es gab natürlich Bjørn. In der Jugend unzertrennlich, war ihr Kontakt mit den Jahren immer sporadischer geworden. Edvard erinnerte sich nicht einmal mehr daran, wann sie sich zuletzt wirklich ernsthaft miteinander unterhalten hatten. Außerdem war Bjørn der Letzte, mit dem er über dieses Thema reden würde.

Kapitel 23

Robert Langeland gähnte. Es war fünf Uhr morgens, und er saß an Sølvis Krankenbett. Die Blutergüsse in ihrem Gesicht wirkten in dem gedämpften Licht fast schwarz, aber Robert wusste, dass aus dem Blau bereits Grün geworden war. Doch das war auch das Einzige, was sich verändert hatte. Sie lag noch immer blass, still und anscheinend leblos da. Vorsichtig streichelte er ihre Wange und fragte sich, wie es ihnen erginge, wenn sie wieder wach war. Sie brauchte dann viel Fürsorge und Pflege. Aber das war egal, das machte nichts, er würde sich schon um sie kümmern. Vielleicht war das Geschehene aber auch eine Möglichkeit für einen Neustart, eine Chance, das Alte hinter sich zu lassen.
Er gähnte wieder, stand auf und nahm ein zerknittertes Zehnerpäckchen Zigaretten aus seiner Jacke. Nach vielen Jahren war er wieder rückfällig geworden. Es regnete nicht, und das war gut so, denn dann konnte er auf der Terrasse rauchen. Dort war es so viel angenehmer und friedlicher als unten vor dem Haupteingang des Krankenhauses.

Ein paar Minuten, nachdem Robert den Raum verlassen hatte, leuchtete über Sølvi Gjerstads Bett ein rotes Licht auf. Dreißig Meter entfernt auf dem Flur begann zeitgleich ein weiteres Licht zu blinken, begleitet von einem Alarmton, der stoßweise durch das Zimmer schrillte. Die Nachtschwester, die auf ihrem Stuhl gedöst hatte, schreckte auf. Sie blickte nach oben auf die Monitore, die den Status aller Intensivpatienten anzeigten. Sie reagierte effektiv und planmäßig, drückte die richtigen Knöpfe und alarmierte die anderen. Zuletzt eilte sie zu Sølvis Bett, obwohl das eigentlich sinnlos war. Sie hatte Erfahrung genug, um zu wissen, dass im Fall Sølvi Gjerstad kein Grund mehr zur Eile bestand.

Die Wolkendecke war aufgerissen, und die Sterne waren zum Vorschein gekommen, weshalb Robert deutlich länger auf der Terrasse gestanden hatte als sonst. Er hatte noch eine Zigarette geraucht, in den Himmel geschaut und zum ersten Mal seit langem so etwas wie Frieden verspürt. Es würde alles gut werden. Gemeinsam würden sie das schaffen.
Als er zurückkam, war alles vorbei. Der Raum war voller Menschen, ein junger Arzt beugte sich über das Krankenbett, aber der Alarm war abgeschaltet, und all die Monitore, an die Robert sich inzwischen gewöhnt hatte, waren tot. Niemand sah ihm in die Augen.
Nur Sølvi sah unverändert aus, blass und still wie immer, aber als er ihre Wange berührte, wusste er, dass sie nicht mehr da war und alles, was er gedacht hatte, zu Staub zerfallen war.

»Danke. Ja, natürlich. Ich werde Bescheid sagen.«
Solveig legte auf und blieb einen Moment sitzen, ehe sie sich etwas mühsam von ihrem Stuhl erhob und auf den Flur ging. Edvard blickte auf, als sie eintrat, und erneut dachte sie, dass er müde und fertig aussah, als bekäme er nicht genug Schlaf.
»Ich habe gerade einen Anruf aus dem Krankenhaus bekommen. Sølvi Gjerstad ist tot.«
Er nickte. »Dann haben wir zwei Morde.«
»Ja. Zwei Morde und keine Spur«, sagte Solveig. »Ich glaube, mit der Ruhe ist es bald vorbei.«
Das Telefon auf Edvards Schreibtisch begann zu klingeln. Zwei Sekunden später meldete sich auch sein Handy. Preben Jordal steckte den Kopf zur Tür herein. »Der Polizeipräsident will mit uns sprechen.«

»Sind Sie sich wirklich sicher, dass es derselbe Täter ist?«
Der Polizeipräsident stellte diese Frage jetzt zum vierten Mal. Edvard seufzte lautlos und schüttelte den Kopf. »Nein, absolut sicher können wir uns nicht sein. Aber es ist sehr wahrscheinlich.«
»Wie wahrscheinlich?«
»Überwiegend wahrscheinlich«, antwortete Edvard. Er nutzte bewusst einen juristischen Ausdruck, diese Sprache verstanden Polizeipräsidenten.
Der Mann war ein Karrierebürokrat mit Jurastudium, hatte aber nur minimale Erfahrung in praktischer Polizeiarbeit. Edvard mochte ihn nicht und hatte das Gefühl, dass es dem Mann nur darum ging, sich den Rücken freizuhalten.
Der Polizeipräsident nahm die Brille ab und putzte sie lange. »Dann haben wir es also mit einem Serientäter zu tun?« Er verzog bei dem Wort den Mund, als schmeckte es sauer. »Hier in Bergen?«
»Sieht ganz danach aus.«
»Mein Gott.« Er rieb sich die Stirn. »Die fressen uns bei lebendigem Leibe.«
»Wer?«, fragte Edvard, obwohl er wusste, was der Mann meinte.
»Die Medien werden in Ekstase geraten.«
Er streckte sich und setzte sich die Brille wieder auf. »Wir müssen eine Pressekonferenz abhalten, und Sie müssen anwesend sein, Matre. Und ich will täglich informiert werden, täglich.«
»Wir halten jeden Morgen eine Besprechung ab. Sie können …«
»Nein, das dauert zu lange. Sie persönlich informieren mich jeden Tag. Die Direktion wird mir im Nacken sitzen, bis dieser Fall gelöst ist.«
Das Telefon auf dem Schreibtisch klingelte. Der Polizeipräsident nahm den Hörer ab, hörte zu und legte die Hand auf die Sprechmuschel. »Der Innenminister«, sagte er und verdrehte die Augen. »Wir sehen uns auf der Pressekonferenz.«

Der Polizeipräsident hatte recht behalten. Die Journalisten liefen beinahe Amok. Sie reagierten mit einer Mischung aus Aggressivität und unverhohlener Begeisterung, endlich über einen eigenen Serienmörder berichten zu können.

»Ist es ein Serientäter?«, fragte der Senior-Reporter der VG ein weiteres Mal. »Die Leser haben ein Recht, das zu erfahren.«

»Wir können das noch nicht mit Sicherheit bestätigen«, antwortete der Polizeipräsident.

»Können Sie dementieren, dass da draußen ein Serienmörder herumläuft?«

»Äh, nein, das kann ich nicht.«

»Warum nicht?«

Edvard griff ein. »Das ist eine Möglichkeit, der wir nachgehen. Es gibt gewisse Ähnlichkeiten zwischen den Morden, so dass wir in Betracht ziehen, dass es sich um denselben Täter handelt.«

»Welche Ähnlichkeiten?«

»Dazu können wir aus Rücksicht auf die Ermittlungen nichts sagen.« Es nahm einfach kein Ende. Die gleichen Fragen wurden etwas abgewandelt wieder und wieder gestellt, bis Edvard kurz davor war, den versammelten Journalisten ins Gesicht zu schreien, dass sie endlich die Klappe halten sollten, wenn ihnen keine neuen Fragen einfielen.

Irgendwann war es dann vorbei.

Der Polizeipräsident wischte sich den Schweiß von der Stirn. »Verdammt, waren die aggressiv«, sagte er.

Edvard nickte.

»Sie sollten diesen Fall schnellstmöglich lösen, Matre. Das wird nur noch schlimmer werden.«

»Gut, dass die da oben optimistisch sind«, sagte Tommy. »Ich persönlich habe keine Ahnung, was wir hier eigentlich machen. Sollten wir diese Hure nicht vorladen?«

»Victoria Ravn? Auf welcher Grundlage? Sie will uns nicht helfen.«

»Vielleicht ändert sie jetzt, da Sølvi auch tot ist, ja ihre Meinung«, sagte Solveig.

»Findet lieber die vierte Frau«, sagte Edvard. »Ich will mit ihr reden. Druckt Kopien dieser Fotos aus und zeigt sie allen, die etwas wissen könnten. Bei der Sitte, den Fahndern, in Hotels, was weiß ich. Ich werde noch einmal mit diesem Journalisten sprechen.«

»Das bringt doch nichts«, sagte Tommy. »Wir sollten lieber mit dieser Hure reden.«

»Tommy, jetzt beruhig dich.« Solveigs Stimme klang scharf. »Ich will dein Genörgel nicht mehr hören. Halt deinen Mund!«

»Herrje, wenn du so ein Sensibelchen bist, solltest du dich vielleicht nach einem neuen Job umsehen.«

»Schluss jetzt, ihr beiden!«, fuhr Edvard dazwischen. Er wusste, dass sie den Druck spürten. »Das ist erst der Anfang. Die werden uns von nun an alle auf der Pelle sitzen: Medien, Leser, Polizeipräsident, Innenminister. Und sie werden nach Blut lechzen, unserem Blut, wenn wir Fehler machen. Es ist also keine gute Idee, dass wir uns auch noch untereinander streiten. Los, erledigt eure Arbeit.«

Als Edvard schließlich in sein Hotelzimmer kam, war es zehn Uhr abends. Er hatte noch immer schlechte Laune wegen des Gesprächs, das er zuvor mit Steinar Salbu und seinem Redakteur geführt hatte. Es überraschte ihn nicht, dass die Zeitung sich weiterhin weigerte, ihm den Namen der vierten Frau zu nennen. Damit hatte er gerechnet. Provoziert hatte ihn aber die Selbstzufriedenheit des Redakteurs und seine herablassende Art. Er hatte mit Edvard geredet wie mit einem Idioten.

Edvard holte sein Handy heraus, das er seit der Pressekonferenz

auf lautlos gestellt hatte. Siebzehn unbeantwortete Anrufe, aber nur einer von einer unbekannten Nummer. Bjørn hatte ihn ein paar Mal zu erreichen versucht und ihm dann eine SMS geschickt. »Ruf mich an«, lautete die Mitteilung.
Edvard goss sich einen Drink ein. Er war sich bewusst, dass er zurückrufen sollte, aber das Wort »adoptiert« lag wie eine unverdaute Mahlzeit in seinem Bewusstsein. Er wusste nicht, wie er mit Bjørn reden sollte, ohne ihm das zu sagen. Da war es so viel leichter, nicht anzurufen.
Spontan wählte er Victoria Ravns Nummer, legte aber auf, nachdem es nur ein paar Mal geklingelt hatte. Er trank einen Schluck Schnaps, spürte das Brennen im Hals, gefolgt von der Wärme, die sich in seinem Körper ausbreitete, aber trotzdem brachte das nicht die gleiche Entspannung wie sonst. Er war angespannt, und sein Körper wollte nicht zur Ruhe kommen.

Kapitel 24

Victoria ging zur Tür, um zu öffnen, als es klingelte. Es gefiel ihr, dass er pünktlich war.

»Komm rein«, sagte sie und trat einen Schritt zur Seite. Sie roch Seife, vermischt mit frischem Schweiß, als er an ihr vorbeiging, und spürte seine Erregung und Nervosität. Er heftete seinen Blick auf sie. Sie gab ihm die Zeit, sie anzuschauen, wohl wissend, dass das Licht ihre Bewegungen unter dem glatten, schwarzen Suit betonte. Mit der Hand strich sie über sein Glied, erhöhte den Druck und spürte, wie es unter dem Stoff der Hose hart wurde. Sie sah ihn schlucken und begegnete seinem Blick. Er war bereit.

»Zieh dich aus. Ich komme gleich.«

Sie ließ ihn warten, wusste, dass sich jede Minute wie eine kleine Ewigkeit anfühlte. Als sie das Zimmer betrat, stand er von ihr abgewandt da. Er war nackt, hatte muskulöse Arme und einen breiten Rücken. Er spannte die Muskeln an.

»Leg dich auf das Bett«, befahl sie.

Der Anblick seines Körpers sollte nicht bedrohlich sein. Trotzdem hatte er etwas unangenehm Aufdringliches. Ihr war schmerzlich bewusst, dass sie über diesen Mann überhaupt nichts wusste, dass sie keine Ahnung hatte, wer er war. Plötzlich sah sie Lailas malträtierten Körper vor sich und spürte, wie ihr der kalte Schweiß ausbrach. Sie verdrängte den Gedanken, sie wusste, dass eigentlich keine Gefahr bestand und ihr lediglich die Nerven einen Streich spielten. Was sie Edvard gesagt hatte, stimmte. Der Mord an Laila und der Überfall auf Sølvi hatten nichts mit ihr zu tun.

Sie war so nah, dass sie seine Halsschlagader sehen konnte. Sie pochte stark. Ein Handtuch lag neben dem Bett bereit. Das Geld

lag auf dem Tisch, die Kleider ordentlich zusammengefaltet auf einem Stuhl. Durch das Fenster schien die Sonne herein und warf Schattenbilder an die Wand. Die Routine, das Wiedererkennbare der Situation fing sie auf. Sie trat ans Bett und nahm mit sicheren Händen die Peitsche.
»Dreh dich um«, sagte sie. Ein Befehl. Er gehorchte. Sein Körper zuckte zusammen, als das Leder die Haut traf. Hörte das Stöhnen. Die blasse Haut flammte auf.
Danach kam die Stille. Eine Stille, die sich auflöste, als sie langsam aus dem Bett aufstand und darauf wartete, dass er das Gleiche tat. Jetzt konnte sie das Geld nehmen.
Victoria hielt ihm die Tür auf, als er ging. Ihre Blicke begegneten sich eine Sekunde lang. Sie kannte das, aus der Begierde war Selbstverachtung geworden, weshalb er eilig die Wohnung verließ.
Kaum dass er aus der Tür war, riss sie sich die Latexkleider vom Leib. Sie schwitzte, und das Gummi klebte an der Haut, eine Hülle, die gewechselt werden musste, zu klein, zu eng. Es war schwierig, richtig zu atmen. Immer unbeherrschter zerrte sie an dem Stoff, bis er schließlich wie ein schmutziges, gebrauchtes Kondom auf dem Boden lag.
Sie setzte sich aufs Sofa, fühlte sich müde und leer. Alles war anders. Ein Gefühl der Sinnlosigkeit, das ihr Angst machte und ihr zeigte, dass sie nur noch Zuschauerin war, nicht mehr Teilnehmerin. Vielleicht wusste sie das schon lange, hatte es nur nicht klar in Worte fassen können. Der Sex war für sie nur noch der Geschmack des Unglücks, ohne Freiheit, ohne Freude.
Anfangs war das anders gewesen. Ihre Neugier hatte sie getrieben, zitternde Erwartung, ein Gefühl von Stärke, wenn der Raum um sie herum verschwand und einzig Schmerz und Lust blieben. Welche Spannung sie gespürt hatte, als sie erkannte, dass der Körper eine Geschichte erzählte, zärtlich und brutal.

Draußen begann es dunkel zu werden. Der orange Strich unten am Himmel trennte Tag und Nacht, und bald würde die Dunkelheit kommen, die sie zu Boden drückte und zwang, das Gefühl der Leere zu durchleben.

Kapitel 25

Der Mann hatte den Kopf gesenkt und ging zielbewusst mit raschen Schritten zwischen den gut hundert Jahre alten Häusern hindurch. Er trug eine graue Strickmütze. Sein dunkler Anorak glänzte leicht im Licht der Straßenlaternen. In einer Hand hielt er eine etwas altmodische, braune Tasche. Er wusste genau, wohin er wollte.
Er dachte an die Zukunft. Daran, wie gut es sein würde, jemanden zu haben, mit dem er Gedanken und Träume teilen konnte. Eine Vergangenheit. Er würde sie mit ins Stadion nehmen, ihr zeigen, wo er Fußball gespielt und sein erstes Tor geschossen hatte. Auch die Hütte im Wald musste sie sehen. In der hatte er immer übernachtet, wenn er es zu Hause nicht mehr ausgehalten hatte. Aber es spielte keine Rolle, wenn sie nicht mitkommen wollte. Sie konnten auch gemeinsam auf dem Sofa sitzen und einen Film schauen. Sie mussten nicht einmal miteinander reden, es reichte, dass sie füreinander da waren. Es war beinahe am besten, wenn sie nicht zu viel redeten. Beim Reden entstanden so schnell Missverständnisse, und waren die Worte erst ausgesprochen, konnte man sie nicht mehr zurücknehmen. Worte konnten alles verändern, und zum Schluss blieb nur Schmerz übrig.

Ein Bad war das Luxuriöseste, was Victoria sich vorstellen konnte. Es gab Leute, die schwörten auf die Dusche, aber für sie gab es nichts Besseres als eine Auszeit in der Badewanne. Sie drehte beide Hähne auf und justierte die Temperatur. Das Wasser musste warm sein, so warm, dass sie nur langsam in die Wanne steigen konnte, um die Hitze zu ertragen. Das Platschen des Wassers

hallte an den gefliesten Wänden wider, weshalb sie das Telefon erst hörte, als sie auf den Flur kam. Als sie es erreichte, hatte es bereits zu klingeln aufgehört. Aus Reflex nahm sie den Hörer trotzdem ab, wohl wissend, dass längst niemand mehr am anderen Ende war.
»Hallo«, sagte sie und stellte sich vor, wie ihre Stimme durch das unsichtbare Netzwerk aus Kabeln und Drähten lief, die die Welt verbanden. Vielleicht war sie ja noch auf der anderen Seite der Erde als schwaches Echo zu hören. »Hallo«, sagte sie wieder und lauschte der Stille.
Sie ging ins Schlafzimmer und zog die Gardinen zu. Draußen war es dunkel geworden.

Edvard setzte einen Schritt vor den anderen. Nach drei Drinks war an Joggen nicht zu denken, er hatte aber auch nicht in seinem Hotelzimmer sitzen können und sich zu einem Spaziergang entschlossen. Es war kalt, vielleicht null Grad, wenn es nicht sogar fror, weshalb er die Hände tief in die Taschen seiner Lederjacke geschoben hatte. Es war schon nach halb elf. Ziellos lief er durch die leeren Straßen der Stadt, begegnete ein paar Angetrunkenen, ein paar Jugendlichen und einer Frau, die ihm einen verstohlenen Blick zuwarf und die Straßenseite wechselte.
Eine Straßenbahn ratterte vorbei. Die Räder kreischten auf den Schienen. Die wenigen Passagiere im hellerleuchteten Innenraum sahen wie Wachspuppen aus. Sie saßen weit voneinander entfernt, als fürchteten sie den Kontakt. Er kam an dem ehrwürdigen, weißen Gebäude des Meteorologischen Instituts vorbei, ging in den Nygårdsparken und war plötzlich in einer ganz anderen Welt. Die Rasenflächen glänzten schwarz im Licht der Straßenlaternen. Die Buchen ragten wie Dreimaster in den Himmel empor, und als sein Blick den Zweigen nach oben folgte, bemerkte er, dass auch die Sterne zu sehen waren. Seltsam, dachte er, wie es

in dieser Stadt den ganzen Tag regnete und dann nachts wieder aufklarte.
Ruhig ging er die Wege entlang, obwohl er wusste, dass dieser Park der feste Treffpunkt der Bergenser Drogenszene war. Auch wenn Junkies und Dealer sich für gewöhnlich im oberen Teil des Parks aufhielten, suchte er die Schatten ab. In seinem Inneren brodelte es, er hatte das nagende Gefühl, dass etwas nicht stimmte, wie Ameisen in der Seele.

Sie wickelte sich ein Handtuch um den Kopf, wollte sich so spät nicht mehr die Haare nass machen. Ihre Frisur sah schrecklich aus, wenn sie mit frisch gewaschenen Haaren ins Bett ging. Sie stützte sich an der Wand ab und steckte einen Fuß ins Wasser, aber es war zu warm. Als sie ihn wieder herauszog, sah sie, dass ihre Haut bereits rot geworden war. Wie ein überbrühtes Ferkel, dachte sie und ließ kaltes Wasser in die Wanne laufen, bevor sie es noch einmal versuchte. Zentimeter für Zentimeter senkte sie ihren Körper ins Wasser und genoss die wohlige Hitze. Einen Augenblick lang musste sie an ihre Kunden denken, schob den Gedanken aber beiseite. Seufzend lehnte sie sich zurück und schloss die Augen.

Als er zum richtigen Haus kam, wurden seine Schritte langsamer, er blieb aber nicht stehen, sondern studierte im Vorbeigehen das Gebäude. Ein vierstöckiges Eckhaus, ziemlich modern. Es sah gepflegt aus, wenn auch an einigen Stellen der Putz abbröckelte und graue Stellen in der gelben Mauer zum Vorschein kamen. Nicht in allen Wohnungen brannte Licht, wohl aber in der zweiten Etage, und nur das war von Bedeutung.
Er fand den Eingang zum Hinterhof und legte, ohne zu zögern, die Hand auf den Türgriff. Aber das Tor war verschlossen. Er fluchte leise, machte kehrt und verschwand eilig um die Ecke.

Wie ein Fieber spürte er die Aufregung im Körper und musste sich zur Ruhe zwingen. Er durfte nichts übereilt tun. Er freute sich.

Auf der Rückseite des Gebäudekomplexes stand der Eingang zum Hinterhof weit offen. Zufrieden und ein bisschen stolz, dass seine Vermutung richtig gewesen war, ging der Mann durch den spärlich beleuchteten Hauseingang. Alle Häuser dieses Viertels waren um einen Innenhof herum gebaut und nur durch einen einfachen Maschendrahtzaun voneinander getrennt. Der Mann drückte sich an die Hauswand und war kaum zu sehen. In der Ecke standen nebeneinander vier Mülltonnen. Er kletterte auf die hinterste und schwang sich über den Zaun. Die Sohlen klatschten laut auf den Asphalt, als er landete, und seine Fußsohlen brannten, aber das alles spürte er nicht. In einer der Wohnungen begann ein Hund zu bellen, gefolgt von einem wütenden Knurren. Der Mann blieb stehen und wartete angespannt, ob sich jemand am Fenster zeigte, aber alles blieb ruhig, und nach einer Weile beruhigte sich auch der Hund wieder.

Die Hintertür war natürlich verschlossen, aber mit dem kleinen Brecheisen, das er in seiner Tasche hatte, brauchte er nur ein paar Augenblicke, um sie zu öffnen. Er schlüpfte ins Haus und blieb im Dunkel stehen. Sein Atem ging schwer, ob vor Anstrengung oder aus Erwartung, wusste er nicht.

Er bewegte sich langsam, schob sich tastend an der Wand entlang, bis er die Treppe erreichte. Trat auf die unterste Stufe. Zwei Etagen nach oben, dachte er.

So nah.

Dieses Mal würde er sich nicht lächerlich machen. Dieses Mal würde alles klappen. Wenn er nur nicht wieder einen Fehler beging. Das war das Einzige, wovor er sich fürchtete.

Als Edvard vor dem Block stand, in dem Victoria wohnte, wusste er, dass er die ganze Zeit hierher gewollt hatte.
In ihrer Wohnung brannte Licht. Der Rest des Hauses lag im Dunkeln. Plötzlich sah er wieder die Fotografie vor sich, erinnerte sich an den Glanz des Latex, das ihren Körper bedeckt hatte. Edvard wollte wieder kehrtmachen. Eigentlich hatte er hier nichts verloren, aber die Unruhe, die ihn hierhergetrieben hatte, war jetzt sogar noch stärker. Er hatte keinen Grund, anzunehmen, dass etwas nicht stimmte, wurde das Gefühl, dass die Zeit drängte, aber nicht los.
Edvard ging zur Haustür und klingelte. Niemand antwortete, auch nicht auf sein zweites Klingeln. »Sie ist nicht zu Hause«, sagte er zu sich selbst und wollte schon wieder gehen, als ein Wagen vor der Tür hielt und zwei junge Männer ausstiegen. Sie schlossen die Tür auf und traten ein, ohne Edvard eines Blickes zu würdigen. Er blieb draußen auf der Treppe stehen, etwas unsicher, streckte aber unmittelbar, bevor die Tür ins Schloss fiel, seine Hand aus.

Der Schaum roch nach Mimosen. Sie hatte den Badezusatz zu Weihnachten bekommen. Von wem, wusste sie nicht mehr, aber das spielte auch keine Rolle.
»Somewhere over the rainbow«, sang sie, »the skies are blue.«
Sie sang gerne, aber nie, wenn jemand zuhörte. Auch früher nicht, wenn jemand auf einem Fest eine Gitarre ausgepackt hatte. Die Gemeinschaft und die Stimmung hatten ihr gefallen, sie hatte auch mitgeklatscht oder mit den Füßen den Rhythmus gestampft, aber nie gesungen. Als kleines Mädchen war sie einmal höhnisch ausgelacht worden, als sie voller Stolz das Lied vorgetragen hatte, das sie in der Schule gelernt hatten. Sie wusste nicht mehr, wer damals gelacht hatte, aber es war das letzte Mal gewesen, dass jemand sie singen gehört hatte. Abgesehen von diesem Badezimmer.

Ihre Stimme klang von den Wänden wider, und was sie hörte, gefiel ihr, so dass sie sich mitreißen ließ. »And the dreams that you dare to dream, really do come true.«

Der Mann blieb stehen, ohne sich zu regen. Die Tür von der hinteren Treppe zur Wohnung war schwerer zu öffnen gewesen als erwartet, und er war ungeduldig geworden und hatte das Brecheisen schließlich zu hart angesetzt, so dass das Krachen des Schlosses laut und trocken durch die Stille gehallt war. Innerlich hatte er über seine Unvorsichtigkeit geflucht. Er durfte das Ganze jetzt nicht kaputt machen.
Nach einer Weile entspannte er sich wieder. Niemand schien dem Geräusch nachgehen zu wollen. Niemand schlug Alarm. Er drückte die Tür auf und trat über die Schwelle. Er war in der Wohnung! Schnupperte und bildete sich ein, den Geruch einer Frau wahrzunehmen, Blumen. Glück erfüllte ihn. Sie verdiente Blumen. Sie verdiente alles.

Das Wasser begann kälter zu werden. Sie streckte den Fuß aus, drehte gewandt den Hahn auf und spürte, wie die Wärme sie aufs Neue wie eine Decke umhüllte. Sie schloss die Augen. Einmal glaubte sie, durch das Plätschern ein Geräusch zu vernehmen. Sie richtete sich auf, drehte das Wasser ab und lauschte, hörte aber nichts mehr. Nach einer Weile sank sie beruhigt wieder zurück und spürte, wie sich das Wohlbehagen langsam und schwer in ihrem Körper ausbreitete.

Edvard hörte das Klingeln von der anderen Seite der Tür. Ein hohes, aufdringliches Summen. Er sagte sich, dass er es nur noch ein weiteres Mal probieren würde. Er wartete einen Moment und klingelte noch einmal.

Sie wusste, dass es an der Zeit war, aus der Wanne zu steigen, und warf einen Blick auf ihre Fingerkuppen. Wie in ihrer Kindheit, wenn Mutter rief, dass sie noch aussehen würde wie eine Rosine, wenn sie nicht augenblicklich aus dem Wasser kam.
Sie riss sich zusammen und stand auf. Weißer Schaum schwappte aus der Wanne. Das Wasser lief an ihrem nackten Körper hinab. Sie streckte sich nach dem Handtuch aus und spürte im gleichen Augenblick den Luftzug, der wie eine kühle Liebkosung über ihren Körper strich. Mitten in der Bewegung erstarrte sie.
Wusste, ohne sich umzudrehen, dass hinter ihr jemand die Tür geöffnet hatte.
Sie wollte einen Blick in den Spiegel werfen, aber das Glas war beschlagen.
Sie wollte sich umwenden, aber ihre Muskeln weigerten sich.
Sie wollte schreien, konnte aber nicht. Als blockierte etwas ihre Kehle, als steckte dort etwas fest, so dass sie weder atmen noch schreien konnte.
»Geliebte«, flüsterte eine Stimme, ganz nah.
Das Geräusch rüttelte sie auf, löste den Krampf ihrer Muskeln, aber da war es zu spät. Aus den Augenwinkeln sah sie etwas scharf und gnadenlos in dem kalten Neonlicht aufblitzen.

Edvard hatte das Ohr an die Tür gelegt. Als sie öffnete, standen sie dicht voreinander. »Entschuldigen Sie«, sagte er etwas verwirrt. »Ich dachte, Sie wären nicht zu Hause.«
Victoria trug einen Morgenmantel und hatte sich ein Handtuch um den Kopf gewickelt. »Ich war im Bad, was wollen Sie?«
»Ich ... ist alles in Ordnung?«
»Was ist das denn für eine Frage?«
»Kann ich wenigstens kurz reinkommen?«
»Nein.«

Er wand sich. »Hören Sie, es tut mir leid, Sie so spät noch zu stören, aber ich habe ganz einfach ein schlechtes Gefühl.«
»Ein schlechtes Gefühl, was bitte soll das denn heißen?«
»Ich glaube, Sie irren sich, wenn Sie glauben, nicht in Gefahr zu sein.«
Sie sah ihn an und seufzte. »Dann kommen Sie rein.«
Nachdem er geendet hatte, schüttelte sie den Kopf. »Das ist doch nichts Neues«, sagte sie. »Bloß vage Gefühle und unklare Vorahnungen. Und Sie riechen nach Schnaps. Was sind Sie eigentlich für ein Polizist? Und was wollen Sie wirklich?«
Ihre Augen waren hart wie Flintstein. »Haben Sie nach den Drinks plötzlich Lust auf einen inoffiziellen kleinen Besuch bekommen? Ist es das, was Sie wollen?«
Edvard spürte, wie die Wut in ihm hochkochte. »Ich habe in meinem Job schon eine ganze Menge Prostituierte getroffen«, fauchte er. »Aber keine hätte ich auch nur mit der Kneifzange angefasst.«
»Dann raus mit Ihnen«, sagte sie. »Verschwinden Sie endlich aus meiner Wohnung, und hören Sie auf, mich zu belästigen.«

Noch mehr Badewasser schwappte über den Rand der Wanne, während oben an den Fliesen der Schaum zu trocknen begann wie weiche Ablagerungen am Spülsaum nach einer Springflut, nur dass er nicht mehr weiß war, sondern rosa. Der Raum duftete noch immer nach Mimosen, aber etwas Scharfes, Metallisches, Unangenehmes hatte sich in den süßen Geruch gemischt. Und das Wasser, das in Pfützen in Unnis Badezimmer stand, war rot wie Wein.

Kapitel 26

»Sie heißt Unni«, sagte Solveig. »Unni Merete Karlstad.«
»Wer hat sie gefunden?«, fragte Edvard.
»Der Hausmeister. Die Tür zur hinteren Treppe stand offen, es antwortete aber niemand, als er gerufen hat, ob jemand da sei. Deshalb ist er reingegangen und …« Sie zeigte ins Bad. »Wir haben ihn schon befragt, aber der Mann steht unter Schock, es ist nicht viel aus ihm herauszukriegen. Er macht jeden Abend seine Runde und ist sich sicher, dass es gestern Abend gegen elf noch kein Zeichen eines Einbruchs gab.«
»Okay. Wir müssen abwarten, was der Arzt über den Todeszeitpunkt sagt.«
Die Leiche lag im Badezimmer auf dem Rücken, das Gesicht zur Wand gedreht, als wäre es ihr unangenehm, dass sie jemand nackt und so entstellt sah. Solveig und Edvard standen in der Türöffnung, um den Tatort nicht zu kontaminieren, aber selbst aus der Entfernung wurde nur zu deutlich, wie übel die Leiche zugerichtet worden war.
»Das ist ja nur noch ein Klumpen Fleisch«, sagte Edvard. »Mein Gott.«
Solveig wendete sich abrupt um, das Gesicht ganz grau. Sie war schockiert. »Was hast du gesagt?«
Er legte ihr die Hand auf die Schulter. »Ein Klumpen Fleisch. All das, was Unni Merete Karlstad ausgemacht hat, ist nicht mehr da. Was da vorn liegt, das ist nicht sie. Das sind nur Spuren, physische Beweise, die uns etwas über den Mörder sagen und uns helfen können, ihn zu überführen.«
Sie spürte, dass seine Finger sich anspannten.
»Und wir werden ihn überführen!«

Preben Jordal warf einen Blick ins Badezimmer und schnitt eine Grimasse. Er und Edvard gingen ins Wohnzimmer, um die weiteren Ermittlungen zu organisieren. Solveig blieb stehen. Sie sah die Blutspritzer über der Toilette an der Wand und erkannte, dass das warme Blut sich mit dem Wasser und dem Badeschaum gemischt hatte, das in Pfützen auf dem Boden gestanden haben musste, bevor es zu rostroten Flecken eingetrocknet war. Es roch nach Urin und Kot und etwas anderem, süßlich Parfümiertem, das sie nicht identifizieren konnte. Mord war nicht wie im Fernsehen, da starrten die hübschen Frauen immer nur leer in die Ewigkeit. Die Wirklichkeit stank. Die Wirklichkeit war schmutzig, grausam, ekelerregend. Ein wirklicher Mord sah immer nur aus wie ein unvorstellbar schrecklicher Übergriff.
Sie wandte sich ab und studierte die Wohnung, den vergoldeten Spiegel, den Strauß roter Rosen, der auf dem kleinen Marmortischchen im Flur lag und einen grotesken Kontrast zu der Szene im Badezimmer bildete.
»Mein Gott«, sagte eine Stimme dicht an ihrem Ohr. Als sie den Kopf drehte, sah sie Professor Wiersholm auf die blutige Leiche starren. Der Ausdruck in seinen Augen war nicht zu deuten.
»Waren Sie zuvor schon einmal an einem Tatort?«
Er zuckte mit den Schultern. »Wie gesagt, ich habe ein paar Jahre für das FBI gearbeitet, da habe ich schon so einiges gesehen. Aber ich bin Arzt, vergessen Sie das nicht. Zwar spezialisiert auf Psychiatrie, aber mit medizinischer Ausbildung. Ich habe schon Leichen gesehen, vielleicht mehr als Sie. Der Tod hält nicht mehr viele Geheimnisse für mich bereit. Ich werde einen Blick auf sie werfen, dann wissen wir ...«
Er wollte einen Schritt vorwärts machen, aber Solveig streckte ihren Arm aus und schüttelte den Kopf. »Wir müssen warten. Die Spurensicherung ist hier noch nicht fertig. Gehen wir zu den anderen.«

»Also, was glaubt ihr?«, fragte Edvard. »Ist das das dritte Opfer? Oder ist das nur ein ganz gewöhnlicher Mord ohne jeden Zusammenhang mit den beiden anderen?«

Er sah sich im Wohnzimmer um. Jordal lehnte am Fenster, Tommy saß am Schreibtisch und ging etwas abwesend den Inhalt der Schubladen durch. Solveig stand an der Tür, und Daniel Wiersholm hatte auf einem Sessel Platz genommen.

»Kein Tape«, sagte Solveig. »Sie war nicht gefesselt, die Vorgehensweise ist ganz anders.« Sie hob die Hand und zählte an den Fingern ab. »Kein Tape, Tatzeitpunkt abends und nicht morgens, der Mörder ist eingebrochen, um in die Wohnung zu kommen. In den anderen beiden Fällen ist er aller Wahrscheinlichkeit nach hereingelassen worden. Das sind nicht gerade viele Übereinstimmungen.«

Jordal sah sie resigniert an. »Sie haben recht«, sagte er. »Aber wir sind in Bergen. Das ist eine kleine, ziemlich friedliche Stadt. Wissen Sie, wie viele junge Frauen hier jedes Jahr getötet werden?«

Solveig schüttelte den Kopf.

»Nicht viele«, sagte er, als würde nicht einmal er die genaue Anzahl kennen. »Und jetzt … drei im Laufe weniger Wochen. Das müsste schon ein verrückter Zufall sein.«

»Kann sie die vierte Frau aus dieser Zeitungsreportage sein, Solveig?«, fragte Edvard.

»Das ist schwer zu sagen, dafür müssten wir sie uns erst genauer anschauen.«

»Aber ist es möglich?«

Solveig zuckte mit den Schultern.

»Tommy?«, fragte Edvard und wiederholte seine Frage etwas lauter, als er keine Antwort bekam: »Tommy!«

Tommy blickte auf. »Du willst wissen, ob sie wie eine Hure aussieht? Wer weiß? Die gibt es ja in allen möglichen Variationen?«

Er hob seine rechte Hand und wedelte mit einem Zettel herum.

»Aber ich kann mit Sicherheit sagen, dass sie welche in ihrem Bekanntenkreis hatte.«

Edvard nahm den Zettel. Es war eine Fotografie, und obgleich sie sehr jung war – vielleicht sechzehn, siebzehn Jahre alt –, erkannte er Victoria sofort wieder. Das Bild war draußen aufgenommen worden. Sie hatte den Arm um ein schmächtiges, blondes Mädchen gelegt und lächelte glücklich. Auch das blonde Mädchen lächelte, aber etwas zurückhaltender, als wüsste sie nicht recht, ob sie es sich erlauben durfte, vorbehaltlos glücklich zu sein. Edvard drehte das Bild um und warf einen Blick auf die Rückseite.

»Victoria und Unni, 30/06 – 96« hatte jemand mit sauberer, fast kindlicher Handschrift darauf geschrieben.

Später, als die Spurensicherung fertig war, durften sie ins Bad. Sie standen in einem Kreis um die Tote herum. Keiner begegnete dem Blick des anderen.

Daniel Wiersholm krempelte die Ärmel hoch und kniete sich neben die Frau. Er überprüfte die Steifheit der Glieder und murmelte vor sich hin. Edvard begutachtete die Verletzungen, das Blut, die Schnittwunden, durch die an einer Stelle blaugrau die Eingeweide zu sehen waren. Eine Brust war fast vom Körper abgetrennt worden, und er fragte sich, wie grenzenlos die Wut sein musste, um einem anderen Menschen so etwas anzutun. Er verstand es nicht, wie oft er das auch erlebte, sich mit Büchern weiterbildete oder mit Kollegen darüber debattierte.

»Ist sie das?«, fragte er. »Ist das die vierte Frau?«

Wiersholm sah zu ihm auf und nickte. »Ich glaube schon.«

Sie gingen wieder ins Wohnzimmer.

»Da ist noch mehr Wut im Spiel, oder?«, fragte Edvard. »Wenn das unser Mann ist, ist er noch extremer geworden.«

»Ja«, sagte Wiersholm, »das stimmt. Aber auch das ist typisch. Viele Serienmörder durchlaufen eine solche Entwicklung. Sie töten häufiger, wenden extremere Methoden an, und sie fügen ihren Opfern größere Verletzungen zu, bevor sie sie töten. Es ist wie mit allem anderen im Leben, sie stumpfen ab, brauchen immer stärkere Kicks.«

»Und die Vorgehensweise …?«

»Wie ich schon gesagt habe, wird die bestimmte Vorgehensweise als Kennzeichen eines Serienmörders überschätzt.«

»Was glauben Sie? Ist das derselbe Täter?«

Wiersholm zögerte mit seiner Antwort. »Ich glaube, es ist derselbe Mann. Es gibt zwar Unterschiede, es gibt aber auch Übereinstimmungen. Zum Beispiel die Konzentration auf die Brüste und die Geschlechtsorgane. Die gezackten Wundränder. Und nicht zuletzt die Wut.«

Aus dem Eingangsbereich war Rufen und laute Stimmen zu hören. Jordal ging hinüber, um nach dem Rechten zu schauen. Die anderen hörten seine tiefe, brummende Stimme, gefolgt von einem hohen, spitzen Schrei.

»Der Lebensgefährte«, sagte Jordal, als er wieder zurückkam. »Wir fahren ihn nach Hause, benachrichtigen einen Arzt und jemanden, der vielleicht bei ihm bleiben kann.« Und als Antwort auf die unausgesprochene Frage, die er in den Augen seiner Kollegen las, sagte er: »Ich weiß, dass es in der Regel der Ehepartner oder Lebensgefährte ist, aber nicht in diesem Fall. Das ist doch wohl klar, oder? Wir suchen nach einem Mörder ganz anderen Typs.« Er sah von einem zum anderen und heftete seinen Blick schließlich auf Edvard. »Oder?«

Edvard nickte. »Ja, das stimmt. Daran gibt es wohl keinen Zweifel mehr. Wir suchen einen Serienmörder.«

Er stand auf. »Und es scheint wirklich einen Zusammenhang zu dem Zeitungsartikel zu geben. Wir müssen noch einmal mit Victoria Ravn reden, und dieses Mal ausführlich. Solveig und Tommy, bringt sie ins Präsidium.«

Kapitel 27

»Was können Sie mir über Unni erzählen?«
»Unni war ...« Victoria kam nicht weiter, sie erstarrte. Warum gelang es ihr nicht, zu weinen?
»Wie lange kennen Sie sie schon?«
»Seit wir Kinder waren. Ich war damals, glaube ich, acht oder neun.«
»Hm«, sagte Edvard. »Sie und Unni kommen aus dem gleichen Ort?«
»Ja. Wir stammen beide von den Vesterålen. Aus einem kleinen Drecksloch, um die Wahrheit zu sagen. Jenseits der Welt.«
Sie schien aus einer Art Trance zu erwachen.
»Aber warum fragen Sie das? Spielt das irgendeine Rolle?«
»Das weiß ich nicht, aber zurzeit wissen wir nichts über sie. Wir müssen aber die Person kennenlernen, die sie war.«
»Müssen Sie das? Glauben Sie, dass Ihnen das hilft, den Mörder zu finden?«
Edvard sah wieder einen Anflug der wohlbekannten Arroganz in ihrem Blick, doch dann schien sie aufzugeben, als wäre das alles von nun an ohne Bedeutung.
»Unni war ein kluges Mädchen, aber ihre Familie war nichts Besonderes«, sagte sie.
»Wie meinen Sie das?«
»Suff, Trouble und Verlogenheit. Das waren durch die Bank Mistkerle. Unni hatte wirklich keine angenehme Kindheit. Als ich nach Bergen gezogen bin, ist sie einfach mitgekommen.«
»Wie alt war sie da?«
»Sechzehn.«
»Und für ihre Eltern war das okay?«

»Ich glaube, denen war das egal. Vermutlich waren sie froh, sie los zu sein.«
»Okay.« Edvards Finger glitten über die Tastatur. »Was hat sie in Bergen gemacht?«
»Gejobbt. Erst als Putzhilfe und später als Nachtwache in einem Altenheim. Als sie alt genug war, bekam sie einen Job in einer Bar. Das war schlechter bezahlt, hat aber mehr Spaß gemacht.«
»Waren Sie viel zusammen?«
»Wir haben damals zusammengewohnt.«
»Okay. Was war mit ...?«
»Prostitution?«
»Ja, wie ist es dazu gekommen?«
Ein Schulterzucken. »Eigentlich hat sich das einfach so entwickelt. Für mich war es anders als für Unni. Ich bin in diese S-&-M-Sachen reingerutscht.«
»Reingerutscht?«
»Ja, wirklich. Mein damaliger Freund wollte immer, dass ich die Kontrolle übernahm. Für mich war das enorm befreiend. Irgendwann ging die Beziehung in die Brüche, aber da war ich schon im Milieu. Die Nachfrage nach Frauen wie mir, dominanten Frauen, ist verdammt groß, das kann ich Ihnen sagen. Nach einer Weile habe ich mich dafür bezahlen lassen. Ich erfülle einen Hohlraum in ihrem Leben. So betrachtet, ist das auch nicht viel anders, als wenn ich ein Kunstwerk verkaufe.«
»Meinen Sie wirklich, dass es das Gleiche ist, ob Sie Ihren Körper oder ein Gemälde verkaufen?«
»In gewisser Weise, ja.«
Er schluckte den Kommentar, den er auf den Lippen hatte, herunter. »Und Unni. Sie hat doch keine Sado-&-Maso-Sachen gemacht, oder?«
»Nein, bei Unni war das anders. Ich weiß eigentlich nicht recht, wie es bei ihr dazu kam. Wir waren jung, lebten in einer fremden

Stadt und hatten wohl beide eine verkorkste Kindheit. Ich will uns damit nicht zu Opfern machen, es war eher so, dass wir die Freiheit, die Leichtigkeit genossen haben, so zu leben, wie wir wollten. Es gab reichlich Partys, und viele Jungs, wir sind oft ausgegangen. Ich war in vielerlei Hinsicht ein Vorbild für Unni, und dass ich auf diese Weise Geld verdiente, machte ihr den Anfang wohl auch leichter. Der Sprung war nicht so groß.«

Sie musterte ihn unter ihrem dunklen Pony hervor. »Ich rechne nicht damit, dass Sie das verstehen.«

Edvard antwortete nicht, sondern konzentrierte sich aufs Schreiben. Sie bemerkte, dass er sich auf die Lippe biss.

»Hat sie noch immer in der Bar gearbeitet?«, fragte er, als er wieder vom Bildschirm aufblickte.

Victoria schüttelte den Kopf. »Nein, Unni hat vor ein paar Jahren den Schulabschluss nachgeholt. Sie wollte eigentlich an die Uni, aber irgendwie ist nichts daraus geworden.«

»Sie war die vierte Frau auf dem Foto, nicht wahr?«

»Ja. Aber sie hatte aufgehört.«

»Davon gehen Sie aus, ja.«

»Ich gehe nicht davon aus, ich weiß das. Sie war meine beste Freundin. Unni hatte aufgehört.« Sie beugte sich zu Edvard vor und gestikulierte wild. »Sie hatte einen Lebensgefährten. Es war nicht das erste Mal, dass sie einen Freund hatte, aber dieses Mal war es anders. Dieses Mal war es ernst. Plötzlich redete Unni vom Heiraten und von Kindern. Früher hatte sie immer gesagt, dass sie niemals Kinder haben wollte, aus Angst, dass sie ihnen das antun würde, was ihre Eltern ihr angetan hatten, aber jetzt ...«

»Okay.« Edvard zögerte etwas. »Wie war das mit dieser Zeitungsreportage?«

»Was soll damit gewesen sein?«

»Sie erkennen jetzt doch wohl auch, dass es kein Zufall mehr sein

kann, wenn drei von vier Frauen aus der Reportage ermordet wurden? Es muss da eine Verbindung geben.«
»Wo denn? Wir waren mit den anderen nicht befreundet. Unni und ich kannten sie nur flüchtig. Abgesehen von unserer Arbeit, hatten wir nichts gemeinsam.«
Edvard seufzte. »In Ordnung. Was genau ist während des Interviews passiert?«
»Nichts.«
»Irgendetwas muss passiert sein.«
»Ja, natürlich, aber nichts ... nichts Spezielles. Es war nur ein Gespräch. Es war ein Fehler, in dieses Interview einzuwilligen. Ich habe schnell erkannt, dass der Reporter gar nicht an dem interessiert war, was wir sagten. Er wollte nur seine eigenen Vorurteile bestätigt bekommen und die Auflage steigern, so dass ich ihm schließlich gegeben habe, was er wollte.«
»Können wir das mal von Anfang an durchgehen?«
Edvard stellte viele Fragen. Wer hatte Kontakte mit wem, wer hatte den Treffpunkt ausgemacht, wer hatte was gesagt? Victoria wurde blasser und blasser und ihre Antworten immer kürzer. Schließlich lehnte Edvard sich auf seinem Stuhl zurück und fuhr sich durch die Haare.
»Ich gebe auf«, sagte er. »Sie sehen müde aus. Vielleicht machen wir später weiter. Danke, dass Sie heute kommen konnten.«
Sie wirkte gealtert. Die Müdigkeit entlarvte, wie sie in zehn oder zwanzig Jahren aussehen würde. Er unterdrückte den Drang, ihr über die Haare zu streicheln.
»Das ist meine Schuld, nicht wahr?«, fragte Victoria.
Er wusste genau, was sie meinte. Hätte sie ihnen Unnis Namen gegeben, wäre sie vielleicht ...
»Nein«, sagte er. »Es ist nicht Ihre Schuld, dass Unni tot ist. Das ist einzig die Schuld des Mörders.«

Bis zu diesem Punkt hatte sie alles verkraftet. Wie bei einem Ritual hatte sie pflichtbewusst auf alle Fragen geantwortet. Sie hatte gedacht, wie Kinder dachten. Als könnten ihre Gedanken, ihre Antworten das Geschehene ändern. Als wäre eine Fremde im Badezimmer der Wohnung gefunden worden, in der Victoria so häufig gewesen war. Nicht Unni. Nur jemand gleichen Namens. Nicht ihre Unni.
»Vielleicht sollten Sie jemanden anrufen, der bei Ihnen sein kann?«, fragte Edvard.
Victoria wollte sich an seine Brust schmiegen, wollte, dass er seine Arme um sie legte und auf sie aufpasste. Das Gefühl kam vollkommen unerwartet.
»Nein«, sagte sie. »Das wird nicht nötig sein. Ich komme gut allein zurecht.«

Kapitel 28

Unnis Lebensgefährte hieß Gunnar Tvifjord. Er war ein hübscher Mann mit einem etwas jungenhaften Aussehen. Immer wieder warf er den Kopf in den Nacken, weil ihm sein Pony in die Augen hing. Solveig irritierte das. Er könnte sich die Haare schneiden lassen, dachte sie und spürte gleichzeitig einen Anflug von schlechtem Gewissen. Gunnar Tvifjords Leben war in den letzten Tagen auf den Kopf gestellt worden. Er sah müde aus, hatte trockene Lippen und rot geränderte Augen.
»Mein Beileid«, sagte sie. »Und danke, dass Sie heute hier zu uns gekommen sind, um uns zu helfen.«
»Ich weiß nicht, wie ich Ihnen helfen kann.«
»Das können wir zum jetzigen Zeitpunkt auch noch nicht sagen, aber wir müssen so viel wie möglich über Unni wissen. Und Sie standen ihr doch wohl am nächsten, nicht wahr?«
»Das nehme ich an. Was genau wollen Sie wissen?«
Solveig setzte sich zurecht, trank einen Schluck Wasser und räusperte sich.
»Alles«, sagte sie. »Aber erst einmal, der Ordnung halber, eine Frage, Sie betreffend. Stimmt es, dass Sie bei einer Zeitung arbeiten?«
»Nein, nicht bei einer Zeitung. Ich bin Freelance-Journalist, nicht fest angestellt. Und ich schreibe nicht für Tageszeitungen, sondern für Magazine und Zeitschriften.«
»Was für Zeitschriften? Habe ich davon schon mal eine gelesen?«
Die Andeutung eines Lächelns. »Das bezweifle ich sehr. Ich schreibe für sogenannte Männermagazine, über Autos, Extremsport, Expeditionen in die entlegensten Gebiete dieser Welt, all die Sachen, die Männer interessieren.«

»Und Sie haben vorgestern gearbeitet?«

»Ja. Ich war im Jotunheimen, um mit ein paar Basejumpern zu sprechen, die neue Plätze gefunden haben, an denen sie ihr Leben aufs Spiel setzen können. Ich bin erst gestern Morgen nach Hause gekommen.«

»Kann das jemand bestätigen?«

Gunnar Tvifjord wurde still. »Warum?«, fragte er nach einer langen Pause.

Solveig seufzte. »Sie wissen, warum, Tvifjord. Sie sind ein intelligenter Mann, Ihnen ist bewusst, dass wir bei so einem Fall erst einmal alle ausschließen müssen, die dem Opfer nahestanden.«

»Tja, das müssen Sie wohl.«

»Um die siebzig Prozent aller Morde werden von Menschen begangen, die in engem Kontakt zu den Opfern stehen. Das hat nichts mit Ihnen persönlich zu tun. Nur eine statistische Tatsache, die wir berücksichtigen müssen. Also ... kann jemand bestätigen, wo Sie Dienstagabend und in der Nacht auf Mittwoch waren?«

»Ich war am späten Nachmittag mit meiner Arbeit fertig. Ich war aber zu müde, um direkt nach Hause zu fahren, weshalb ich wie gesagt in einem Hotel übernachtet habe. Ich habe die Rechnung zu Hause.«

»Gut. Die würde ich gerne sehen.«

»Ich kann sie später vorbeibringen.«

»Das wäre nett. Dann lassen Sie uns über Unni sprechen. Wann sind Sie sich das erste Mal begegnet?«

Edvard sah auf, als sie in sein Büro kam. »Und?«, fragte er, und Solveig wusste genau, auf was er anspielte.

»Du weißt, wie schwierig es ist, eindeutig etwas sagen zu können.«

»Natürlich, aber dein erster Eindruck interessiert mich trotzdem.«

»Ich glaube nicht, dass er etwas damit zu tun hat.«
»Hat er ein Alibi?«
»Sieht so aus. Er war von Dienstag auf Mittwoch in einem Hotel.«
Edvard nickte. »Okay. Und was ist mit ihrem Job?«
»Du denkst an die Prostitution? Er kam nicht gut damit zurecht, aber laut ihm hatte sie aufgehört. Sie wollten zusammenziehen.«
»Das stimmt mit dem überein, was Victoria gesagt hat.« Edvard stand auf und streckte sich. Sein Rücken schmerzte. »Wie ist das eigentlich mit diesen Männern?«
»Was meinst du?«
»Gunnar Tvifjord und, wie hieß der andere noch mal?«
»Robert Langeland?«
»Genau! Warum ist man der Lebensgefährte einer Prostituierten? Ich weiß ja, dass die Mädchen auf dem Strich Lover haben, aber da reden wir ja von Typen, die ebenso Zuhälter wie Freund sind, oder von Drogenabhängigen mit abgestumpftem Gefühlsleben. Aber das hier sind ja ganz gewöhnliche Männer. Ich verstehe das nicht.«
»Nun«, sagte Solveig nachdenklich. »Die Entscheidungen anderer Menschen sind nicht immer so leicht zu verstehen. Warum verlieben sich Frauen in Männer, die sie misshandeln oder verachten? Mir fallen ebenso viele Gründe dafür ein, dass Männer sich Prostituierte als Lebensgefährtinnen suchen.«
Edvard sah sie verblüfft an. »Wirklich? Und welche?«
Unbehaglich rutschte sie auf ihrem Stuhl herum. »Vielleicht macht sie das an. Wenn es um Sex geht, ist wohl nichts unmöglich. Denk nur an die Mörder, die Liebesbriefe im Gefängnis bekommen, von Frauen, die sie retten wollen. Vielleicht sind es die gleichen Mechanismen, die Männer verleiten, mit Prostituierten zusammen sein zu wollen, was weiß ich? Es kann aber auch sein,

dass es sehr viel einfacher ist. Vielleicht verlieben sie sich, ohne von ihrer Tätigkeit zu wissen, und wenn sie es dann erfahren, spielt es keine Rolle mehr. Ich meine, klar spielt es eine Rolle, aber dann haben sie sich bereits ineinander verliebt, verstehst du, was ich meine?« Sie wurde rot. »Man weiß ja nie. Das ist ja das Seltsame an der Liebe.«

»Tja, du hast wohl recht«, sagte Edvard nachdenklich. »Aber leicht zu verstehen ist das nicht.« Er drehte sich um und sah aus dem Fenster. »Wie dem auch sei, das Alibi dieses Gunnar Tvifjord musst du überprüfen.«

»Es ist ziemlich unwahrscheinlich, dass er der Täter ist.«

»Ja, da bin ich deiner Meinung. Wenn Unni das erste Opfer wäre, stünde er ganz oben auf unserer Verdächtigenliste, aber so sicher nicht.«

Sie gingen zusammen zurück zum Hotel. Es war ein schöner, milder Abend, das Dunkel schliff die Konturen ab und verbarg Schmutz und Verfall. Edvard musterte Solveig. Während er einen Schritt machte, musste sie zwei machen, sie wirkte energisch und konzentriert.

»Ich habe gehört, dass du Mitglied in einer religiösen Gemeinschaft bist?«, sagte er. »Stimmt das?«

Sie sah ihn überrascht an. »Warum fragst du?«

»Ich wollte nicht in deinem Privatleben graben, ich habe das nur von jemandem gehört.«

»Von Tommy«, stellte Solveig fest. »Er macht immer so viel Aufhebens davon. Anscheinend findet er das ungeheuer lustig. Der Mann ist ein Idiot. Außerdem irrt er sich. Ich bin kein Mitglied einer besonderen Kirchengemeinde. Nicht mehr, obwohl ich als Quäkerin aufgewachsen bin. Mein Vater ist allerdings noch Teil der Gemeinde.«

»Quäker?«

»Ja, eigentlich weiß niemand, wofür die stehen, am bekanntesten ist, dass sie Pazifisten sind.«
»Das passt aber nicht sonderlich gut zu deinem Job als Polizistin«, sagte Edvard.
Solveig lächelte. »Nein, das stimmt.«

Kapitel 29

Es war das erste Mal, dass der Polizeipräsident an der Morgenbesprechung teilnahm. Er sah müde aus, und Edvard glaubte zu erkennen, dass seine Hände zitterten.
»Sind Sie sich vollkommen sicher, dass wir es auch dieses Mal mit demselben Täter zu tun haben?«, war das Erste, was er fragte.
Edvard nickte. »Ziemlich sicher. So sicher, wie man sich sein kann.«
Der Polizeipräsident starrte ein paar Sekunden lang finster vor sich hin, dann richtete er sich auf. »Das geht so nicht weiter. Zwei waren schon schlimm, aber jetzt nimmt das Ganze unbeschreibliche Ausmaße an. Die Medien schreiben inzwischen über nichts anderes mehr. Das Präsidium wird richtiggehend belagert, und in der Stadt bricht allmählich Panik aus. Wir müssen diesen Verrückten kriegen, und zwar schnell!«
Er stand auf und sah ihnen der Reihe nach in die Augen, als wollte er sie zwingen, diesen Fall zu lösen. »Ich habe Vertrauen zu Ihnen«, sagte er. »Sie schaffen das. Halten Sie mich auf dem Laufenden.«

Als sie fertig waren, senkte sich Stille über den Besprechungsraum.
»Okay«, sagte Edvard. »Im Augenblick fühlt es sich an, als stünden wir mit leeren Händen da, aber aus Erfahrung wissen wir, dass sich das schnell ändern kann. Wir müssen einfach weitermachen, gründlich und exakt sein und jeder Spur folgen. Früher oder später wird es einen Durchbruch geben.« Er ließ seinen Blick um den Tisch wandern. Sie nickten, und ihre Gesichter strahlten verbissene Entschlossenheit aus.

»Das Wichtigste ist jetzt«, fuhr er fort, »weitere Morde zu verhindern. Victoria Ravn muss rund um die Uhr bewacht werden. Von den vier Frauen der Reportage ist nur noch sie am Leben.«

»Aber wie hängt das zusammen?«, fragte Solveig. »Ich meine …, klar sehe ich das Muster. Jemand tötet Prostituierte. Aber wie hängt das mit dem Zeitungsartikel zusammen? Warum gerade diese Frauen? Und wie findet er sie?«

»Ich weiß es nicht, aber es muss einen Zusammenhang geben, und das bedeutet, dass Victoria Ravn in Gefahr ist. Könnten Sie für die Bewachung sorgen, Preben?«

Edvard erhob sich von seinem Stuhl.

»Einen Augenblick noch«, sagte Professor Wiersholm auf einmal, und er nahm wieder Platz. »Ja?«

»Es ist eine Tatsache, dass Serienmörder schwer zu fassen sind«, sagte Wiersholm langsam. »Manche machen jahrelang weiter, ohne dass es der Polizei gelingt, sie zu überführen. Gewöhnlich werden Verbrecher geschnappt, weil die Täter sich bereits im Blickfeld der Polizei befinden, weil sie ein entsprechendes Vorstrafenregister haben oder eine konkrete Verbindung zu dem Opfer besteht. Bei Serienmördern trifft das alles nicht zu. Sie sind in der Regel nicht vorbestraft und wählen ihre Opfer zufällig aus. Deshalb ist es beinahe unmöglich, sie zu stellen. Aber …«

»Was aber?« Edvard unterdrückte seine Ungeduld.

»Dieser Mörder hier scheint seine Opfer nach anderen Kriterien auszusuchen. Ich bin mit Ihrer Einschätzung völlig einverstanden, Matre. Es muss einen Zusammenhang mit dem Zeitungsartikel geben, auch wenn wir den bis jetzt noch nicht kennen. Und das gibt uns eine gute Chance, den Täter zu finden.«

Jetzt hatte er die Aufmerksamkeit von allen. »Wie meinen Sie das?«, fragte Tommy.

»Früher, als in Indien noch Tiger gejagt wurden, band man für gewöhnlich eine junge Ziege im Wald an einen Baum. Ein Tiger interessiert sich nicht für Aas, der will lebende Beute. Der Jäger versteckte sich in der Nähe des Köders und wartete darauf, dass das Raubtier sich zeigte. Diese Jagdmethode war höchst effektiv. Victoria Ravn ist unsere Ziege.«

Edvard sah ihn an und ließ ein paar Sekunden verstreichen. Als er antwortete, betonte er jede Silbe.

»Sie scheinen da etwas nicht verstanden zu haben, Dr. Wiersholm. Die Aufgabe der Polizei besteht in erster Linie darin, Verbrechen zu verhindern und Leben zu schützen. Wir nehmen keine Menschen als Lockvögel.«

»Sehr ehrenhaft«, sagte Wiersholm. »Sie müssen sich aber über eine Sache bewusst sein, Matre. Wir wissen nicht, was im Kopf dieses Mörders vor sich geht. Es gibt keine Garantie, dass er sich bei der Wahl seiner Opfer auf die Frauen aus dem Zeitungsartikel beschränkt. Auch andere könnten sterben. Sie vergeben eine Chance, ja vielleicht unsere einzige, um ihn zu schnappen. Und Victoria Ravn ... natürlich werden wir sie schützen, aber sie ist trotzdem ...«

»Das steht nicht zur Diskussion, Wiersholm. Wir machen das auf meine Weise, verstanden?«

Edvard sprach ruhig, aber die Haut um seine Nasenlöcher herum war weiß geworden. Solveig sah ihm an, wie verärgert er war. Dann ging ihr Blick zu Professor Wiersholm. Er wirkte vollkommen unberührt und zuckte nur leicht mit den Schultern.

Kapitel 30

»Ihnen ist doch klar, dass ich darüber schreiben werde?«
»Über was werden Sie schreiben, Salbu?«, fragte Edvard.
Steinar Salbu machte eine vage Handbewegung. »Über das Ganze natürlich, all das hier.«
»Sie füllen doch jetzt schon die Hälfte Ihrer Zeitung mit diesem Mist.«
Salbu blickte resigniert drein, als würde Edvard die Sache nicht verstehen. »Ich denke selbstverständlich an unsere Reportage. Dass drei der vier Frauen, über die wir geschrieben haben, jetzt Opfer eines Serienmörders geworden sind.«
»Und was wollen Sie darüber schreiben?«
»Wie? Die Wahrheit natürlich.«
»Und die wäre?«
»Dass ... na, ist doch klar, dass die tot sind.« Edvard hatte jetzt wirklich genug. »Hören Sie auf, den Idioten zu spielen, Salbu. Ich weiß, dass diese Frauen tot sind, und Sie wissen das auch. Die Frage ist nur, warum?«
»Das weiß ich doch nicht.«
Edvard hielt den Zeigefinger dicht vor das Gesicht des Journalisten. »Drei Frauen sind tot. Das kann kein Zufall sein. Was ist bei dem Interview passiert? Irgendetwas haben Sie mir nicht gesagt. Es geht um einen Dreifachmord, haben Sie das kapiert? Ihr Quellenschutz spielt da keine Rolle mehr! Wenn Sie Informationen zurückhalten, die für unsere Ermittlungen relevant sein können, werde ich Sie ...«
Steinar Salbus Gesicht lief rot an. »Aber das tue ich nicht! Verdammt, Mann, ich bin doch mit diesen Informationen zu Ihnen gekommen. Ohne mich wüssten Sie gar nicht, dass es da einen

Zusammenhang gibt! Warum sollte ich das tun und gleichzeitig Informationen zurückhalten?«

Er drehte sich zu Solveig um und suchte Unterstützung bei ihr, aber ihr Blick war distanziert und kritisch, so dass er sich resigniert wieder Edvard zuwandte. »Warum sollte ich das tun?«, wiederholte er.

Edvard lehnte sich schwer auf seinem Stuhl zurück. »Okay. Dann gehen wir das alles noch einmal durch.«

Salbu stöhnte. »Wir sind das doch schon tausend Mal durchgegangen!«

»Von Anfang an«, Edvard kannte keine Gnade. »Ganz von Anfang an. Bitte lassen Sie kein Detail aus, keinen Gedanken, der Ihnen währenddessen gekommen ist. Alles, absolut alles.«

»Okay, okay.« Er hob die Hände, räusperte sich und setzte sich etwas anders hin. »Ich habe Ihnen ja schon gesagt, dass alles vorher abgesprochen worden war. Ich sollte die Frauen in einem Hotelzimmer treffen, und ...«

»Wer hat das Hotelzimmer bestellt?«

»Ich. Eine Suite, im Namen der Zeitung.«

»Okay. Fahren Sie fort.«

»Ja, also, wir waren ein bisschen spät, so dass sich die Frauen an der Rezeption bereits den Schlüssel geholt hatten und nach oben ins Zimmer gegangen waren. Ich klopfte an, und ich glaube, nein, ich weiß, dass es Unni war, die die Tür aufgemacht hat. Ich ...«

»Wir?«, unterbrach Solveig ihn.

Etwas verwirrt sah Steinar Salbu sie an. »Was haben Sie gesagt?«

»Sie haben wir gesagt, nicht ich. Am Anfang, als Sie gesagt haben, dass Sie spät dran waren.«

»Ich dachte, ich hätte gesagt, dass wir zu zweit waren. Ich hatte natürlich einen Fotografen bei mir, das versteht sich doch von selbst.« Seine Wangen glühten mit einem Mal feuerrot.

»Das haben Sie bis jetzt noch nicht erwähnt.«
»Doch, bestimmt.«
Solveig stand auf, beugte sich über den Schreibtisch und nahm sich den Artikel. »Da steht nicht, wer die Fotos gemacht hat, ich bin davon ausgegangen, dass Sie das waren.«
»Vielleicht habe ich das vergessen zu sagen, so was kommt vor.«
»Okay. Wer war der Fotograf?«
Steinar Salbu murmelte etwas.
»Was haben Sie gesagt?«
»Hören Sie«, sagte er, hielt inne, und begann aufs Neue. »Das hat doch keine Bedeutung für den Fall. Überhaupt keine.«
Sie warteten.
»Ich will keinen Ärger kriegen. Ich werde es Ihnen sagen, aber nur, wenn Sie mir versprechen, keine große Nummer daraus zu machen. Das hat wirklich nichts mit dem Fall zu tun.«
»Das sehen wir dann.«
Steinar Salbu gab auf. Edvards Stimme und sein Gesichtsausdruck ließen ihm keine andere Wahl. »Mein kleiner Bruder, Tor, hat die Bilder gemacht. Ein guter Fotograf, aber irgendwie kriegt er sein Leben nicht in den Griff. Es gab Zeiten, in denen er Drogen genommen hat, nichts Hartes, aber Pillen und so. Jetzt geht es besser, aber er ist noch immer in psychologischer Betreuung. Er lebt von der Stütze, und das ist natürlich nicht so toll. Wie gesagt, er ist ein guter Fotograf. Ich versuche, ihm nur zu helfen, und nehme ihn deshalb manchmal mit zu einfachen Aufträgen, bei denen er dann die Fotos macht.«
»Wo liegt das Problem?«, wollte Solveig wissen.
»Na ja, wir geben das nicht an.«
»Wie meinen Sie das? Wem geben Sie das nicht an?«
Steinar Salbu räusperte sich. »Dem Sozialamt. Und der Zeitung auch nicht. Offiziell macht Gisle Persen die Bilder, und der schickt auch die Rechnung.«

»Wer ist Gisle?«

»Auch ein Fotograf. Ein Jugendfreund von uns, aber der hat nun wirklich nichts mit der Sache zu tun. Gisle wird von der Zeitung bezahlt, behält so viel, wie er für die Steuer braucht, und den Rest kriegt Tor.«

»Zusätzlich zur Sozialhilfe«, sagte Edvard.

»Ja, mein Gott, das reicht ja weder zum Leben noch zum Sterben.«

»Dann war Tor die ganze Zeit über mit Ihnen im Hotelzimmer?«

»Ja, für ihn war das der beste Job seines Lebens. Schöne Frauen, sexy Kleider. Der redet seither über nichts anderes mehr. Aber Sie verstehen doch wohl, dass das nichts mit dem Fall zu tun hat, oder?«

»Diese Einschätzung müssen wir wohl selber treffen.«

Ein kurzes Zögern. »Müssen Sie was unternehmen, was das Geld angeht? Tors Leben ist so schon schwer genug …«

Edvard sah ihn an. »Erst belügen Sie uns in einer Mordermittlung, und dann bitten Sie uns auch noch, bei einer strafbaren Handlung ein Auge zuzudrücken?«

Steinar Salbu antwortete nicht.

»Wirst du ihn wegen des Betrugs anzeigen?«, fragte Solveig anschließend.

»Ich habe mich um drei Morde zu kümmern, was glaubst du?«

Sein Handy klingelte durchdringend. Edvard warf einen Blick auf das Display. Es war schon wieder Bjørn. Er hatte es in den letzten Tagen schon mehrfach probiert.

»Willst du nicht drangehen?«

Er schüttelte den Kopf. »Nein, jetzt nicht. Das ist privat.«

Tor Salbu hatte ein spitzes Gesicht, schmale Schultern und lange, dunkle Haare. Er sah aus wie eine noch ungepflegtere, unterernährte Version seines Bruders. Sein Gesicht war ein großes Fragezeichen. »Polizei? Warum das denn?«

»Dürfen wir reinkommen?«, fragte Edvard noch einmal. »Wir würden gerne mit Ihnen reden.«

Tor Salbu wohnte in einem ziemlich heruntergekommenen alten Haus in Nygård, eines der wenigen Objekte, die noch nicht von Spekulanten aufgekauft und modernisiert worden waren. Im Treppenhaus roch es nach Katzenpisse. Auf jedem Treppenabsatz waren drei Türen. Tor Salbu wohnte in der mittleren Wohnung. Er stand in der Türöffnung und sah Edvard und Solveig verunsichert an, bis die Tür nebenan einen Spaltbreit geöffnet wurde und eine ältere Frau mit grauen Haaren und einem unförmigen, geblümten Kleid nach draußen lugte. Tor Salbu seufzte und machte die Tür ganz auf.

»Kommen Sie rein.« Er wandte sich der Nachbarin zu. »Und Sie können wieder in Ihrer Wohnung verschwinden. Die Party ist zu Ende.«

Schnaubend schloss sie die Tür.

Die Wohnung war genau so, wie Solveig sie sich vorgestellt hatte. Eng, dunkel und unordentlich. Auf dem Boden stapelten sich Bücher und alte Zeitungen. An den Wänden hingen Plakate. *Herr der Ringe* und von Black-Metal-Bands. Sie kannte nur eine Gruppe und deutete auf das Plakat. »Ist das nicht die Band von Varg Vikernes? Der wegen Mordes an einem anderen Musiker verurteilt wurde?«

»Burzum? Ja, stimmt«, sagte Tor Salbu. »Sind Sie deshalb hier? Hat jemand eine Kirche abgefackelt?« Er lachte laut.

Solveig lächelte kurz. »Sind Sie Satanist?«

»Nein. Ich mag die Musik, das ist alles.«

Beim Reden beugte er sich etwas nach vorn. Es verlieh ihm eine drohende Haltung, die durch den aggressiven Tonfall verstärkt

wurde. Solveig hielt das aber nur für eine dünne Fassade. Sie hatte das Gefühl, dass er jederzeit zusammenbrechen konnte.
»Was wollen Sie?«, fragte er.
»Es geht um Mord.«
»Mord? Und was habe ich damit zu tun?« Sein Lachen war deplaziert und unerwartet, aber Solveig hatte bemerkt, dass sein Adamsapfel sich zuvor auf und ab bewegt hatte, als hätte er erst schlucken müssen.
»Wir würden Sie gerne auf dem Präsidium befragen«, sagte Edvard.
Solveig war seiner Meinung. Auch sie hätte ihn aus seiner vertrauten Umgebung geholt, damit ihm der Ernst der Lage bewusst wurde und er Zeit zum Nachdenken hatte.
»Warum?«
Edvard sagte nichts und wartete ab, und mehr brauchte es nicht.
»Okay, okay, wie es aussieht, habe ich ja keine andere Wahl«, sagte Tor sauer.
Sie haben die Wahl, dachte Solveig. Wenn er sich weigern würde, hätten sie keine Chance, irgendetwas zu unternehmen. Aber sie sagte das nicht laut. Sie stand nur schweigend da, während Tor seine Schlüssel, das Portemonnaie und das Handy zusammensuchte. Es dauerte eine ganze Weile.

Kapitel 31

»Haben Sie mich deshalb festgenommen? Weil ich die Fotos gemacht habe? Geht es darum?« Tor Salbu hatte jetzt alle Stadien durchlaufen: von Gekränktheit über Resignation bis hin zur Bereitschaft, mit der Polizei zusammenzuarbeiten, doch jetzt wirkte er nur noch verärgert. »Mag ja sein, dass die tot sind, aber was habe ich denn damit zu tun?«
»Genau das wüssten wir gerne. Erzählen Sie uns, was im Hotelzimmer passiert ist.«
»Da ist gar nichts passiert, das habe ich Ihnen doch gesagt.«
»Gehen wir das noch mal von Anfang an durch.«
Er zuckte mit den Schultern. »Mein Bruder hat mich angerufen und gefragt, ob ich einen Job gebrauchen könnte. Er sagte, es sei ein Traumjob, der mir gefallen werde. Und in gewisser Weise stimmte das ja auch.«
»Wann war das?«
»Wann? Mann, wie soll ich das wissen? Vor einer ganzen Weile.«
»Könnten Sie versuchen, etwas präziser zu sein?«
»Mein Gott.«

Nach vier Stunden waren sie alle müde, verschwitzt und mit den Nerven am Ende. Edvard lehnte sich auf seinem Stuhl zurück, der es ihm mit einem lauten Knirschen dankte. Solveig saß kerzengerade auf einem Holzhocker, während Tor Salbu die Ellbogen auf die Knie gestützt hatte, als hätte er Magenschmerzen. Die fettigen Haare hingen wie eine Gardine vor seinem Gesicht.
»Ich habe doch schon gesagt, dass an diesem Tag nichts Besonderes passiert ist. Die haben geredet, und ich habe Fotos gemacht.«

Ein Polizist steckte den Kopf durch die Bürotür. Gereizt blickte Edvard auf, er hatte extra darum gebeten, nicht gestört zu werden. »Telefon für Sie, Matre«, sagte er. »Ihre Chefin aus Oslo«, fügte er hinzu, bevor Edvard protestieren konnte.

Nachdem Edvard das Zimmer verlassen hatte, wandte Tor Salbu sich an Solveig. »Sind wir nicht bald fertig? Ich bin schon ganz benebelt.«
»Wir müssen auf Matre warten. Er fällt hier die Entscheidungen.«
»Aber auch er muss doch erkennen, dass Sie hier auf dem Holzweg sind. An dem Tag ist wirklich nichts geschehen.«
»Aber der Job hat Ihnen gefallen, oder?«
»Ist doch klar, oder? Was hätte mir daran denn nicht gefallen sollen? Hübsche Frauen, die in sexy Outfits herumstolzierten. Und beim Umziehen waren die auch nicht gerade schüchtern, das kann ich Ihnen sagen. Klar hat mir das gefallen.«
»Hm«, sagte Solveig und lächelte ihn an. »Das verstehe ich. Haben Sie sie noch öfter getroffen?«
»Wie meinen Sie das?«
Sie zuckte mit den Schultern. »Das waren attraktive Mädchen. Sie haben das selbst gesagt. Sie könnten eine von ihnen doch noch einmal wiedergesehen oder eine Stunde gebucht haben.«
»Nein, mein Gott, glauben Sie, ich bin so einer, der dafür bezahlen muss? Ich kann Frauen haben, wenn ich will. Nein, so war das nicht. Ich habe keine von denen noch einmal gesehen ... getroffen.«
Solveig stand auf, bat Tor Salbu aber, sitzen zu bleiben. Die Tür ließ sie einen Spaltbreit offen stehen. Edvard legte gerade den Hörer auf, als sie das Büro betrat. Er sah ziemlich fertig aus.
»Tor Salbu hält etwas zurück. Er lügt«, sagte Solveig.
»Warum glaubst du das?«

»Ich habe ihn gefragt, ob er eine der Frauen noch einmal getroffen hat, und er hat nein gesagt. Aber ich glaube ihm nicht. Er hat zu schnell geredet und zu heftig protestiert.«
»Okay«, sagte Edvard. »Dann gehen wir wieder zu ihm rein und schauen mal, was er uns nicht sagen will.«

Aber Tor Salbu hatte sich verschlossen. Er schwitzte, seine Hände zitterten, und er leugnete strikt, abgesehen von den Fotos etwas mit den Frauen zu tun zu haben.
»Ich will einen Anwalt, wenn Sie so weitermachen«, sagte er auf einmal, und Edvard erhob sich.
»Wir machen eine Pause.«

»Was glaubst du?«, fragte Solveig, nachdem sie sich Kaffee geholt hatten.
Edvard nahm einen Schluck und schnitt eine Grimasse. »Ich glaube, dass das der schlechteste Kaffee des gesamten Universums ist. Und ich glaube, dass du recht hast. Über irgendetwas will er nicht reden.«
»Was sollen wir tun?«
Er zögerte etwas, bevor er einen Entschluss fasste. »Wir buchten ihn über Nacht ein und durchsuchen seine Wohnung.«
»Du machst Witze?«, Solveig sah ihn verblüfft an. »Wir haben doch keinerlei Grundlage, ihn hierzubehalten oder eine Hausdurchsuchung bei ihm zu machen. Das sind alles andere als hinreichende Verdachtsmomente.«
Edvard stand auf und ging ruhelos im Büro auf und ab.
»Ich weiß, aber wir machen das trotzdem.«
Hilflos breitete er die Arme aus. »Wir können es uns nicht leisten, noch länger zu warten. Der junge Salbu stirbt nicht an ein oder zwei Nächten in der Arrestzelle unten im Keller.« Er sah auf die Uhr. »Die Bürozeit ist um. Lass uns hoffen, dass der diensthaben-

de Staatsanwalt jung und unerfahren ist, so dass wir leichtes Spiel mit ihm haben und den Beschluss kriegen.«

»Das schaffst du schon«, sagte Solveig. »Ich hoffe nur, dass du es nicht bereuen wirst.«

Ein Schulterzucken. »Im Moment fühlt es sich besser an, als nichts zu machen.«

»Du fällst die Entscheidungen«, sagte Solveig. »Was wollte Katrine Gjesdahl eigentlich von dir?«

»Sie wollte wissen, womit wir hier unsere Zeit verbringen.«

»Hoffentlich hast du ihr gesagt, dass wir uns so richtig den Arsch aufreißen?«

»Ja, das habe ich ihr gesagt, aber sie spürt den Druck.«

»Sie spürt den Druck?«, fragte Solveig ungläubig.

»Jeder spürt den. Die Medien üben Druck auf die Politiker aus, die Politiker auf die über ihnen und die obersten Chefs auf Katrine.«

»Und die dann auf dich«, sagte Solveig. »Heißt das, dass jetzt Tommy und ich an der Reihe sind?«

Edvard lächelte. »Ich würde das ja machen, wenn ich mir davon etwas versprechen würde. Nein, ich wurde zum Rapport bestellt. Ich fliege morgen früh nach Oslo, oder heute Abend, wenn ich noch ein Flugzeug kriege.«

»Vertane Zeit«, sagte Solveig.

Als Edvard zurück zum Hotel kam, wartete Bjørn in der Lobby auf ihn. Er stand auf, als er Edvard sah, rührte sich aber nicht vom Fleck, als wäre er sich plötzlich unsicher geworden, warum er überhaupt gekommen war.

»Bjørn? Stimmt etwas nicht?«

»Nicht stimmen? Doch, doch, alles in Ordnung. Ich war wegen einer Sitzung ohnehin in der Innenstadt und dachte, dass ich dann vorbeikommen und hallo sagen könnte.«

Er machte eine Pause. »Du gehst nicht ans Telefon«, fügte er hinzu, als Edvard nicht antwortete.
»Es ist wahnsinnig hektisch.«
»Verstehe, aber auf die SMS hättest du ja vielleicht antworten können.«
»Stimmt. Tut mir leid. Trinken wir ein Bier?«
»Ich bin mit dem Auto da.«
Edvard hatte unbändige Lust, auf dem Absatz kehrtzumachen und Bjørn einfach stehenzulassen. Ohne ein Wort, ohne Erklärung, ohne für irgendetwas die Verantwortung übernehmen zu müssen. Aber das war nicht möglich.
»Machen wir einen Spaziergang.«
»Jetzt?«

Sie überquerten die Straße vor der Bibliothek und gingen durch den Park Lille Lungegårdsvann. Auf der anderen Seite des Teichs glitzerte die weiße Fassade des altehrwürdigen Lysverk-Gebäudes. Sie schwiegen, bis Edvard sich zu reden entschloss. Er erzählte von dem DNA-Test, dem Besuch bei Anwalt Brenne, von der Adoption und von dem wenigen, was er über seine Mutter erfahren hatte. Bjørn hörte zu, ohne etwas zu sagen, aber als Edvard ihn ansah, wirkte das Gesicht seines Bruders müde und erschöpft.
»Adoptiert«, sagte er, als Edvard zum Ende gekommen war. »Ist ja verrückt. Auf die Idee wäre ich niemals gekommen.«
»Nein«, sagte Edvard, »ich auch nicht.«
»Aber ...« Bjørn zögerte. »Spielt das eigentlich eine Rolle?«
»Wie meinst du das? Klar spielt das eine Rolle!«
»Ja, schon, das verstehe ich, ich dachte nur, dass ...«
»Das verändert alles, verstehst du das nicht? Und es erklärt so viel. Ich hatte immer das Gefühl, nie ganz dazuzugehören. Ihr drei wart so anders, wart euch so ähnlich. Ihr habt über die gleichen Sachen gelacht, hattet keine Schwierigkeiten mit anderen

Menschen und wart in Gesellschaft immer so ungezwungen. Ich fühlte mich im Vergleich immer gehemmt und langsam.«
Bjørns Gesicht war weiß geworden. »Das meinst du doch nicht im Ernst? Nicht dazugehören? Spinnst du? So war das überhaupt nicht. Du … du warst immer eifersüchtig auf mich!«, platzte es aus ihm heraus. »Deshalb sagst du diese Dinge. Aber ich kann doch nichts dafür, dass ich der bin, der ich bin!«
»Du scheinst wirklich gar nichts zu verstehen«, rief Edvard. Er war plötzlich wütend. »Das hat nichts mit Eifersucht zu tun. Ich weiß nicht mehr, wer ich bin, geht das nicht in deinen Kopf?«
»Das ist doch Blödsinn, Edvard! Du bist … verdammt, du bist mein Bruder!«
»Nein«, sagte Edvard auf einmal ruhig. »Das ist ja gerade das Problem. Ich bin eben nicht dein Bruder.«
Mit diesen Worten drehte er sich um und ging.

Kapitel 32

Es war sieben Uhr morgens, als Solveig und Tommy in die Wohnung von Tor Salbu gingen. Tommy, der zuvor noch nicht dort gewesen war, sah sich missbilligend um.
»Was für ein Loch!«
In dem trüben, grauen Morgenlicht sah die Wohnung noch schlimmer aus. Im Spülbecken in der Küche türmte sich dreckiges Geschirr, auf dem Herd standen Töpfe mit angetrockneten Essensresten, und auf der Arbeitsplatte lag eine halb gegessene Pizza. Eine dicke Staubschicht lag auf den Bücher- und Zeitungsstapeln im Wohnzimmer. Die Tür zum Schlafzimmer war geschlossen.
Als Tommy sie öffnete, schlug ihm saure, abgestandene Luft entgegen. Er kannte diesen Geruch aus seiner Kindheit und sah sich selbst verzweifelt an die geschlossene Schlafzimmertür seiner Mutter hämmern. Damals musste er vier Jahre alt gewesen sein. Irgendwann hatte er sich wie ein Hund vor der Tür zusammengerollt, hinter der er deutlich Geräusche und Stimmen gehört hatte. Seine Mutter und jemand anderen. Schließlich war er eingeschlafen. Nach diesem Vorfall hatte er angefangen, sie Mona zu nennen.
Er verdrängte den Gedanken. »Nach was suchen wir hier eigentlich?«
Solveig sah ihn nicht an. Sie war bereits mit dem Bücherregal beschäftigt. »Irgendwas«, sagte sie. »Ich übernehme das Wohnzimmer. Du kannst im Schlafzimmer anfangen.«

Vor der Zentrale der Kriminalpolizei in Bryn blieb Edvard stehen und sah sich um. Der bewölkte Himmel zeigte erste Risse, durch die das tiefe Blau zu erkennen war. Er zögerte einen Augenblick, atmete tief durch und holte sein Handy heraus.

»Gaustad-Klinik.«
»Hier spricht Edvard Matre von der Kriminalpolizei. Könnte ich denjenigen sprechen, der für alte Krankenakten zuständig ist?«
»Für welchen Zeitraum interessieren Sie sich?«
»Die siebziger Jahre.«
Es dauerte eine Weile, bis er den richtigen Ansprechpartner am Telefon hatte.
»Sie interessieren sich für die siebziger Jahre?«, meldete sich eine kühle, geschäftsmäßige Stimme. »Haben Sie ein Geburtsdatum oder vielleicht eine Personennummer?«
»Nein, leider nicht. Ich habe nur einen Namen.«
»Kein Einlieferungs- oder Entlassungsdatum?«
»Nein, auch nicht.«
Seufzen. »Wie lautet der Name?«
»Anna Isaksen.«
»Ich werde sehen, was ich tun kann, aber das wird eine Weile dauern.«
»Wie lange etwa?«
»Auf jeden Fall ein paar Stunden. Sie sind von der Kriminalpolizei? Ist das Teil eines Ermittlungsverfahrens? Ist es sehr eilig?«
Edvard schluckte. »Wir würden es zu schätzen wissen, wenn Sie den Krankenbericht so schnell wie möglich finden würden.«
Keine direkte Lüge, beruhigte er sich.

»Edvard«, sagte Katrine Gjesdahl und nickte, damit schienen für sie Smalltalk und Höflichkeitsphrasen schon beendet zu sein. »Was treiben Sie eigentlich da drüben?«
»Wir arbeiten«, sagte Edvard.
»Ich weiß, dass Sie arbeiten. Die Frage ist nur, ob das auch zu etwas führt?«
»Vielleicht, wenn ich nicht hätte herkommen müssen.«
»Reden Sie keinen Unsinn, Edvard. Wissen Sie eigentlich, wie

groß diese Sache ist? Ein Serienmörder in Norwegen? Lesen Sie eigentlich Zeitungen, oder schauen Sie fern?«

»Ich versuche, das zu vermeiden.«

»Vermutlich klug von Ihnen, aber was die Medien betrifft, hat man wirklich den Eindruck, dass zurzeit nichts anderes von Interesse ist. Auf der ganzen Welt. Ich habe alle möglichen Leute im Nacken. Die hängen über mir wie Geier über einem Sterbenden. Vom Polizeidirektor bis hinauf zum Justizminister. Ich sitze den ganzen Tag am Telefon. Alle wollen Resultate sehen. Wissen Sie eigentlich, dass ich es bin, die Ihnen den Rücken freihält, Edvard? Die Ihnen die Ruhe zum Arbeiten verschafft? Ohne mich würden Sie in diesem Mist versinken. Aber ich brauche Informationen aus erster Hand, wenn ich meinen Job machen soll. Und deshalb sind Sie heute hier. Also los, sagen Sie mir, was Sie haben und was Sie unternehmen. Geben Sie mir einen Knochen, den ich der Meute hinwerfen kann.«

Er begann zu reden. Sie saß aufrecht und mit zusammengekniffenen Lippen da und sah aus wie eine alte Lehrerin, die sich eine Geschichte über Sittenverfall und fehlende Moral anhören musste, unterbrach ihn aber nur mit wenigen Fragen. Als er zum Ende gekommen war, lehnte sie sich zurück und überlegte. Dann schüttelte sie den Kopf.

»Nicht gut, Edvard. Wir haben wirklich nicht viel in der Hand.«

»Nein, das ist mir klar.«

Katrine Gjesdahl dachte eine Weile nach. »Was ist mit diesem Fotografen? Glauben Sie wirklich, dass er etwas damit zu tun hat?«

»Er lügt. Das macht ihn verdächtig. Wir müssen abwarten, was die Hausdurchsuchung ergibt.«

»Ja.« Sie musterte ihn. »Sie sehen müde aus, Edvard. Schaffen Sie das?«

»Es geht schon.«

»Es gibt schon erste Stimmen, die einen Wechsel des Ermittlerteams verlangen. Weil es Ihnen an Erfahrung fehlt. Ich muss es wissen, wenn Sie dem Druck nicht standhalten.«

Edvard begegnete ihrem Blick. Graue, wachsame Augen. Die Gedanken an seine Mutter, an die Gaustad-Klinik und an Bjørns ebenso schockiertes wie blasses Gesicht vom Abend zuvor tauchten ungebeten in seinem Kopf auf. Er verdrängte sie mit aller Kraft.

»Ich schaffe das«, sagte er entschlossen.

»Wie sieht's bei dir aus?«

Tommy blickte auf. Solveig stand in der Tür.

»Dieses Bettzeug ist bestimmt seit einem Jahr nicht mehr gewaschen worden«, antwortete er. »Und er hat nicht ein sauberes Kleidungsstück. Unterhosen, Socken, Jeans und Hemden, alles dreckig. Dieser Mann ist echt ein Schwein. Guck mal, was im Nachtschränkchen lag.«

Solveig blätterte die Pornohefte durch und verzog den Mund.

»Ein alleinstehender Mann in seinem Alter ... vielleicht gar nicht so ungewöhnlich, oder?«

»Nein, abgesehen davon, dass die meisten ihre Pornos wohl im Internet finden und nicht in Zeitschriften. Vielleicht sind das alte Hefte, von denen er sich nicht trennen kann. Das meiste ist ziemlich normal, in einem Heft sind aber auch ziemlich heftige S-&-M-Sachen.«

»Ich habe nie verstanden, was die Leute dem abgewinnen können.«

Tommy grinste. »Nein, in eurer Gemeinde macht man so etwas bestimmt nicht.«

Sie ignorierte ihn. »Glaubst du, dass das wichtig ist? Erhöht das die Wahrscheinlichkeit, dass er der Täter ist?«

»Wir suchen doch nach einem Sadisten, oder?«

»Nehmen wir es mit, und warten wir ab, was Wiersholm sagt.«
Sie steckte die Zeitschriften in eine durchsichtige Tüte. »Bist du hier drinnen bald fertig?«
»Ja, dauert nicht mehr lange.« Er streckte sich und fuhr mit den Fingern über den oberen Rand des Kleiderschranks. Er war nicht groß genug, musste sich auf die Zehenspitzen stellen und grunzte vor Anstrengung.
»Das ist was«, sagte er und holte einen Briefumschlag herunter. Er reichte ihn Solveig, die einen Blick hineinwarf und verstummte.
»Tommy«, sagte sie. »Guck dir das mal an.«
Er starrte auf eine Fotografie von Laila Nilsen. Sie lag nackt auf dem Boden in einer Lache aus Blut. Ihre Augen blickten ins Leere. Es dauerte ein paar Sekunden, bis sein Kopf wieder zu arbeiten begann und er sah, dass das alles nicht zusammenpasste. Sie war nicht ans Bett gefesselt, sie lag auf dem Boden. Ihr Körper hatte nicht die ungelenke Unbeweglichkeit, die Tote kennzeichnete. Ihre Stellung wirkte arrangiert, die Arme über dem Kopf und ein Bein angewinkelt, so dass man ihr Geschlecht sah. Sie trug keine Kleider, nur eine Perlenkette und hochhackige Schuhe. Keine Stich- oder Schnittwunden am Körper, abgesehen von einer klaffenden Wunde am Hals. Das Bild war eine Illusion, arrangierte Mordästhetik. Gewaltsamer Tod als pornografische Fantasie.
»Was zum Henker ist das denn?«, fragte Tommy. Er blätterte durch den Stapel der Fotografien und erkannte, dass alle vom gleichen Typ waren. »Hat Tor Salbu diese Fotos gemacht?«
»Sieht so aus«, sagte Solveig. »Und das hat er uns ganz offensichtlich verschwiegen.«

»Ich weiß nicht recht.« Die Sekretärin sah Edvard unsicher an. »Eigentlich gibt es da eine ziemlich strikte Routine. Die Krankenberichte werden nicht einfach so ausgehändigt, wissen Sie.«

»Das ist mir vollkommen klar«, sagte Edvard. »Und normalerweise würde ich auch gar nicht auf die Idee kommen, das so zu machen. Aber ich bin mitten in einer Mordermittlung und habe wirklich keine Zeit zu verlieren.«
Er sah, dass sie noch immer nicht überzeugt war, und rang sich ein Lächeln ab.
»Hören Sie, ich will nur einen Blick in diese Akten werfen. Sehe ich darin etwas von Bedeutung, gehe ich natürlich den Amtsweg, um mir den Krankenbericht auszuleihen und allenfalls zu kopieren. Außerdem ist die Frau, um die es hier geht, ja schon lange tot. Ihr dürfte das egal sein.«
Die Sekretärin gab auf.
»Okay, Sie können hier drinnen einen Blick hineinwerfen.«
»Wunderbar«, sagte Edvard, »ich weiß das wirklich zu schätzen.«

Er legte die Unterlagen auf den aufgeräumten Schreibtisch. Eine alte Krankenakte, der Umschlag aus steifem Karton, gebunden mit dünnen Schnüren. Auf dem kleinen Aufkleber auf der Vorderseite stand »Anna Isaksen, geb. 16.05.1954«.
Edvard holte tief Luft, löste mit steifen, ungelenken Fingern den Knoten, öffnete die Mappe und begann zu lesen.

Es war irgendetwas im Raum, das Edvards Augen zum Brennen brachte. Er rieb sich mit dem Handrücken über die Lider, aber das machte alles nur noch schlimmer, so dass er schließlich ans Fenster trat und es öffnete. Er beugte sich hinaus, um frische Luft zu schnappen. Die plötzliche Kälte war ein Schock, aber auch eine Erleichterung. Ein paar Minuten blieb er so stehen, dann nahm er wieder Platz und las weiter.
Er hatte gedacht oder gehofft, dass die Krankenakte eine Art Zeitmaschine sein würde. Dass sie ihm ein Bild von seiner Mutter vermitteln würde, sie irgendwie zum Leben erweckte, aber

das alles geschah nicht, war nur ein Trugschluss übertriebener Hoffnung. Es war unmöglich, den Menschen hinter den Notizen zu sehen. Die ärztliche Wissenschaft und die Psychiatrie standen wie eine Wand zwischen Edvard und eventuellen, im Krankenbericht versteckten Erkenntnissen. Er fand nur Diagnosen, Fachausdrücke, Pharmakologie. Klinische Depression, Stimmungseinengung, keine affektive Resonanz. Diverse Präparate wurden probiert, Wirkungen dokumentiert, und die Medikamente anschließend neu dosiert oder abgesetzt. Nur wenige Sätze gaben einen undeutlichen Eindruck von einem leidenden Menschen. Edvard las, dass sie nach der Niederkunft eine schwere postnatale Depression gehabt hatte, und bekam plötzlich Schuldgefühle.
Ein Satz über eine schwierige Liebesbeziehung. Ein anderer deutete darauf hin, dass sie bei ihrer Einlieferung etwas verwahrlost gewirkt habe, dass sie mager und unterernährt und ihr ihre eigene Gesundheit gleichgültig gewesen sei. Sie hieß nicht einmal Anna, nur A. Die Geschichte der A.
Und fast kein Wort über Edvard. Bei der Aufnahme wurde erwähnt, dass A. Mutter eines Jungen war, ein Jahr alt, der nicht bei der Mutter wohnte, Vater unbekannt. Sonst nichts. Abgesehen von dem Hinweis auf die postnatale Depression, keinerlei Hinweis, was mit ihm passiert war, ob sie ihn vermisste oder ob die Adoption bereits stattgefunden hatte. Es war fast so, als existierte er nicht.
Überhaupt schien außerhalb der Krankenhausmauern nichts zu existieren. »Schwierige Kindheit«, stand an anderer Stelle. »Patientin will nicht darüber reden.«
Edvard fragte sich, was mit ihr geschehen war oder ob einer der Ärzte der Gaustad-Klinik sich die Mühe gemacht hatte, mehr darüber herauszufinden. In der Krankenakte deutete nichts darauf hin. Da ihr Zustand als mehr oder weniger chronisch angesehen

wurde, ging es in der Regel nur um die richtige Medikation. Und Elektroschocks. Edvard musste unwillkürlich an *Einer flog übers Kuckucksnest* mit Jack Nicholson denken.
Plötzlich hatte er genug. Er spürte, dass er nicht mehr konnte. Er hatte erst ein Drittel der Krankenakte gelesen, erkannte aber, dass er darin nichts finden würde. Keine Erkenntnisse, keine Wurzeln, keine Vergangenheit. Und das Ende kannte er. Ein Massengrab wenige hundert Meter entfernt. Hatte sie sich das Leben genommen? Nur in diesem Punkt war er noch unsicher. Auf jeden Fall war mehrfach erwähnt worden, dass A. suizidal sei. Edvard zögerte etwas. Wollte er das überhaupt wissen? Aber er spürte, dass ihm das keine Ruhe lassen würde, wenn er keine Klarheit hätte. Er blätterte bis zur letzten Seite weiter.
Ohne zu verstehen, was dort stand.
Anna Isaksen wurde am 2. März 1978 aus der Klinik entlassen.

Gedankenverloren ging Edvard über den Kiesweg vor der Klinik, als sein Handy klingelte. Es war Tommy.
»Bist du bald wieder da?«
»Ich werde mich verspäten. Ist etwas passiert?«
Er hörte zu, während Tommy ihm alles erklärte. »Bilder? Nicht vom eigentlichen Mord? Nein, okay.« Er versuchte, sich zusammenzureißen und klar zu denken. »Zeigt das mal Wiersholm. Nein, wartet nicht auf mich. Und verhört Salbu. Und Tommy, nimm ihn dir richtig vor.«
Er setzte sich auf eine Bank und spürte plötzlich, dass er zu wenig gegessen und getrunken hatte. Er hatte Kopfschmerzen und ein flaues Gefühl im Bauch. Bemühte sich, an den Fall zu denken, an Tor Salbu, an einen möglichen Durchbruch der Ermittlungen, aber es gelang ihm nicht, sich zu konzentrieren. Der Gedanke an seine Mutter drängte alles in den Hintergrund. Er verstand es nicht. Das alles passte nicht zusammen. Alle Leichen im Massen-

grab stammten aus der Klinik. Aber Anna Isaksen war bei ihrem Tod keine Patientin mehr gewesen, zu diesem Zeitpunkt war sie schon seit langem aus der Klinik entlassen worden. Es ergab keinen Sinn, dass ihr Leichnam in diesem Grab gefunden worden war.
Seine Kopfschmerzen wurden schlimmer.

Kapitel 33

Eine nackte Frau auf allen vieren. Die langen Haare verbargen ihr Gesicht. Das Gesäß und die Rückseite der Oberschenkel waren von roten Striemen überzogen. Daniel Wiersholm blätterte weiter und betrachtete die Bilder, ohne eine Miene zu verziehen.
»Mein Gott«, sagte Solveig. »Was ist mit diesen Menschen nur los? Wie kann einen das denn anmachen?«
Wiersholm zog die Augenbrauen hoch. »Sie verstehen das nicht?«
»Nein, absolut nicht.«
»Sadomasochistische Fantasien sind ziemlich üblich. Bei Frauen gehört gefesselt zu werden, sich hilflos zu fühlen, ja sogar vergewaltigt zu werden zu den am meisten verbreiteten sexuellen Fantasien.«
»Keine Frau will vergewaltigt werden. Oder ausgepeitscht.«
»Da irren Sie sich«, sagte Wiersholm. »Es gibt Frauen, die wollen ausgepeitscht werden. Und auch Männer, mehr, als man glaubt. Für die meisten sind das aber nur Fantasien.« Er hob die Zeitschrift hoch. »Darum geht es hier. Nicht für die Leute, die auf den Fotos abgebildet sind, sondern auch für die Leser. Und Fantasien sind häufig nur Fantasien.«
In seinem Tonfall lag etwas Arrogantes, eine erzwungene Duldsamkeit, als spräche er mit einem Kind, was Solveig ungemein irritierte. Sie sagte aber nichts und fraß die Verärgerung in sich hinein. »Sie meinen also, dass uns dieses Heft nichts über Tor Salbu sagt?«
»Das habe ich nicht gesagt. Es deutet zweifellos darauf hin, dass er sexuelle Fantasien sadistischer Art hat, es erregt ihn, wenn er sieht, wie anderen Schmerzen zugefügt werden. So gesehen, ist

das ein Indiz. Ich wollte nur deutlich machen, dass solche Fantasien nicht ungewöhnlich sind und sie ihn noch nicht zum Mörder machen. Es ist ein himmelweiter Unterschied zwischen S-&-M-Porno und Mord.«

»Dann werfen Sie mal einen Blick auf diese Bilder. Die hat er selber gemacht«, sagte Tommy.

»Sind die mit Sicherheit von ihm?«

»Sehr wahrscheinlich. Gehen Sie erst einmal davon aus.«

Wiersholm betrachtete das erste Foto und runzelte die Stirn. »Die zeigen keine reelle Situation, oder? Sieht aber verdammt echt aus.«

Tommy nickte. »Ja, aber die sind manipuliert. Das ist heutzutage mit all den Programmen ja kein Problem mehr.«

»Dann sind die eigentlich nur ein Ausdruck für Tor Salbus Fantasien?«

»Ja.«

»Hm.« Wiersholm blätterte durch den Stapel und nahm sich Zeit für jedes Bild. Alle Fotos zeigten die nackte Laila Nilsen als Opfer sexueller Misshandlungen und Gewalttaten.

»Nun?«, fragte Tommy, als der Psychologe fertig war. »Sind das auch noch gewöhnliche Fantasien?«

»Nein, das ist anders. Sexuelle Fantasien über Mord und Verstümmelung können auf grundlegende Fehler in der Psyche einer Person hindeuten. Aber es ist noch immer ein großer Schritt von den Fantasien zu einer realen Tat. Ich wüsste gerne mehr über den Verdächtigen.«

»Wir wissen wenig über ihn. Tor Salbu wuchs bei seiner Mutter auf«, sagte Solveig.

Wiersholm sah sie an. »Wenn ich das richtig verstanden habe, ist er der Bruder des Journalisten?«

»Halbbruder. Gleicher Vater, unterschiedliche Mütter. Tor Salbu ist bei seiner Mutter aufgewachsen. Sie hatte das alleinige Sor-

gerecht. Es gibt aus seiner Kindheit ein paar Vermerke beim Jugendamt, aber wir haben die Papiere noch nicht erhalten, wissen also nicht, um was es da ging. Tor war kein sonderlich guter Schüler. Er hat die Schule mehrmals gewechselt, weil er gemobbt wurde. Nach ein paar Monaten auf der weiterführenden Schule ist er endgültig abgegangen. Dank der Kontakte seines Bruders hat er aber eine Lehrstelle bei einem Fotografen gefunden. Offiziell hat er die Lehre nie abgeschlossen, doch er wurde ein verhältnismäßig guter Fotograf, was wir ja gerade sehen konnten. Leben kann er davon allerdings nicht, meistens kriegt er Sozialhilfe.«
Sie zuckte mit den Schultern. »Sieht nach einem einsamen Menschen aus. Liebt Black Metal. Mehr wissen wir vorläufig nicht.«
Wiersholm machte noch eine Denkpause, nickte dann aber, als hätte er einen Entschluss gefasst. »Okay. Sie müssen verstehen, dass ich mich dazu nur ganz generell äußern kann. Für eine konkrete Aussage müsste ich Tor Salbu erst selbst sehen, mit ihm reden und ein paar Tests machen. Dafür haben wir jetzt aber keine Zeit.«
Tommy und Solveig nickten.
»Unter den gegebenen Gesichtspunkten kann ich aber Folgendes sagen. Der Verdächtige hat eine sexuelle Vorliebe, die zum Sadismus tendiert. Er hatte eine schwierige Kindheit. Er ist Einzelkind und wuchs bei seiner Mutter auf. Er scheint antisozial und wenig angepasst zu sein, hat keine formelle Ausbildung, schafft es nicht, einen Job zu behalten, und hat wenige oder gar keine Freunde. Alle diese Faktoren passen ziemlich gut in das Profil eines Serienmörders.«
»Und das bedeutet?«
»Das bedeutet, Tommy, dass es gut möglich ist, dass Tor Salbu unser Mann ist. Sie haben da einen heißen Kandidaten.«
»Right!« Tommy stand auf und schlug die Faust in die Handfläche.

»Nein, nein, nein«, sagte Tor Salbu. »Sie sind nicht ganz bei Trost! Warum hören Sie denn nicht zu, ich habe Ihnen das doch alles gesagt?«

»Weil Sie lügen«, sagte Tommy. »Erzählen Sie die Wahrheit, dann höre ich Ihnen auch zu.«

»Ich habe die Wahrheit gesagt.«

»Sie haben gesagt, dass Sie nach der Reportage keinen Kontakt mehr zu den Huren hatten.«

»Ja, das habe ich. Aber jetzt …«

»Und das war eine Lüge, nicht wahr?«

»Ja. Aber ich habe doch längst zugegeben, die Fotos von Laila gemacht zu haben. Aber das bedeutet nicht …«

»Nur von Laila?«

»Ja.«

»Sind Sie sich da ganz sicher?«

Tor Salbu schlug den Blick nieder. »Ja.«

Tommy wartete. Es dauerte vielleicht eine Minute, dann hielt Tor Salbu das Schweigen nicht mehr aus. »Ich habe auch mit Sølvi Kontakt aufgenommen«, sagte er. »Aber daraus wurde nichts.«

»Warum nicht?«

»Sie wollte sofort Geld sehen, und das konnte ich mir nicht leisten. Laila war bereit, zu warten, bis ich die Bilder verkauft hatte.«

»Verstehen Sie, warum ich Ihnen nicht glaube, Tor? Es kommen immer neue Dinge ans Tageslicht. Sie erzählen uns nie die ganze Wahrheit.«

»Die Wahrheit ist, dass ich niemanden getötet habe.«

»Wo waren Sie, als Laila Nilsen getötet wurde?«

»Das weiß ich nicht. Das habe ich Ihnen auch schon gesagt.«

»Und als Sølvi überfallen wurde? Wo waren Sie da?«

»Weiß ich auch nicht. Zu Hause, vermutlich. Das habe ich Ihnen doch alles schon gesagt.«

»Nein«, sagte Tommy. »Bis jetzt haben Sie nur gesagt, dass Sie es nicht wissen. Warum wollen Sie uns nicht sagen, wo Sie waren?«
»Ich habe kein gutes Gefühl für die Zeit. Die Tage gehen irgendwie ineinander über.«
»Warum töten Sie sie? Was haben Sie gegen Huren? Finden Sie sie eklig? Sind sie Sünderinnen, die den Tod verdient haben? Oder sind Sie einfach nur wütend, weil die Sie abgewiesen haben, weil die Sie nicht nicht ernst genommen haben? Ist es das?«
Tor Salbu sah ihn resigniert an. »Sie sind doch nicht ganz bei Trost«, wiederholte er. Dann stützte er die Ellbogen auf dem Tisch auf und verbarg das Gesicht in den Händen. Tommy beugte sich vor und fegte die Ellbogen des Mannes vom Tisch. Tor Salbu war vollkommen unvorbereitet. Sein Gesicht schlug mit einem Knall auf der Tischplatte auf. Als er den Kopf wieder hob, tropfte Blut aus seiner Nase.
»Verstecken Sie sich nicht, Tor«, sagte Tommy ruhig. »Ich will Sie sehen, wenn wir miteinander reden. Ich will die Lügen in Ihrem Gesicht lesen.«
»Tommy«, sagte Solveig. »Hör mal …«
»Besorg ihm ein Taschentuch«, sagte Tommy, ohne sie anzusehen. »Der hat nur ein bisschen Nasenbluten.«
Solveig öffnete den Mund, entschied sich dann aber anders. Sie schloss die Tür hinter sich. Tommy stand auf und ging um den Tisch herum. Er legte eine Hand in Tor Salbus Nacken und drehte seinen Kopf zu sich, so dass ihre Gesichter nur wenige Zentimeter voneinander entfernt waren.
»Ich weiß, wovon Sie träumen, Tor«, sagte er leise. »Ich weiß, wie hart Sie werden, wenn Sie daran denken, diesen Fotzen endlich zu geben, was sie verdienen. Wie Sie davon träumen, diese perfekten Körper aufzuschneiden, ihnen das Messer zwischen die Beine zu rammen und zu sehen, wie die Angst und der Schmerz endlich die Verachtung aus ihren Augen tilgt. Es muss eine Er-

leichterung gewesen sein! Ich weiß, wer Sie sind, Tor! Ich lese in Ihrer Seele wie in einem offenen Buch. Und wir werden so lange hierbleiben, bis Sie mir erzählt haben, was ich hören will.«

Zwei Stunden später blutete Tor Salbu nicht mehr aus der Nase. Er wagte es nicht einmal mehr, sich vorzubeugen oder die Hände vor das Gesicht zu legen. Er saß aufrecht da und starrte abwesend vor sich hin, während die Tränen gleichmäßig und langsam über seine Wangen rollten, als hätten seine Augen ein Leck. Tommy hatte sich über ihn gebeugt und wiederholte die immer gleichen Fragen.
Abrupt stand Solveig auf. »Komm mal einen Augenblick mit raus, Tommy!«
»Jetzt nicht«, sagte Tommy, ohne sich umzudrehen.
»Doch, jetzt sofort.« Sie nahm seinen Arm, spürte den Widerstand, die Muskeln unter ihren Fingern, hielt den Druck aber aufrecht und führte ihn auf den Flur. Er war verschwitzt und sein Gesicht knallrot.
»Was zum Henker soll das, Solveig? Der ist kurz davor, zusammenzubrechen. Es geht doch gerade darum, ihm nicht die Zeit zu geben, sich zu sammeln, wir müssen das Ungleichgewicht ausnützen, dann ...«
Solveig unterbrach ihn. »Wann hat er zuletzt auf eine deiner Fragen geantwortet?«
»Er weiß nicht mehr, was er sagen soll. Der hat sich dermaßen in Lügen und Widersprüche verstrickt, dass er nicht mehr ein noch aus weiß.«
»Der hat seit einer Stunde kein Wort mehr gesagt, Tommy. Er weint nur noch und stiert vor sich hin. Ich glaube wirklich nicht, dass es ihm gutgeht.«
»Gutgehen! Wovon redest du eigentlich? Seit wann soll es Mördern denn gutgehen?«

Er schrie fast und stand so dicht vor ihr, dass sie seinen Körper roch. Von dem sauren Schweiß wurde ihr leicht übel. Sie trat einen Schritt zurück, versuchte aber, seinem Blick standzuhalten. Bei derartigen Auseinandersetzungen gab sie viel zu häufig nach. Und Tommy wusste das. Er las es in ihren Augen, in dem kurzen Zögern, bevor sie etwas sagte, und trat einen Schritt vor und brach in ihren Intimbereich ein, war größer, schwerer, fast bedrohlich.

»Nein«, sagte Solveig leise.

»Was meinst du damit?«

»Ich meine, dass dieses Verhör jetzt zu Ende ist. Und ich will, dass ein Arzt zu Tor Salbu gerufen wird. Andernfalls schreibe ich einen formellen Bericht darüber, dass du einen Verdächtigen misshandelt hast und mit dem Verhör fortgefahren bist, obwohl er offensichtlich einen psychischen Zusammenbruch erlitten hat.«

»Und wer soll dir das glauben?«

Sie antwortete nicht, sondern ging um ihn herum zurück zu Tor Salbu. Er saß noch genauso da, wie sie ihn verlassen hatten, nur dass er jetzt die Arme um sich geschlungen hatte, als fröre er. Vielleicht tat er das auch, denn er zitterte immer wieder heftig.

»Wir hören erst einmal auf, Tor«, sagte sie. »Ich würde gerne einen Arzt anrufen, damit er einen Blick auf Sie wirft. Ist Ihnen das recht?«

Hinter ihr öffnete jemand die Tür. Es war Preben Jordal, nicht wie erwartet Tommy.

»Solveig, wir haben ein Problem. Sein Bruder steht unten und macht Ärger. Er ist in Begleitung eines Anwalts und eines Fotografen von der Zeitung.«

»Verdammt«, sagte sie laut.

Überrascht sah Jordal sie an. Sie fluchte sonst nie. »Was sollen wir machen?«

Sie dachte nach. »Der Bruder hat keine Rechte, auch wenn er ein noch so guter Journalist ist. Aber der Anwalt ... sagen Sie, dass ich in ein paar Minuten mit ihm reden will.«
»Okay, wo ist Tommy?«
»Steht der nicht draußen vor der Tür?«
»Nein.«
»Dann weiß ich nicht, wo er ist«, sagte Solveig.

Kapitel 34

Einen Tag weg, und schon ist die Hölle los. Wie ist das denn möglich?«

Niemand antwortete.

»Du hast gesagt, dass ich ihn mir richtig vornehmen sollte«, sagte Tommy.

Edvard sah ihn lange an. »Tor Salbu ist ins Sandviken-Krankenhaus eingeliefert worden. Nach allem, was ich gehört habe, soll er psychotisch sein. Meinst du wirklich, dass ich das gemeint habe, als ich dich gebeten habe, ihn dir richtig vorzunehmen?«

Keine Antwort.

»Übernimm wenigstens die Verantwortung für deine Fehler, Tommy, statt dich hinter meinen Anweisungen zu verstecken.«

»Ich ...«

»Ich will nichts mehr hören.« Edvard wandte sich an Solveig. »Und was hast du dir dabei gedacht? Du wusstest doch, dass er labil ist.«

»Nein, woher sollte ich das ...«

»Du warst doch dabei, als sein Bruder uns gesagt hat, dass Tor in Behandlung ist, weil er nicht ganz gesund ist. Wenn du aufgepasst hättest, hättest du dich daran erinnert. Hat jemand von euch nachgefragt, was das für eine Behandlung ist oder ob es eine konkrete Diagnose gibt? Und warum haben wir einen Psychiater in der Gruppe, wenn wir nicht auf ihn zurückgreifen, wenn ein Verdächtiger im Begriff ist, den Halt zu verlieren?«

Edvard spürte, dass er kurz davor war, selbst auszurasten. Die Wut war physisch zu spüren, ein innerer Druck, die anderen anzubrüllen, den Tisch umzuwerfen und etwas zu zerstören. Er krallte die Finger in seine Oberschenkel, damit seine Hände auf-

hörten zu zittern. Neugierig sah Daniel Wiersholm ihn an, als wäre er Zeuge eines interessanten Experiments. Edvard schluckte schwer und zwang sich zur Ruhe.
»Was ist mit dem Anwalt?«, fragte Solveig. »Der schäumte förmlich vor Wut, als ich mit ihm gesprochen habe.«
»Bei mir auch, der wird folglich alles und jeden verklagen. Aber darum kümmern wir uns, wenn es so weit ist. Jetzt müssen wir herausfinden, ob Tor Salbu schuldig ist oder nicht. Und das eilt.«
»Ich halte ihn für schuldig«, sagte Tommy. Er schaffte es wirklich nicht, länger als fünf Minuten den Mund zu halten.
»Warum?«
»Er passt ins Profil. Er hat während des gesamten Verhörs gelogen und ist nur dann von seinen Lügen abgewichen, wenn er musste.«
»Solveig?«
»Ich weiß nicht. Ich hab da so meine Zweifel.«
»Okay«, sagte Edvard. »Was ist mit seinem Zusammenbruch, Wiersholm? Passt auch der ins Profil?«
»Schon möglich. Es gibt durchaus Serientäter, die unter dem Borderline-Syndrom leiden. Aber ich weiß nicht genug über ihn.«
»Finden Sie es heraus. Überprüfen Sie seine Krankengeschichte. Und wir müssen rekonstruieren, was er zu den jeweiligen Tatzeitpunkten gemacht hat. Der Computer muss gecheckt werden, das Telefon, wir müssen Quittungen überprüfen und Nachbarn befragen. Ihr wisst, was ihr zu tun habt. Aber heute ist es schon spät. Geht nach Hause und schlaft euch aus. Morgen früh legen wir dann los. Und, Leute, wir können es uns nicht leisten, noch einmal solch einen Mist zu bauen. Lasst uns schnell und effektiv sein und uns an die Vorschriften halten. Okay?«
Sie murmelten zustimmend, erleichtert darüber, dass die Besprechung zu Ende war.

»Solveig«, sagte Edvard. »Auf ein Wort, bevor du gehst. Im Verhörraum war Blut auf dem Boden. Ich will wissen, was da passiert ist. Und ich will es jetzt wissen, bevor es in der Zeitung steht oder ich Post von dem Anwalt bekomme.«
»Nichts weiter. Das heißt, klar, das ging zu weit, ich hätte viel eher erkennen müssen, wie es um ihn stand, und das Verhör abbrechen müssen. Aber das Blut ... war bloß vom Nasenbluten.«
»Der hat einfach so von selbst angefangen zu bluten? Willst du mir das wirklich weismachen?«
»Ja, das ist gar nicht so ungewöhnlich. Meine Mutter hatte häufig Nasenbluten.«
Edvard sah sie skeptisch an. »Okay, wenn das deine Version der Geschichte ist, ist das wohl so.«
Solveig wusste selbst nicht, warum sie log. Sie hatte keinen Grund, Tommy in Schutz zu nehmen. Sie mochte ihn nicht einmal. Oder hatte sie Schuldgefühle? Sie hatte mitbekommen, was vor sich ging, hätte das Verhör viel eher beenden müssen, aber nichts unternommen. Sie war wie immer zu passiv gewesen, zu ängstlich, sich zu behaupten und die Konfrontation zu suchen. In gewisser Weise hatte sie ebenso Schuld auf sich geladen wie Tommy.

Auf dem Rückweg dachte Edvard an Solveig. Mit ziemlicher Sicherheit hatte sie gelogen, er verstand aber nicht, warum. Sie hatte bestimmt nichts damit zu tun, dass Salbu geblutet hatte. Das musste Tommy gewesen sein, aber warum schützte sie ihn? Tommy war forsch und vorwitzig, ein bisschen zu sehr von sich überzeugt, und er redete oft, bevor er wirklich nachgedacht hatte. Solveig war vorsichtig, besonnen und analytisch. Sie hatten vollkommen verschiedene Persönlichkeiten. Edvard glaubte nicht einmal, dass sie sich besonders mochten. Warum log sie nur?

Solveig stand lange unter der Dusche. Normalerweise hätte sie ein Bad genommen, aber die Erinnerungen an Unni waren zu frisch.
Sie trocknete sich ab, ging ins Bett und rief Hans Christian an. Mit einem Mal vermisste sie ihn schrecklich. Er ging gleich ans Telefon, und sie redeten über ganz alltägliche Dinge, die Chorprobe, über ein Konzert, das er besucht hatte, und über seine Mutter, der eine neuerliche Krampfaderoperation bevorstand. Dann fragte er sie, wie es ihr ging.
»Es geht mir gut.«
»Du hörst dich müde an. Ich lese Zeitungen und sehe fern, weißt du. Das scheint echt ein heftiger Fall zu sein.«
Die Bilder von Unni tauchten ungebeten in ihrem Kopf auf. Solveig sah das rostrote Wasser vor sich, roch das Blut und die Exkremente und verspürte schlagartig Übelkeit. Sie wusste, dass sie nicht mit ihm darüber sprechen konnte, dass niemand, der nicht selbst vor Ort gewesen war, sich das auch nur vorstellen konnte.
»Ich komme ganz gut zurecht, Hans Christian.«
»Ich vermisse dich.«
»Ich vermisse dich auch.«
»Du brauchst jemanden, der für dich da ist«, sagte er. »Wir reden darüber, wenn du wieder zu Hause bist.«
Solveig wusste, was er meinte, wollte jetzt aber nicht darüber nachdenken.
»Ich muss jetzt schlafen«, sagte sie.

Tommy war unter die Decke gekrochen und hatte das Licht ausgemacht, konnte aber nicht schlafen. Jedes Mal, wenn der Schlaf sich näherte, tauchten die gleichen Gedanken auf und zwangen ihn, sich umzudrehen. Edvard Matre hatte ihm eine Standpauke erteilt, bloß weil er seinem Befehl Folge geleistet hatte. Die Demütigung quälte ihn noch immer.

Er versuchte sich einzureden, dass er ein besserer Polizist als die anderen war und den Fall auf eigene Faust lösen würde, aber es gelang ihm nicht. Er wusste nicht einmal, ob er selbst daran glaubte. Außerdem quälte ihn die Sache mit Tor Salbu. Er war so überzeugt gewesen, dass der Typ schuldig war. Einen Moment lang fragte er sich, ob er ihn wirklich zu hart angefasst hatte, schob den Gedanken aber beiseite. Es war so oder so nur eine Frage der Zeit, bis jemand Tor Salbu aus dem Gleichgewicht gebracht hätte.

Kapitel 35

Victorias Stimme, die sonst immer so klar und stark geklungen hatte, war plötzlich tonlos und flach.
»Wie geht es Ihnen?«, fragte Edvard, und sie erwiderte, es sei so weit alles in Ordnung. Sie war höflich, aber die Pause, bevor sie antwortete, dauerte eine Spur zu lange.
»Haben Sie vom Arzt etwas zum Schlafen bekommen?«
»Ja«, bestätigte sie.
»Eine Sache frage ich mich. Als wir über das Interview gesprochen haben, haben Sie niemals den Fotografen erwähnt?«
»Den Fotografen?«
»Ja, der fehlt in Ihrer Aussage komplett.«
Schweigen. Edvard überlegte, welche Pillen sie geschluckt haben könnte.
»Ich dachte, ich hätte ihn erwähnt.«
»Nein.«
»Er hat sich nicht sonderlich auffällig verhalten. Lief herum und hat Fotos gemacht, während wir interviewt wurden. Irgendwann haben wir ihn gar nicht mehr bemerkt. Ich glaube, er hat nicht ein einziges Wort gesagt.«
»Dann ist Ihnen an ihm nichts Besonderes aufgefallen?«
»Ich glaube, er war ein bisschen schüchtern, aber das war auch alles. Warum? Glauben Sie, dass er …«
»Er wurde in Polizeigewahrsam genommen, aber wir müssen abwarten.«
»Warum sollte er …« Plötzlich versagte ihre Stimme.
»Victoria, wir wissen noch nichts. Es ist gut möglich, dass der Fotograf gar nichts damit zu tun hat.«
Sie antwortete nicht. Er hörte sie nur schwer atmen und bildete

sich ein, die Wärme ihres Atems zu spüren. »Sind die Polizisten, die auf Sie aufpassen sollen, noch da?«, fragte er, um über etwas anderes zu reden.
»Ich weiß es nicht.«
»Schauen Sie aus dem Fenster.«
»Ja, sie sind da. Zwei Leute in einem grauen Wagen auf der anderen Straßenseite.«
»Das ist gut. Die passen auf Sie auf.«
»Ja.« Sie fragte sich, was mit seiner Stimme war. Sie war so tief und warm und wirkte beruhigend, ja fast hypnotisch auf sie. Sie wünschte sich, dass er weiterredete.
»Ich muss auflegen«, sagte er. »Wir reden später noch einmal.«

Keiner der anderen war im Büro. Tommy und Solveig waren unterwegs, um noch mehr über Tor Salbu herauszufinden. Preben Jordal konnte überall sein, er arbeitete ja auch an anderen Fällen. Daniel Wiersholm hatte am Morgen angerufen und gesagt, dass er den Tag im Krankenhaus verbringen müsse.
Edvard war ruhelos. Er ging ins Internet und googelte Tor Salbu, fand aber nur wenig. Es gab viele Tor Salbus, aber niemand davon schien in der Öffentlichkeit besonders aufgefallen zu sein. Er checkte das Polizeiregister, doch entdeckte nur ein paar Strafzettel. Beim Einwohnermeldeamt folgte er den Links zu Bruder, Mutter und Vater, ohne auf etwas Interessantes zu stoßen.
Einem Impuls folgend, schrieb er Anna Isaksen ins Suchfeld und drückte auf Enter.

Solveig sah den Psychologen leicht resigniert an. »Ich weiß, dass Sie der Schweigepflicht unterliegen. Aber Ihr Patient, Tor Salbu, ist gerade erst in die Sandviken-Klinik eingeliefert worden. Da ist es doch wohl klar, dass es ihm nicht gutgeht. Außerdem steht er

in Verdacht, eine sehr ernste Straftat begangen zu haben. Es wäre im Interesse aller, nicht zuletzt Ihres Patienten, wenn Sie zur Klärung des Falls beitragen würden.«
»Des Falls? Welchen Falls?«
Sie schüttelte den Kopf. »Ich kann nicht ins Detail gehen, welcher Verdacht auf ihm lastet.«
»Sie können mir nichts sagen, aber ich soll meine Schweigepflicht brechen?«
Solveig zögerte etwas. »Ich darf vielleicht so weit gehen, Ihnen zu sagen, dass es um schwere Gewaltverbrechen geht.«
»Gewaltverbrechen?«
»Ja, Gewalt gegen Frauen.«
»Wir reden doch wohl nicht von den Morden, über die ständig in den Zeitungen geschrieben wird?« Der Psychologe sah sie ungläubig an.
»Das kann ich nicht kommentieren.«
Er verdrehte die Augen. »Sollte das so sein, sind Sie vollkommen auf dem Holzweg.«
»Warum sind Sie sich da so sicher?«
»Tor Salbu ist seit mehr als fünf Jahren mein Patient. Er hat viele Probleme, aber ich habe niemals auch nur ein Anzeichen entdeckt, dass er dazu neigen würde oder in der Lage wäre, jemanden umzubringen.« Er stand auf. »Mehr kann ich Ihnen nicht sagen.«
Auch Solveig erhob sich. »Danke für Ihre Hilfe.«

Tommy war mit Tor Salbus Computer fertig, ohne etwas von Bedeutung gefunden zu haben. Salbus Alltag am Computer bestand allem Anschein nach aus Heavy-Metal-Musik und Pornoseiten. Einige davon waren S-&-M-Seiten, ein paar recht extrem, aber es gab nichts, was Tommy nicht schon einmal gesehen hätte. Tor Salbu hatte auch ein Facebook-Profil, das er nicht sonderlich oft

nutzte, sowie ein Hotmail-Konto, das aber nur Spam enthielt. Das einzig Bemerkenswerte war, dass die Maschine in den Tagen vom 15. bis 17. Februar überhaupt nicht benutzt worden war. Genau in dieser Zeit war Laila Nilsen ermordet worden. Tommy wusste nicht, was das bedeuten konnte, notierte es sich aber trotzdem.
Auf dem Rückweg zum Präsidium dachte er, dass er zu viel herumsaß. Er sollte mehr Sport machen. Das Training war ihm wichtig. Er stemmte Gewichte, war auf seinen Körper fixiert und wollte gut aussehen. Dieser Fall durchbrach seine Routine. Er nahm sich vor, noch an diesem Abend zu trainieren.

Edvard warf einen Blick auf seine Notizen. Im Gegensatz zum Rest seiner Familie hatte er eine ordentliche Handschrift. Bjørn schrieb wie ein Schwein. Seit seiner frühen Kindheit hatte er immer nur unleserlich herumgekritzelt. Edvard dachte, dass er seine Handschrift vielleicht von seiner Mutter geerbt hatte.
»Anna Isaksen, geboren am 16.05.1954 in Dønnesfjord, Finnmark.«
»Eltern: Isak Isaksen, gest. 1973 und Marja Isaksen, gest. 1967. Keine lebenden Geschwister. Ein Bruder starb im Säuglingsalter.«
»Anna, gest. 1. Juni 1979. Todesursache Überdosis.«
Diese Informationen hatte er in den Akten des Einwohnermeldeamts gefunden. Überdosis klang nach Selbstmord, außer seine Mutter war drogenabhängig gewesen und hatte versehentlich zu viel genommen. Er wusste es nicht.
Das Telefon auf seinem Schreibtisch klingelte.
»Matre.«
»Hier ist der Wachhabende am Empfang. Hier unten steht jemand, der Sie unbedingt sprechen will. Er sagt, er habe wichtige Informationen über Tor Salbu.«
»Wie lautet sein Name?«

»Steinar Salbu. Er ist der Bruder. Er ist ...«
»Ich weiß, wer er ist. Schicken Sie ihn hoch.«

»Sie haben Tor in den Wahnsinn getrieben.« Steinar Salbu war aufgebracht. »Was das angeht, ist das letzte Wort noch lange nicht gesprochen worden.«
»Es tut mir leid, was mit Ihrem Bruder passiert ist«, sagte Edvard etwas steif.
»Es tut Ihnen leid!«
»Ja, es tut mir leid. Mehr kann ich dazu ja wohl kaum sagen. Fakt ist aber, dass er noch immer unter Verdacht steht, mehrere Morde begangen zu haben. Wenn ich das richtig verstanden habe, haben Sie ...«
Steinar Salbu warf einen Umschlag auf den Schreibtisch.
»Was ist das?«
»Machen Sie ihn auf, und werfen Sie einen Blick hinein.«
Es war eine Einladung zu einer Hochzeit. Monica Helle und Stein Nilsen, Hochzeit am 16. Februar 2011 in Ålesund. Die Einladung galt für Steinar Salbu mit Begleitung. Edvard sah ihn etwas ratlos an. »Sie waren auf einer Hochzeit?«
»Nein, eben nicht. Ich konnte nicht. Meine Cousine Monica war sehr enttäuscht, aber glücklicherweise konnte mein Bruder die Familie vertreten.«
Edvard betrachtete noch einmal die Einladung. Dieses Mal registrierte sein Hirn das Datum. »Ihr Bruder war in Ålesund, als Laila ermordet wurde?«
»Richtig.«
»Ich nehme an, dass das mehrere Zeugen bestätigen können?«
»Die halbe Verwandtschaft. Und vermutlich ist er auch auf einigen Videos zu sehen, sollte das nicht reichen. Es ist unglaublich, dass Sie das nicht mitbekommen haben.«
»Wie sollten wir das mitbekommen?«

»Verdammt, Sie hätten Tor fragen können! Das ist doch wohl nicht so schwer.«
»Wir haben gefragt. Er konnte sich nicht erinnern, wo er an den entsprechenden Tagen gewesen war. Er hat nichts von der Hochzeit gesagt.«
»Ich habe Ihnen doch gesagt, dass er nicht ganz gesund ist. Er hat ein Problem mit der Zeit.«
Als Steinar Salbu gegangen war, legte Edvard den Kopf in die Hände. Sein Körper schmerzte, und er fühlte sich müde und ausgebrannt. Das Alibi musste überprüft werden, aber das war nur eine Formalität. Er wusste, dass sie mit der Ermittlung wieder zurück auf Anfang waren.

Edvard las sich den Artikel zum hundertsten Mal durch. Irgendwie hatte er etwas Trauriges. Die vier Frauen trugen die Decknamen Mia, Eva, Silje und Liv. Einfache, normale norwegische Mädchennamen. Es hätte wer auch immer sein können, und genau so sollte das auch wirken. Sie verkauften ihre Körper, aber so, wie sie darüber redeten, hätten sie auch Parfüm oder Lebensmittel verkaufen können. Nüchtern sprachen sie über ihre Kunden und deren spezielle Bedürfnisse. Einige wollten Frauenkleider tragen, andere erniedrigt oder bestraft werden. »Wir erfüllen Träume und Bedürfnisse – gegen Bezahlung«, hatte eine von ihnen gesagt. Kein Wort über die Kosten.
Edvard dachte an Victoria. Er hatte den Eindruck, dass sie intelligent war. Aber wie passte das alles dann zusammen? Es war aus dem Artikel nicht zu entnehmen, welche Antworten von ihr stammten. Aber was dort stand, war flach, simpel und wenig reflektiert.
»Wie sieht es mit der Zukunft aus?«, hatte der Journalist gefragt, und aus den Antworten ging hervor, dass die Frauen diese Frage vollkommen überrascht zu haben schien. Die Zukunft war noch

weit weg. Das Leben fand jetzt statt. Nur eine Antwort stach heraus. Mia wünschte sich einen Lebensgefährten, sie träumte von einem ganz gewöhnlichen Mann. Er müsse nicht hübsch sein oder reich oder irgendwie besonders. Sein Äußeres sei ihr egal. Es spiele keine Rolle, ob er dunkel sei oder rote Haare und Sommersprossen habe. Wichtig sei nur, dass er hinter die Fassade blicke, sich von Glamour und äußerer Schönheit nicht täuschen lasse und sie liebe, wie sie sei. Sie träumte von einem kleinen Reihenhaus und zwei Kindern, einem Jungen und einem Mädchen.
Edvard überlegte, wer von ihnen diesen einfachen und recht naiven Zukunftstraum gehabt hatte. Victoria? Nein, sie war nicht der Typ für eine solche Äußerung, die Zukunft hatte für sie ganz andere Dinge als Mann, Kinder und Reihenhaus bereitgehalten.

Als er hinausging, klingelte sein Telefon. Es war Victoria.
»In der Internetausgabe der Zeitung steht, dass der Fotograf nicht mehr in U-Haft ist.«
Steinar Salbu hatte nicht erst auf die offizielle Bestätigung gewartet. Edvard konnte ihn verstehen.
»Tja, das ist richtig.«
»Warum haben Sie ihn freigelassen?« Erst jetzt bemerkte er, wie aufgeregt sie war.
»Es gibt keine Grundlage mehr, auf der wir ihn ...«
»Verdammte Juristen. Das ist so typisch! Hat wieder irgendein schmieriger Rechtsverdreher dafür gesorgt, dass so ein Arsch freikommt und weiter unschuldige Menschen umbringt? Und keine Sau tut was.«
»Victoria, hören Sie, es war nicht ...«
Sie hörte nicht zu, sondern schimpfte weiter.
Edvard gab auf. Sie war nicht zu stoppen, weshalb er sie einfach reden ließ. Als ihre Wut schließlich abflaute oder ihr die Luft aus-

ging, sagte er vorsichtig: »Er war es nicht, Victoria. Der Fotograf hat Unni nicht getötet.«
Er lauschte dem Weinen am anderen Ende. »Aber wir kriegen den Täter schon, wir werden ihn finden, das verspreche ich Ihnen.«
Sie legte auf.

Der Rest des Tages war anstrengend. Edvard wusste, dass die Ermittlungen den Fokus verloren hatten. Sie tappten im Dunkeln, ohne klares Ziel oder Richtung. Es war sein Job, einen neuen Kurs einzuschlagen, aber ihm fehlten die Ideen.
Als er schließlich ins Bett gehen wollte, klopfte es an seiner Tür. Er zog sich einen Morgenrock an und öffnete. Er hatte mit Tommy oder Solveig gerechnet.
»Cecilie«, sagte er überrascht, »was machst du denn hier?« Dann trat er zurück und sagte: »Willst du reinkommen?«
Sie kam zwei Schritte herein, blieb aber stehen. Ihre Haare waren nass, und sie hatte die Hände tief in den Taschen vergraben. Wie so oft sah seine Schwägerin hübsch aus, hatte jedoch keine Ausstrahlung. Er wusste, dass sie einen guten, verantwortungsvollen Job bekleidete, allerdings hatte er nie begriffen, warum sie diese Stellung bekommen hatte.
»Ist Bjørn ...«
»Bjørn weiß nicht, dass ich hier bin.« Sie zögerte und fuhr dann fort: »Du bist ein unglaublich egoistischer Mann, Edvard Matre.«
Er wusste nicht, was er antworten sollte.
»Ich sehe doch, wie es Bjørn geht. Ich kenne ihn, und ich weiß, dass er verdammt leidet. Wegen dir, Edvard.«
»Ich ... meine Eltern ...«
»Ja, doch, ich weiß, dass du adoptiert wurdest. Na und? Du bist nicht der Einzige, der ein solches Schicksal erdulden muss ...«

»Du verstehst das nicht. Du weißt nicht, wie das ist.«
Sie sah ihn zornig an. »Mag sein, Edvard. Vielleicht verstehe ich dich nicht, aber ich weiß, dass du mich nie gemocht hast und dass du dich auch nie um unsere Kinder gekümmert hast. Das macht nichts, nein, warte, natürlich verletzt mich das, das hat es immer getan, aber das spielt keine Rolle. Wichtig ist, dass Bjørn dich vergöttert. Er ist wegen dieser Sache vollkommen am Boden zerstört. Und ich sehe doch, dass dir das egal ist und du wie immer nur an dich denkst.«
»Wie immer?« Er wurde wütend. »Wie kannst du …«
»Weißt du, wie lange wir zusammen sind, Bjørn und ich? Zwölf Jahre. Wir haben uns getroffen, als wir 1999 beide auf der NHH angefangen haben. Er war klug, extrovertiert, sozial und weinte nachts in seinen Träumen. Als er mir von dem Unfall erzählt hat, von der Nacht, in der eure Eltern umkamen, war das das erste Mal, dass er überhaupt mit jemandem darüber geredet hat. Das erste Mal! Ihr habt kaum ein Wort über das gewechselt, was geschehen ist, Edvard! Du bist einfach weggezogen, so schnell es ging, und hast deinen kleinen Bruder allein zurückgelassen. Und jetzt machst du das Gleiche noch einmal.«
»Cecilie …«
Aber sie wartete nicht auf seine Antwort. »Ich wollte nur, dass du das mal hörst, Edvard. Dass du weißt, was du tust!«
Sie knallte die Tür so fest zu, dass der Rahmen erzitterte.

Kapitel 36

Edvard hatte keine Ahnung, wer für die Friedhöfe verantwortlich war. Nach einer Recherche im Internet fand er schließlich eine Organisation in Oslo namens Kirkelig Fellesråd. Die Frau am Telefon hörte sich streng an. Er stellte sich vor und erklärte ihr, dass er von der Kriminalpolizei war. Ihre Stimme veränderte sich und klang mit einem Mal vorsichtig abwartend. Edvard war das gewohnt und kümmerte sich nicht mehr darum, sondern stellte seine Frage.
»Eine Übersicht über die Grabstätten? Doch, doch, die haben wir, natürlich. Es ist im § 25 des Bestattungsgesetzes festgelegt, dass wir ein Register führen müssen.«
Edvard wusste nichts von einem Bestattungsgesetz. »Das ist gut. Dann können Sie ja vielleicht einen Namen für mich heraussuchen. Es ist ...«
Sie unterbrach ihn. »Tut mir leid, das Register wird nicht zentral geführt. Sie müssen die entsprechende Friedhofsverwaltung kontaktieren.«
»Jeden einzelnen Friedhof? Es gibt doch Unmengen davon!«
»Nein, nein. Wir haben zwanzig Friedhöfe in Oslo, aber deutlich weniger Friedhofsverwaltungen. Sie müssen nicht mit allen Kontakt aufnehmen, vorausgesetzt, Sie haben die letzte Adresse des Verstorbenen.«
»Warum ist das wichtig?« Darüber hatte Edvard sich nie Gedanken gemacht.
»Normalerweise wird man auf dem Friedhof seiner Gemeinde bestattet. Haben Sie die letzte Adresse?«
Er zögerte. »Ich glaube ... ich glaube, das war irgendwo in Riis.«
»Schauen wir mal. Dann liegt der Betreffende vermutlich auf

dem Riis-Friedhof. Dann müssen Sie die Friedhofsverwaltung West kontaktieren.«
Sie gab ihm die Telefonnummer.
Er rief sofort an. Die Stimme, die sich meldete, hörte sich erkältet an.
»Anna Isaksen, sagen Sie? Auf dem Riis-Friedhof? Einen Augenblick, bitte. Ich muss den Hörer ablegen.« Es dauerte weniger als eine Minute, dann war er zurück. »Sorry, aber wir haben keine Anna Isaksen.«
»Sind Sie sicher?
»Natürlich bin ich sicher. Seit 1997 wurde hier keine Anna Isaksen beerdigt.«
»Sie ist 1979 verstorben.«
Am anderen Ende wurde es still. »Warum haben Sie das nicht gleich gesagt?«
»Weil Sie mir gar nicht die Zeit dazu gelassen haben. Warum ausgerechnet dieses Jahr?«
»Seit diesem Jahr archivieren wir alles digital. Alles davor ist im Archiv.«
»Aber Sie können das herausfinden?«
Ein tiefes Seufzen. »Ich kann das herausfinden, ja. Aber das erfordert deutlich mehr Arbeit. 1979, sagen Sie? Haben Sie das genaue Datum?«
»Am 1. Juni.«
»Okay, wollen Sie einen Moment warten, oder soll ich Sie zurückrufen?«
»Ich warte.«
Edvard hörte im Hintergrund das Blättern von Papier, nur unterbrochen von vereinzeltem Husten. Dann war die Stimme wieder da.
»Nein, keine Anna Isaksen.«
»Sind Sie sich sicher?«

»Natürlich bin ich mir sicher. Außer sie wurde vor ihrem Tod beerdigt. Vor dem 1. Juni habe ich nicht nachgeschaut.«
»Kann sie … ist es möglich, dass sie … im Massengrab der Gaustad-Klinik liegt?«
Es wurde still am anderen Ende.
»Hallo? Sind Sie noch da?«
»Dieses Grab ist leider nicht ausreichend dokumentiert.«
»Hm. Warum nicht?«
»Keine Ahnung, das war vor meiner Zeit. Sie sind von der Kriminalpolizei, nicht wahr?«
»Das ist richtig.«
»Dann nehmen Sie doch Kontakt mit der Rechtsmedizin auf, die haben alles bekommen, was wir hatten.«

Während er darauf wartete, dass die Zentrale Gunnar Hellstrøm aufspürte, überlegte Edvard, warum er nicht gleich Kontakt mit der Rechtsmedizin aufgenommen hatte, nachdem er den Namen seiner Mutter erfahren hatte. Dieser Schritt war derart einleuchtend und selbstverständlich, dass es ihn richtiggehend entsetzte, nicht daran gedacht zu haben.
»Gunnar, hallo, hier ist Edvard. Kannst du eine Sache für mich überprüfen?«
Es dauerte weniger als eine Minute. Anna Isaksen war im Massengrab registriert.
»Du musst dir aber darüber bewusst sein, dass die Archive nicht komplett sind. Die Friedhofsverwaltung hat siebenunddreißig Namen registriert, im Grab waren aber die Überreste von zweiundvierzig Leichen.«
»Wie ist das möglich? Gab es in der Gaustad-Klinik denn keine Archive?«
Hellstrøm lachte kurz. »Es scheint, als hätten sie alles, was mit diesem Grab zu tun hatte, verbrannt. Und auch noch eine ganze

Menge anderes Material. Bestimmt, um die Spuren ihrer Nazi-Experimente zu vertuschen.«

»Du machst Witze? War es so schlimm?«

Er seufzte. »Ich weiß es nicht. Aber scheinbar weiß das niemand, jedenfalls heute nicht mehr, aber ich glaube, das war ziemlich übel. Lies doch mal, wie die Zigeuner in diesem Land behandelt worden sind – und das bis in die Achtziger. Kinder wurden den Eltern weggenommen, sie wurden zwangseingewiesen und sterilisiert. Sieh das mal im Zusammenhang mit den geschätzt dreitausend Lobotomie-Eingriffen da oben in Gaustad. In den ersten Jahren, in denen diese Operation noch mit Eispickel oder Stricknadeln gemacht wurde, soll die Sterblichkeit bis zu fünfundzwanzig Prozent betragen haben. Und als wäre das noch nicht genug, kursieren Gerüchte, dass in Gaustad auch noch andere, ziemlich zweifelhafte Experimente durchgeführt worden sein sollen. Hirnforschung, finanziert von der CIA.«

»Hört sich eigentlich nach einer klassischen Konspirationstheorie an«, sagte Edvard. »Bestimmt haben viele, die in Behandlung waren, fest daran geglaubt, von Außerirdischen gequält zu werden.«

»Ja, aber diese Gerüchte waren so konkret, dass das Parlament sogar eine Untersuchungskommission eingesetzt hat.«

»Die was gefunden hat?«

»Man hat keine Beweise gefunden, dass in Gaustad unethische Experimente vorgenommen worden sind. Es fehlte aber ausgerechnet die Dokumentation über die Forschung, die tatsächlich vom amerikanischen Verteidigungsministerium finanziert worden ist. Und als die Amerikaner um diese Dokumentation gebeten wurden, lehnten sie mit der Begründung ab, diese Unterlagen unterlägen der Geheimhaltung.«

»Hört sich ziemlich verrückt an.«

»Stimmt aber trotzdem«, sagte Gunnar Hellstrøm. »Ich glaube, die Gaustad-Klinik war kein guter Ort, Edvard.«
Dann veränderte seine Stimme sich. »Anna Isaksen, war das der Name deiner Mutter?«
Edvard hatte plötzlich einen Kloß im Hals. Es war seltsam, diesen Namen zu hören.
»Ja«, sagte er nach kurzem Zögern. »Das war der Name meiner Mutter.«

Der Mann in der Friedhofsverwaltung Ost hatte eine tiefe, rauhe Stimme, die sowohl zum Stadtteil als auch zu seiner Arbeit passte. »Kriminalpolizei, soso?«, brummte er. »Und um was geht es?«
»Das kann ich Ihnen nicht sagen«, sagte Edvard. »Leider.«
»Typisch«, antwortete der Mann. »Da passiert endlich mal was, und dann darf man nicht erfahren, um was es geht. Nun, nach wem suchen Sie denn?«
»Anna Isaksen. Sie verstarb am 1. Juni 1979.«
»Und das ist wichtig?«
»Ja«, erwiderte Edvard. »Das ist sehr wichtig.«
»Das sollte es auch sein, denn es ist wirklich alles andere als leicht, Informationen aus dieser Zeit zu finden. Das reinste Hexenwerk. Geben Sie mir eine Nummer, ich rufe Sie dann zurück.«

Solveig war unruhig. Schon seit Stunden saß sie vor dem Computer, durchforstete Berichte und versuchte, Anhaltspunkte zu finden, auf denen sie aufbauen konnten. Eine Spur, einen Ansatz, irgendetwas, das der Ermittlung eine Richtung gab. Aber ohne Erfolg. Hinweise hatten sie genug, aber alles verlief im Sand. Sie trank einen Schluck kalten Kaffee und spürte ihren Magen rebellieren. Das Handy begann zu leuchten. Sie hatte es auf lautlos gestellt, um nicht gestört zu werden. Es war ihr Vater, schon zum zweiten Mal an diesem Tag. Plötzlich ertrug sie den Gedanken nicht, mit ihm zu reden, sie wusste ja doch, was er sagen würde. Das Konto stimmte nicht, oder er machte sich Sorgen über eine Rechnung, die er erhalten hatte. Dass sie vorsichtig sein solle und ihren Weg zurück zu Gott finden müsse. Immer die gleichen Phrasen, wieder und wieder. Sie drückte den Anruf weg, spürte aber einen Anflug von schlechtem Gewissen.

In Gedanken trank sie noch einen Schluck Kaffee und spürte sogleich die Magensäure in ihrer Speiseröhre aufsteigen. War sie jetzt schon im Begriff, ein Magengeschwür zu entwickeln?

Sie stand abrupt auf und ging, ohne anzuklopfen, in Tommys Büro nebenan. Er saß über einen Zettel gebeugt da und hatte einen Bleistift in der Hand. Neben ihm lag eine Mappe mit Fotos. Solveig erkannte die Bilder wieder. Sie zeigten, wie die Hände der ersten beiden Opfer gefesselt worden waren. Abwartend sah Tommy sie an. Seit dem Verhör von Tor Salbu hatten sie nicht mehr miteinander gesprochen.

»Was machst du?«, fragte sie.

»Ich überprüfe nur noch einmal, ob ihre Hände wirklich auf dieselbe Weise gefesselt worden sind.«

»Was meinst du, warum waren Unnis Hände nicht gefesselt?«, fragte sie.

Er zuckte mit den Schultern. »Vielleicht brauchte der Mörder das nicht. Infolge des Obduktionsberichts hat sie einen kräftigen Schlag auf den Kopf bekommen. Vielleicht war sie schon bewusstlos, als er das Messer benutzt hat.«

»Hoffentlich. Warum interessiert dich das Tape?«

Er klappte die Mappe zu. »Ich geh nur alles noch einmal durch und hoffe, dass wir irgendetwas übersehen haben.«

Sie nickte. »Ich auch, aber ich kann jetzt wirklich nicht mehr. Kommst du mit, was essen?«

Tommy sah sie überrascht an. »Nein, ich habe gerade gegessen.«

»Okay.«

»Aber vielleicht morgen«, fügte er hinzu, um nicht abweisend zu wirken.
»Ja, vielleicht«, sagte Solveig.

»Also, Gudmundsen hier.«
Edvard war etwas perplex. »Wer?«
»Gudmundsen von der Friedhofsverwaltung Ost. Ich habe die Informationen, um die Sie mich gebeten haben.«
»Ja, natürlich, tut mir leid«, sagte Edvard. »Haben Sie etwas gefunden?«
»Natürlich, bei uns herrscht Ordnung, Mister. Ich habe Ihre Anna Isaksen gefunden.« Er las ihre Personennummer vor. »Sie wurde auf dem Gamlebyen-Friedhof beigesetzt. Am 7. Juni 1979, auf dem Feld 002, das ist der Bereich am Dyvekes vei. Ich habe auch die Grabnummer, aber die wird Ihnen nicht viel sagen.«
Edvard spürte, dass sein Herz für einen Schlag aussetzte, als würde es stolpern.
»Okay, gut. Ich danke Ihnen.« Er musste nach den richtigen Worten suchen. »Kann ich ... in den nächsten Tagen mal vorbeikommen und einen Blick auf ihr Grab werfen?«
»Nun, ich kann Ihnen zeigen, wo sie gelegen hat.«
»Wie meinen Sie das?«
»Das ist mehr als dreißig Jahre her, Matre. Nach zwanzig Jahren wird ein Sargplatz neu belegt, außer die Pacht wird verlängert, das war hier aber nicht der Fall.«
»Dann ist sie ... nicht mehr da?«
Gudmundsen zögerte. »Wie man es sieht. In gewisser Weise ist sie schon noch da. ›Von Erde bist du genommen, zu Staub sollst du zerfallen‹ heißt es doch. Aber das ist jetzt das Grab eines anderen.«
»Wessen Grab?«
»Wessen?« Gudmundsen hörte sich überrascht an. »Eine Lene Wiltersen. Warum? Spielt das eine Rolle?«

»Nein, sorry«, sagte Edvard. »Das spielt überhaupt keine Rolle.«
Einen Moment hatte er das Gefühl gehabt, seine Mutter gefunden zu haben, um sie dann gleich wieder zu verlieren. Er schüttelte das Gefühl ab und fragte sich, ob er langsam verrückt wurde. Denn er wusste, dass es nicht seine Mutter sein konnte, die in diesem Grab lag. Jemand anderes war 1979 unter dem Namen Anna Isaksen auf dem Gamlebyen-Friedhof zu Grabe getragen worden. Edvard hatte nur keine Ahnung, wer oder warum.

Kapitel 37

Tommy betrachtete sich im Spiegel. Er hatte die Arme dicht am Körper, die Hände zu Fäusten geballt und alle Muskeln im Körper angespannt. Er drehte sich erst nach rechts und dann nach links. Kein Zweifel, er hatte zu wenig trainiert. Auch wenn das Volumen noch da war, hatte sich die Definition der Muskeln abgeschwächt. Sie traten nicht mehr so deutlich hervor. Und wenn er sich entspannte, sah er fast ein bisschen dick aus.

Tommy bückte sich und nahm wieder die Gewichte. Zwanzig Kilo. Nach fünf Wiederholungen begannen seine Oberarme zu brennen. Nach zehn schienen sie Feuer gefangen zu haben.

Er legte die Hanteln weg und ließ die Gedanken schweifen. Edvard und Solveig waren überzeugt, dass der Zeitungsartikel der Schlüssel zu dem Fall war, aber was, wenn sie sich irrten? Wenn das Nagelstudio der gemeinsame Nenner war? Je mehr er darüber nachdachte, desto mehr glaubte er, dass er eine wichtige Spur verfolgte. Sølvi hatte dort gearbeitet, Victoria ließ sich dort die Nägel machen, vielleicht war auch Laila dort gewesen. Vielleicht wurde das Prostitutionsgeschäft mit Hilfe des Ladens organisiert.

Er dachte an Emma Olsson. Tommy war überzeugt davon, dass sie etwas zurückhielt und nicht alles sagte. Womöglich verkaufte sie auch ihren Körper. Wundern würde es ihn nicht.

Er atmete ein paar Mal tief durch und begann erneut, die Gewichte zu stemmen. Die Schmerzen in den Muskeln fegten die Gedanken aus seinem Kopf. Als er fertig war, wanden die Adern sich wie blaue Schlangen unter seiner Haut. Er blieb stehen und dehnte sich, ging auf die Zehenspitzen und boxte mit unsichtbaren Schatten. Begegnete dem Blick eines anderen Mannes

im Spiegel, eines älteren Mannes mit Pferdeschwanz, grünem Ringeranzug und stark tätowierten Unterarmen. Er sah aus wie einer von Monas Lovern. Tommy erinnerte sich nicht an seinen Namen, er wusste nur noch, dass er Klempner war und Motorrad fuhr. Der Mann nickte ihm lächelnd zu. Tommy drehte sich zu ihm um.
»Was?«, fragte er.
Der Mann war verwirrt. »Wie, was meinst du?«
»Dein Blick, ist irgendetwas?«
»Nein, nein, nichts. Du bist stark.«
Tommy sah ihn an, ohne etwas zu sagen, bis der Mann den Blick niederschlug.

Frauen kamen in das Nagelstudio, blieben dort eine Weile und gingen wieder. Von seinem Platz aus sah Tommy Emma hinter dem hellerleuchteten Fenster hin und her laufen, ihre blonden Haare fielen ihr jedes Mal, wenn sie sich nach vorn beugte, ins Gesicht. Ihm wurde bewusst, dass sie ein bisschen wie Mona aussah. Einen Moment glaubte er, die Hände seiner Mutter auf seinen Handgelenken zu spüren. Sie machte sich von ihm los. Es hatte ihr nie gefallen, wenn er mit ihren Haaren gespielt hatte, aber er hatte es trotzdem getan, wenn sie schlief. Wenn er die Augen schloss, spürte er die weichen Haare durch seine Finger gleiten. Er hatte nie verstanden, warum er das nicht durfte. Andere durften das doch auch.
Tommys Ohren begannen zu rauschen. Er legte die Finger auf die Schläfen und massierte sie hart. Er musste aufpassen, durfte nicht zu viel nachdenken. Irgendwie bekam er auch nicht richtig Luft. Er war kurz davor, kehrtzumachen und zu seiner Arbeit zurückzukehren, als Emma aus der Tür kam. Sie drehte sich um und schloss das Studio ab, und er wich ein paar Schritte zurück in den Schatten. Als sie losging, folgte er ihr.

Sie trug eine kurze, schwarze Lederjacke, eine enge Jeans und Stiefeletten mit hohen Absätzen. Über ihrer Schulter hing eine unförmige Tasche. Sie ging schnell, ohne sich umzublicken. Ihre Absätze klackerten bei jedem Schritt laut auf dem Asphalt. Zwei junge Männer kamen ihr entgegen. Beide drehten sich um und warfen einen Blick auf ihren Po, sagten etwas und lachten.

Einem Impuls folgend, nahm Tommy sein Handy, aktivierte die Kamera und machte ein paar Fotos von ihr. Dann ließ er sich etwas zurückfallen, damit der Abstand zwischen ihnen größer wurde.

Ein paar Straßen später blieb sie vor einer Tür stehen. Tommy wurde langsamer, als er vorbeiging. Es war eine Bar oder ein Café. Durch das Fenster sah er ein schmales, längliches, gut besuchtes Lokal. Er ging hinein.

Am Tresen setzte er sich auf den letzten freien Barhocker, bestellte ein Bier und leerte das halbe Glas mit ein paar kräftigen Schlucken. Er drehte sich leicht zur Seite und entdeckte sie an einem Tisch weiter hinten im Lokal. Sie saß allein, hatte ihm den Rücken zugedreht und studierte die Speisekarte. Tommy nahm sein Glas und leerte es. Dann stand er auf, schob die Schultern nach hinten und setzte sich in Bewegung. In Gedanken ging er die ersten Worte durch. »Emma«, wollte er mit etwas überraschtem Tonfall sagen. »Ich habe Sie an Ihren Haaren erkannt, die lassen das ganze Lokal erstrahlen.« Er wollte sie treffen, nicht als Ermittler, sondern als Privatperson. Einen Kontakt aufbauen, Vertrauen schaffen. Vielleicht sollte er vorsichtig, aber fest ihre Schulter berühren. Er wollte gerade den Mund aufmachen, als sie aufblickte und ihn erkannte. Schlagartig veränderte ihr Gesicht sich. Aus Überraschung wurde Abscheu.

»Nein, jetzt ist es aber wirklich genug. Reicht es nicht, dass Sie mich auf der Arbeit quälen, müssen Sie mir jetzt auch noch den Rest des Tages vermiesen? Verschwinden Sie!« Ihre Stimme klang schneidend, und einige Leute drehten sich bereits zu ihnen um.

Tommy machte auf dem Absatz kehrt, floh. Auf dem Weg zur Tür stieß er am Tresen einen Mann an, so dass das Bier, das er in den Händen hielt, aus dem Glas auf seine Hose und seine Schuhe schwappte.
»Heh!«, schimpfte der Mann. »Pass doch auf!«, aber ein Blick in Tommys Gesicht, und er hielt den Mund.

Zurück in seinem Hotelzimmer, öffnete Tommy die Minibar und trank ein Bier, und dann gleich noch eins. Danach kippte er das Fläschchen Champagner herunter. Es war warm im Zimmer. Er zog die Kleider aus, setzte sich nackt auf das Bett, öffnete einen Rotwein und trank ihn direkt aus der Flasche. Als die Flasche leer war, öffnete er die nächste und schaltete den Fernseher ein. Die Bilder flimmerten vorbei. Fragmente ohne Sinn und Verstand. Er spürte den flauen Geschmack der Niederlage in seinem Mund. Gleich darauf musste er ins Bad und sich übergeben. Er kniete vor dem Klo und erbrach sich wieder und wieder, bis er innerlich leer und kalt und schwach war wie ein Kind.

Kapitel 38

Victoria spürte einen Anflug von Panik. Der Versuch, sich Unnis Gesicht vorzustellen, misslang. Es verschwamm. Der Strand, die Wellen und der salzige, etwas strenge Geruch des Meeres waren so wirklich, dass sie zu spüren meinte, wie ihre Füße bei jedem Schritt ein wenig im Sand einsanken.
Aber nicht der Strand war von Bedeutung, sie wollte Unni sehen, an sie denken. Trotzdem gelang es ihr nicht, das Gesicht ihrer Freundin heraufzubeschwören. Erst mit ganz viel Anstrengung schaffte sie es schließlich doch. Der Wind fuhr durch Unnis helle, wirre Haare, so dass ihre Kopfhaut zu sehen war und sie mit einem Mal verwundbar wirkte. Sie sah die Hand, die die Haare aus dem Gesicht strich. Die Augen, die im Sonnenlicht beinahe türkis leuchteten. Den Blick, der übers Wasser schweifte. Victoria wollte, dass Unni da war, sie wollte sie festhalten, hatte eine Wahnsinnsangst, sie zu verlieren. Gelang es ihr nicht, sie vor sich zu sehen, fühlte sich das an, als würde sie sie verlassen. Als radierte sie sie aus dieser Welt aus.

Sie begann, die Sachen zu sortieren, die Unni bei ihren Besuchen zurückgelassen hatte. Jacken, Pullover, Kleider. Es war eine Erleichterung, endlich etwas Praktisches zu tun. Einen Stapel fast neuer Kleider würde sie zu Freetex bringen und die gebrauchten Sachen wegschmeißen. Bei einigen Kleidungsstücken war sie sich unsicher. Ohne nachzudenken, griff sie zu ihrem Handy und wählte Unnis Nummer, um sie nach ihrer Meinung zu fragen. Als niemand antwortete, trat ihr alles plötzlich wieder ins Bewusstsein, und sie starrte entgeistert aus dem Fenster.

Victoria klopfte an die Scheibe des Zivilwagens der Polizei, der auf der anderen Seite der Straße stand. Der Geruch von Kaffee und Schweiß drang durch das offene Fenster.

»Ich gehe spazieren«, sagte sie.

Es gefiel ihnen nicht, aber sie bestand darauf. »Wir kommen mit«, sagte einer der beiden schließlich. Sie spürte, wie sein Blick über ihren Körper glitt.

»Okay«, sagte sie. »Aber halten Sie bitte ein bisschen Abstand.«

Es dämmerte, und der Mond war aufgegangen, wenn auch die Straßenbeleuchtung noch nicht eingeschaltet worden war. Die Konturen verwischten und wurden durchsichtig. Gebäude und Autos wirkten weniger solide. Mehr als einmal hatte sie versucht, dieses ganz spezielle Licht in ihren Bildern wiederzugeben, es war ihr aber nie ganz gelungen. Sie ging durch den Park, passierte den Springbrunnen und den Teich und kam auf der anderen Seite wieder heraus. Dort nahm sie den Weg, der dem Store Lungegårdsvann folgte.

Sie ging um den halben See herum und machte erst an dem Kunstwerk Regnhytte kehrt. Inzwischen war es fast dunkel. Vor ihr glitzerten die Lampen der Bürogebäude in Nygård, eine gezackte Silhouette, die Bergen wie eine Großstadt wirken ließ. Ein kalter Luftzug kam aus dem Norden. Sie hatte den Wind bisher nicht bemerkt, aber jetzt fröstelte sie. Der Weg, der noch vor kurzem bevölkert gewesen war von Joggern, Hundebesitzern und Liebespärchen, war mit einem Mal verwaist.

Erst jetzt schien ihr bewusst zu werden, was mit Unni passiert war. Und mit Laila und Sølvi. Jemand hatte sie umgebracht, sie erstochen. Die Realität war bis jetzt noch nicht durch ihre Trauer gedrungen, doch plötzlich konnte sie sich die Angst und die Schmerzen vorstellen, die sie empfunden haben mussten, als das Messer in sie eingedrungen war. Einen Augenblick wurden ihre Schritte unsicher, sie taumelte, fühlte sich schwach, und ihr war übel.

Victoria ging schneller und schneller, und obwohl sie genau wusste, dass die Schritte hinter ihr von den Polizisten stammten, schien sie dieses Knirschen in der zunehmenden Dunkelheit geradezu nach Hause zu jagen.

Victoria kochte Tee und versuchte, sich zu beruhigen. Sie hatte eine Dose Kumin-Tee von Unni, eines der vielen, spontanen Geschenke, die sie ihr gemacht hatte. Victoria kochte den Tee mit Sorgfalt, als wäre es von besonderer Bedeutung, alles richtig zu machen, als könne sie Unni auf diese Weise ehren. Sie öffnete eine Packung Kekse. Als sie das Cellophanpapier wegwerfen wollte, sah sie, dass der Mülleimer voll war. Sie nahm den Beutel heraus, verknotete ihn und ging zum Hinterausgang. Auf der Treppe blieb sie wie angewurzelt stehen. Es war dunkel.
Nicht stockfinster, auf der Etage über ihr brannte eine einzelne Lampe, aber so dunkel, dass sie zögerte und nach dem Lichtschalter tastete. Sie drehte den alten Schalter herum, aber nichts geschah. Die Glühbirne musste kaputt sein. Sie biss sich auf die Lippe und ging bis zum Geländer.
Im Erdgeschoss war es noch dunkler. Victoria tastete sich an der Wand entlang und ging ein paar Schritte nach unten. Sie spürte, wie kurzatmig sie wurde, riss sich zusammen und atmete ein paar Mal tief durch. Die Tür zum Hinterausgang ist verschlossen, beruhigte sie sich. Da kann niemand reinkommen. Und sie würde nicht mehr als eine Minute brauchen, um den Müll wegzuwerfen und wieder zurück in ihre Wohnung zu gehen. Sie kam auf den ersten Treppenabsatz.
Und hörte etwas.
Sie wusste nicht, was es war. Irgendein Geräusch. Unten im Dunkel hatte sich etwas bewegt. Der Stoff einer Jacke, die an der Wand entlangschabte? Victoria drehte sich um, ließ den Müllbeutel fallen und lief nach oben. Kaum dass sie dem Dunkel den Rücken

zugedreht hatte, schienen ihre Nerven komplett zu versagen. Blind vor Panik stürzte sie durch die Hintertür ihrer Wohnung, fiel fast hin, kratzte sich das Schienbein an etwas Scharfem auf und schrie vor Schmerzen. Statt die Tür hinter sich zu schließen, stürmte sie durch die Wohnung ins Treppenhaus und nach unten zur Haustür. Sie rannte über die Straße, ohne auf den Verkehr zu achten, und riss an der Tür des grauen Fords, der am Straßenrand parkte.
Das Auto war verschlossen. Es war niemand da. Die Polizisten, die sie bewacht hatten, waren verschwunden. Sie sah sich um. Die Straße war leer. Kein Mensch zu sehen, dabei war dieses Viertel sonst immer so belebt. Victoria fühlte sich ausgeliefert.
Sie zwang sich, nicht zu rennen. Die Haustür stand noch auf. Sie schloss sie hinter sich, ging wieder nach oben und schloss die Wohnungstür ab. Danach verriegelte sie auch die Hintertür, aber sie fühlte sich nicht mehr sicher. Alle Türen hatten weit offen gestanden. Jeder hätte bei ihr eindringen können. Sie wollte alle Zimmer durchsuchen, begann aber plötzlich zu zittern. Sie ging ins Bad und schloss sich ein. Schließlich setzte sie sich auf den Klodeckel und wählte mit zitternden Fingern eine Nummer. Es klingelte lange am anderen Ende, aber niemand nahm das Gespräch entgegen. Victoria musste sich zusammenreißen, um nicht zu schreien.

Edvard putzte sich gründlich die Zähne und spülte sich den Mund aus. Als er wieder in sein Zimmer kam, bemerkte er, dass sein Handy leuchtete. Er hatte einen Anruf verpasst. Zu seiner Überraschung sah er, dass Victoria ihn angerufen hatte. Er ließ sich aufs Bett fallen und rief zurück.
»Hallo, Edvard Matre hier. Ich habe gesehen, dass Sie angerufen haben, ich war bloß im ...«
Ein Wortschwall unterbrach ihn. Sie war wütend, ängstlich, aufgeregt.

»Beruhigen Sie sich«, sagte er. »Ich verstehe ja kaum, was Sie sagen.« Er hörte eine Weile zu.
»Draußen im Wagen sitzen zwei Polizisten. Können Sie nicht einfach ... Was sagen Sie?«
Er richtete sich mit einem Ruck auf. »Was? Wirklich? Bleiben Sie, wo Sie sind. Machen Sie niemandem auf. Ich rufe Sie an, wenn ich da bin.«
Edvard rannte über die Straße, riss unter den Protestrufen der Wartenden die Tür des nächsten Taxis auf und hielt dem verblüfften Fahrer den Polizeiausweis vor das Gesicht.
»Nach Møhlenpris«, sagte er. »Es eilt. Die Geschwindigkeitsbegrenzung können Sie vergessen.«
Innerlich rechnete er damit, dass sie überreagiert hatte, hysterisch geworden war und die Nerven ihr einen Streich gespielt hatten, aber der graue Ford, der am Straßenrand stand, war tatsächlich leer. Edvard suchte die Straße ab, sah aber keine Polizisten. Er verstand es nicht, wurde unruhig und wünschte sich, bewaffnet zu sein.
Die Haustür war verschlossen. Er drückte alle Klingelknöpfe außer den von Victoria. Eine Stimme meldete sich, und er murmelte etwas Unverständliches. Kurz darauf klickte das Türschloss, und er war im Haus.
Leise ging er nach oben. Zögerte eine Sekunde, unsicher, wie er sich verhalten sollte, griff dann zu seinem Handy und rief sie an. Sie antwortete sofort.
»Ich bin direkt vor Ihrer Tür«, sagte er leise. »Machen Sie mir auf.«
»Aber ...«
»Ich breche die Tür auf, wenn ich etwas höre, okay?«
Eine kleine Pause. »Okay.«
Kurz darauf stand sie in der Tür. Edvard packte sie und zog sie zu sich auf den Flur.

209

»Warten Sie hier«, sagte er.
Kaum dass er einen Fuß über die Türschwelle gesetzt hatte, war er überzeugt davon, dass die Wohnung leer war. Trotzdem ging er vorsichtig von Zimmer zu Zimmer und überprüfte alle nur erdenklichen Verstecke. Sein Puls normalisierte sich schnell, und als er die Wohnung durchsucht hatte, war er wieder ganz ruhig.
»Tut mir leid«, sagte Victoria. »Ich ... ich glaube, meine Nerven sind mir durchgegangen.«
»Vielleicht«, sagte Edvard. »Vielleicht aber auch nicht. Es ist gut, dass Sie vorsichtig sind. Und ich verstehe nicht, was mit den Polizisten ist, die zu Ihrem Schutz abgestellt worden sind.«
Er trat ans Wohnzimmerfenster, als er redete. Die beiden Polizisten standen vor dem Wagen und redeten miteinander. Einer der beiden gestikulierte wild.
»Ich bin gleich wieder da«, sagte er.

»Wo waren Sie?«
Sie zuckten zusammen, bemerkten ihn erst, als er unmittelbar neben ihnen stand. Sie waren verschwitzt und ihre Gesichter rot.
»Was?«
»Sie sollten hier Wache halten. Wo zum Henker waren Sie?«
»Wir mussten ein paar Kollegen helfen.«
»Wie bitte?«
Durch seinen Ton fühlten sie sich sofort in die Defensive gedrängt. »Oben im Park ist was vorgefallen«, sagte der Kleinere der beiden. »Ein paar Asylanten haben Drogen verkauft. Einer konnte abhauen. Wir haben das über Funk mitbekommen. Er ist nach unten gelaufen, direkt in unsere Richtung, und da dachten wir ...«
»Sie haben Ihren Posten verlassen, um ein bisschen Cowboy und Indianer zu spielen?« Edvard sah sie entgeistert an.
»Der Mann kam doch direkt auf uns zu. Was sollten wir tun? Ihn einfach laufenlassen?«

Edvard sah ihn lange an. »Haben Sie ihn gekriegt?«
»Äh, nein, der war verdammt schnell.«
»Sie sind wirklich komplette Idioten.«

Edvard schüttelte den Kopf, als sie fragte, was denn geschehen sei. »Ein Fehler«, sagte er. »Das wird nicht wieder vorkommen.«
»Es tut mir leid, dass ich solche Panik bekommen habe«, sagte sie noch einmal. »Kann ich Ihnen etwas anbieten? Eine Tasse Tee?«
»Ja, gerne.«
Während Victoria Tee kochte, überprüfte Edvard die Hintertreppe. Die Tür zum Hinterhof war verschlossen, und es deutete auch nichts darauf hin, dass sie gewaltsam geöffnet worden war. Im Flur standen Pappkartons und ein paar alte Stühle, aber es gab keine Anzeichen, dass sich dort ein Unbefugter aufgehalten hatte.

»Ich habe mir das alles bestimmt nur eingebildet.«
»Vermutlich. Aber das spielt keine Rolle.«
Sie saßen im Wohnzimmer, und er glaubte, eine Veränderung in ihrem Gesicht erkennen zu können. Sie sah müde und traurig aus. Er suchte nach den richtigen Worten. »Haben Sie ... wie geht es Ihnen?«
»Es ist so seltsam. Manchmal vergesse ich, dass sie tot ist. Ich laufe in der Wohnung rum und denke plötzlich, dass ich Unni anrufen muss und wir ins Kino gehen, und dann fällt mir alles wieder ein. Ich werde traurig und habe ein schlechtes Gewissen, dass ich sie vergessen konnte.«
»Das ist natürlich«, sagte Edvard. »Unser Hirn schafft sich kleine Pausen, um die Trauer zu ertragen. Wir brauchen die.«
»Vielleicht.«
Er fragte sie nach ihrer Herkunft, ihrer Kindheit.
»Warum wollen Sie das wissen?«, fragte Victoria. »Was hat das für eine Bedeutung?«

»Keine. Das hat nichts mit der Ermittlung zu tun. Ist bloß Konversation.«

»Oh«, sagte sie etwas betreten. »Tut mir leid, aber so viel gibt es da nicht zu erzählen.«

»Sie haben gesagt, dass Sie von den Vesterålen kommen und dass Sie Ihren Heimatort nicht gemocht haben. Aber da oben ist es doch wunderschön.«

»Ja«, sagte Victoria. »Schön ist es. Schön und kalt.«

Sie schüttelte sich. »Ich habe kein gutes Verhältnis zu meinen Eltern.«

»Leben sie noch?«

»Mein Vater. Meine Mutter ist vor ein paar Jahren gestorben.«

»Haben Sie keinen Kontakt?«

Sie zuckte mit den Schultern. »Ich rufe Weihnachten und am Geburtstag an. Er schert sich eigentlich nicht darum. Das hat er nie getan. Meinen Eltern war eigentlich nur wichtig, dass alles ordentlich ablief, dass ich meine Hausaufgaben machte, mich anständig aufführte und bloß nicht auffiel. Für sie zählte nur die Fassade. Eigentlich genau das Gegenteil von dem, was Unni erlebt hat. Bei uns gab es immer Essen, saubere Kleider, Ordnung und Sauberkeit, aber keine Liebe. Bei Unni war nur Chaos. Das Einzige, was sie bekam, war Liebe, jedenfalls manchmal, wenn es gerade passte. Wenn der Alkoholpegel stimmte. Trotzdem glaube ich, dass sie sich in gewisser Weise um Unni gekümmert haben. Die waren einfach nur nicht in der Lage, für sich oder andere zu sorgen.«

Sie lachte kurz. »Ich habe lange gedacht, dass ich es war, die sich um Unni gekümmert hat. Ich war schließlich die Ältere. Inzwischen denke ich, dass es umgekehrt genauso war. Wir haben uns gegenseitig gebraucht. Aber ich bin adoptiert«, fügte sie hinzu, »das hat ein bisschen geholfen.«

Er sah sie verblüfft an. »Wieso geholfen?«

»Es war eine Erleichterung für mich, als ich es herausfand. Schließlich erklärte es, warum sie mich nicht liebten. Ich habe immer gedacht, dass es irgendwo auf der Welt noch andere gab, jemanden, der mich wirklich liebte, der mich nur aus irgendeinem Grund nicht behalten konnte.«
Für Edvard schien es mehr als ein Zufall, dass auch Victoria adoptiert war. Es war ein Wink des Schicksals, jemanden zu treffen, der wusste, was das bedeutete.
»Haben Sie jemals Ihre richtigen Eltern getroffen?«
»Ob ich mich auf die Suche gemacht habe? In gewisser Weise. Ich habe herausgefunden, wer sie waren, aber da waren sie bereits tot.«
»Ich bin auch adoptiert«, rutschte es Edvard heraus.
»Wirklich?«
»Ja, aber ich wusste das nicht. Ich habe das erst vor ein paar Wochen erfahren.« Zu seiner großen Überraschung erzählte er ihr alles.
Sie hörte ihm zu, ohne ihn zu unterbrechen.
»Das ist eine ganz verrückte Geschichte, Edvard.« Es war das erste Mal, dass sie ihn beim Vornamen nannte.
»Ich muss immer daran denken.«
»Sie müssen das irgendwie verarbeiten.«
»Ja, aber wie?«
»Sie sind doch ein guter Ermittler, oder? Sie müssen das wie einen Fall betrachten, dann gelingt Ihnen das. Im Augenblick ist es zu nah, zu persönlich. Dann schafft man es nicht mehr, an etwas anderes zu denken.«
»Sie haben recht.«
»Ich weiß.«
Sie lächelten sich plötzlich offen und ohne jeden Vorbehalt an. Sie schlug die Beine unter und schnitt eine Grimasse. Edvard sah es und bemerkte plötzlich das Blut an ihrer Hose.

»Was ist das?«

»Ach, nichts. Ich habe mich bloß in meiner Panik gestoßen.«

»Lassen Sie mich mal sehen.«

Er holte Mull, Desinfektionsmittel und Pflaster aus dem Bad. Sie zuckte zusammen, als er die Wunde berührte, aber er hielt ihr Bein fest und bat sie, sich nicht zu bewegen.

Sie sagte, dass sie ihre Beine nicht rasiert habe. Er fuhr mit dem Finger über die Haut, spürte die feinen, weichen Härchen und sagte, das spiele keine Rolle. Seine Kehle schnürte sich zu, und er musste sich zusammenreißen, damit seine Hand nicht an der Innenseite ihres Oberschenkels nach oben glitt. Ihre Augen begegneten sich, und er erkannte, dass sie seine Gedanken las. Er schlug den Blick nieder und verarztete sie.

Als sie den Arm ausstreckte und seine Wange berührte, direkt unter dem Auge, durchfuhr es ihn wie ein elektrischer Schlag. »Diese Narbe«, sagte sie.

»Was ist damit?«

»Die sieht so heldenhaft aus. Was hat die für eine Geschichte?«

»Das war heldenhaft. Ich hätte beinahe mein Auge verloren. Bei einem Kampf um Leben und Tod.«

Sie sah ihn mit großen Augen an. »Wer ...«

»Mein Bruder Bjørn. Ich war zwölf und bewaffnet mit einem Revolver, und er war neun, Indianer und ziemlich treffsicher mit Pfeil und Bogen.«

Victoria lachte. Und ihr Lachen war ansteckend. Er konnte sich nicht daran erinnern, sie schon einmal lachen gehört zu haben.

»Haben Sie sich oft geprügelt?«, fragte sie.

»Das kam schon vor. Aber Jungs tun das, das hat nichts zu bedeuten. Wir waren fast immer zusammen, haben viel miteinander gespielt.« Er verdrängte den Gedanken an seinen Bruder und musste plötzlich laut gähnen.

Sie warf einen Blick auf ihre Armbanduhr. »Mein Gott, es ist ja schon nach zwei. Wollen Sie hier schlafen?«
Victoria bemerkte seinen Blick. »Hier im Wohnzimmer, meine ich. Ich würde mich sicherer fühlen, wenn Sie hierblieben.«

Irgendwann im Laufe der Nacht wachte Edvard auf, ohne zu wissen, warum. Es war dunkel im Zimmer, durch die Gardine fiel nur schwach der Lichtschein der Straßenlaternen. Er glaubte, von ihr geträumt zu haben.
Das leise Geräusch der nackten Füße auf dem Parkett kam ihm wie ein Flüstern vor. Er sah ihren Körper vor sich, mit tiefen Schatten und weißen Rundungen, und stellte sie sich nackt in der Türöffnung vor. Dann hörte er das Rauschen von Wasser, eine Tür, die geöffnet und geschlossen wurde, und wusste, dass sie wieder in ihr Zimmer gegangen war. Gut, dachte er. Es gab tausend gute Gründe, sich von ihr fernzuhalten, aber das Gefühl ihrer nackten Haut unter seinen Fingern brannte noch auf seiner Hand. Und die Begierde war wie ein Hohlraum in ihm, ein Hunger, der ihn lange wach hielt.

Kapitel 39

Solveig schlief und war gleich darauf hellwach. So war es immer bei ihr. Es gab keinen Übergang zwischen Schlafen und Wachen, kein Zwischenstadium, sie schlug einfach die Augen auf. Wie gewöhnlich hatte sie geträumt, und wie gewöhnlich konnte sie sich an diesen Traum nicht erinnern. Nur das Gefühl der Unruhe, dass etwas noch nicht erledigt oder sie mitten bei einer wichtigen Tätigkeit unterbrochen worden war, rumorte noch in ihrem Inneren.
Sie schloss die Augen und sprach innerlich ein kurzes Gebet. Diese Gewohnheit hatte sie noch nicht abgelegt. Das Beten war ein derart natürlicher Teil ihrer Kindheit gewesen, dass sie es noch immer tat, ohne darüber nachzudenken. Sie wusste allerdings nicht, ob jemand zuhörte oder ob ihre Worte in der Stille verhallten, trotzdem halfen ihr diese Gebete manchmal. Nur nicht heute.
Das Tageslicht, das durch den Spalt der schweren Gardinen fiel, wirkte schmutzig, als wären die Fenster verdreckt, aber die Scheiben waren sauber. Das Licht war nur die Bergenser Spezialversion eines weiteren, regenschweren Tages.
Sie stand auf und ging unter die Dusche. Anschließend musterte sie sich kritisch im Spiegel und registrierte wie immer die gleichen Fehler. Das Einzige, was ihr an sich gefiel, war ihr Mund. Wenn sie auch der Meinung war, dass er nicht zu ihr passte. Er war so sinnlich, so voller Leidenschaft. Sie streckte sich selbst die Zunge raus, drehte dem Spiegel den Rücken zu, zog sich an und begann den Tag.

Tommy schlief unruhig. Er wälzte sich hin und her, jammerte im Schlaf, gefangen in einem Alptraum, der ihn nicht loslassen wollte. Als er wach wurde, rang er nach Atem. Sein Körper war so verschwitzt, als hätte er trainiert. Innerlich spürte er einen harten Kloß. Er stand lange unter der Dusche und hoffte, dass das heiße Wasser ihn entspannte und den Knoten auflöste, aber das geschah nicht. Im Fahrstuhl nach unten zum Frühstücksraum sah er sein Gesicht im Spiegel. Er hatte rote Flecken, und seine Augen glänzten, als hätte er Fieber.

Als Edvard aufwachte, hingen die Bilder eines Traums wie die Überreste einer Spinnwebe in seinem Hirn fest. Das Klirren, das aus der Küche kam, und der Geruch nach frisch gebrühtem Kaffee vertrieben aber das vage Unbehagen. Er richtete sich mit etwas steifem Rücken auf. Die Matratze war weicher, als er es gewohnt war.
»Guten Morgen«, sagte Victoria. »Gut geschlafen?«
»Ja«, sagte Edvard und gähnte. »Das habe ich wirklich.«
Sie war barfuß und trug ein viel zu großes Flanellnachthemd. Ihre Haare waren zerzaust, aber ihre Augen wirkten wach und klar. Edvard fühlte sich nackt. Er spürte ihren Blick, setzte sich etwas anders hin und zog die Decke über sich.
»Ich habe Frühstück gemacht«, sagte Victoria. »Natürlich nur, wenn Sie wollen.«
»Ja«, sagte er, plötzlich heiser, so dass er sich räuspern musste. »Gerne.«

Preben Jordal fluchte. Der Schlipsknoten saß schief. Er zerrte daran und löste ihn wieder. Wie konnte man Probleme mit etwas haben, was man schon unzählige Male getan hatte? Seine Finger fühlten sich dick und ungelenk an. Als er den Schlips neu gebunden hatte, zog er den Knoten zu und musterte sich kritisch im Spiegel. Das sollte gehen. Schließlich machte sich außer ihm sonst niemand mehr die Mühe mit Schlips und Hemden. Er war der Letzte einer aussterbenden Rasse, konnte jedoch seine Ge-

wohnheit nicht ablegen. Er war halt so. Bewegte sich in ausgefahrenen Gleisen, Tag für Tag.
Seine Frau saß in der Küche und trank Kaffee. Sie hatte sich einen abgetragenen Morgenmantel übergeworfen und trug weiche Pantoffeln.
»Ich geh dann jetzt«, sagte er und beugte sich zu ihr hinunter, um ihr wie immer einen Abschiedskuss zu geben. Sie wandte ihm das Gesicht zu, drehte den Kopf aber etwas zur Seite, so dass seine Lippen ihren Mundwinkel trafen.
»Ich wünsche dir einen schönen Tag«, sagte sie und blickte dabei auf einen Punkt irgendwo hinter seiner Schulter. Sie klang so gleichgültig wie eine professionelle Krankenschwester. Preben Jordal ging hinaus in den grauen Tag und wusste genau, dass jeder Morgen seines restlichen Lebens genau so verlaufen würde.

»Guten Morgen, alle zusammen«, sagte Edvard und erntete leises Murmeln als Antwort. Er ließ den Blick um den Tisch wandern und bemerkte die Müdigkeit in ihren Gesichtern, Resignation und Mutlosigkeit in unterschiedlich starker Ausprägung. Sie sahen nicht aus wie ein Team, das imstande war, einen Mörder zu stellen. Sie machten überhaupt nicht den Eindruck eines Teams. Preben Jordal starrte in seine Kaffeetasse. Solveig hatte ihren Blick an die Decke geheftet. Tommy schien überhaupt nicht geschlafen zu haben und rieb sich das Gesicht mit beiden Händen. Nur Daniel Wiersholm wirkte aufmerksam.
Edvard hatte eine normale Morgenbesprechung vorbereitet, erkannte nun aber, dass er irgendetwas tun musste, um sie aus ihrer Trance zu reißen.
»Wenn jetzt noch weitere Frauen sterben, ist das unsere Schuld«, sagte er und bemerkte, wie sie zusammenzuckten und ihn anstarrten. Tommy schaute verständnislos drein, während die anderen ihn fast beleidigt ansahen.

»Es ist nicht wirklich gerecht, so etwas zu sagen«, begann Solveig.
»Möglich«, sagte Edvard. »Aber trotzdem nicht unwahr. Wenn ich euch ansehe, sehe ich Ermittler, die Routinearbeit leisten, die das tun, was sie tun müssen, aber ohne Enthusiasmus und Feuer. Das ist nicht genug! Ihr seht echt aus wie Politessen an einem Sonntag! Drei Frauen sind tot, und es werden noch weitere sterben, wenn wir das nicht verhindern. Und wir verhindern das nicht, indem wir auf unseren Hintern sitzen und uns am Kopf kratzen!«
»Und was sollen wir tun? Wir haben doch keinen Ansatzpunkt, Edvard.« Preben Jordal sah fast wütend aus.
»Er hat drei Mal getötet. Und jedes Mal scheint die Gewalt etwas mehr eskaliert zu sein. Er ist außer Kontrolle. Ich weiß nicht, was ihn antreibt oder wie er denkt, aber ich weiß, dass er Spuren hinterlassen hat. Niemand begeht drei Morde, ohne Spuren zu hinterlassen. Wir müssen sie nur finden. Wir müssen alles noch einmal durchgehen, die Zeugenaussagen, die Befragungen der Nachbarn, den Bericht der Kriminaltechnik studieren, all das. Irgendwo haben wir etwas übersehen.«
»Davon können wir nicht ausgehen.«
»Doch, Tommy, das können wir. Und weißt du, warum ich das glaube?«
»Nein.«
»Weil ich daran glauben muss. Sonst würde ich diesen Scheißjob wirklich nicht durchhalten. Und auch meine Ermittler müssen diesen festen Glauben haben. Und du, Tommy, wie sieht es mit dir aus? Soll ich mir lieber jemand anderen suchen? Es gibt genug junge, ehrgeizige Männer und Frauen, die bei der Kriminalpolizei anfangen wollen.«
Tommy schlug den Blick nieder, und Edvard fuhr fort: »Wir haben etwas übersehen, das garantiere ich euch. Es gibt immer irgendetwas. Findet es. Findet es, damit niemand mehr sterben muss, okay?«

»Okay«, sagten sie im Chor. »Okay, Chef!«
Edvard verteilte die Aufgaben, und sie erhoben sich. Der Einzige, der sitzen blieb, war Daniel Wiersholm. Er tat so, als würde er Beifall klatschen.
»Bravo«, sagte er.
Edvard zuckte mit den Schultern. »Die brauchten mal einen Arschtritt. Ich weiß aber nicht, ob das wirklich geholfen hat.«
»Es hat geholfen. Sie waren genauso gut wie Al Pacino in *Any Given Sunday*«, sagte Wiersholm und lächelte, aber wie immer hatte Edvard das Gefühl, dass der Psychologe sich irgendwie über ihn lustig machte, als wäre er nicht beteiligt und betrachtete alles aus der Distanz und aus rein beruflichem Interesse. Edvard unterdrückte seine Irritation.
»Wie sieht es mit dem Täterprofil aus?«, fragte er. »Ist es nicht an der Zeit, eins zu erstellen?«
»Doch«, sagte Wiersholm. »Ich werde es versuchen. Solange Sie sich darüber im Klaren sind, was ein solches Profil vermag und was nicht.«
»Ich versuche, eine realistische Vorstellung von allem zu haben«, sagte Edvard. Ohne Vorwarnung musste er an Victoria denken. Sie hatte ihn umarmt, als er am Morgen gegangen war.
»Danke, dass Sie geblieben sind«, hatte sie gesagt, während er ihren Geruch in sich aufgenommen hatte. Haut, Atem, Haare.
»Das ist gut«, sagte Wiersholm und betrachtete seine Fingernägel. Ein Lächeln umspielte seinen Mund. »Das ist gut, Edvard.«

Kapitel 40

Tommy fragte sich, ob er krank wurde. Er schwitzte, hatte ständig einen seltsamen Druck hinter der Stirn, und seine Brust fühlte sich irgendwie eingeschnürt an, so dass er nicht richtig Luft zu bekommen glaubte. Er stand auf und öffnete das Fenster. Er las die Zeugenaussagen. Bisher war vor allem Solveig diese Protokolle durchgegangen, aber sie waren sich einig gewesen, die Rollen zu tauschen, um so, mit frischem Blick, vielleicht doch noch etwas Neues zu finden. Er suchte nach Unstimmigkeiten, nach kleinen Widersprüchen, nach Nuancen, die ihnen entgangen waren. Einem noch so winzigen Ansatzpunkt. Tommy las und las. Nachbarn. Familienmitglieder. Freunde. Kollegen. Alle waren schockiert über die Geschehnisse, konnten es nicht verstehen. So nette Mädchen. Wer tat denn so netten, so hilfsbereiten Wesen etwas derart Grausames an?

Er verzog amüsiert und etwas verächtlich den Mund. Oh ja, sie waren ihren Mitmenschen nur allzu gern zur Hand gegangen – im wahrsten Sinne des Wortes, oder hatten sie mit dem Mund glücklich gemacht. Solange sie dafür Geld bekamen. Hilfsbereiter konnte man kaum sein. Tommy wusste, dass Huren weder nett noch warmherzig waren. Sie waren die zynischsten Menschen auf dieser Erde, vielleicht nur noch getoppt von Polizisten. Er lachte leise.

Solveig öffnete die Tür und sah in sein Büro.
»Ich habe Hunger«, sagte sie. »Kommst du mit?«
Tommy hatte keine Lust, wusste aber, dass er nicht nein sagen konnte, ohne dass die Kluft zwischen ihnen unüberwindlich wurde, und das wollte er nicht. Er hatte nichts gegen Solveig,

war einfach nur der Meinung, dass sie in diesem Job nichts verloren hatte. Sie war zu vorsichtig, zu korrekt, zu unentschlossen für einen Job bei der Polizei. Seiner Meinung nach galt das aber für fast alle Polizistinnen. Ausnahmen bestätigten da natürlich die Regel, nur dass Solveig eben nicht zu den Ausnahmen gehörte.
»Ich komme mit.«
Schließlich waren sie ja Kollegen.

Draußen regnete es. Tommy fluchte. »Diese verdammte Stadt«, sagte er. Solveig zuckte mit den Schultern, öffnete den Schirm und reichte ihn ihm. Sie gingen dicht nebeneinander, und sie hatte sich bei ihm eingehakt, als wären sie ein Liebespaar. Solveig musste lächeln. Sie wusste, dass er sie nicht sonderlich mochte, aber das war in Ordnung. Er war zynisch, hatte eine große Klappe, war zu sehr von sich selbst überzeugt und voller Vorurteile. Er ging ins Fitnessstudio und begegnete anderen Menschen voller Aggressivität und mit einer Unverschämtheit, die typisch für viele Polizisten war. Für Solveig stellte er den Prototyp für alles dar, was bei der Polizei schieflief, aber sie war ehrlich genug, sich einzugestehen, dass es auch Momente gab, in denen er eine andere Seite zeigte. Sein Körper fühlte sich hart an, als wären seine Muskeln die ganze Zeit über angespannt. Ganz anders als bei Hans Christian, dachte sie.

Tommy wollte ein Steak, Solveig einen Salat mit Hühnerfleisch. »Wir sind wohl beide ziemlich vorhersehbar«, sagte Tommy und brachte sie zum Lachen. Danach redeten sie über den Fall, wie es Ermittler tun, wobei sie nicht viel zu sagen hatten. Ihnen fehlte einfach ein anderes Thema. Der Fall war ihr gemeinsamer Nenner, der Nabel ihres Daseins, der Mittelpunkt ihres Universums. Das ist unsere einzige Gemeinsamkeit, dachte Solveig. Sobald wir

über etwas anderes zu reden versuchen, werden wir feststellen, dass wir auf komplett unterschiedlichen Planeten leben.
Sie lächelte, und Tommy sah sie an. »Worüber lächelst du?«
Solveig zögerte, ließ ihn dann aber an ihren Gedanken teilhaben.
Tommy nickte nur. »Da magst du recht haben«, sagte er. »Aber das spielt keine Rolle. Welcher Ermittler hat schon ein Privatleben?«
»Dann hast du keine Freundin, keine Lebensgefährtin?«
Er schüttelte den Kopf. »Nein. Guck doch mal, was mit all jenen wird, die Familie haben. Früher oder später sind die alle geschieden.«
»Du übertreibst doch, oder?«
»Nein.«
»Aber … meinst du nicht, dass es gut wäre, jemanden zu haben, mit dem man auch über andere Dinge reden kann? Ganz gewöhnliche Dinge, damit wir nicht immer nur an das Schreckliche denken müssen, das wir Tag für Tag erleben. Jemanden, der uns an all die anderen Dinge erinnert. An das normale Leben.«
»Ja, schon, aber so läuft das doch nicht, oder? Wir erleben eine Welt, die wir mit niemandem teilen können und die die anderen nicht verstehen. Und das schafft eine Kluft zwischen uns und den anderen, über die es auf lange Sicht keine Brücke gibt.« Er zog die Augenbrauen hoch. »Du weißt, dass es so ist. Wenn ich das richtig verstanden habe, hast du einen Lebensgefährten?«
Sie nickte und war im Begriff, ihm von Hans Christian zu erzählen, ließ es dann aber bleiben.
»Und sprichst du mit ihm über deine Arbeit? Erzählst du ihm von dem Scheiß, in dem wir hier jeden Tag waten?«
»Nein«, sagte sie widerwillig. Es gefiel ihr nicht, dass er sie so leicht durchschaute. »Das tue ich nicht.«
»Siehst du. Du musst wählen: diesen Job oder ein normales Leben. Beides geht nicht. Ich habe die Konsequenzen bereits gezogen.«

Er stand auf. Die Stuhlbeine kratzten über den Boden. »Entschuldige mich, ich muss kurz auf die Toilette.«
Solveig fiel ein, dass sie versprochen hatte, ihren Vater anzurufen, und nahm das Handy, das auf dem Tisch lag. Wie von selbst deaktivierten ihre Finger die Tastensperre, und der Bildschirm leuchtete auf. Solveig starrte wie versteinert auf das Bild einer jungen Frau im Abendlicht. Von hinten aufgenommen. Sie trug eine kurze Lederjacke, enge Jeans und hohe Absätze. Solveig hatte das Bild noch nie gesehen, und einen Moment verstand sie gar nichts mehr. Es dauerte ein paar Sekunden, bis ihr klarwurde, dass sie Tommys Telefon in den Händen hielt. Sie hatten exakt das gleiche iPhone, und ihres war noch in ihrer Manteltasche. Sie legte das Handy zurück auf den Tisch, als hätte sie sich daran verbrannt.
Als Tommy zurück zum Tisch kam, war sein Gesicht von einer dünnen Schicht Schweiß überzogen.
»Ist alles in Ordnung, Tommy? Du siehst nicht fit aus?«
»Nein, ich weiß nicht. Ich habe das Gefühl, ich brüte irgendetwas aus. Ich glaube, ich sollte ins Bett gehen und schlafen, vielleicht werde ich das dann los.«
Sie war kurz davor, ihm zu beichten, dass sie sein Telefon genommen hatte, konnte sich aber nicht dazu aufraffen.

Kapitel 41

Nach dem Essen ging er zurück in sein Büro, aber nach einer Weile starrte Edvard nur noch Löcher in die Luft. Er konnte sich nicht konzentrieren. Der Gedanke an seine Mutter, wer sie gewesen und was mit ihr passiert war, beschäftigte ihn die ganze Zeit.
Victoria hatte recht. Er hatte nicht wie ein Ermittler gedacht, hatte nicht versucht, die Informationen zu sortieren und systematisch zu denken. Seine Gefühle hatten ihn angetrieben, nicht die Logik. Er spürte noch immer den seltsamen Widerwillen, sich auf den geheimnisvollen Tod seiner Mutter einzulassen, kam andererseits aber auch nicht davon los. Edvard nahm einen Stift und schrieb ein paar Fakten auf ein leeres Blatt Papier, um einen klaren Kopf zu bekommen.
Als er fertig war, starrte er auf die wenigen Zeilen. Er hatte die Geburtsdaten seiner Mutter und von ihm notiert, das Datum seiner Adoption und den Zeitpunkt des Todes seiner Mutter knapp zwei Jahre später. Daneben hatte er eine Zeitlinie gemalt, mit der Einlieferung in die Klinik und dem Zeitpunkt ihrer Entlassung. Sie war sieben Monate vor ihrem Tod entlassen worden. Er registrierte, dass er erst nach ihrer Einlieferung adoptiert worden war, und überlegte, wer sich in der Zwischenzeit um ihn gekümmert hatte. Wahrscheinlich war er in einem Kinderheim gewesen, sollte seine Mutter keine Verwandten oder Freunde gehabt haben, die sich zur Verfügung gestellt hatten. Es war seltsam, so wenig über sein eigenes Leben zu wissen. Fast so, als versuchte er, das Leben eines anderen zu rekonstruieren.
Edvard schrieb »Verwandte?«, zögerte etwas und notierte dann auf der Zeile darunter »Vater?«. Nachdem er etwas nachgedacht hatte, schrieb er in die folgende Zeile »Grab?«.

Das war das größte Mysterium. Warum hatte seine Mutter in dem Massengrab in Riis gelegen? Das ergab keinen Sinn. Auch wenn die Krankenakte der Klinik unvollständig und sie tatsächlich zum Zeitpunkt ihres Todes Patientin gewesen war, erklärte das nicht, warum sie in einem anderen Grab lag. Hatten sie 1979 auf dem Gamlebyen-Friedhof einen leeren Sarg beerdigt? Hätte den Bestattern das fehlende Gewicht nicht auffallen müssen? Und wenn der Sarg nicht leer gewesen war, wer war dann dort beerdigt worden?
Edvard rieb sich die Schläfen. Er sah ein, dass er nicht einmal genügend Informationen hatte, um eine Hypothese über die Geschehnisse zu formulieren. Wollte er mehr Klarheit, musste er am anderen Ende anfangen. Er schaltete den Computer ein und begann zu suchen.
Eine Dreiviertelstunde später hatte er eine Übersicht über seine Familie. Es waren nicht mehr viele der Familie Isaksen übrig. Die Großeltern Isak und Marja waren gestorben, sie 1967, er 1973, das wusste er bereits. Marja war Einzelkind gewesen, was für die Zeit ziemlich unüblich war. Ihre Eltern waren Ende des 18. Jahrhunderts aus Finnland nach Nord-Norwegen eingewandert. Edvard konnte aus diesem Familienzweig keine noch lebenden Verwandten in Norwegen finden. Großvater Isak hatte allerdings fünf Geschwister gehabt. Zwei der Schwestern waren bereits als Kinder gestorben. Ein Bruder ohne Nachkommen war auf See geblieben, ein anderer war 1919 mit Frau und drei Kindern in die USA emigriert. Aber die jüngste Schwester, Matilde, war bis zu ihrem Tod 1980 in Dønnesfjord wohnen geblieben. Sie hatte zwei Kinder, eine Tochter, die jetzt in Schweden wohnte, und einen Sohn in Hammerfest. Er hieß Sylfest Hansenius, war mit einer Martha verheiratet und sechsundsechzig Jahre alt. Edvard dachte nach. Dieser Sylfest war also Mutters Vetter.
Zögernd warf er einen Blick auf die Uhr. Es war neun Uhr abends.

Nicht zu spät, um anzurufen. Edvard holte tief Luft und wählte die Nummer. Eine Frauenstimme meldete sich nach dem ersten Klingeln. Er stellte sich vor und fragte nach Sylfest.
»Einen Augenblick, bitte.«
Ein paar Minuten vergingen. »Ja, hier ist Sylfest, um was geht es?« Die Stimme hörte sich überraschend jung und frisch an.
»Mein Name ist Edvard Matre, ich rufe Sie aus Bergen an.«
»Ja, und?«
»Es geht um ... Ich habe gerade herausgefunden, dass ich als kleines Kind adoptiert worden bin. Ich wurde auf den Namen Edvard Isaksen getauft, der Name meiner Mutter war Anna Isaksen. Ich glaube, Sie sind ihr Vetter.«
Es wurde still. Lange.
»Allmächtiger!«, sagte Sylfest schließlich. »Sie sind ... Anna hatte einen Sohn? Das ist ja ...«
»Es tut mir leid, dass ich einfach so anrufe, ich hätte vielleicht besser einen Brief schreiben sollen«, sagte Edvard. »Aber ich ...«
»Nein, nein, ich verstehe, dass Sie anrufen mussten, das ist doch klar. Ich bin nur so ... warten Sie einen Augenblick.« Er nahm den Hörer vom Ohr. Edvard hörte ihn mit jemandem sprechen, der sich anscheinend im gleichen Zimmer befand.
»Entschuldigen Sie«, meldete er sich schließlich wieder. »Ich musste das nur gerade Martha, meiner Frau, erklären, sie hat ja gemerkt, dass irgendetwas los ist. Das ist wirklich unglaublich. Wir hatten keine Ahnung, dass sie einen Sohn hatte.«
»Kannten Sie sie?«
»Anna? Aber natürlich. Wir sind ja so gut wie zusammen aufgewachsen. Sie war ein tolles Mädchen, das können Sie mir glauben. Lebhaft und hübsch. Ich war nicht überrascht, als sie in die Hauptstadt ging. Da oben war es für sie einfach zu klein und eng. Und als wir erfuhren, dass sie tot war ... das war für uns eine schrecklich traurige Nachricht.«

Zu seiner Überraschung spürte Edvard, dass er einen Kloß im Hals bekam. Er räusperte sich. »Wissen Sie etwas über ihr Leben in Oslo?«

»Nein ... ja, nicht viel. Das alles ist ja lange her. Wir haben mitbekommen, dass sie krank wurde, aber viel mehr haben wir nicht erfahren. Aber Sie sollten mal vorbeikommen, damit wir uns kennenlernen. Wir haben sicher auch noch Fotos aus der Zeit.«

»Ja«, sagte Edvard. »Das mache ich gerne mal. Und vielleicht kann ich dann ja auch noch mit jemandem in Dønnesfjord reden, jemand, der sich an sie erinnert und mit dem sie Kontakt hatte.«

»Das wird nicht so leicht sein. In Dønnesfjord wohnt niemand mehr. Seit zwanzig Jahren schon.«

»Oh«, sagte Edvard. »Das wusste ich nicht.«

Dann geriet das Gespräch mit einem Mal ins Stocken. Sie plauderten noch eine Weile, aber ohne dass er konkret etwas erfuhr. Edvard gab ihm seine Telefonnummer und versprach, Kontakt zu halten. Als er auflegte, herrschte eine seltsame Leere in ihm, als wäre er enttäuscht. Sylfest Hansenius war nicht unfreundlich gewesen, im Gegenteil, aber Edvard hatte das klare Gefühl, dass er – auch wenn sie miteinander verwandt waren – gerade mit einem Fremden gesprochen hatte.

Kapitel 42

Seufzend öffnete Emma die Kasse. Der Tag war nicht schlechter verlaufen als andere, doch schon vor der Abrechnung wusste sie, dass der Umsatz nicht reichte. Die Miete war einfach zu hoch. Egal wie viel sie arbeitete, sie verdiente nie genug. Entweder musste sie eine neue Geschäftspartnerin finden oder sich ein kleineres Studio suchen. Allein ging es nicht. Und Emma hatte keine Lust, umzuziehen. Die Studioräume gefielen ihr ebenso wie die Lage. Außerdem hatte es lange gedauert, einen Kundenkreis zu etablieren. Ein Umzug würde da viel kaputt machen.

Sie steckte den Tagesumsatz in die Tasche und überprüfte, ob im Laden alles in Ordnung war. Der PC war ausgeschaltet, das Licht gelöscht und das Studio sauber und alles für den nächsten Tag vorbereitet. Sie kannte nichts Deprimierenderes, als erst einmal putzen und aufräumen zu müssen. Sie schloss die Tür hinter sich ab, spannte den Regenschirm auf und ging mit langen Schritten um die Pfützen herum.

Nachdem sie die Geldtasche in den Nachtsafe der Bank gelegt hatte, ging sie essen. Sie hasste es zu kochen, weshalb sie beinahe immer auswärts aß, meistens am gleichen Ort. Man kannte sie dort bereits und nickte ihr freundlich zu, und ihre Cola bekam sie unaufgefordert. Sie nahm das Tagesessen Hähnchen-Burrito. Während sie aß und an ihrer Cola nippte, dachte sie, dass sie vermutlich auch mit dieser Gewohnheit brechen sollte, eigentlich konnte sie sich das Essengehen nicht mehr leisten. Sie *musste* wirklich jemanden finden, mit dem sie die Kosten teilen konnte, auch wenn das nicht so leicht war. Vielleicht sollte sie eine Annonce aufgeben.

Natürlich gab es auch eine andere Alternative. Schon recht bald nach dem Beginn ihrer Zusammenarbeit mit Sølvi hatte Emma erkannt, dass ihre Kollegin noch andere Einnahmequellen haben musste, denn sie kam spät, ging früh und redete lieber, als dass sie arbeitete. Sie brauchte auch keinen Doktortitel, um zu verstehen, was genau Sølvi machte. Man soll über die Toten ja nicht schlecht reden, aber in Wahrheit war Sølvi ein ziemlich simples Mädchen. Vulgär und ohne Stil.

Emma feierte gerne, sie liebte Sex, mit Männern ebenso wie mit Frauen, und sie war dabei nicht sonderlich anspruchsvoll. Das hieß aber noch lange nicht, dass sie eine Hure war. Einmal, als das Geld mal wieder knapp war, hatte sie sich von Sølvi überreden lassen, mitzumachen.

»Es ist so einfach«, hatte Sølvi gesagt. »Die sind so geil und abschussbereit, dass du kaum arbeiten musst. Du machst das, was du sonst auch mit Männern machst, und noch bevor du dir darüber im Klaren bist, ist es vorbei.«

Es hatte sich so einfach angehört, aber das stimmte nicht. Sie hatten zwei Männer in einer Wohnung in Nordnes getroffen und sich dort getrennt. Jede war in einem Schlafzimmer verschwunden. Der Sex war normal gewesen, nichts, was Emma nicht schon hundert Mal zuvor gemacht hatte, aber trotzdem hatte es sich anders angefühlt. Es hatte ihr nicht gefallen. Der Blick des Mannes und die Art, wie er mit ihr gesprochen hatte. Ohne Wertschätzung. Sie war nur eine Ware. Gekauft und bezahlt. Emma hatte das gehasst. An diese Alternative wollte sie wirklich nicht denken.

Die Burritos kamen und gleich darauf auch Miguel. Er ließ sich neben sie fallen, legte den Arm um ihre Schultern und versuchte, sie zu küssen. Sie hatte den Mund voller Essen und schob ihn etwas ärgerlich weg. Er lächelte trotzdem zufrieden und legte seine Hand auf ihren Oberschenkel. Sie ließ ihn gewähren, während sie aß. In der letzten Zeit waren sie ein paar Mal zusammen gewesen, nichts Ernstes, nur Sex, Spaß, und so wusste sie, dass er seine Hände nicht bei sich behalten konnte.

Er redete, vor allem über sich selbst. Als sie mit dem Essen fertig war, bestellte er zwei Margueritas. Sie nahm dankend an, trank einen kräftigen Schluck und spürte, wie sich die Wärme in ihrem Körper ausbreitete. Als er aber ihre Hand nahm und sie unter dem Tisch auf sein Glied drückte, zog sie sie irritiert weg und schüttelte den Kopf.

»Heute nicht, Miguel!«, sagte sie. »Sei ein lieber Junge, Mama ist müde.«

Er sah sie mit verletzten Hundeaugen an, beschwerte sich leise, gab aber nach einer Weile auf.

Emma stand auf. »Ein andermal, okay?«

»Wann?«

»Bald, sehr bald. Versprochen.«

Sie küsste ihn auf die Wange und ging.

Draußen hatte der Regen an Stärke zugenommen. Es war deprimierend. Dem Kalender nach sollte jetzt Frühling sein und nicht das feuchte Halbdunkel, das sich wie eine nasse, stinkende Wolldecke um sie legte. Sie eilte nach Hause, spürte, wie müde sie war, und freute sich, dass sie Miguel abgewiesen hatte. Wahrscheinlich wurde auch sie langsam älter. Sie passierte eine alte Frau, die im Schneckentempo durch den Regen schlurfte, und dachte augenblicklich an ihre Mutter. Das schlechte Gewissen meldete sich. Sie sollte sie öfter besuchen, wusste jedoch genau, dass es dazu nicht kommen würde.

Hinter der nächsten Straßenecke schlug ihr der Wind ins Gesicht. Sie musste den Schirm wie einen Schild vor sich halten. Dann bog sie von der Øvregaten ab, kam in die schmale Gasse, in der sie wohnte, und ging die Treppe hoch. Gleich war sie zu Hause. Die erste Treppe hatte sie bereits hinter sich.

Wegen des Schirms bemerkte sie ihn nicht gleich, dann fiel ihr Blick auf die Jeans, die unten herum schwarz vor Nässe war, und die Cowboystiefel. Sie hob den Schirm und sah, wie sich die kräftige Gestalt wie ein Relief vor dem gelben Licht der Straßenlaterne abzeichnete.

»Miguel«, sagte sie mit einer Mischung aus Verärgerung und Unsicherheit, denn sie glaubte, ihn wiederzuerkennen. Die Art, wie er dastand, breitbeinig, die Arme etwas vom Oberkörper abgespreizt.

»Miguel? Ich habe doch gesagt, dass ich …«

Aber ihre Stimme versagte, noch bevor sie den Satz vollendet hatte. Er kam rasch die Treppe herunter, und sie erkannte, dass es nicht Miguel war. Sie konnte nicht klar denken, war von dem primitiven Gefühl gelähmt, dass etwas nicht stimmte, dass sie kehrtmachen sollte, fliehen, weglaufen. Trotzdem zögerte sie. Als weigerte sich ihr Hirn, zu akzeptieren, was ihr Körper längst wusste. Sie blieb zu lange stehen – für den Bruchteil einer Sekunde.

Er war bereits über ihr. Eine Hand legte sich um ihren Oberarm und hielt sie wie in einer Schraubzwinge fest. Die andere packte sie im Nacken. Ein Schrei löste sich aus ihrer Kehle. Er wurde vom Wind weggetragen, erstickte im Regen, wurde zu einem ersterbenden Jammern. Wie von einer jungen Katze.

»Scheiße!«, dachte Emma.

Dann dachte sie gar nichts mehr.

Kapitel 43

Der Eingang der Gasse war abgesperrt. Eine Polizistin, die in Edvards Augen viel zu jung war, um die Polizeischule schon absolviert zu haben, hob die Hand und hielt ihn auf. Er öffnete den Mund, um zu sagen, wer er war, doch dann erkannte sie ihn und wich einen Schritt zur Seite.

Er stieg über das Absperrband. Auf der linken Seite der ersten Treppe, etwa in der Mitte, hatten die Kriminaltechniker ein Zelt aufgestellt. Männer in weißen Overalls knieten auf den Stufen. Einer blickte auf und nickte. »Bleiben Sie rechts«, sagte er.

Zwanzig Meter weiter oben standen mehrere Personen vor einer offenen Tür. Edvard erkannte Preben und Solveig. Beide drehten ihm den Rücken zu und sahen nach drinnen.

»Hallo!«, sagte Edvard, als er oben war. »Was haben wir hier?«

Er bekam keine Antwort, sie traten aber einen Schritt zur Seite und ließen ihn durch.

Sie lag hinter der Tür auf dem Rücken. Auf dem Boden war Blut. Ihr Kopf lag fast auf der Türschwelle. Die blonden Haare waren von geronnenem Blut verklebt. Jacke und Bluse waren halb aufgerissen und die Hose bis zu den Knien heruntergezogen. Schnitte und Risse hoben sich dunkelrot von der weißen Haut ab. Er glaubte erst, dass sie die Hände zum Gebet gefaltet hatte. Dann bemerkte er das Tape und spürte das Ziehen in seinem Bauch.

»Wer ist sie?«

»Emma Olsson«, sagte Preben.

»Die aus dem Nagelstudio? Sølvi Gjerstads Kollegin?«

»Ja.«

»Und wann …?«

»Das wissen wir nicht. Der Rechtsmediziner ist noch nicht da. Der Zeitungsbote hat sie hier gefunden. Das ist jetzt ...«, Jordal warf rasch einen Blick auf die Uhr, »... etwa eine halbe Stunde her. Ihm fiel auf, dass die Haustür nur angelehnt war, und hat einen Blick hineingeworfen. Ich nehme an, dass sie in der Nacht getötet worden ist, oder gestern Abend.«
»Vermutlich ist sie da unten, wo die Techniker das Zelt aufgebaut haben, überfallen worden«, sagte Solveig. »Da ist Blut an der Wand und auf den Stufen, obwohl durch den Regen heute Nacht natürlich vieles weggewaschen wurde.«
»An der Wand?«
Sie nickte und streckte ihren Arm aus. »Etwa in dieser Höhe. Es sieht so aus, als wäre ihr Kopf mit großer Wucht gegen die Wand geschleudert worden. Das würde auch zu den Verletzungen passen. Danach muss der Täter sie hier hoch- und durch die Tür geschleppt haben, wo er dann ... sein Werk vollendet hat.«
Edvard sah sich um. »Er muss gewusst haben, wo sie wohnt.«
»Oder sie gezwungen haben, es ihm zu sagen«, erwiderte Solveig.
»Sie hier hochzuschleppen erfordert ganz schön viel Kraft.«
»Ein starker Mann«, sagte Jordal.
»Aller Wahrscheinlichkeit nach, ja.« Edvard sah ihn an. »Sie organisieren eine Tür-zu-Tür-Befragung, Preben. Sie wissen, was zu tun ist.«
Er nickte und drehte sich zu der Gruppe von Beamten um, die auf seinen Befehl warteten.
Edvard sah zu Solveig. »Wo ist Tommy?«
»Er war vor dir hier. Hast du ihn nicht gesehen?«
»Nein.«
»Er war sogar bereits vor mir hier, aber ich habe ihn nach Hause geschickt. Er war nicht fit. Ich glaube, er hat hohes Fieber.«
»Okay. Scheißtiming, aber das kriegen wir schon hin. Wie sieht es

mit den Technikern aus? Ich gehe davon aus, dass die noch nicht im Haus waren?«
»Nein.«
»Wohnte sie allein hier?«
»Ja, vermutlich.«
Edvard blickte sich um. »Dann hat er seine Vorgehensweise geändert, oder? Ein Überfall auf offener Straße. Das ist riskant. Er geht immer höhere Risiken ein.«
»Ist es nicht typisch, dass die irgendwann übermütig werden?«
»Ich glaube schon. Wir sollten Wiersholm fragen.«
Solveig nickte und biss sich auf die Lippe. »Aber warum Emma?«
»Ja«, sagte Edvard. »Das ist die Frage. Warum Emma?«
Er drehte sich um. »Wo bleibt denn dieser Arzt?«

Der Rechtsmediziner war jung, hatte kurzgeschorene Haare und trug eine Hornbrille. Er entschuldigte sich nicht einmal für seine Verspätung, sondern zog sich wortlos die Latexhandschuhe an, ging neben Emma Olsson in die Hocke und erklärte kurze Zeit später, dass sie tot war.
»Das ist gut zu wissen«, sagte Preben Jordal. »Ich dachte schon, sie wäre eine dieser Drückebergerinnen, die nur ein Attest haben wollen, um nicht zur Arbeit zu müssen.«
Der Rechtsmediziner blickte nicht einmal auf.
»Todesursache?«, fragte Edvard nach einer Weile.
»Schwer zu sagen. Sie hat viele, sehr unterschiedliche Verletzungen. Sie müssen erst die Obduktion abwarten«, sagte der Arzt.
»Aber was glauben Sie?«
»Ich glaube gar nichts. Das Glauben überlasse ich Ihnen.«
»Und was ist mit dem Todeszeitpunkt?«
Sie warteten. Der Arzt befühlte die Glieder, hob den toten Körper etwas an und beugte sich hinunter, um die Blutflecken zu studieren. »Das ist schwer festzustellen, bevor wir sie auf dem Tisch

hatten, aber vermutlich schon gestern Abend. Irgendwann im Laufe des Abends, sagen wir, zwischen acht und zwölf. Vorläufig kann ich nicht mehr sagen.«
»Fahren wir zurück ins Präsidium«, sagte Edvard. »Wir kommen wieder, wenn die Spurensicherung fertig ist.«

Erst nachmittags um fünf hatten sie Zeit für eine gemeinsame Besprechung. Preben Jordal redete, die anderen hörten zu. Als er zum Ende gekommen war, lehnte Edvard sich auf seinem Stuhl zurück und massierte sich die Schläfen.
»Sie sagen also, dass niemand etwas gehört oder gesehen hat? Das scheint mir ziemlich unwahrscheinlich.«
Jordal schüttelte den Kopf. »Das habe ich nicht gesagt. Zwei Nachbarn haben so etwas wie einen Schrei gehört. Der eine sagte, das sei gegen neun Uhr abends gewesen, der andere meinte, zwischen neun und halb zehn. Beide stutzten, dachten dann aber, es sei Katzengeheul. Die haben wohl im Viertel ziemliche Probleme mit Katern, die nachts miteinander kämpfen. Im Nachhinein sind jedoch beide auf den Gedanken gekommen, dass das auch etwas mit dem Mord zu tun gehabt haben könnte.«
»Das Heulen einer Katze? Und das soll der Schrei einer Frau gewesen sein, die überfallen und ermordet wurde? Wie wahrscheinlich ist denn das?« Solveig klang entrüstet.
Jordal zuckte mit den Schultern. »Ich weiß es nicht, aber das haben sie mir gesagt, und ich habe eigentlich keinen Grund, an ihrer Aussage zu zweifeln. Außerdem ist ein junger Mann auf dem Weg nach Hause in der Øvregaten fast mit einem großen Mann zusammengestoßen, der gegen zehn aus der Gasse kam.«
»Und die Beschreibung?«
»Ist nicht viel wert. Ein großer, kräftiger Mann mit Jeans und ei-

ner dunklen Kapuzenjacke, schwarz oder dunkelblau. Er konnte das Gesicht des Mannes nicht erkennen, und geredet hat der auch nicht.«

»Wir sollten uns an die Zeitungen wenden und die Bevölkerung um Mithilfe bitten«, sagte Edvard. Die anderen nickten. »Und was ist mit den Überwachungskameras? Wenn es der Mörder war ... welchen Weg hat er dann genommen, Preben?«

»In Richtung Fløibanen.«

»Okay, dann kann er doch irgendwo von Überwachungskameras aufgenommen worden sein. Das müssen Sie überprüfen, Preben. Solveig, gibt es Neuigkeiten aus der Rechtsmedizin?«

»Ich habe da eben erst angerufen. Der Tod ist vermutlich gestern Abend zwischen acht und elf Uhr eingetreten.«

»Und die Todesursache?«

»Sie haben sie noch nicht obduziert, aber nach Aussage des Rechtsmediziners stehen die Kopfverletzungen als mögliche Todesursache ganz oben auf seiner Liste. Den Bericht bekommen wir morgen früh.«

»Okay. Lasst uns weiterarbeiten. Nächste Besprechung: morgen früh um acht, in Ordnung?«

Sie nickten.

»Eine Sache noch. Was ich gestern gesagt habe, dass ein neuer Todesfall unsere Schuld wäre, habe ich nur gesagt, um euch anzutreiben, es tut mir aber trotzdem leid. Das war nicht gerechtfertigt. Und dieser Mord ist nicht eure Schuld. Der geht weder auf mein noch auf euer Konto.«

Anschließend rief er Tommy an. Das Telefon klingelte lange, bis Tommy antwortete.

»Wie geht es dir?«, fragte Edvard.

»Was? Ach, ganz gut eigentlich. Es geht mir deutlich besser.«

»Brauchst du einen Arzt?«

»Nein, ich schlafe mich gesund. Morgen geht es bestimmt schon wieder.« Seine Stimme klang schwach, als wäre er weit weg.
»Habe ich dich geweckt?«, fragte Edvard.
»Ja, ich glaube schon.«
»Tut mir leid. Schlaf weiter. Wir reden morgen.«

Am Abend rief Edvard Victoria an.
»Haben Sie es schon gehört?«, fragte er.
»Da kommt man ja nicht drum herum«, antwortete sie leise, und er musste den Hörer fest an sein Ohr pressen, um sie zu verstehen. »In den Nachrichten reden sie ja von nichts anderem mehr.«
»Ja … Die Ermordete, Emma Olsson. Kannten Sie sie?«
»Ich habe sie mal im Studio getroffen, aber gekannt habe ich sie nicht.«
»Dann waren Sie keine Freundinnen?«
»Nein.«
»Und was ist mit Unni? Kann sie mit Emma befreundet gewesen sein?«
»Nein.«
»Okay. Wissen Sie, ob Emma auch als Prostituierte gearbeitet hat?«
»Nicht, dass ich wüsste. Doch so gut kannte ich sie ja auch nicht.« Es entstand eine kurze Pause. »Ich verstehe nicht, was hier vor sich geht. Das alles ist so unwirklich.«
Er hörte das Zittern in ihrer Stimme. Sie kämpfte darum, die Kontrolle zu behalten, und er verstand plötzlich, welche Angst sie haben musste.
»Hören Sie, Victoria. Ich verstehe Ihre Angst, aber wir passen auf Sie auf. Die ganze Zeit über sind Leute bei Ihnen. Was gestern geschehen ist, wird sich nicht wiederholen. Das verspreche ich Ihnen.«

»Sie … Sie können gerne kommen, heute Abend. Ich schlafe dann besser.«

Sein Blick wurde von ihrem Foto angezogen, das am Rand seines Schreibtisches lag. Das glänzende Kostüm, die strenge Haltung. Eine andere Victoria. Er schloss die Augen. Konnte nicht.

»Das geht nicht, leider. Aber Sie sind in Sicherheit.«

Nachdem er aufgelegt hatte, sah er sich das Bild noch einmal genauer an. Der ausgestreckte Finger erinnerte ihn an etwas. Dann fiel es ihm ein. Ein amerikanisches Werbeplakat aus der Zeit des Ersten Weltkriegs. Ein alter Mann, der einen Hut in den amerikanischen Farben trug, richtete seinen Zeigefinger auf den Betrachter. »Uncle Sam wants YOU!« stand darunter. Genauso fühlte sich Edvard, wenn er das Bild betrachtete. Jedes Mal. Als wollte sie ihn haben.

Kapitel 44

Das Foto auf dem Bildschirm war körnig und unscharf. Personen mit seltsam ruckhaften Bewegungen tauchten auf und verschwanden wieder aus dem Blickfeld. Ganz unten lief ein digitales Zählwerk, das Stunden, Minuten und Sekunden anzeigte. Die Aufnahme war am Abend von Emmas Ermordung um drei Minuten nach zehn gemacht worden.

Edvard kratzte sich am Kopf. »Das ist die Kamera von der Fløibanenen?«

»Ja, die Talstation, die Kamera ist am Ticketschalter«, sagte Preben Jordal.

»Ich weiß. Und wann kommt er ins Bild?«

»In ... lassen Sie mich nachsehen ... in etwa einer Minute.«

Sie saßen still da und warteten. Die Sekunden vergingen. Edvard beugte sich unbewusst etwas vor.

»Jetzt!«, sagte Preben Jordal.

Ein paar Beine erschienen am rechten Rand und liefen über den Bildschirm.

»Das ist alles?«

Preben Jordal spulte zurück und spielte den Ausschnitt noch einmal langsamer ab. Aufs Neue bewegten die Beine sich ruckartig über den Bildschirm. Mit jedem Schritt war etwas mehr von der Person zu erkennen. Jeans, Boots, etwas, das wie ein Kapuzenpulli aussah, eine nach vorn gebeugte Gestalt, ziemlich kräftige Statur. Jordal fror das Bild ein. Bis auf den obersten Rand des Kopfes war jetzt die ganze Gestalt zu sehen. Das Gesicht lag im Dunkeln.

»Definitiv ein Mann, nicht wahr, Edvard?«

»Ja, ich denke schon. Können wir das Bild schärfer bekommen?«

»Sie arbeiten daran.«

»Was ist mit dem Gesicht?«

Preben Jordal zuckte mit den Schultern. »Sie versuchen es natürlich, aber optimistisch waren sie nicht gerade.«

»Wir können das nach Oslo schicken.«

»Das können wir, macht aber auch keinen Sinn. Wir haben hier die gleichen Programme.«

»Okay, mehr haben wir nicht?«

»Vorläufig nicht. Von der Fløibanen aus kann er sehr viele verschiedene Routen genommen haben. Wir überprüfen die Kameras quasi im gesamten Zentrum, aber das wird eine Weile dauern.«

Edvard drehte sich zu Solveig um. »Ist der Obduktionsbericht fertig?«

»Ja, ich habe den gerade per Mail bekommen.«

»Und?«

»Sie wurde erstickt.«

»Das war die Todesursache?«

»Ja. Aber an den zahlreichen Kopfverletzungen wäre sie vermutlich auch gestorben. Die sind massiv.«

»Und was ist mit den Stichen und Schnittwunden? Am Tatort sah es ja so aus, als hätte er sie auch ziemlich heftig mit dem Messer bearbeitet«, sagte Preben Jordal.

»Sie hatte schwere Stichverletzungen, ja«, sagte sie. »Das ist richtig. Aber als ihr die zugefügt wurden, war sie bereits tot.«

»Oh? Und das wissen sie genau?«

»Ja, das haben sie anhand der Blutflecken festgestellt. Es gibt anscheinend keinen Zweifel daran, dass sie keinen Blutdruck mehr hatte, als er sie mit dem Messer verletzt hat. Eigentlich war nur auf dem Boden Blut.«

»Hm«, sagte Edvard. »Auch das wieder eine Abweichung zu den früheren Taten. Wir müssen hören, was der Professor sagt. Hat die Spurensicherung etwas gefunden?«

»Wir haben biologisches Material vom Flur und von der Treppe draußen, aber wir wissen noch nicht, was davon relevant ist. Wie gewöhnlich brauchen wir erst einen Verdächtigen, um eventuelle DNA-Spuren wirklich nutzen zu können. Aber unsere Untersuchungen haben ergeben, dass unsere erste Annahme wohl richtig ist. Sie wurde auf der Treppe angegriffen. Der Täter hat ihren Kopf mit großer Wucht gegen die Wand geschlagen und sie die zwanzig Meter zu ihrer Wohnung getragen, um sie dort mit dem Messer zu bearbeiten.«

Rasch las Daniel Wiersholm den Obduktionsbericht durch. Er verwendete viel Zeit für die Tatortfotos, ohne sich dadurch stören zu lassen, dass die Ermittler warteten. Als er die Fotos schließlich beiseitelegte, blieb er mit geschlossenen Augen sitzen und legte die Fingerkuppen aneinander. Edvard hatte das Gefühl, dass er posierte, die Aufmerksamkeit suchte und sie gerne warten ließ.
»Also, was glauben Sie? Ist das derselbe Mann?« Solveig verlor als Erste die Geduld.
Wiersholm sah sie überrascht an. »Gibt es daran denn irgendeinen Zweifel?«
»Ich weiß nicht, ich wollte nur ...«
Er begann an den Fingern abzuzählen. »Das Opfer hat die gleichen Charakteristika wie die anderen Opfer. Sie ist im richtigen Alter und ist physisch attraktiv. Und ihre Hände sind, wie ich sehen kann, auf die gleiche Weise verklebt.«
Edvard nickte, als Wiersholm ihm einen fragenden Blick zuwarf. »Das ist richtig. Exakt auf die gleiche Weise.«
»Genau. Sie war zuerst stumpfer Gewalt ausgesetzt, danach hat er zum Messer gegriffen. Die Verletzungen, die ihr zugefügt wurden, entsprechen aus meiner Sicht denen der anderen Opfer, sieht man einmal von Sølvi Gjerstad ab, bei der der Täter ja nicht so weit gekommen ist.«

»Vielleicht«, sagte Edvard.
»Wie meinen Sie das?«
»Dieses Opfer war tot, bevor er das Messer benutzt hat.«
»Und was soll das bedeuten?«
»Die anderen wurden nicht gleich getötet, sie wurden geschlagen, damit sie sich nicht mehr wehren konnten.«
»Ich nehme an, dass er ihren Kopf etwas härter gegen die Wand geschlagen hat, als er das eigentlich vorhatte. Ein Versehen.«
Edvard schüttelte den Kopf. »Er hat ihr den Schädel zertrümmert. Da müssen Sie einen Menschen schon mit brutaler Wucht gegen eine Wand schlagen. Er hat sich in keinster Weise zurückgehalten und sie anschließend auch noch erwürgt. Warum? Und warum eine tote Frau quälen? Was hat man davon?«
Wiersholm schüttelte den Kopf. »Sie gehen davon aus, dass er klar denkt. Ich glaube nicht, dass er das tut. Ich denke, dass der Mörder sich zum Zeitpunkt des Übergriffs in einem Zustand extremer Erregung befindet und dass er in einem gewissen Grad außer Kontrolle ist. Da ist es nicht erstaunlich, wenn ihm etwas aus dem Ruder läuft. Und das mit dem Messer ... auch wenn sie tot ist, denke ich, dass seine Psyche ihn zwingt, all das mit ihr zu tun, wovon er vorher fantasiert hat. Darum geht es ja bei diesen Morden. Wir reden von einer klassisch ritualisierten Handlungsweise, die typisch für Serienmörder ist.«
»Ich weiß nicht«, sagte Edvard.
Wiersholm zuckte mit den Schultern. »Sie haben meine Meinung gehört, aber natürlich treffen Sie die Entscheidung. Wenn Sie der Ansicht sind, dass wir es mit zwei Tätern zu tun haben, dann ...«
Edvard spürte mit einem Mal, wie müde er war. »Nicht notwendigerweise«, sagte er. »Ich stelle mir bloß die Frage. Vermutlich haben Sie recht, aber wir halten uns diese Möglichkeit vorläufig offen.«

Sein Handy meldete sich. Eine Nachricht von Katrine Gjesdahl.
»Komme morgen nach Bergen. Besprechung im Büro des Polizeipräsidenten, 8 Uhr.«
Edvard dachte, dass es kein gutes Zeichen war, dass sie ihm das per SMS mitteilte, statt ihn anzurufen.
Sie gingen zurück in ihre Büros. Entfernt war Rufen zu hören. Edvard ging zu Solveig.
»Was ist da los?«
»Ein Fackelzug«, sagte sie. »Eine Art Protestmarsch.«
»Gegen was?«
»Na, gegen die Morde. Gegen uns, weil wir noch keinen Mörder verhaftet haben.«
»Das ist doch sinnlos«, sagte Edvard. »Als täten wir nicht unser Bestes!«
Er sah aus dem Fenster. Hunderte von Fackeln tanzten draußen im Dunkel.
»Die haben nur Angst«, sagte Solveig. »Sie fürchten sich und sind frustriert. Das ist doch verständlich.«

Als Tommy aufwachte, war es Abend. Er hatte den ganzen Tag geschlafen. Das Fieber war abgeklungen, und sein Kopf fühlte sich seltsam leicht an, als hätte er ein paar Gläser Sekt getrunken. Er ging unter die Dusche und ließ das Wasser lange über seinen Körper laufen. Danach ging er etwas essen. Als er seinen Teller bekam, bemerkte er zu seiner Verwunderung, dass er einen Wahnsinnshunger hatte. Er trank ein Bier zum Essen und wollte noch eins bestellen, sagte sich dann aber, dass es nicht klug war, zu trinken.
Danach schlenderte er ohne ein bestimmtes Ziel durch die Stadt. Als er wieder im Fahrstuhl nach oben zu seinem Zimmer fuhr, studierte er sein Gesicht und begegnete schließlich seinen grauen Augen im Spiegel.

Sie blickten ihn ruhig unter den kräftigen, blonden Augenbrauen an. Er sah aus wie immer. Versuchte sich an einem Lächeln und sah, wie sein Gesicht sich öffnete, die Lippen sich verzogen und die weißen Zähne aufblitzten.

Kapitel 45

Victoria wusste, in welchem Hotel er wohnte. Vielleicht hatte er es ihr gesagt, vielleicht hatte sie danach gefragt. Sie war schon einmal dort gewesen, mehrmals, aber das lag inzwischen schon eine ganze Weile zurück. Die gleichen Clubsessel standen dort, damit die Leute, während sie warteten, Platz nehmen konnten. Die Gemälde an den Wänden, die kleine Treppe nach oben ins Restaurant und die Bar waren ihr vertraut. Sie erkannte sogar die Angestellten an der Rezeption. Oder sahen sich Hotelangestellte alle ähnlich?
»Hallo, ich habe eine Verabredung mit Edvard Matre, in welchem Zimmer wohnt er?«
Die Frau an der Rezeption musterte Victoria einen Augenblick, bevor sie ihren Blick auf den Computerbildschirm richtete.
»Zimmer 503. Soll ich anrufen und sagen, dass Sie hier sind?«
»Nein, das ist nicht notwendig. Ich gehe gleich hoch. Er erwartet mich.«
Victoria ging zum Fahrstuhl. Sie wusste genau, dass die Rezeptionistin ihr nachblickte. Vermutlich fragte sie sich, ob es richtig gewesen war, sie einfach so gehen zu lassen, ohne genauer nachzufragen. Sie konnte ja eine Hure sein.
Der Fahrstuhl kam, und sie drückte auf den Knopf der fünften Etage. Warf einen Blick in den Spiegel, überprüfte den Lippenstift und fuhr mit dem Zeigefinger über die Lippen, so dass er frisch wirkte. In ihren Augen erkannte sie Furcht. Als sie über den langen, schmalen Flur ging, fragte sie sich, wie oft sie schon unbekannte Hotelzimmer betreten hatte. Wie anders es war, ohne Verabredung, ohne Auftrag. Nur weil sie das wollte.
Sie spürte die Schwere ihres Körpers, alles war klarer und deut-

licher als sonst, der Teppich unter ihren Sohlen, der warme Schein der Lampen, das scharfe Rot der Tapete.
Einen Moment blieb sie stehen, bevor sie an seine Tür klopfte.
Nichts geschah. Es war fast so, als söge der Teppich im Flur alle Geräusche auf, so dass nur ein taubes, etwas drückendes Gefühl zurückblieb, das alle Sinne wie in ein Vakuum hüllte. Plötzlich bereute sie es und wusste, dass sie das nicht tun sollte. Sie ging ein viel höheres Risiko ein, als wenn sie ihren Körper verkaufte. Es war viel gefährlicher. Sie sollte kehrtmachen, verschwinden. Noch war es nicht zu spät. Er würde niemals erfahren, dass sie hier gewesen war.
Dann stand er vor ihr. Sie war verwirrt, es war so plötzlich geschehen. Erleichtert, dass er nicht da war, hatte sie nicht bemerkt, dass die Tür aufgegangen war. Edvard sah sie etwas überrascht an.
»Sie sind es«, sagte er.
Victoria hatte sich genau zurechtgelegt, was sie sagen wollte, erinnerte sich aber an kein einziges Wort. Deshalb erwiderte sie nichts, spürte aber, dass sie wie ein Schulmädchen errötete, und war mit einem Schlag wütend auf sich selbst. Auf die ganze Situation.
»Wollen Sie hereinkommen?«
Sie nickte, trat in den halbdunklen Raum, der nur von der Nachttischlampe und dem blauweißen Flimmern des leise gestellten Fernsehers erhellt wurde.
»Es ist ein bisschen unordentlich hier«, sagte er, »tut mir leid.«
Victoria sah sich nicht um, seine Unordnung interessierte sie nicht. Sie schwieg noch immer. Es fühlte sich so an, als hätte sie nichts zu sagen, als wären ihr die Worte und Gedanken ausgegangen. Sie wollte, dass er sie berührte, sie küsste, alles, nur nicht reden.
»Wo sind Ihre Bewacher?«, fragte er.

»Die warten unten. Ich habe ihnen gesagt, dass ich mit Ihnen reden müsse.«
Sie standen dicht voreinander. Edvard roch ihr Parfüm. Sie hatte sich geschminkt und ein Kleid angezogen. Er wusste, dass er einen Schritt zurücktreten sollte. Dass er sie aus dem halbdunklen, unordentlichen Hotelzimmer führen und nach unten in die Lobby oder Bar bringen musste. Er spürte mit jeder Faser seines Körpers, dass alles andere ein Fehler war.
Er begegnete ihrem Blick. Bemerkte die Furcht, aber auch etwas anderes. Etwas Nacktes, Ursprüngliches, etwas, das ihn mit unwiderstehlicher Kraft anzog, wie ein großes, schwarzes Loch.
Er fiel.

Anschließend lag er auf der zerwühlten, verschwitzten Bettdecke. Er war leer, kaputt, aufgebraucht. Einen Augenblick lang wäre er beinahe eingeschlafen, und vielleicht war er das auch, denn als er die Augen wieder aufschlug, lag sie nicht mehr neben ihm im Bett. Victoria hatte das Fenster geöffnet und beugte sich nach draußen. Sie hatte sich ihre Bettdecke umgeschlungen. Der dünne Stoff umspielte ihren Körper. Sie war sehr hübsch.
»Was machst du?«, fragte er, und sie zog den Kopf zurück und sah ihn an.
»Ich hatte plötzlich Lust auf eine Zigarette.«
Ein schwacher Rauchgeruch stieg ihm in die Nase. Sie hielt einen Arm aus dem Fenster. Das Licht der Straßenlaternen fiel auf ihre Hand und den aufsteigenden Rauch, dann schnippte sie die Zigarette ins Dunkel.
»Ich wusste nicht, dass du rauchst.«
»Tu ich auch nur manchmal«, sagte sie.
Er wollte seine Hand nach ihr ausstrecken, konnte es aber nicht. Er war Polizist, sie war ... Sein Hirn weigerte sich, das Wort zu denken, aber es nützte nichts. Was sie gerade miteinander getan

hatten, tat sie mit vielen. Mit allen, die dafür zu zahlen bereit waren. Edvard wusste, dass er seine Karriere damit aufs Spiel gesetzt hatte. Ohne nachzudenken, ohne das Für und Wider gegeneinander abzuwägen, hatte er in einem Augenblick der Schwäche nachgegeben. Er verstand nicht, warum. Eine solche Handlungsweise sah ihm gar nicht ähnlich.

Victoria blieb noch am Fenster sitzen. Sie sollte jetzt froh sein, war es aber nicht. Das Ganze ist ein Fehler, dachte sie. Sie war zu ihm gekommen, weil sie Lust auf ihn gehabt hatte, weil sie ihn gewollt hatte, aber da war noch mehr. Sie hatte in den letzten Tagen immer öfter an ihn denken müssen. Er war einen Abend und eine Nacht bei ihr gewesen. Zwischen ihnen war nichts geschehen, aber gerade das hatte ihr gefallen. Mit ihm Tee zu trinken, still beieinanderzusitzen und seine Finger zu spüren, als er ihre Wunde versorgt hatte. Sie hätte ihm das alles gerne gesagt, brachte aber kein Wort über die Lippen. Sobald sie in Gedanken Sätze zu formulieren begann, hörten diese sich steif und blöd an. Und Edvard war distanziert und schweigsam. Worte würden nichts ändern, aber trotzdem wünschte sie sich, dass er etwas sagte.
Sie ging auf die Toilette.
»Victoria, du musst jetzt gehen«, sagte er, als sie wieder hereinkam.
»Was?« Sie sah ihn ungläubig an.
»Unten warten zwei Polizisten auf dich. Wir wollen doch nicht, dass die anfangen, sich dumme Gedanken zu machen, oder?«
Das war ihr scheißegal, aber sie entgegnete nichts und zog sich an. Er wich ihrem Blick aus. Etwas in seinem Gesicht kannte sie von ihren Kunden. Einen Anflug von Selbstverachtung und vielleicht auch Verachtung für sie, für die, die sie war und was sie tat. Aber Edvard war kein Kunde. Sie war zu ihm gegangen, weil sie

das wollte, weil sie ihn wollte, ihm nah sein wollte. Tränen der Wut und der Demütigung traten ihr in die Augen.
Als sie nach unten in die Lobby kam, rauschte sie an den beiden Polizisten vorbei, die kaum Schritt halten konnten.
Zum Teufel mit dir, Edvard Matre, dachte sie. Ich komme schon allein zurecht. Das habe ich immer geschafft.
Die Straßen, über die sie fuhren, waren menschenleer, als wäre die ganze Stadt eine Kulisse, und als sie ihre Haustür aufschließen wollte, schoss eine Katze aus dem Schatten, und ihr Herz hämmerte wild.

Kapitel 46

Punkt acht Uhr klopfte Edvard an die Tür des Polizeipräsidenten. Die anderen waren bereits an dem ovalen Sitzungstisch versammelt. Der Polizeipräsident, ein Inspektor, der bei jeder Sitzung dabei war, aber nie etwas sagte, Katrine Gjesdahl sowie jemand, den Edvard nicht erwartet hatte.
»Guten Morgen«, sagte Edvard. Er nickte Daniel Wiersholm zu. »Warum ist er hier?«
»Professor Wiersholm ist auf meinen Wunsch hier«, sagte der Polizeipräsident steif. »Ich halte seine Perspektive für nützlich.«
Edvard öffnete den Mund, um etwas zu erwidern, ließ es dann aber bleiben.
»Gut«, sagte der Polizeipräsident und räusperte sich. »Vier junge Frauen sind innerhalb kurzer Zeit ermordet worden. In meiner Stadt.« Er klang ärgerlich, als wäre der Fall eine persönliche Demütigung für ihn. »Das ist eindeutig eine Krisensituation. Gestern Abend ging ein Fackelzug durch die Stadt, sind Sie sich dessen bewusst? Die Menschen fühlen sich nicht mehr sicher, sie sind wütend, aufgewühlt, verzweifelt. Das geht so nicht weiter.«
Er fuhr im gleichen Ton noch eine Weile fort. Irgendwann hörte Edvard nicht mehr hin. Er war durchaus seiner Meinung, aber das ganze Gerede war mehr als überflüssig. Dann kamen endlich konkrete Dinge auf den Tisch. Der Polizeipräsident stellte Fragen, ebenso Katrine Gjesdahl. Edvard antwortete, so gut er konnte. Der Inspektor führte Protokoll. Wiersholm hörte höflich zu, ohne etwas zu sagen.
»Dann haben Sie also keine eindeutige Spur?«, fasste der Polizeipräsident zusammen.
»Nein, das würde ich so nicht sagen«, entgegnete Edvard. »Wir

haben mehr als genug Spuren, und es steht noch einiges an Ermittlungsarbeit aus. Aber wir haben keinen konkreten Verdächtigen. Die Spuren zeigen nicht in eine klare Richtung, um es einmal so auszudrücken.«

Der Polizeipräsident sah geradezu verzweifelt aus. »Hören Sie, an Ressourcen soll es nicht mangeln. Ich habe mit der Direktion gesprochen, man ist bereit, noch zusätzliche Mittel zu bewilligen. Das ist ...«

»Die Ressourcen reichen aus«, unterbrach Edvard ihn. »Das ist nicht das Problem. Solch ein Mörder ist einfach sehr schwer zu überführen. Professor Wiersholm wird mir da recht geben.«

Alle sahen zu Wiersholm, der die Lippen spitzte. Schließlich nickte er. »Das ist richtig«, war das Einzige, was er sagte.

Der Polizeipräsident fuhr sich durch die Haare. »Wie ist das mit Ihrem Team, Matre? Funktioniert das optimal? Brauchen Sie, ich weiß nicht, mehr Erfahrung, mehr Gewicht? Jemanden, mit dem Sie die Last teilen können? Ich weiß, dass der Druck, der auf Ihnen lastet, enorm ist.«

Edvard verstand genau, was er wissen wollte. Kriegen Sie das hin, lautete die unausgesprochene Frage. Sind Sie der Richtige, reichen Ihre Intelligenz und Erfahrung? Er sah kurz zu Katrine Gjesdahl hinüber. Ihr Gesicht war ausdruckslos, aber Edvard hatte keine Illusionen. Er stand zur Diskussion.

»Es läuft gut«, sagte er sachlich. »Ich habe die Kontrolle.«

»Okay, noch eine Sache«, sagte der Polizeipräsident. »Die Bewachung von Victoria Ravn. Ich habe angeordnet, sie zu beenden.«

»Was? Warum das denn? Ich halte das für nicht klug!«

Der Polizeipräsident sah ihn verblüfft an. »Es ist doch wohl offensichtlich, dass sie nicht mehr in Gefahr schwebt. Das Ganze basierte darauf, dass sie zu den vier Frauen gehört, von denen in diesem famosen Artikel die Rede ist, oder?«

»Ja, aber ...«

»Und Sie müssen mir ja wohl recht geben, dass wir nach dem Mord an Emma Olsson nicht mehr davon ausgehen können, dass der Artikel der gemeinsame Nenner der Opfer ist? Und wenn dem so ist, ist Victoria Ravn nicht in größerer Gefahr als alle anderen Frauen derselben Branche.«

»Das ist richtig«, sagte Edvard. »Wenn es sich wirklich um denselben Täter handelt.«

»Gibt es daran Zweifel?«

»Ich bin mir unsicher.«

»Warum, Edvard?«, fragte Katrine Gjesdahl.

»Nun, er hat Emma getötet, bevor er sie gefoltert hat, um nur eine Sache zu erwähnen. Meiner Meinung nach passt da einiges nicht zusammen. Und wenn Sie sich die Schnittverletzungen und Stiche ansehen ... sie scheinen dem Opfer nur halbherzig zugefügt worden zu sein. Ohne Enthusiasmus. Sie sind nicht tief genug, nicht fatal genug. Nicht so wie bei den anderen. Wahrscheinlich wurde auch ein anderes Messer benutzt, die Wundränder erscheinen glatter, weniger aufgerissen. Aber es gibt noch andere Aspekte. Die Art des Überfalls, es geschah auf offener Straße, und das Opfer war keine Prostituierte.« Er zuckte mit den Schultern. »Das ist mehr ein Gefühl. Irgendwas stimmt da nicht.«

Der Polizeipräsident sah ihn an und wandte sich dann an Wiersholm. »Was meinen Sie, Professor?«

»Für mich deutet alles darauf hin, dass es sich um denselben Täter handelt. Es ist nicht ungewöhnlich, dass Serientäter ihre Vorgehensweise ändern, auf jeden Fall bis zu einem gewissen Grad. Sie entwickeln sich, ändern ihre Muster. Das ist schon häufig beobachtet worden.« Er breitete lächelnd die Arme aus. »Es ist ein nicht totzukriegender Mythos, dass Serientäter eine unverwechselbare Signatur haben. Diese Annahme hat schon viele Ermittlungen torpediert. Außerdem ist da die Art, wie die Hände des Opfers verklebt wurden. Ich zweifle wirklich sehr daran, dass das ein Zufall ist.«

Edvard wusste, dass er diese Schlacht verloren hatte. Eine innere Stimme riet ihm, sich geschlagen zu geben. Er hatte keine weiteren Argumente und war nicht mehr in der Lage, die Frage wirklich objektiv zu beantworten. Ein Gedanke streifte ihn, etwas, das die letzten Tage in seinem Unterbewusstsein gelauert hatte.

»Rosen!«, platzte er hervor.

Vier Gesichter wandten sich ihm überrascht zu. Edvard suchte nach den richtigen Worten, musste beim Reden nachdenken. »Auf dem Boden in Lailas Wohnung waren Rosen, und … auf dem Flurtisch bei Unni lag ein Strauß. Außerdem lagen Rosen in dem Mülleimer vor Sølvi Gjerstads Wohnung, zusammen mit den Glassplittern ihres Fensters. Aber nicht bei Emma. Bei Emma waren keine Rosen.«

Der Polizeipräsident runzelte die Stirn. »Und was soll das bedeuten?«

»Ich weiß es nicht. Aber es ist eine weitere Abweichung. Es unterscheidet den Mord an Emma von den anderen.«

»Professor Wiersholm? Was meinen Sie dazu?«, fragte der Polizeipräsident.

Ein Schulterzucken. »Tut mir leid, ich sehe weder den Zusammenhang noch die Logik dahinter. Für mich liegt es auf der Hand, dass wir es mit demselben Täter zu tun haben.«

»Dann ist der Fall klar.«

»Chef?« Edvard drehte sich um und sah Katrine Gjesdahl an.

»Diese Entscheidung obliegt dem Polizeipräsidenten und nicht mir. Aber der Ordnung halber muss ich sagen, dass ich ihm recht gebe.«

Schweigend warteten sie auf den Aufzug.
»Hören Sie auf zu schmollen, Edvard«, sagte Katrine Gjesdahl, kaum dass die Fahrstuhltüren sich hinter ihnen geschlossen hatten.
»Ich erwarte von meinen Vorgesetzten Rückendeckung und Unterstützung, und nicht das Gegenteil.«
»Und die bekommen Sie ... wenn Sie vernünftige Entscheidungen fällen.« Sie hatte die Lippen zusammengepresst. »Vergessen Sie Victoria Ravn. Denken Sie an das große Ganze, und ... ebenso wichtig: denken Sie an sich.«
»Wie meinen Sie das, Katrine?«
»Ich glaube, Sie wissen gar nicht, welcher Druck in diesem Fall von oben ausgeübt wird, Edvard. Es ist weder für die Presse noch für die Bevölkerung akzeptabel, dass Wochen vergehen und weitere Frauen ermordet werden, während die Polizei im Dunkeln tappt. Die Politiker und obersten Polizeichefs brauchen wirklich langsam Resultate. Und wer, glauben Sie, wird als Erstes über die Klinge springen?«
»Wie viel Zeit bleibt mir noch?«
»Eine Woche, maximal.«

Kapitel 47

Skeptische Gesichter.
»Rosen? Das kann ein Zufall sein.« Preben Jordal sprach aus, was alle dachten.
Edvard nickte. »Vielleicht, aber wir sollten die Möglichkeit nicht außer Acht lassen.«
»Was ist mit dem Szenario bei Sølvi Gjerstad?«, fragte Tommy. »Die Rosen im Mülleimer können doch auch von jemand anders sein.«
»Sie lagen mitten in den Glassplittern von dem kaputten Fenster. Ich glaube, dass es da einen Zusammenhang gibt.«
Preben Jordal räusperte sich. »Dann glauben Sie, dass der Mörder mit Blumen kommt?«
»Das ist eine Möglichkeit.«
»Nun, ich denke, es ist einen Versuch wert. Wir nehmen die betreffenden Daten und machen mal eine Runde durch die Blumenläden.«
»Aber warum kommt er mit Blumen? Ich verstehe das nicht«, sagte Tommy widerspenstig.
»Ich weiß es nicht«, erwiderte Edvard. »Was verbinden wir mit Blumen? Wann bringen wir jemandem Blumen mit?«
»An Geburtstagen«, sagte Tommy. »Oder bei Einweihungsfesten.«
»Beerdigungen«, sagte Solveig.
Edvard nickte. »Ja, das stimmt, ohne Zweifel aber auch noch zu vielen anderen Anlässen. Doch das ist zum jetzigen Zeitpunkt Spekulation. Wir können allerdings sagen, dass die Rosen, sollte der Mörder sie wirklich mitgebracht haben, eine Rolle in seiner Fantasie spielen. Dass sie zu dem Szenarium gehören, das er

sich vorgestellt hat und das mit Mord endet. Es kann eine symbolische oder konkrete Rolle spielen. Entscheidend aber ist, dass bei Emma keine Rosen gefunden wurden. Weder am Tatort noch im Haus.«
»Und deshalb glaubst du, dass sie von jemand anderem ermordet wurde?«, fragte Solveig.
Edvard nickte. »Ja.«
Tommy und Solveig wechselten Blicke.
»Das ist möglich«, sagte Tommy nach langer Pause. »Aber ziemlich dünn.«
Edvard stützte die Ellbogen auf den Tisch und rieb sich die Augen. Er war müde. Hatte in der Nacht zu wenig Schlaf bekommen. Ein Bild von Victoria vom Abend zuvor tauchte ungebeten auf. Wie sie die Augen geschlossen hatte, als sie gekommen war. Er spürte die Begierde wie einen Sog in seinem Unterleib und dachte, dass er wirklich vollkommen von der Rolle war. Unaufhörlich vermischte er Job und Privatleben.
»Ich weiß, dass das dünn ist«, fuhr er fort. »Aber ich habe so ein Gefühl, du kannst das gerne Intuition nennen.« Er richtete sich auf und fasste einen Entschluss. »Ich glaube, sie irren sich, was Victoria Ravn angeht. Sie ist in Gefahr.«
»Was sollen wir tun?«, fragte Tommy.
»Auf sie aufpassen.«
»Wir vier? Das ist unmöglich. Wir können sie doch nicht rund um die Uhr überwachen. Außerdem stecken wir mitten in der Mordermittlung, hast du das vergessen?«
Edvard schüttelte den Kopf. »Wir drei. Preben halten wir da raus. Er kann sich seinem Polizeipräsidenten nicht widersetzen. Und ich bin mir im Klaren darüber, dass wir sie nicht auf die gleiche Weise beschützen können wie die Behörde. Aber abends und nachts können wir ebenso gut bei ihr sein wie im Hotel, oder? Ich werde mit Victoria Ravn reden und ein Konzept erstellen. Sie

sollte zu Hause bleiben und niemandem aufmachen, wenn wir nicht da sind. Das ist besser als nichts.«
Er sah von einem zum anderen und bemerkte ihre zweifelnden Blicke. Trotzdem fügte er hinzu: »Ich kann das nicht anordnen, aber was meint ihr? Macht ihr mit?«
Eine lange Pause entstand. Schließlich zuckte Tommy mit den Schultern. »Warum nicht? Wie du schon gesagt hast, ob wir nun bei ihr sind oder im Hotel ...«
»Solveig.«
»Ja, ich denke, das wird gehen.«
»Danke, ich danke euch.« Er stand auf, und seine Stimmung war etwas besser. »Eine letzte Sache. Ich will, dass ihr bewaffnet seid, wenn ihr bei ihr seid.«
»Bewaffnet?«, fragte Solveig verwundert.
»Ja, Solveig. Du hast deine Dienstwaffe doch mit, oder? Dieser Mörder ist gefährlich, das muss ich wohl nicht extra erwähnen.«
Solveig nickte, sagte aber nichts. Einer der Gründe, weshalb sie als Ermittlerin arbeitete, war, dass sie gerade solchen Situationen aus dem Weg gehen wollte. Sie tröstete sich damit, dass Edvard sich bestimmt irrte. Es würde nichts geschehen.

Erst hatte Edvard vorgehabt, Victoria aufzusuchen, doch schließlich rief er sie an. Es kam ihm einfacher vor, sicherer.
»Hallo, hier ist Edvard.«
»Hallo.«
»Wie geht es dir?«
»Alles in Ordnung.«
Ein Gespräch ohne Inhalt, voller Gemeinplätze. Victoria wusste kaum, was sie sagte, sie lauschte nur auf die Nuancen in seiner Stimme, den Tonfall, irgendetwas, das eine Veränderung zwischen ihnen erkennen ließ. Aber es war nichts zu hören, nur professionelle Höflichkeit und Distanz.

»Ich will wieder anfangen zu malen«, sagte sie. »Ich brauche das. Kannst du den Polizisten, die auf mich aufpassen, sagen, dass sie mich zu meinem Atelier fahren sollen? Ich habe keine Lust, mich mit ihnen herumzustreiten. Sie lassen mich ja kaum vor die Tür gehen.«
Edvard zögerte. Er hatte sie angerufen, um ihr mitzuteilen, dass der Personenschutz aufgehoben werden sollte, erkannte jetzt aber, dass er ihr das nicht am Telefon sagen konnte. »Ich kann dich hinfahren, dann können wir gleich überprüfen, ob der Ort sicher ist. Ich bin in einer Viertelstunde bei dir.«

Auf dem Weg aus dem Präsidium lief ihm eine junge Beamtin nach.
»Sie sind Edvard Matre, nicht wahr? Diese Nachricht kam für Sie«, sagte sie und wurde rot. »Da steht ›privat‹ drauf. Leider ist sie ein paar Tage liegengeblieben.«
Sie hielt ihm einen Zettel hin. Edvard nahm ihn entgegen und erkannte, dass es eine Benachrichtigung von der Post war. Er steckte ihn in die Tasche und bedankte sich abwesend.

Es regnete, als sie zu Victorias Atelier auf der Werft fuhren. Während der Fahrt schwiegen beide. Edvard stieg als Erster aus und sah sich erst einmal um. Dann öffnete er ihr die Tür. Victoria wies ihm den Weg durch das alte Fabrikgebäude. Es ging über verschiedene Flure und Treppen wie durch ein Labyrinth, so dass er schon bald die Orientierung verloren hatte. Zu guter Letzt führte sie ihn über eine Wendeltreppe nach oben. Edvard starrte auf ihren Po. Sie schien seine Augen und Gedanken zu spüren, denn sie sah rasch über die Schulter. Er konnte ihren Blick nicht deuten. Dann öffnete sie die Tür des Ateliers.
»Hier ist es. Zufrieden?«
Ein heller Raum, vielleicht siebzig bis achtzig Quadratmeter

groß. In einer Ecke befand sich eine kleine Teeküche, und wie bei ihr zu Hause erblickte er ein Bett mit zahlreichen Kissen, das auch als Sofa diente. In der hohen Decke waren Oberlichter aus Glas. Drei weitere, große Fenster zeigten zum Fjord. Sie sahen einander nicht an und hielten Abstand. Umkreisten sich wie auf genau berechneten Bahnen, zwei Himmelskörper im zerbrechlichen Gleichgewicht zwischen Anziehung und Abstoßung.
Edvard trat ans Fenster. Das Wasser war grau und still, nur die Regentropfen zeichneten ein Lochmuster in die ruhige Oberfläche. Er öffnete das Fenster und sah nach unten. Zehn Meter bis zum Kai, eine senkrechte Betonwand, ohne Griffe oder Stufen. Diesen Weg konnte niemand nehmen.
Das Atelier hatte nur eine signalrot bemalte Tür. Edvard klopfte sie ab. Eine alte Stahltür, deren Rahmen fest in die Betonwand eingelassen war.
»Gibt es hier eine Toilette?«
Sie nickte und streckte den Arm aus. Er sah hinein. Eine kleine Kammer ohne Fenster. »Du bist hier sicher, solange du die Tür geschlossen lässt.«
Sein Ernst und seine Gründlichkeit machten ihr Angst, als wäre die Gefahr dadurch greifbarer, plastischer. Sie versuchte, ihre Nervosität mit Ironie zu überspielen.
»Dann erlaubt die Polizei es, dass ich Kunst mache?«
Er überhörte ihren Tonfall. »Ja«, sagte er. »Das ist in Ordnung.« Dann erzählte er ihr, dass der Polizeipräsident den Personenschutz abgeblasen hatte. Sie wurde blass und musste sich aufs Bett setzen. Edvard erklärte ihr die Logik dahinter, aber Victoria hörte nur mit halbem Ohr zu. In ihrem Kopf kreiste nur ein Gedanke: Edvard hatte sie verraten. Erst hatte er auf sie aufgepasst, hatte mit ihr geschlafen und sie dann fallen- und im Stich gelassen.
Sie stand abrupt auf, unterbrach ihn mitten im Satz und sagte, sie wolle nach Hause.

Der Regen hatte zugenommen. Auf der Treppe nach draußen legte er ihr die Hand auf den Arm und hielt sie zurück, während er sich prüfend umsah. Erst als er sich vergewissert hatte, dass keine Gefahr bestand, ließ er sie los. Ihre Angst wurde dadurch nur noch größer.
Allein auf dem kurzen Weg bis zum Auto wurden sie nass. Statt den Motor anzulassen, wandte Edvard sich zu Victoria. Die nassen Haare klebten an ihrer Stirn. Die Linien um ihren Mund herum und die Krähenfüße an den Augen erzählten die Geschichte der letzten Wochen.
»Ich konnte nicht ausreden«, sagte er. »Es mag ja sein, dass der Polizeipräsident recht hat und du in Sicherheit bist, aber ich will kein Risiko eingehen. Ich oder einer meiner Leute wird abends und in der Nacht bei dir sein. Wer bei dir übernachtet, kann dich morgens ins Atelier fahren, wenn du das willst. Du bleibst da, hinter verschlossenen Türen, bis du wieder abgeholt und nach Hause gefahren wirst. Das ist keine Rund-um-die-Uhr-Bewachung, aber das Beste, was ich dir anbieten kann.«
Obwohl die Angst noch immer in ihr steckte, rang sie sich ein Lächeln ab. Er hatte sie nicht verraten, nicht ganz.
»Danke«, sagte sie und legte ihre Hand auf seinen Unterarm. Er spürte die Wärme durch Mantel, Sakko und Hemd. Eigentlich war es unmöglich, aber er tat es. Die Regentropfen hämmerten wie ungeduldige Finger auf das Wagendach.
»Wir kriegen ihn«, sagte Edvard und drehte den Zündschlüssel herum. »Dieser Mist wird bald vorüber sein.«
»Das hoffe ich«, sagte Victoria. Sie sah seine Hände auf dem Lenkrad liegen und erinnerte sich an ihre trockene Wärme. Sie wollte ihn berühren, tat es aber nicht, sondern lehnte sich auf dem Sitz zurück.
Als sie zu ihrer Wohnung kamen, stieg sie aus, ehe er den Wagen richtig geparkt hatte, und verabschiedete sich, ohne ihn anzusehen.

Edvard wollte ihr folgen, entschied sich aber dagegen. Den gestrigen Tag hatten sie unerwähnt gelassen, trotzdem hatte die Gewissheit über das Geschehene in jedem Wort mitgeschwungen. Er wusste, dass es ein Fehler gewesen war, mit ihr zu schlafen. Nein, mehr als ein Fehler, es war ein unverzeihliches Dienstvergehen, eine potenzielle Katastrophe. Er durfte diesen Fehler nicht noch einmal machen. Und der Gedanke an das, was sie tat, an all die Kunden, die sie gehabt hatte, ließ ihm keine Ruhe. Er schmerzte ihn wie eine wunde Stelle in seinem Unterbewusstsein, und er schämte sich, als hätte er gegen ein unausgesprochenes Ideal verstoßen.

Er seufzte, schloss die Augen einen Augenblick und versuchte, darüber nachzudenken, wie sie den Mörder finden konnten, doch alles, was er sah, war Victoria.

Kapitel 48

Edvard bahnte sich einen Weg durch die Journalisten, die sich auf der Treppe vor dem Präsidium versammelt hatten. In den letzten Tagen hatte er sich nicht einmal mehr die Mühe gemacht, »Kein Kommentar« zu sagen. Er hatte ihre Fragen einfach ignoriert und die Reporter zur Seite geschoben.
Er nickte den Beamten an der Pforte zu, wartete nicht auf den Aufzug, sondern nahm mit großen Schritten die Treppe. Das unruhige Gefühl, dass die Zeit ihnen zwischen den Fingern verrann, ohne dass sie dem Mörder näherkamen, hatte ihn in den letzten Tagen nicht mehr losgelassen.
Eilig ging Edvard den Flur entlang. Manche der Bürotüren standen offen. Plötzlich blieb er stehen, weil ihm etwas komisch vorkam. Er drehte sich um, ging zurück und blieb in einer geöffneten Tür stehen. Er hatte sich nicht geirrt. Ragnar Petterson saß mit dem Rücken zu ihm und telefonierte.
Edvard hatte damit gerechnet, dass irgendwann die Frage nach der Ermittlungsleitung gestellt werden würde, und sich mental bereits darauf vorbereitet, dass er den Fall abgeben musste, aber Ragnar? Ein solider Ermittler, ein guter Freund, aber nicht gerade ein Star am Kriposhimmel. Eher ein Kämpfer, der selten brillierte, sondern seinen Job machte.
Vielleicht spürte er Edvards Blick in seinem Nacken, auf jeden Fall brach er das Telefonat ab, drehte sich um und lächelte etwas gequält.

»Du bist wegen dem Holst-Fall hier?«, fragte Edvard zum dritten Mal.
Petterson nickte. Sie hatten sich Kaffee geholt und waren in Edvards Büro gegangen.

»Ja. Es hat sich, wie schon gesagt, herausgestellt, dass Hjalmar Holst nur ein paar Wochen vor seiner Ermordung hier in Bergen war.«

»Und das soll uns wirklich entgangen sein! Das verstehe ich nicht.«

»Eigentlich ist das leicht zu erklären, Edvard. Er ist mit dem Bus nach Oslo gekommen und von dort mit dem Zug nach Bergen gefahren. Allem Anschein nach hat er bar bezahlt, so dass diese Zahlung weder im Netz noch auf seinem Konto auftaucht.«

»Du meinst, um keine Spuren zu hinterlassen?«

Ein Schulterzucken. »Kann sein. Vielleicht aber auch nur die Gewohnheit eines alten Mannes.«

»Und wie habt ihr das herausgefunden?«

»Ein Rest von dem Ticket war noch in seiner Manteltasche.«

»Und was hat er hier gemacht? Was wollte er in Bergen?«

»Keine Ahnung. Das versuche ich ja gerade herauszufinden. Deshalb bin ich hier.«

»Hättest du nicht einfach die Polizei in Bergen bitten können ...«

Petterson lachte. »Du machst Witze, oder? Es grenzte schon an ein Wunder, dass ich überhaupt fahren durfte. Hjalmar Holst interessiert wirklich niemanden. Und in dieser Stadt hier gibt es gerade nur ein einziges Thema, Edvard, und das ist dein Serienmörder. Wenn ich will, dass etwas passiert, muss ich das schon selber machen.«

Tommy arbeitete konzentriert. Er hatte nach den Fehltagen einiges aufzuholen. Der Mord an Emma hatte zwar riesige Papierberge zur Folge gehabt, aber nur wenige konkrete Spuren. Er ging in die Kantine und nahm sich etwas zu essen mit in sein Büro, um weiterlesen zu können. Gegen Nachmittag schaute er auf seine Uhr. Er stand auf und nahm seine Jacke. Solveig hob den Kopf, als er sie ansah.

»Ich wollte noch etwas essen, bevor ich babysitte. Kommst du mit?«, fragte Tommy.
»Warum nicht?«

»Also, was glaubst du?«, fragte Solveig, nachdem sie bestellt hatten.
»Was meinst du?«
»Die Bewachung.«
»Ich hoffe, dass sie wenigstens viele Fernsehprogramme hat. Wenn nicht, drehe ich durch.«
»Dann glaubst du nicht, dass sie in Gefahr schwebt?«
Tommy lachte trocken. »Nein, jedenfalls nicht in größerer Gefahr als viele andere auch. Nimmt das denn überhaupt jemand ernst? Dass sich zwei Mörder herumtreiben, glaubt doch nur unser Chef. Wie wahrscheinlich ist denn das?«
»Na ja, die Wahrscheinlichkeit ist bestimmt nicht hoch.« Sie zögerte etwas, wollte Edvards Standpunkt nicht so leicht abschreiben. »Aber er hat viel Erfahrung und ist ein guter Polizist.«
»Ja«, sagte Tommy. »Das stimmt. Trotzdem kann er sich irren. Vielleicht hat er einfach nur eine Schwäche für diese Victoria.«
»Was?« Sie sah schockiert auf. »Meinst du das im Ernst?«
»Warum nicht? Sie ist wirklich zum Anbeißen und hat bestimmt einiges drauf. Vielleicht träumt Edvard im Stillen ja von einer Peitsche.«
Sie verdrehte die Augen. »Tommy, es steckt so viel … Scheiße in dir.«
Er grinste. »Ich dachte, du würdest nicht fluchen.«
»Wenn ich Scheiße sage, fluche ich doch nicht, oder?« Solveig wirkte mit einem Mal unsicher, und Tommy grinste nur noch breiter.

Vor der Treppe des Restaurants blieben sie stehen. Es hatte sich schon wieder zugezogen. Im Rinnstein schäumte es.
»Was für eine beschissene Stadt!«, schimpfte Tommy. »Wie kann man hier nur wohnen?«
»Morgen früh soll es wieder besser sein«, sagte Solveig.
Sie warteten. Solveig spürte Tommys Ungeduld. Langsam wurde der Regen schwächer.
»Ich halte das echt nicht mehr aus«, sagte er plötzlich. »Da werde ich lieber nass. Wir sehen uns morgen.«
Er lief über die wenigen Stufen nach unten in den Regen. Solveig sah ihm nach. Er ging etwas nach vorn gebeugt. Ein Gedanke kam ihr, ein Gefühl. Die kräftige Gestalt, die Hände in den Jackentaschen, die Kapuze tief ins Gesicht gezogen, die langen Schritte und der etwas schaukelnde Gang erinnerten sie an etwas.

Während sie zurück ins Präsidium ging, hielt Solveig sein Bild in Gedanken fest. Sie schob die Dokumente beiseite, schaltete den PC ein und suchte die richtige Datei heraus. Es dauerte eine Weile, bis sie die Bilder der Überwachungskamera am Ticketschalter der Fløibanen gefunden hatte.
Sie studierte den Film wieder und wieder. Der Vergleich fiel ihr nicht leicht, da die Bewegungen auf dem Band ruckartig und wenig natürlich waren. Es erinnerte sie an einen alten Stummfilm. Nach mehrmaligem Abspielen war sie sich noch immer unsicher. Sie griff zum Telefon und rief einen Techniker in der Kripos-Zentrale in Oslo an. Schweigend hörte er ihr zu.
»Das ist ein bekanntes Problem«, sagte er. »Schicken Sie mir den Filmausschnitt. Ich lasse ihn durch ein Programm laufen, um die Bewegungen fließender zu machen. Sie bekommen den Ausschnitt in einer Viertelstunde zurück.«
Es dauerte zwölf Minuten. Sie musste sich das Video nur einmal anschauen, um zu dem Schluss zu kommen, dass sie ihn trotz der

Übereinstimmungen in Körperbau und Bewegung nicht eindeutig identifizieren konnte. Sie hatte nur ihre eigene Erinnerung, und das Gedächtnis war unzuverlässig und leistete nur bedingt gute Dienste. Gleichwohl war sie innerlich überzeugt. Bei dem Mann auf dem Überwachungsvideo handelte es sich um Tommy. Solveig dachte nach. Sie war wach gewesen, als das Telefon klingelte, und gleich darauf mit einem Taxi zur Øvregaten gefahren. Trotzdem war Tommy vor ihr dort gewesen. Bei ihrer Ankunft hockte er bereits in dem engen Flur und beugte sich über die Tote. Er hatte ziemlich fertig ausgesehen, und seine Augen hatten seltsam geglänzt. Er hatte gesagt, dass ihm unwohl sei, er sich schlecht fühle. Sie hatte ihn angesehen und nach Hause geschickt. Aber warum sollte er zum Tatort kommen, wenn er Emma getötet hatte? Solveig wusste die Antwort, noch ehe sie die Frage zu Ende gedacht hatte.

DNA. Er musste in seiner Eigenschaft als Ermittler zum Tatort kommen, sollte es dort biologische Spuren von ihm geben.

Ihr war übel. Sie dachte daran, wie Tommy vor ein paar Tagen in seinem Büro gesessen und die Fotos der verklebten Hände der Opfer studiert hatte.

Sie holte ein Glas Wasser. Versuchte, sich zu beruhigen, keine Schlussfolgerungen zu ziehen, für die sie keine Grundlagen hatte. Das alles war beileibe noch kein Beweis. Nur ein Verdacht, und das reichte nicht. Das Handy piepte. Eine Freundin hatte ihr ein Foto geschickt, ein lächelndes Kind in einem Kinderwagen. »Glückliches Geburtstagskind« stand darunter. Solveig erinnerte sich nicht einmal an den Namen des Kindes, und als sie das Bild löschen wollte, fiel ihr plötzlich wieder das Foto auf Tommys Handy ein.

Daraufhin suchte sie nach Aufnahmen von Emma. Auf dem Rückweg vom Restaurant war sie an einer ganzen Reihe von Überwachungskameras vorbeigekommen. An den meisten war

sie vorbeigegangen, eine langbeinige Gestalt, halb verborgen unter einem Regenschirm. Doch zwischendurch hatte sie einen Kiosk betreten. Die Kamera zeigte sie deutlich, erst von vorn, als sie an der Kasse ein Päckchen Prince kaufte, und dann von hinten, als sie den Kiosk verließ.
Solveig fror das Bild ein und studierte ihre Haltung, den Körper, die betonten Hüften, den runden Po und die hellblonden Haare, im Nacken etwas kürzer geschnitten als an den Seiten. Solveig erinnerte sich an das Foto in Tommys Handy. Es schien dieselbe Frau zu sein.
Irgendwann hatte sie genug. Es war bereits weit nach Mitternacht. Auf dem Weg durch die nächtlich stillen Straßen dachte sie an Tommy. Sie versuchte, sich ihn als Mörder vorzustellen. Bei dem Mord an Hjalmar Holst vor einigen Monaten hatten sie zum ersten Mal zusammengearbeitet. Seither hatten sie vielleicht zwei oder drei wirklich persönliche Gespräche geführt, und ihr wurde bewusst, dass sie ihn eigentlich gar nicht kannte.

Tommy langweilte sich. Er lag auf dem Sofa oder Bett oder was auch immer und zappte durch die Sender, fand zu seiner Verärgerung aber nichts, was ihn interessierte. Als er Victoria nach Filmen gefragt hatte, hatte sie ihm ihre Sammlung gezeigt. Doch es waren alles Regisseure, die Tommy nicht kannte, viele davon aus Spanien oder Italien. Außerdem musste er bloß einen Blick auf die Cover werfen, um zu wissen, dass diese Filme nichts für ihn waren.
Victoria saß im anderen Teil des Wohnzimmers und las. Tommy störte sie mehr und mehr. Irgendwie nahm er den ganzen Raum ein. Okkupierte ihr Sofa, wobei sie das nicht wirklich irritierte, weil sie ohnehin nicht fernsehen wollte. Es war nicht die Art, wie er dalag, sondern etwas Unbestimmtes, Undefinierbares. Er redete fast nicht, grunzte nur oder antwortete einsilbig, wenn sie ihn

etwas fragte oder sich bemühte, ein Gespräch anzufangen. Obwohl er sie nicht ansah und ihrem Blick auswich, fühlte sie seine Augen auf sich, sobald sie sich umdrehte oder an ihm vorbeiging. Vielleicht bildete sie sich das auch nur ein.
Oder sie ärgerte sich über den lauten Fernseher, aus dem ständig andere Geräusche erklangen, wenn Tommy umschaltete. Sie konnte sich kaum auf ihr Buch konzentrieren, und schließlich stand sie resigniert auf.
»Wollen Sie eine Tasse Tee?«
»Tee? Nein danke. Haben Sie eine Cola?«
»Nein, tut mir leid.«
Sie ging in die Küche. In der Türöffnung warf sie einen Blick über die Schulter und bemerkte aufs Neue, wie er rasch wegsah. Sie mochte ihn wirklich nicht.
Mitten in der Nacht wachte sie auf und spürte mit jeder Zelle ihres Körpers, dass ein Fremder in der Wohnung war. Seine Anwesenheit fühlte sich an wie ein atmosphärischer Druck auf der Haut.
Sie musste aufs Klo, tastete im Dunkeln nach dem Morgenmantel und ging barfuß ins Bad. Als sie wieder herauskam, hörte sie Geräusche. Die Tür zum Wohnzimmer schloss nicht richtig, so dass sie näher trat und lauschte. Worte, undeutlich und unzusammenhängend, und ein paar leise Ausrufe. Mit einem Mal begriff Victoria, dass Tommy im Schlaf redete. Seine Stimme hob und senkte sich, die Worte waren kaum voneinander zu trennen. Sie hörte, wie er sich im Bett von einer auf die andere Seite warf und stöhnte, bis er plötzlich still wurde. Einen Augenblick danach knirschten die Bettfedern.
Victoria bewegte sich rasch und lautlos und hörte, wie die Wohnzimmertür geöffnet wurde, als sie in ihr Zimmer schlüpfte. Atemlos blieb sie hinter der Tür stehen, als wäre sie gerade einer Gefahr entkommen.

Kapitel 49

Es war irgendwie vertraut, dass Ragnar Petterson bei ihm hereinschneite und seine langen Beine auf dem Besucherstuhl übereinanderschlug. Unversehens sehnte Edvard sich nach seinem Büro in Oslo, nach seiner Wohnung, der täglichen Routine.
»Was für ein Tag«, sagte Ragnar.
»Kommst du weiter?«, fragte Edvard.
»Langsam. Hjalmar Holst war in Bergen, das steht fest. Ich habe Hotels und andere Übernachtungsmöglichkeiten abgeklappert und schließlich eine kleine Pension in Skuteviken gefunden, in der er abgestiegen ist. Er war vom 7. auf den 8. Dezember dort. Aber was er hier gemacht hat …« Er breitete die Arme aus.
»Das Ehepaar, das die Pension betreibt, hat keine Ahnung. Sie haben ihn gegen Mittag empfangen, er hat eingecheckt, für eine Nacht bezahlt und einen Schlüssel bekommen. Er hat aber nicht gesagt, was er in Bergen wollte, oder sie konnten sich nicht daran erinnern. Am nächsten Tag hat er wieder ausgecheckt. Das Zimmer war sauber und ordentlich.«
»Taxi?«, fragte Edvard.
»Keine der Taxigesellschaften ist zu dieser Pension bestellt worden. Auf seinem PC oder auf seiner Telefonliste ist nichts, das ihn mit Bergen in Verbindung bringt. Ich glaube, das ist eine Sackgasse.«
»Bleibst du trotzdem hier?«
»Ich fahre wieder zurück nach Oslo. Ich weiß nicht, was ich hier noch ausrichten kann.«

Solveigs Tür war nur angelehnt. So bekam sie mit, was auf dem Flur vor sich ging. Stundenlang konnte sie sich nicht auf ihre Ar-

beit konzentrieren, aber irgendwann sah sie Tommy draußen vorbeigehen. Sie stand abrupt auf, steckte den Kopf durch die Tür und schaute ihm nach. Er hatte eine Zeitung in der Hand, was bedeutete, dass er eine Weile wegbleiben würde. Tommy las die Zeitung immer auf dem Klo.
Kaum war er in der Toilette verschwunden, schlüpfte Solveig auf den Flur, blickte sich rasch um und ging in sein Büro. Sie zögerte etwas, ließ die Tür aber offen stehen. Erst konnte sie das Handy nirgends entdecken und dachte schon, er hätte es mitgenommen, doch dann fand sie es halb versteckt unter ein paar Dokumenten.
Sie öffnete die Galerie und hätte am liebsten laut geflucht. Dreiundfünfzig Bilder! Freunde, Mädchen an einem Cafétisch irgendwo im Süden. Bilder von Landschaften, Kindern, glänzenden Motorrädern mit viel Chrom. Typisch, dachte Solveig. Dreißig, vierzig, fünfzig Bilder, und keine Emma. Einundfünfzig, zweiundfünfzig, dreiundfünfzig.
Nichts.
Das Foto, das sie im Restaurant gesehen hatte, war nicht mehr auf dem Telefon.
Sie legte das Telefon da hin, wo sie es gefunden hatte.
»Heh, was machst du da?«
Sie zuckte zusammen. Hatte ihn nicht kommen hören. Spürte, wie trocken ihr Mund war. »Ich ... ich dachte, dass ich hier ein paar Unterlagen liegengelassen habe, aber das scheint nicht so zu sein.«
»Welche Unterlagen denn?«
Ihre Wangen brannten. »Ach, nur einen Bericht, über die beschlagnahmten Sachen. Nicht wirklich wichtig.«
Tommy stand noch immer in der Tür. Einen Augenblick lang bekam sie beinahe Panik. Sie fühlte sich eingesperrt, gefangen. Dann trat er einen Schritt zur Seite.

»Hm«, sagte er und sah sie etwas merkwürdig an.
Solveig floh zurück in ihr Büro.

Edvard wusste nicht, wie er darauf kam. Es gab keinen Grund, den Holst-Fall mit der Ermordung der Mädchen in Verbindung zu bringen. Vielleicht hatte ihn etwas stutzig gemacht, was sich tief in sein Unterbewusstsein vergraben hatte. Aber jetzt, da ihm der Gedanke gekommen war, war er nicht mehr von der Hand zu weisen.
Er brauchte nicht lange. Alle Initialen aus den Terminkalendern der Mädchen waren in einer Datenbank vermerkt worden. Edvard musste nur die Liste durchgehen. Die Initialen »HH« tauchten nur einmal in Laila Nilsens Terminkalender auf. Edvard war erleichtert, dass sie nicht in Victorias Kalender standen, verdrängte dieses Gefühl aber gleich wieder. Er öffnete Lailas Terminkalender auf dem PC und fand das Datum. Am 7. Dezember hatte sie »HH« notiert, am gleichen Tag also, an dem Hjalmar Holst in der Stadt gewesen war. Hinter den Initialen stand in Kleinbuchstaben »lo«.
Edvards Finger flogen über die Tastatur und fanden Bilder von Laila Nilsen. Viele davon kursierten im Netz. Sie posierte in verschiedenen Kostümen. Auf einigen Fotos war sie so gut wie ungeschminkt, trug Zöpfe und ein viel zu kleines T-Shirt mit einem »Hello-Kitty«-Motiv.
Edvard dachte an den Holst-Fall. An das große, eiskalte Haus, den Geruch nach Staub und die Bilder, die sie auf Hjalmar Holsts PC gefunden hatten. Plötzlich wurde ihm klar, wofür »lo« stand.
Lolita.
Hjalmar Holst liebte kleine Mädchen und hatte Laila Nilsen besucht, um seine sexuellen Fantasien auszuleben.
Edvard lehnte sich auf seinem Stuhl zurück, schloss die Augen

und dachte nach. Das konnte ein Zufall sein. Das Datum, die Initialen, es war natürlich möglich, dass »HH« für jemand anderen stand. Aber Edvard mochte keine Zufälle, er glaubte nicht daran. Das musste eine Bedeutung haben. Die beiden Fälle hingen miteinander zusammen. Er wusste nur noch nicht, wie.

Kapitel 50

Den Abholzettel von der Post hatte Edvard vollkommen vergessen. Erst als er seine Taschen nach Kleingeld durchsuchte, um sich eine Zeitung zu kaufen, fiel er ihm in die Hände. Er erreichte die Poststelle gerade noch rechtzeitig und nahm ein Päckchen in der Größe eines Schuhkartons in Empfang.
Im Hotelzimmer riss er das Packpapier ab und sah, dass es tatsächlich ein Schuhkarton war. Oben auf dem Deckel lag ein Brief. Er nahm den weißen Umschlag und drehte ihn hin und her. Auf der Vorderseite stand in einer altmodischen Handschrift »Für Edvard Matre«. Er öffnete ihn und las.

»Lieber Edvard,
Es war ein Schock und gleichzeitig eine Freude für uns, als du uns vorgestern angerufen hast. Es ist ein seltsames Gefühl, dass Anna einen Sohn hat, von dessen Existenz wir nichts wussten. Noch verrückter muss es für dich sein, dass dein Leben auf diese Weise plötzlich auf den Kopf gestellt wird.
Wir haben deine Mutter beide sehr liebgehabt, und wir hoffen sehr, dass du uns einmal besuchst. Mit Freude würden wir dir gerne den Ort zeigen, aus dem deine Mutter stammt, das Haus, in dem sie gewohnt hat, und all die guten Erinnerungen aus dieser Zeit mit dir teilen. Du bist herzlich willkommen, das können wir dir versichern.
Bis dahin legen wir ein paar Fotografien von deiner Mutter bei und die Briefe, die sie uns geschrieben hat, nachdem sie in den Süden gezogen war. Einige dieser Briefe haben wir in ihrem Elternhaus gefunden, das wir vor vielen Jahren ausgeräumt haben, andere waren an uns adressiert. Nachdem du uns angerufen hast,

haben wir sie herausgesucht. Wir wollten sie noch einmal lesen, aber irgendwie fühlte sich das nicht richtig an. Diese Briefe gehören jetzt dir. Wir hoffen, dass sie dir helfen, sie ein bisschen kennenzulernen. Die guten wie die schlechten Seiten.
Mit herzlichen Grüßen
Sylfest und Martha«

Überrascht bemerkte Edvard, dass er plötzlich einen Kloß im Hals hatte. Vorsichtig nahm er den Deckel von dem Karton. Die Fotografien lagen zuoberst, drei Stück. Zwei von ihnen waren fast identische Gruppenbilder, wobei Edvard keine Ahnung hatte, wer die Leute darauf waren. Er drehte sie um, aber auf der Rückseite stand nichts. Ein älterer Mann stützte sich auf einen Rechen. Er sah müde aus, trug einen unförmigen Overall und hohe Stiefel. War das sein Großvater?
Hinter ihm saßen drei Jugendliche auf einer Bank, ein Junge und zwei Mädchen. Alle hatten lange Haare und trugen Jeans mit Schlag. Sie sahen aus, als gehörten sie einer anderen Zeit an als der Mann mit dem Rechen.
Das letzte Foto zeigte das Porträt einer Frau. Edvard wusste, dass er seine Mutter vor sich hatte. Sie war sehr jung, bestimmt nicht älter als siebzehn oder achtzehn Jahre alt. Dunkle Haare, dunkle Augen. Die hohen Wangenknochen verliehen ihr etwas Exotisches, Fremdes. Sie sah nicht wie eine typische Norwegerin aus. Edvard dachte an die Geschichten von den spanischen Seeleuten, die an der Küste Schiffbruch erlitten hatten. Sie war schön und hatte regelmäßige Züge, ihre Lippen deuteten ein Lächeln an.
Lange betrachtete er das Foto und suchte etwas von sich in dem Gesicht seiner Mutter. Schließlich ging er ins Bad und studierte sein Spiegelbild. Vielleicht waren die Augen ein bisschen ähnlich, vielleicht auch der Mund, aber sicher war er sich nicht. Die Frau

auf dem Bild war eine Fremde. Noch einmal sah er sich die anderen Fotos an. Jetzt erkannte er sie. Ein kleines, schlaksiges Mädchen. Die langen Haare hingen ihr ins Gesicht, und sie sah schlecht gelaunt und unzufrieden aus, eine typische Teenagerin. Edvard begriff nicht, dass das seine Mutter sein sollte. Sie war auf den Fotos so viel jünger als er jetzt.
Aber in den Briefen konnte er Zugang zu ihren Gedanken und Gefühlen bekommen und mehr über sie erfahren. Er nahm den ersten Brief, legte ihn dann aber wieder zurück in den Karton. Spürte, dass es zu viel sein würde.
Doch nachdem er das Licht gelöscht hatte und im Dunkeln im Bett lag und nicht schlafen konnte, war es nicht das Gesicht Anna Isaksens, das vor seinem inneren Auge erschien, sondern das von Caroline Matre, der Frau, die er sein ganzes Leben lang für seine Mutter gehalten hatte. Im Gegensatz zu Anna war sie nicht sonderlich hübsch. Edvard glaubte auch nicht, dass sie das jemals gewesen war. Eine kräftige Frau mit ein paar Kilos zu viel und einem nicht besonders auffälligen Gesicht. Aber sie war immer da gewesen, hatte ihm Ruhe und Sicherheit gegeben, mit ihren warmen Händen und ihren lieben Augen. Sie hatte in seinem Leben einen konstanten Faktor dargestellt.
In der letzten Zeit hatte er kaum noch an sie gedacht, und wenn, dann mit Bitterkeit, als hätte sie ihn irgendwie verraten. Dabei hatte sie nichts anderes getan, als ihn in ihrer Welt aufzunehmen. Vielleicht hätten ihm seine Adoptiveltern von seiner Herkunft erzählen müssen. Sie hatten es nicht getan, wahrscheinlich hatten sie diese Entscheidung aus Rücksicht auf ihn gefällt. Weil es so für ihn am besten war.
Er erinnerte sich an Victorias Worte, dass sie immer gefühlt hatte, dass ihre Eltern sie nicht liebten. Bei ihm war es anders gewesen. Es hatte nie große Worte oder demonstrative Liebesbekundungen gegeben, dafür aber Nähe. Und das war spürbare Liebe. Zum

ersten Mal seit vielen Jahren merkte Edvard, dass er sie sehr vermisste.

Bevor er einschlief, dachte er, wie paradox es war, dass ihn das Bild der jungen, hübschen Anna dazu brachte, seine Adoptiveltern zu vermissen. Wie seltsam die Irrgänge des Gehirns doch waren.

Kapitel 51

Solveig beobachtete Victoria, die sich in der Küche zu schaffen machte. Sie war ungeschminkt, trug eine graue, etwas ausgebeulte Jogginghose und einen ausgewaschenen Baumwollpullover. Sie entsprach so gar nicht Solveigs Vorstellung von einer Hure. Außerdem verstanden sie sich gut. Victoria hatte eine spitze Bemerkung über die letzte Nacht mit Tommy fallenlassen, und Solveig, die voller Skepsis zur Tür hereingekommen war, hatte zu ihrer eigenen Überraschung laut und herzlich gelacht. Es war ein typischer Frauenabend, und Solveig spürte, wie sehr sie so etwas vermisst hatte. Zu viel Arbeit. Zu viele Männer um sie herum, die von sich überzeugt waren. Und viel zu viele einsame Nächte in Hotelzimmern.
»Wollen Sie ein Glas Wein?«
Solveig zögerte. »Das wäre nett, aber ich sollte wohl nicht. Eigentlich bin ich ja bei der Arbeit.«
»Ja, natürlich.«
Es war fast so, als hätte der kleine Hinweis, warum sie hier in der Küche zusammensaßen, dem Gespräch einen Dämpfer verpasst. Victoria goss heißen Tee ein. »Wie sind Sie eigentlich bei der Polizei gelandet?«, fragte sie.
Solveig zuckte mit den Schultern. »Eigentlich per Zufall. Ich war mit der weiterführenden Schule fertig, hatte aber keine Ahnung, was ich machen sollte, und habe mich spontan auf der Polizeischule beworben.«
Sie lächelte. »Mein Vater fand das furchtbar. Ich habe mich zu der Zeit gegen ihn aufgelehnt, vielleicht reichte das schon als Grund, mich da zu bewerben. Zu meiner großen Überraschung wurde ich aufgenommen. Und außerdem …«

»Ja?«, fragte Victoria, aber Solveig schüttelte nur den Kopf.
»Nein, vergessen Sie's.«
Innerlich wusste sie, dass ihre Polizeikarriere ein Versuch gewesen war, alte Muster zu durchbrechen. Sie hatte beweisen wollen, dass sie nicht so demütig wie ihr Vater war, nicht so zurückhaltend, immer vorsichtig und jeder Konfrontation aus dem Wege gehend. Solveig hatte gedacht, dass die Uniform ihr Autorität und Handlungskraft verlieh, aber so einfach war es nicht gewesen.
»Gefällt Ihnen der Job?«, fragte Victoria.
»Ja, besonders nachdem ich zur Kripos gewechselt bin. Die Arbeit ist spannend, aber auch anspruchsvoll und herausfordernd.«
»Erleben Sie denn nicht ständig schreckliche Dinge?«
»Schon, aber man muss lernen, das zu verkraften, sonst kann man so eine Arbeit nicht machen.«
Als Solveig sich etwas zur Seite drehte, kniff die Pistole unter ihrem Arm, und sie schob das Holster zurecht. Sie hasste Waffen.
»Haben Sie die schon einmal benutzt? Ich meine, richtig?« Victoria zeigte auf die Pistole.
Solveig schüttelte den Kopf. »Nein, zum Glück nicht. Jemanden umzubringen … ich hoffe, dass ich diese Entscheidung nie fällen muss. Aber ich bin Ermittlerin. Das wird wohl nie passieren.«
»Ich glaube, ich hätte ihn, ohne zu zögern, erschossen«, sagte Victoria.
Solveig brauchte nicht zu fragen, wen sie meinte. »Rache bringt Ihnen Ihre Freundin nicht zurück.«
»Nein«, sagte Victoria. Sie wurde still. Dann schüttelte sie sich und lächelte. »Mein Gott, lassen Sie uns über etwas anderes sprechen. Erzählen Sie mir von Edvard Matre.«
»Edvard? Was ist mit ihm?«
»Wie ist er so als Chef?«
Solveig dachte nach. »Ich mag ihn. Er ist klug, offen für die Ideen und Gedanken der anderen, trotzdem zweifelt man aber nie dar-

an, dass er der Chef ist. Ich bekomme viel Verantwortung übertragen, einerseits ist das eine große Herausforderung, andererseits aber auch ein tolles Gefühl.«
»Kennen Sie ihn gut?«
»Ob ich ihn gut kenne?« Solveig sah etwas überrascht aus, als hätte sie sich diese Frage noch nie gestellt. »Nein, eigentlich nicht. Obwohl wir eng zusammenarbeiten. Irgendwie kommt es nicht dazu. Ich weiß nicht, ich zweifle nie daran, dass er für mich da ist, gleichzeitig komme ich ihm aber nicht näher. Er ist sehr zurückhaltend. Doch, um ehrlich zu sein, das Gleiche kann man wohl auch über mich sagen.«
Solveig lächelte. »Es ist seltsam, aber als ich ihn das erste Mal gesehen habe, habe ich nicht einmal bemerkt, dass er eigentlich ein gutaussehender Mann ist. Groß, dunkel und ein bisschen geheimnisvoll. Böse Zungen behaupten, dass er dieses Image pflegt, um bei den Frauen bessere Chancen zu haben, aber das glaube ich nicht. Der ist wirklich so.«
»Wirkt es?«, fragte Victoria. »Hat er einen Schlag bei den Frauen?«
Solveig lachte. »Es gibt schon einige, die ihn mögen, aber ich habe nicht das Gefühl, dass sie bei ihm etwas erreichen. Aber um diese Frage zu beantworten, bin ich nicht die Richtige, ich beteilige mich nicht an der Gerüchtebörse.«
»Es liegt an seiner Stimme«, sagte Victoria.
Mein Gott, dachte Solveig. Wenn Tommy doch recht hatte und zwischen den beiden etwas war.

Kapitel 52

»Ein Profil!«, fragte Wiersholm und schüttelte langsam den Kopf. »Natürlich kann ich ein Profil erstellen. Das Problem ist nur, dass das nicht sonderlich hilfreich ist.«

»Es wird aber doch gemacht«, sagte Tommy. »Oder wollen Sie damit andeuten, dass solche Profile nur im Fernsehen erstellt werden?«

»Nein, nein«, räumte Wiersholm ein. »Die Leute vom FBI sind ziemlich gut darin. Allerdings sind diese Profile in der Regel zu allgemein, um konkret bei den Ermittlungen zu helfen.«

»Und was soll das Ganze dann?«

»Ein Profil kann nützlich sein, wenn wir einen Verdächtigen haben.«

Edvard griff ein. »Heißt das, dass Sie nichts darüber sagen können, mit was für einem Täter wir es zu tun haben?«

»Ich kann etwas sagen, ich fürchte aber, dass die Aussagen zu vage sind, um damit wirklich etwas anfangen zu können.«

»Versuchen Sie es.«

»Die Tatorte erscheinen mir so chaotisch, dass ich anfänglich davon ausgegangen bin, dass auch der Täter chaotisch und unorganisiert ist. Ich dachte in Richtung eines klassischen Serienmörders, ein einsamer, verhältnismäßig junger Mann, ohne soziales Umfeld, der nicht in der Lage ist, engere Beziehungen aufzubauen, und seinen Job immer wieder verliert. Kurz gesagt, eine Person, deren Verhalten auch von seiner Umgebung als auffällig angesehen wird.«

Er machte eine Pause. Putzte sich die Brille und trank einen Schluck Wasser. Die anderen warteten. Noch einmal wurde Edvard bewusst, wie sehr Wiersholm die Aufmerksamkeit liebte.

»Aber mit der Zeit sind mir Zweifel gekommen«, fuhr er fort. »Die Tatorte sind chaotisch, doch es ist schon auffallend, wie gut es ihm gelingt, keine Spuren zu hinterlassen. Er kann natürlich einfach ein Riesenglück gehabt haben, es kann aber auch bedeuten, dass er zu der Gruppe von Serienmördern gehört, die organisiert und systematisch sind. Er kann einen Job haben. Und Frau und Kinder. Mit anderen Worten: Womöglich wirkt er völlig normal, abgesehen davon, dass er Familie und Kollegen manipuliert und kontrolliert, aber auch nicht so sehr, dass es auf etwas wie ... das hier ... hindeutet.«
Er zeigte auf die blutigen Bilder an der Wand hinter ihnen.
Edvard sah ihn lange an. »Es kann also jeder sein?«
»Ja, wirklich.«
Hoffnungslosigkeit breitete sich wie der Rauch eines Feuers im Raum aus.
Edvard zögerte etwas, bevor er sie über den möglichen Zusammenhang zwischen Hjalmar Holst und Laila Nilsen unterrichtete. Ungläubig sahen Solveig und Tommy ihn an, die anderen schienen nichts zu verstehen. Edvard informierte Jordal und Wiersholm kurz über die Hintergründe.
»Aber was zum Henker soll da für ein Zusammenhang bestehen?«, platzte Tommy heraus. »Dass Holst der Täter ...?« Er unterbrach sich und lachte kurz. »Sorry. Hjalmar Holst war ja schon lange tot, als diese Mädchen ermordet wurden.«
»Ich weiß es nicht«, sagte Edvard. »Als Erstes müssen wir versuchen, herauszufinden, ob er wirklich bei Laila war. Checkt das mit den Taxigesellschaften ab, überprüft, ob es DNA in Lailas Wohnung gibt, geht allen möglichen Spuren nach. Um das Warum und Wie kümmern wir uns dann später.«

Solveig ging spazieren. Sie war zuerst zurück zum Hotel gegangen, aber die Unruhe und die Zweifel, die sie in der letzten Zeit

spürte, hatten sie wieder nach draußen getrieben. Aufs Geratewohl ging sie umher, folgte erst dem Ufer des Store Lundegårdsvann und schlenderte dann durch stille Straßen. Ein Gefühl von Einsamkeit überkam sie, als sie ziellos durch die fremde Stadt lief. Sie kannte niemanden hier. Kurz musste sie an Hans Christian denken, schob den Gedanken aber wieder beiseite, sie hatte andere Sorgen. Sie hatte gehofft, der Spaziergang würde ihr die notwendige Klarheit verschaffen. Der schwelende Verdacht gegen Tommy und die Sorge, dass Edvard sich in etwas verstrickt hatte, quälten sie. Was sollte sie nur machen? Egal was sie sich vornahm, es würde ihr nur neue Probleme bringen.
Als sie schließlich kehrtmachte und im Dunkeln zurück zum Hotel ging, hob sie den Blick. Die Berge, die über der Stadt thronten, wirkten sicher und bedrohlich zugleich. Oben auf dem Ulriken wechselten die Lichter am Mast ihre Farbe. Erst violett, dann leuchtend türkis. Ziemlich viel Glamour, dachte sie, wie ein Neonschild am Himmel, andererseits war es aber auch schön und half ihr irgendwie, sich ein kleines bisschen besser zu fühlen.

Kapitel 53

»Tut mir leid, ich habe mich ein wenig verspätet«, sagte Edvard, als er Victoria im Atelier abholte.
»Ist schon in Ordnung. Ich konnte gut arbeiten.«
Edvard war hungrig, und sie hielten an einem Thai-Restaurant und nahmen sich etwas mit.
Edvard schaufelte das Essen in sich hinein, während Victoria nur lustlos darin herumstocherte. Er blickte erst auf, als sein Teller leer war.
»Entschuldige«, sagte er. »Eine schlechte Angewohnheit. Aber ich hatte wirklich Wahnsinnshunger. Ich habe tagsüber nie wirklich Zeit zu essen.«
Sie schob ihm ihren Teller hin. »Hier, du kannst gerne auch meins essen.«
Das ließ er sich nicht zweimal sagen.
»Ich habe über das nachgedacht, was du über deine Mutter erzählt hast. Hast du inzwischen mehr herausgefunden?«, fragte Victoria.
»Nicht viel.« Er erzählte ihr von dem Gespräch mit seinen Verwandten in Finnmarken und von dem Karton mit den Briefen seiner Mutter, der noch im Hotelzimmer lag.
»Willst du sie nicht lesen?«, fragte Victoria.
Er nickte. »Doch, natürlich. Ich habe das ständig im Hinterkopf, aber ich muss einen Mörder finden und versuchen, mich voll und ganz auf meinen Job zu konzentrieren.« Er zögerte etwas. »Aber ich werde den Gedanken nicht los, dass ich ein anderer Mensch hätte werden können. Dass ein vollkommen anderes Leben auf mich wartete, aus dem ich herausgerissen wurde. Das quält mich.«

»Wärst du denn gerne ein anderer?«
»Ich weiß es nicht. In gewisser Weise, ja. Wollen wir das nicht alle?«
»Bestimmt. Aber ich habe immer gedacht, dass wir die Wahl haben und uns zu dem machen können, der wir sein wollen. Dass alles vorbestimmt ist und wir der sind, der wir sind, habe ich nie akzeptiert.«
»Aber es gibt doch wohl einen Kern?«
»Ja«, sagte Victoria. »Den gibt es. Aber ich denke gerne, dass das Leben und die Kunst zwei Seiten derselben Medaille sind, dass es ein kreativer Prozess ist und wir selbst entscheiden können, welchen Weg wir nehmen wollen.«

Anschließend schauten sie sich einen Film an, wobei Edvard vor allem Victoria ansah. Er beobachtete, wie sie in die Handlung eintauchte und sich Sorge und Freude in ihrem Gesicht widerspiegelten. Sie bemerkte es und wurde verlegen.
»Hör auf, mich anzusehen«, sagte sie irritiert. »Du sollst dir den Film angucken!«
Er versuchte es, konnte sich aber nicht konzentrieren. Die ganze Zeit über war er sich ihrer Nähe bewusst und bekam jedes Mal mit, wenn sie sich auf der Matratze bewegte.
Als der Film zu Ende war, stand er auf. Er brauchte Abstand.
»Was da zwischen uns passiert ist ...«, begann er.
»Ja?«
»Im Hotelzimmer, meine ich. Dass wir zusammen waren. Das war nicht richtig. Überhaupt nicht.«
Victoria sah ihn mit gerunzelter Stirn an, als wäre er von einem anderen Stern. »Du hattest Lust auf mich, und ich hatte Lust auf dich, was kann daran falsch sein?«
»Ich bin ein Polizist, Victoria, und stecke mitten in den Ermittlungen eines Mordfalls. Du bist eine Zeugin, und vielleicht sogar

ein mögliches Opfer. Es ist vollkommen unprofessionell von mir, mich da emotional zu involvieren. Das verstehst du doch?«
»Dann ist das deshalb? Nur deshalb?«
Edvard wollte ja sagen, entschied sich aber anders. »Vor allem deshalb. Ich verstehe aber auch nicht, wie du als Prostituierte arbeiten kannst.«
»Ich glaube, dadurch wollte ich Kontrolle über mein eigenes Leben bekommen. Jetzt bin ich jedoch nicht mehr so davon überzeugt.«
»Ich verstehe das nicht. Willst du denn kein normales Leben?«
»Was meinst du mit normal?«
Er hörte etwas in ihrer Stimme und machte eine abwehrende Geste. »Sei nicht sauer, Victoria. Ich denke nur, dass es nicht leicht ist, ein solches Leben mit einer Beziehung zu kombinieren, oder einem Kind. Solchen Dingen. Welcher Mann würde denn akzeptieren, dass seine Freundin ihren Körper verkauft?«
»Einige tun das. Mehr, als du denkst.«
»Keine normalen Männer.«
»Du verwendest zu oft das Wort normal, Edvard. Als hättest du ein Monopol darauf.« Sie holte tief Luft und verdrängte ihren Ärger. »Aber vielleicht hast du recht. Unni war auf jeden Fall deiner Meinung. Deshalb hat sie auch aufgehört. Sie hatte Angst, dass Gunnar herausbekommen könnte, was sie tat.«
»Du könntest auch aufhören.«
»Ich habe aufgehört. Es ist so viel passiert … ich weiß nicht, die Dinge verändern sich. Ich verändere mich.«
Die Worte sprudelten aus ihr heraus.
Mit einem merkwürdigen Gesichtsausdruck sah er sie an. »Was hast du da gesagt?«
»Ich habe gesagt, dass ich aufgehört habe.«
»Nein, das davor. Über Unni und ihren Freund. Er wusste gar nicht, dass sie als Prostituierte arbeitete?«

»Er hatte keine Ahnung.«
»Das stimmt nicht«, sagte Edvard. »Ich glaube, dass er es wusste.«
»Nein. Sie hatte eine Todesangst davor, er könnte es erfahren, und hat sogar davon geredet, in eine andere Stadt zu ziehen, um das Risiko zu minimieren, dass er es jemals herausfand.«
Edvard stand auf, ging im Wohnzimmer auf und ab und holte das Handy heraus. »Hallo, ich bin's. Informier die anderen. Wir treffen uns in einer Viertelstunde im Präsidium.«
Victoria hatte das Gefühl, plötzlich einen anderen Mann vor sich zu haben. Er strahlte ruhelose Energie aus und bewegte sich, als wäre er jederzeit bereit, in Aktion zu treten. Er sah gefährlich aus. Sie hatte erwartet, dass es ihn freuen würde, dass sie aufgehört hatte, dass es vielleicht etwas zwischen ihnen bewirken würde, aber irgendwie schien sie für ihn gar nicht mehr zu existieren, oder als wäre das nicht wichtig. Sie wurde traurig.

»Gunnar Tvifjord?« Solveig sah überrascht aus. Sie hatte noch nicht einmal den Mantel ausgezogen, als Edvard in ihr Büro stürmte.
»Ja, Unnis Freund. Du hast ihn befragt, oder?«
»Äh, ... ja, das ist richtig.«
»Wusste er, dass Unni Prostituierte war?«
»Er wusste es, glaube ich. Ja, doch, das hat er gesagt.« Solveig schaltete den Computer ein, während Edvard ungeduldig wartete. »Schauen wir mal ... hier ist es. Ja, er hat gesagt, er wisse es schon eine ganze Weile. Auf meine Frage, ob er auf die Kunden nicht eifersüchtig sei, hat er geantwortet, eifersüchtig sei nicht das richtige Wort. Es gefalle ihm nicht, aber Unni hätte ja bereits aufgehört, und deshalb sei das nicht so ein großes Problem. Sie wollte sich einen normalen Job suchen, und zusammenziehen wollten sie auch bald.«
»Okay«, sagte Edvard nachdenklich. »Laut Aussage von Victoria wusste Gunnar Tvifjord nicht, dass Unni ihren Körper verkauft

hat. Unni soll eine Heidenangst gehabt haben, dass er es herausfinden könnte.«
»Warum sollte er uns diesbezüglich anlügen?«
»Vielleicht hat er es herausgefunden«, sagte Edvard. »Und hat das ganz und gar nicht gemocht. Damit hat er ein Motiv, oder?«

Kurz darauf war die ganze Gruppe versammelt. Jordal sah müde aus, Wiersholm skeptisch, und Tommy wirkte abwartend.
»Warum sollte er die anderen töten?«, fragte Wiersholm. »Ich sehe das Motiv, Unni zu töten, aber warum die anderen?«
Edvard machte eine abweisende Handbewegung. »Es ist viel zu früh, um diese Frage zu stellen. Überhaupt zu früh, um Fragen zu stellen. Wir haben eine Lüge, eine mögliche Lüge, und der müssen wir nachgehen. DNA, Fingerabdrücke und alle möglichen technischen Beweise sind ja schön und gut, aber jeder Polizist weiß, dass es die Lügen sind, die einen Fall lösen. Alle Verbrecher erzählen Lügen, und wenn wir nachforschen, kommen wir irgendwann auch zur Quelle. Dann haben wir die Brüche, die Abweichungen, sehen die Zusammenhänge. Genau darum geht es.«
Alle nickten.
»Was ist mit dem Alibi? Hatte er nicht ein Alibi?«, fragte Tommy.
Edvard drehte den Kopf. »Solveig?«
»In der Nacht, in der Unni getötet wurde, wohnte er außerhalb in einem Hotel.«
»Und das stimmt hundertprozentig?«
Solveig fühlte sich ein bisschen unwohl. »Ich gehe der Sache nach.«
»Okay, lasst uns loslegen.«

Edvard blickte auf. »Ja?«
Solveig sah betreten aus. »Ich glaube, ich habe Mist gebaut.«
Er wartete, dass sie weiterredete.

»Gunnar Tvifjords Alibi. Das scheint nicht viel wert zu sein. Er hat die Hotelrechnung schon abends zuvor bezahlt, es kann aber niemand bestätigen, dass er wirklich dort übernachtet hat. Ich hätte das genauer überprüfen müssen.«

Edvard winkte ab, er hatte nicht die Zeit, sich damit zu beschäftigen, was man hätte anders machen sollen. »Dann kann er in dieser Nacht nach Bergen gefahren sein?«

»Ja.«

»Und hätte er auch ausreichend Zeit gehabt, sie zu töten?«

»Laut Aussage des Rechtsmediziners wurde sie irgendwann zwischen halb zwölf Uhr nachts und drei Uhr morgens getötet. Seine Rechnung hat er abends um zehn bezahlt. Er kann es gewesen sein, wenn er vor elf gefahren ist.«

»Okay. Keine Fähren?«

»Nein.« Solveig zögerte. »Was machen wir? Willst du mit ihm reden?«

»Ich weiß nicht. Noch nicht. Die Grundlage ist noch zu dünn, wir brauchen noch mehr.«

»Bingo«, sagte Tommy und legte einen Zettel vor Edvard auf den Tisch.

»Was ist das?«

»Lies!«

Edvard las. Und begann zu lächeln. »Wir holen Gunnar Tvifjord zum Verhör.«

»Sollen wir ihn festnehmen?«

»Nein, wir bitten ihn, noch eine weitere Erklärung abzugeben.«

»Und wenn er sich weigert?«

»Er wird sich nicht weigern. Er ist ein Angehöriger und sollte ein Interesse daran haben, dass der Fall gelöst und der Mörder seiner Freundin gefunden wird. Ruf ihn an und frag ihn, ob er morgen früh kommen kann.«

Kapitel 54

Mein Name ist Edvard Matre, und ich leite diese Ermittlungen. Danke, dass Sie heute zu uns gekommen sind, Herr Tvifjord.«
»Das ist doch selbstverständlich. Ich weiß aber nicht, wie ich Ihnen noch helfen kann …«
»Bringen wir, der Ordnung halber, erst die Formalitäten hinter uns. Ihr voller Name ist Gunnar Ole Tvifjord?«
»Ja, das ist richtig.«
»Geboren?«
Solveig hörte mit halbem Ohr zu, als Edvard die einleitenden Fragen stellte. Die Finger ihres Chefs huschten über die Tastatur, wobei seine Augen die ganze Zeit auf Tvifjord gerichtet waren. Sein Gesicht war wach und aufmerksam, jedoch ausdruckslos. Die Spannung, die er empfinden musste, blieb unsichtbar.
Gunnar Tvifjord sah müde und erschöpft aus. Beim letzten Mal hatte er wie jemand gewirkt, der viel Zeit draußen verbrachte. Jetzt war die Sonnenbräune verschwunden. Er sah blass, kränklich und ungepflegt aus. Als hätte er ein schlechtes Gewissen, dachte Solveig, wusste aber sofort, dass das ungerecht war. Das fahle Gesicht und das etwas nachlässige Äußere konnten ebenso gut mit der Trauer zusammenhängen.
»Letztes Mal haben Sie angegeben, dass Sie über Unnis Arbeit als Prostituierte Bescheid wussten.«
»Ja, das ist richtig.«
»Wussten Sie das schon lange?«
Ein Schulterzucken. »Kommt darauf an.«
Edvard sah ihn eine Weile schweigend an. »Nehmen wir die Zeit, in der Sie zusammenkamen, in der Sie ein Paar wurden. Hat sie danach noch als Prostituierte gearbeitet?«

»Ich nehme es an, ja.«
»Sie nehmen es an? War Ihnen das nicht wichtig?«
»Doch, natürlich.«
»Und?«
»Ja, sie hat das noch gemacht.«
»Und Sie wussten es?«
»Habe ich doch gesagt.«
»Wann haben Sie das erfahren?«
»Wann? Ich weiß nicht ...«
»Wann sind Sie zusammengekommen?«
»Wir ... vor etwa einem Jahr. Vor zehn Monaten, glaube ich. Wir sind uns letztes Jahr kurz vor Mittsommer begegnet.«
»Okay. Und wann haben Sie erfahren, dass sie auf den Strich geht?«
»Ich weiß nicht genau. Ein bisschen später. Im August, glaube ich.«
»Und wie haben Sie das erfahren?«
»Unni hat es mir erzählt.«
»Wie haben Sie darauf reagiert?«
»Ich ... hören Sie, was soll das? Warum muss ich ...«
»Antworten Sie bitte auf meine Frage. Wie war es, zu erfahren, dass Ihre Freundin eine Prostituierte war?«
»Mir gefiel das nicht.«
»Wurden Sie wütend?«
»Ja, ich wurde wütend! Ist doch wohl klar! Wären Sie das nicht auch?«
Der Gedanke an Victoria meldete sich, den er sogleich wieder verdrängte. Edvard beugte sich vor. »Haben Sie sich gestritten?«
»Ja, wir haben uns gestritten.«
»Kam es zu Gewalt?«
»Wie meinen Sie das?«

»Sie wissen ganz genau, wie ich das meine. Ist es zu Handgreiflichkeiten gekommen? Haben Sie sie geschlagen?«
»Nein, ich habe sie nicht geschlagen. Ich schlage keine Frauen. Ich verstehe nicht, auf was Sie hinauswollen. Das ist Monate her und kann für den Fall doch nicht relevant sein.«
»Nein, da haben Sie recht«, sagte Edvard. »Nicht, wenn es wirklich Monate her ist. Aber das glaube ich nicht.«
Stille breitete sich aus. Solveig musterte Gunnar Tvifjords Gesicht. Er war noch immer blass, aber zwei hektische, rote Flecken zeichneten sich auf seinen Wangen ab. Er schluckte. Sein Adamsapfel bewegte sich auf und ab.
»Was …?«, sagte er schließlich, kam aber nicht weiter.
»Wir haben einen Zeugen, einen sehr vertrauenswürdigen Zeugen, der behauptet, dass Sie nichts von Unnis Prostitution wussten. Dass Unni im Gegenteil eine Heidenangst hatte, dass Sie es herausfinden könnten.«
»Nein«, sagte Tvifjord. »Nein, das stimmt nicht.«
Seiner Stimme fehlte jede Überzeugung.
»Ich glaube, das stimmt«, sagte Edvard.
Hilfesuchend huschte Tvifjords Blick von Edvard zu Solveig und dann zum Fenster, bevor er auf dem Kalender an der Wand hängenblieb. Er zeigte noch immer Januar.
»Und wenn schon?«, sagte er, als hätte er neue Kraft geschöpft. »Welche Rolle sollte das spielen? Ich war ja nicht einmal hier in der Stadt.« Er wandte sich an Solveig. »Sie können das bestätigen! Sie haben doch die Rechnung von mir erhalten! Ich habe in der Nacht von Unnis Tod im Hotel geschlafen.«
»Ja«, sagte Edvard. »Die Rechnung habe ich gesehen. Sie wurde laut Aussage des Hotels aber am Abend zuvor bezahlt. Und niemand kann sich daran erinnern, Sie beim Frühstück gesehen zu haben.«
»Ich bezahle oft schon abends, damit ich morgens beim Auschecken nicht warten muss. Das ist nicht ungewöhnlich.«

Edvard nickte. »Ich weiß. Ich mache das selbst auch so. Und ich gebe Ihnen recht, dass es nichts heißen muss, dass niemand Sie beim Frühstück gesehen hat. Sie können trotzdem dort gewesen sein, aber ...«

Er öffnete eine Mappe, nahm einen Zettel heraus und legte ihn auf den Tisch. »Aber das waren Sie nicht.«

Gunnar Tvifjords Augen hefteten sich auf das Blatt.

»Sie waren auf dem Weg nach Bergen«, fuhr Edvard fort. »Und offensichtlich hatten Sie es eilig. Vielleicht waren Sie ja wütend und aufgeregt. Auf jeden Fall sind Sie zu schnell gefahren. Eine Kamera hat Sie im Lærdalstunnel aufgenommen, mit 110 Stundenkilometern. Das Bußgeld haben Sie bereits bezahlt. Ein rechtschaffener Bürger, wenigstens was kleine Vergehen betrifft. Bei den schwerwiegenderen allerdings bin ich mir da nicht so sicher.«

»Ich sage jetzt gar nichts mehr. Sie haben gesagt, dass ich keine Aussage machen muss.«

»Das ist richtig. Das ist Ihre Entscheidung.«

Abrupt stand Gunnar Tvifjord auf. Er sah jetzt noch blasser aus und schwankte leicht, so dass er sich an der Tischkante festhalten musste. »Ich will nach Hause.«

»Das wird nicht gehen«, sagte Edvard. »Sie sind vorläufig festgenommen. Sie stehen unter dem Verdacht, Unni Merete Karlstad ermordet zu haben.«

»Sie sind doch nicht ganz dicht«, sagte Tvifjord. »Ich will einen Anwalt.«

»Das ist vernünftig von Ihnen«, sagte Edvard. »Soll ich einen bestimmten Anwalt für Sie anrufen?«

Kapitel 55

Ist es ein Problem, dass Sie auch mein Anwalt sind?«
Mikael Brenne schüttelte den Kopf. »Nein, das glaube ich nicht. Der kleine Auftrag, den ich für Sie erledigt habe, ist ja längst abgeschlossen. Ich sollte das meinem Mandanten gegenüber der Ordnung halber vielleicht erwähnen, aber eigentlich halte ich es nicht für problematisch.«
»Okay.« Edvard zögerte etwas. »Haben Sie die Dokumente gelesen?«
»Ja, das wenige, was ich bekommen habe. Und ich hatte ein kurzes Gespräch mit meinem Mandanten.«
»Wie gesagt, wir würden gerne ein weiteres Verhör durchführen.«
»Das spielt im Moment keine Rolle.«
»Es wäre im Interesse Ihres Mandanten, uns zu ...«
»Was im Interesse meines Mandanten ist, entscheide ich«, sagte Brenne.
»Dann müssen Sie damit rechnen, dass ein vorläufiger Haftbefehl erlassen wird.«
»Haben Sie das schon mit der Staatsanwaltschaft abgeklärt?«
»Natürlich.«
Brenne nickte. »Tun Sie, was Sie wollen. Aber Ihre Grundlage ist ziemlich dünn.«
»Er hat uns nach Strich und Faden belogen.«
»Jeder lügt«, sagte Brenne. »Die Frage ist nur, warum.«
Edvard stand auf. Er hatte den Anwalt gemocht, er mochte ihn vielleicht sogar noch immer, aber beim letzten Mal hatten sie auf derselben Seite gestanden. Jetzt waren sie Gegner. Sie gaben sich zum Abschied die Hand und lächelten etwas gezwungen.

»Was Sie da haben, ist nicht viel«, sagte der Staatsanwalt und klang wie ein Echo von Brenne.

»So wenig ist das gar nicht«, sagte Edvard. »Er lügt in den wesentlichen Punkten. Er hat behauptet, gewusst zu haben, dass seine Freundin eine Prostituierte war, und das ist eine Lüge, damit hat er ein Motiv für den Mord. Und er hat gelogen, was sein Alibi angeht. Er hielt sich zum Tatzeitpunkt nicht im Hotel auf, wir können beweisen, dass er ein paar Stunden vor dem Tatzeitpunkt eiligst auf dem Rückweg nach Bergen war. Und nicht nur das, er hat sich die Mühe gemacht, sich ein solides Alibi zu verschaffen. Dass wir dieses Alibi widerlegen konnten, ist ein reiner Glücksfall. Was brauchen Sie denn sonst noch?«

Der Staatsanwalt fuhr sich durch den etwas ungepflegten, blonden Bart. Sein Gesicht sah dadurch noch länger und trauriger aus. Edvard wünschte sich, sie hätten einen anderen Staatsanwalt zugeteilt bekommen. Jemanden, der jung und enthusiastisch war und sich positionieren wollte, statt einen, der den Zenit seiner nicht sonderlich beeindruckenden Karriere bereits überschritten hatte und dem es nur noch wichtig war, keine Fehler mehr zu machen.

»Kommen Sie schon«, sagte Edvard. »Bringen Sie Gunnar Tvifjord ein paar Wochen hinter Schloss und Riegel, damit wir Zeit für die nötigen Ermittlungen haben.«

»Und sein Anwalt ist Mikael Brenne? Ist das richtig?«

Edvard nickte. »Ist das ein Problem?«

Der Jurist schnaubte. »Dieser selbstverliebte Kerl! Nein, keine Sorge! Ich erstelle einen vorläufigen Haftbefehl und bereite alles Weitere vor. Wenn ich Genaueres weiß, melde ich mich bei Ihnen. Beim Haftprüfungstermin will ich Sie dann aber dabeihaben.«

»Okay«, sagte Edvard und stand auf. »Gut. Wir haben mehr als genug, um ihn ins Gefängnis zu bringen.«

»Ja«, sagte der Staatsanwalt. »Ich denke, Sie haben recht, ich hoffe es.«

»Verehrtes Gericht«, sagte Mikael Brenne langsam und sah sich im vollbesetzten Saal um. Überall saßen Journalisten und Fotografen. Edvard dachte, dass der Anwalt sich im Rampenlicht recht wohl zu fühlen schien. »Es gibt ein Problem mit dieser Anklageerhebung: Sie ist nicht umfassend genug.«
Der Richter sah von seinen Dokumenten auf und schien sich über die Worte des Anwalts zu amüsieren. »Soso, Anwalt Brenne. Ich weiß nur nicht, ob Ihr Mandant der gleichen Meinung ist.«
»Nein, da mögen Sie recht haben, er käme bestimmt ohne Anklageerhebung aus. Aber aus meiner Sicht ist sie allzu dürftig und müsste weitere drei Morde umfassen. Der Mord an Unni Merete Karlstad ist ja keine Einzeltat. Jeder, der Zeitung liest, weiß, dass sie nur eine von vier Frauen ist, die Opfer desselben Täters geworden sind. So unwahrscheinlich das klingt, es sieht wirklich so aus, als würde sich hier bei uns in Bergen ein Serienmörder herumtreiben. Ist das nicht richtig, Kommissar Matre?«
Edvard sah zum Richter. »Stehe ich jetzt im Zeugenstand? Soll ich antworten?«
»Wir haben hier heute nur einen Haftprüfungstermin. Da müssen wir uns nicht an die Formalitäten halten, Matre. Antworten Sie ruhig.«
»Nun ja, es deutet viel darauf hin, dass die vier Frauen von ein und demselben Täter ermordet wurden.«
»Danke.« Mikael Brenne wandte sich wieder an den Richter. »Und genau das ist mein Ansatzpunkt, Herr Richter. Wenn es sich so verhält, warum ist Gunnar Tvifjord dann nicht auch wegen der Morde an den anderen Frauen angeklagt worden? Die Antwort liegt auf der Hand. Es gibt nicht einen Beweis, dass er an einem der anderen Morde beteiligt war. Nicht einmal einen vagen Hinweis. Nichts.«
Er zeigte auf Gunnar Tvifjord, der verloren mitten im Raum auf einem Stuhl saß. »Natürlich verstehe ich, dass auch die umge-

kehrte Argumentation möglich wäre: Also, wenn Beweise darauf hindeuten, dass mein Mandant eine dieser vier Frauen ermordet hat, und es sich aller Wahrscheinlichkeit nach bei allen vier Fällen um denselben Täter handelt, liegt der Verdacht nahe, dass er auch die anderen Taten begangen hat und nicht nur die eine, für die es Indizien gibt.«

Brenne machte eine lange Pause und ließ die Worte wirken. Dann fuhr er fort: »So könnte die Argumentation lauten. Und es wäre eine durchaus schlüssige Argumentation, sollte die Polizei meinen Mandanten als Serienmörder verdächtigen, als Sex-Sadisten, der seine Frustrationen und perversen Gelüste befriedigt, indem er junge Frauen umbringt, am liebsten Prostituierte.«

Mikael Brenne ließ seinen Blick ein weiteres Mal durch den Saal schweifen. Edvard ertappte sich dabei, gespannt darauf zu warten, dass er weitersprach.

»Aber so lautet nicht die Argumentation der Polizei. Sie hält Gunnar Tvifjord für einen eifersüchtigen Liebhaber, und nicht für einen Serienmörder. Für jemanden, der gemordet hat, weil er bemerkt hat, dass seine Lebensgefährtin ihn mit ihrem heimlichen Doppelleben zum Narren gehalten hat. Ich gestehe gerne ein, dass das ein gutes Motiv für einen Mord ist, aber eben nur für den Mord an Unni Merete Karlstad, nicht aber für die anderen. Und deshalb wird er auch nur für diesen einen Mord angeklagt und nicht für alle vier.«

Er breitete die Arme aus. »Doch die Polizei kann nicht beides haben, den Serientäter und den eifersüchtigen Geliebten in ein und derselben Person. Das passt nicht zusammen. Und deshalb kann auch mit der Anklageerhebung gegen Gunnar Tvifjord etwas nicht stimmen. Nicht, wenn man sie genauer unter die Lupe nimmt.«

Edvard erinnerte sich daran, wie wenig beeindruckt, ja fast enttäuscht er gewesen war, als er Mikael Brenne das erste Mal gese-

hen hatte. Er hatte ihn als bescheiden eingestuft, als einen Mann mit wenig ausgeprägter Persönlichkeit. Jetzt hatte er nichts Bescheidenes mehr an sich. Der Gerichtssaal schien sein Wohnzimmer zu sein. Er strahlte Sicherheit und Intensität aus, und seiner Überzeugungskraft konnte man sich kaum entziehen. Edvard beugte sich zum Staatsanwalt hinüber und flüsterte: »Mist, der ist verdammt gut!«
Der Jurist warf ihm einen säuerlichen Blick zu und nickte widerwillig.

Gunnar Tvifjord wurde für zwei Wochen in Untersuchungshaft genommen. Das sollte laut Richter ausreichen, um die logischen Problemstellungen zu untersuchen, die Anwalt Brenne angesprochen hatte.
Draußen auf dem Flur musste Edvard sich einen Weg durch die Horden von Presseleuten bahnen. Er ignorierte die Fragen, die ihm an den Kopf geworfen wurden, und schob die aufdringlichsten Reporter resolut zur Seite. Am oberen Ende der kleinen Treppe, die aus dem Warteraum führte, drehte er sich noch einmal um. Mikael Brenne stand, umringt von Journalisten, in einer Ecke des Saals und redete. Einen Moment lang begegneten sich ihre Blicke. Als Brenne ihm zuzwinkerte, drehte Edvard sich um und ging zur Tür.
Für ihn ist das nur ein Spiel, dachte er. Ein Spiel, das gewonnen oder verloren werden kann. Anwälte verlieren den Bezug zur Wirklichkeit. Sie sehen nicht das Blut. Nicht die Augen der Opfer.

Kapitel 56

Dieselben Leute im selben Besprechungsraum. Sie waren in den letzten Wochen so oft in diesem Raum gewesen, dass mittlerweile jeder seinen festen Platz hatte, doch dieses Mal konnte Edvard den Unterschied sehen und fühlen. Etwas war geschehen. Sie hatten einen Verdächtigen, eine Spur, eine Richtung, der sie folgen konnten, und genau das hatten sie gebraucht, um neue Kräfte zu mobilisieren und neuen Enthusiasmus zu spüren. Erwartungsvoll saß Tommy auf dem vordersten Rand des Stuhls, Solveig wirkte konzentriert, Preben Jordal, der sonst immer so aussah, als wollte er jeden Augenblick einschlafen, schaute ihn aufmerksam an. Nur Daniel Wiersholm war genauso korrekt und unnahbar wie immer.

»Wir haben eine Art Durchbruch«, sagte Edvard. »Das heißt aber nicht, dass wir bereits am Ziel sind, sollte jemand von euch das glauben. Das Gericht hat uns zwei Wochen gegeben. Im Laufe dieser beiden Wochen müssen wir weitere Indizien dafür finden, dass Gunnar Tvifjord mit dem Mord an Unni etwas zu tun hat. Des Weiteren – und das ist möglicherweise die größere Herausforderung – müssen wir das Dilemma lösen, das der Anwalt angesprochen hat: Wie kann Gunnar Tvifjord ein eifersüchtiger Geliebter und gleichzeitig ein Serienmörder sein? Mit eifersüchtigen Geliebten kennen wir uns aus, schließlich sind das in der Regel unsere Mörder. Aber warum hat er die anderen getötet? Diese Frage müssen wir uns stellen und eine Antwort darauf finden. Irgendwie muss es uns gelingen, ihn auch mit den anderen Morden in Verbindung zu bringen.«

Sie nickten. »Ist es möglich, dass er Unni getötet, mit den anderen Morden aber nichts zu tun hat?«, fragte Solveig.

»Dass er ein Copycat ist?«
»Ja«, sagte Solveig mit mehr Nachdruck, nachdem der Gedanke klar formuliert worden war. »Er hat es eigentlich nur auf Unni abgesehen, tarnt den Mord aber so, dass wir glauben, der Serienmörder habe wieder zugeschlagen.«
Edvard dachte nach. »Ich denke, das könnte möglich sein. Aber woher sollte er die Details der anderen Morde kennen?«
»Das weiß ich nicht.«
»Er kann auch unschuldig sein«, sagte Preben Jordal.
Alle Augen richteten sich auf ihn. Sie wirkten so verblüfft, als hätte er etwas vollkommen Unerhörtes gesagt.
»Ja«, sagte Edvard nach kurzer Pause. »Wir müssen einen klaren Kopf bewahren und vor allem gute Arbeit leisten.«

Tommy hatte für die Wohnung nur Verachtung übrig. Weiße Flächen, Designermöbel, alles durchdacht und fancy, alles passte zu dem Image von Gunnar Tvifjord. Im Kleiderschrank schienen ausschließlich neue Sachen zu hängen, als würde er alles nach ein- oder zweimaligem Gebrauch wegwerfen. Das einzig Positive war nach Tommys Meinung, dass eine Hausdurchsuchung denkbar einfach war.
Einfach, aber enttäuschend.
Keine Spur. Nichts, das auch nur im Ansatz an einen Serienmörder denken ließ. Keine Souvenirs von den Opfern, keine blutigen Messer, keinen malträtierten Bilder. Er hatte das auch nicht erwartet, so etwas gab es nur im Film, trotzdem hatte er gehofft, wenigstens *irgendetwas* zu finden. Gunnar Tvifjords Wohnung war sauber und steril wie ein Operationssaal. Das einzig Interessante war ein schmaler kleiner Mac und eine Archivbox mit ein paar Belegen.
Tvifjords Wagen, ein großer SUV, war nicht so sauber. Leere Flaschen, ein Kaffeebecher, alte Zeitungen auf dem Rücksitz. Vor-

sichtig nahm er die Zeitungen. Als er einen Blick auf das Datum warf, pfiff er leise. Endlich etwas.

Mikael Brenne wirkte entspannt. Zurückgelehnt saß er auf seinem Stuhl und hatte die Beine übereinandergeschlagen, aber seine Augen waren hellwach.
»Wir sind Ihren Computer durchgegangen, Tvifjord«, sagte Edvard. »In erster Linie, um uns einen Überblick zu verschaffen, wo Sie in den letzten Monaten gewesen sind. Wir haben eine Zusammenfassung erstellt, die wir gerne gemeinsam mit Ihnen überprüfen würden.«
Er reichte Tvifjord und seinem Anwalt jeweils ein Blatt.
»Wie Sie sehen, haben wir jede Reise mit Datum, Zielort und Zweck der Reise aufgeführt. Ich möchte Sie nun bitten, diese Liste auf ihre Richtigkeit hin zu überprüfen.«
»Sieht alles richtig aus«, sagte Gunnar Tvifjord.
»Wirklich?«
»Ich plane meine Reisen immer mit dem Mac. Wenn Sie die Infos daher haben, stimmen die auch.«
»Haben Sie weitere Reisen unternommen, die nicht auf der Liste stehen?«
»Nein.«
»Dann notiere ich das so.«
»Nein«, sagte Mikael Brenne. »Seine Antwort basiert auf der Annahme, dass die Liste mit den Eintragungen auf seinem Computer übereinstimmt. Wir haben keine Gelegenheit, das zu überprüfen.«
Edvard seufzte. »Okay, ich werde das präzisieren.« Er schrieb. »Diese Informationen sind wichtig, weil wir derzeit untersuchen, ob Sie ein Alibi für einen der anderen Morde haben.«
Tvifjord nickte.
»Sie reisen viel«, sagte Edvard.

»Ja, das ist mein Job.«
»Trotzdem geht aus der Liste hervor, dass Sie zum Zeitpunkt der Morde in Bergen waren. Was sagen Sie dazu?«
Gunnar Tvifjord zuckte mit den Schultern. Er wirkte verwirrt.
»Ich weiß nicht«, erwiderte er leise.
»Zufall«, ergänzte Mikael Brenne.
Edvard ignorierte ihn.
»War es auch ein Zufall, dass Sie in der Nacht, in der Unni ermordet wurde, auf dem Rückweg nach Bergen waren? Oder dass Sie die Polizei diesbezüglich angelogen haben?«
Schweigen.
»Und was ist mit der Zeitung auf dem Rücksitz Ihres Wagens? Die Zeitung mit dem Artikel über Unni, Victoria, Laila und Sølvi? War es ein Zufall, dass gerade diese alte Zeitung bei Ihnen im Auto lag?«
Mikael Brenne stand auf. »Wir machen eine Pause«, sagte er. »Ich möchte mit meinem Mandanten unter vier Augen sprechen.«

»Und wie lautet seine neue Aussage?«, fragte Solveig.
Edvard seufzte. »Die Kurzversion lautet, dass er nicht wusste, dass Unni als Prostituierte arbeitete, bis er an diesem Abend im Hotel eincheckte. Da sah er den Zeitungsartikel und verstand den Zusammenhang. Er war total schockiert und hat sich sofort ins Auto gesetzt, um sie zur Rede zu stellen. Auf dem Rückweg verwandelte sich jedoch die Wut in Verzweiflung. Er wollte sie plötzlich nicht mehr sehen und fuhr nach Hause und ging ins Bett. Als er tags darauf zu ihrer Wohnung kam, war sie tot.«
Solveig sah verwundert aus. »Wie will er denn Unni auf dem Foto in der Zeitung erkannt haben? Die waren doch alle vier unkenntlich gemacht.«
Edvard zog eine Kopie des Artikels aus dem Papierstapel und legte den Finger darauf. »Ein Muttermal auf dem Oberarm.«

»Dieser winzige Punkt da?«
»Das behauptet er. Unni war ihm in mancherlei Hinsicht ein Rätsel, und als er dieses Muttermal sah, ging ihm plötzlich ein Licht auf.«
»Aber was ist mit der Zeitung? Die war an dem Tag, an dem er sie gesehen haben will, doch schon veraltet?«
»Laut Tvifjord hat er sie rein zufällig entdeckt. Sie lag am Kamin des Hotels, um damit das Feuer anzumachen.«
»Verdammt viele Zufälle«, sagte Solveig. Sie wandte sich an Tommy, der schweigend zugehört hatte. »Was meinst du?«
»Ich denke, das ist eine Aussage, die den Umständen angepasst wurde.«
Edvard nickte. »Das war auch mein Gedanke. Er justiert seine Aussage, sobald wir ihm neue Beweise vorlegen. Theoretisch kann alles so gewesen sein, wie Tvifjord es sagt, aber die unwahrscheinlichen Zufälle häufen sich langsam.«
»Was sagt der Anwalt?«
»Nicht viel. Aber er ist sich seiner Sache nicht mehr ganz so sicher.«

Plötzlich war das Büro zu klein, die Luft zu stickig. In den letzten Tagen hatte sich der Fall in einem wahnsinnigen Tempo weiterentwickelt, und Edvard spürte, wie müde er war. Müde, aber gleichzeitig auch aufgeputscht. Er stand auf, nahm seine Jacke und ging nach draußen.
Es war später Nachmittag. Der Verkehr war abgeebbt, und es war wieder still in der Stadt. Edvard ging an der Galerie vorbei, überquerte die Torgallmenningen und folgte dem Markeveien. Es war ein kalter Tag. Das Nordnes-Seebad war verwaist und der Park menschenleer. Er passierte den Totempfahl und ging hinunter bis ans Wasser. Auf dem Byfjorden gingen die Wellen hoch. Er fror, und der Wind schlug ihm die Regentropfen ins Gesicht.

Es war in der letzten Zeit verdammt viel gewesen. Vielleicht zu viel. Bei keinem seiner bisherigen Fälle hatte er so unter Druck gestanden. Es war wie eine chronische Krankheit, ein Unbehagen, das ihn nie losließ, ihn nie zur Ruhe kommen ließ. Und dann noch das mit der Adoption und dem Rätsel um das Grab seiner Mutter. Das alles hatte ihn erschüttert, ihn verunsichert, und seine Konzentration hatte darunter gelitten.
Und dahinter verbarg sich der Gedanke an seinen Bruder Bjørn und das, was Cecilie gesagt hatte. Sie hatte recht, das wusste er.
Eigentlich hätte er diesen Fall längst an jemanden abgeben sollen, der mental und psychisch in besserer Verfassung war als er. Aber Edvard hatte es nicht getan, und jetzt war das auch nicht mehr notwendig. Jetzt hatten sie den Mörder. Das glaubte er fest.
Weit im Norden über Askøylandet sah er einen Streifen Licht, und auf einmal fühlte es sich so an, als stünde eine Veränderung bevor. Ein ebenso verheißungsvoller wie erschreckender Gedanke.

Auf dem Weg zurück in die Stadt dachte er an Victoria. Einer Eingebung folgend, nahm er sein Handy aus der Tasche und rief sie an. Sie war zu Hause, nicht im Atelier. Hatte an diesem Tag einfach nicht malen können.
»Hast du die Neuigkeiten mitbekommen?«, fragte er.
»Ja, natürlich, ich habe dich sogar im Fernsehen gesehen.«
»Ich war im Fernsehen?«
»Ja, einen Moment lang. Im Gericht. Du sahst ziemlich wütend aus.«
Er lachte. »Das war ich nicht.«
»Ich weiß. Aber du siehst oft wütend aus. Hör mal, Edvard, was ist mit mir? Schwebe ich jetzt nicht mehr in Gefahr?«
Er zögerte. Tommy oder Solveig würden ihre Bewachung wohl jetzt kaum fortsetzen.

»Ich denke schon, aber heute Abend komme ich trotzdem vorbei. Ich will mich erst vergewissern, dass wir den richtigen Mann haben.«
Ihr Seufzen war beinahe lautlos.
»Ich würde mich gerne mal wieder sicher fühlen«, sagte sie.

Kapitel 57

»Ich habe mir ein paar Gedanken gemacht«, sagte Wiersholm.
Das Gespräch am Tisch verstummte.
»Speziell über die anscheinend so unlogische Doppelrolle des Gunnar Tvifjord. Einerseits als eifersüchtiger Geliebter, andererseits als Serienmörder. Prinzipiell zwei unvereinbare psychologische Motivationen. Aber dann ist mir ein Abschnitt in dem Artikel über die Mädchen in den Sinn gekommen, den ich daraufhin noch einmal gelesen habe.«
Wiersholm entfaltete eine Kopie des Artikels, nahm seine Lesebrille hervor und überflog den Text. »Ja, hier ist es.« Er las laut vor. »Auf meine Frage, wie sie in diese Tätigkeit gerutscht sind, lachte die blonde Anne hell auf. ›Genau wie in allen anderen Branchen‹, sagte sie. Man braucht ein gutes Netzwerk und Bekannte, die einem die Türen öffnen. ›Und natürlich ein bisschen Pech‹, fügte sie lachend hinzu. Die anderen stimmten zu und bestätigten, dass man oft durch Freundinnen ins älteste Gewerbe der Welt rutschte.«
Er faltete die Seite zusammen und nahm die Brille ab. »Was, wenn unser Mann denkt, dass es die Schuld der anderen gewesen wäre, dass seine geliebte Unni sich prostituiert hat? Ist es dann nicht denkbar, dass er sie bestrafen will, weil sie Unni ins Verderben gestürzt haben?«
Solveig sah etwas skeptisch aus. »Er muss schon etwas verrückt sein, um das alles wörtlich zu nehmen. Und wie sollte er wissen, wer wen verleitet hat?«
Daniel Wiersholm breitete die Arme aus. »Es ist nur eine Theorie. Aber wir reden über einen Mann, der vier Frauen getötet hat. Es ist schon möglich, dass der ein bisschen unzurechnungsfähig ist, oder?«

Das Missfallen in Mikael Brennes Gesicht war nicht zu übersehen. Die Lippen waren zusammengepresst, und an seinem Mund bildeten sich tiefe Falten. Er strich sich durch die lockigen, grauen Haare. »Lassen Sie mich wiederholen, dass dieses Verhör gegen mein Anraten stattfindet. Ich empfehle Ihnen, sich mit weiteren Äußerungen zurückzuhalten.«
»Bis noch mehr Fakten auf dem Tisch liegen, so dass Ihr Mandant und Sie seine Aussagen anpassen können?«, fragte Edvard.
Brenne zuckte zusammen und öffnete den Mund, um zu antworten, aber Edvard kam ihm zuvor und hob die Hände. »Tut mir leid. Das hätte ich nicht sagen sollen. Lassen Sie uns sachlich bleiben.«
Er wandte sich an Gunnar Tvifjord. »Wie gesagt, gibt es keine neuen Erkenntnisse, mit denen wir Sie in diesem Verhör konfrontieren wollen. Wir brauchen ausschließlich Hintergrundinformationen, über Sie und Ihre Beziehung zu Unni.«
Tvifjord nickte. »Ja, das ist in Ordnung.« Er sah seinen Anwalt an. »Ich will, dass Sie verstehen ... dass Sie erkennen, dass ich Unni niemals hätte töten können.«
»Dann lassen Sie uns anfangen«, sagte Edvard.

Wie besprochen führte Solveig das Verhör fort. Sie nahm sich viel Zeit, befragte ihn zu seiner Kindheit und Jugend, zu seiner Ausbildung und zu seinem Job. Sie baute einen Kontakt zu Gunnar Tvifjord auf und vermittelte ihm Sicherheit, so dass ihr Gespräch einen eigenen Ton bekam und er bereit war, zu erzählen.
Wir interessieren uns alle für uns selbst, dachte Edvard. Und glauben nur zu gerne, dass sich auch die anderen für uns interessieren. In der Regel ist das ein Irrtum.
Solveig war gut. Edvard sah, wie sie sich vorbeugte, nickte und ihm mit kleinen Lautäußerungen Bestätigung gab. Tvifjord redete und redete. Edvard hörte nur mit halbem Ohr zu und dachte

an den vergangenen Abend. An Victoria. Sie war den ganzen Abend still und abwesend gewesen. Als wäre sie gar nicht da. Und sie war früh ins Bett gegangen und hatte ihm zum Abschied einen Kuss auf die Wange gegeben. Bestimmt war das der richtige Weg.
Endlich war Solveig bei Unni angekommen. Tvifjord erzählte, wie sie sich auf einem Fest begegnet waren und wie sich ihr Verhältnis langsam zu etwas Tieferem entwickelt hatte.
»Es liegt mir daran, dass Sie das verstehen«, sagte er und beugte sich vor. »Sie war ..., nun, ich hatte ja auch schon vorher Beziehungen, auch längere, aber Unni ... das war etwas ganz Besonderes. Ich weiß, dass sich das kitschig und blöd anhört, aber ich wusste einfach, ich spürte, dass sie die Frau meines Lebens war. Dass ich mit ihr mein Leben teilen wollte, eine Ehe eingehen, Kinder bekommen. Alle anderen waren da nur vorbereitende Übungen gewesen. Mit Unni war es etwas Ernstes. Verstehen Sie, was ich meine?«
»Ja, ich verstehe, was Sie meinen«, sagte Solveig. »Jeder hofft, einmal so etwas zu erleben.«
»Genau«, sagte er eifrig. »Das ist nämlich nicht selbstverständlich. Und wenn man ein solches Glück erlebt, muss man es mit beiden Händen festhalten. Ich hätte niemals ...«
»Und Unni? Hat sie das genauso empfunden?«
»Ja, das hat sie. Sie hat es mir gesagt, und ich weiß, dass es stimmte. Wir haben so viele gemeinsame Pläne gemacht. Wir ...«
Seine Stimme versagte. Solveig wartete ein paar Sekunden, damit er sich sammeln konnte. »Deshalb muss es ein Wahnsinnsschock für Sie gewesen sein, als Sie entdeckt haben, was sie machte.«
Er nickte und schluckte schwer. »Erst konnte ich es nicht glauben. Ich habe wieder und wieder auf dieses Bild gestarrt, aber wenn so ein Gedanke sich erst festgesetzt hat ... und plötzlich passten auch die anderen Puzzleteilchen.«
»An was denken Sie?«

»Sie wissen schon, die kleinen Ausflüchte, all die Male, an denen sie nicht konnte, die Art, wie sie mich von einem bestimmten Teil ihres Lebens ferngehalten hat, als wollte sie nicht, dass ich ihre anderen Bekannten und Freunde traf.«

»Wurden Sie ... können Sie genauer darauf eingehen, wie Sie reagiert haben?«

»Ich war verzweifelt, das liegt ja auf der Hand. Verzweifelt und wütend. Ich habe mich verraten gefühlt, betrogen. Als ich nach Hause fuhr, war ich fest entschlossen, sie zur Rede zu stellen und Schluss zu machen.«

»Ja?«

Gunnar Tvifjord machte eine hilflose Handbewegung. »Aber schon unterwegs habe ich gespürt, dass ich das nicht konnte. Ich ertrug den Gedanken nicht, ein Leben ohne Unni. Es war undenkbar, unvorstellbar. Eigentlich war das ja gar nicht sie. Ich kannte sie doch, und meine Unni war ganz anders.« Tränen rannen über sein Gesicht. »Da wurde mir klar, dass es etwas mit ihrer Familie zu tun haben musste. Vielleicht war sie missbraucht worden, und natürlich erkannte ich auch, dass sie in schlechte Gesellschaft geraten war. Diese Leute mussten sie zu etwas verleitet haben, was ihr nicht entsprach.«

»Wen meinen Sie damit?«

Er weinte jetzt so sehr, dass er kaum noch sprechen konnte. »Die anderen Mädchen. Sie mussten sie dazu verleitet haben. Unni war eigentlich so naiv. Sie mussten sie verführt haben.«

Jetzt haben wir dich!, dachte Edvard. Jetzt bist du uns ins Netz gegangen. Wiersholm hatte recht! Wer hätte geglaubt, dass dieser aufgeblasene Idiot tatsächlich recht hatte?

Er warf Mikael Brenne einen Blick zu. Die Haut des Anwalts war grau geworden, er wusste, dass sein Mandant sich gerade in Schwierigkeiten brachte. Der logische Bruch in der Argumentation der Polizei hatte sich soeben in Luft aufgelöst.

Zum ersten Mal war Edvard überzeugt davon, dass sie den richtigen Mann hatten. Jetzt mussten sie ihm die Tat nur noch nachweisen. Er sah zu Solveig und hob diskret einen Daumen. Sie hatte das Verhör perfekt geführt, und das Leuchten in ihren Augen zeigte ihm, dass auch sie sich dessen bewusst war.

Kapitel 58

Tommy klingelte noch einmal an der Tür. Vielleicht hätte er sich ankündigen sollen, aber eigentlich mochte er das nicht. Es war besser, unangemeldet zu kommen, so dass sie sich nicht vorbereiten konnten, nicht überlegen, was sie sagen sollten, egal ob es sich nun um einen Zeugen oder einen Verdächtigen handelte.

Endlich hörte er eine Bewegung hinter der Tür. Ein Klicken, und eine junge Frau sah ihn überrascht an. Ihr Gesicht war verschlafen. Offensichtlich hatte er sie aus dem Mittagsschlaf gerissen.

»Ja?«

»Polizei«, sagte Tommy und hielt ihr seinen Ausweis hin.

Sie nahm ihn und studierte ihn genau. »Polizei? Um was geht es denn?«

»Sie sind Agnete Hermansen? Ich würde gerne mit Ihnen über Gunnar Tvifjord reden. Wenn wir richtig informiert sind, waren Sie eine gewisse Zeit mit ihm zusammen.«

Sie wurde blass.

»Gunnar? Mein Gott, was hat er denn angestellt?«

»Darf ich kurz reinkommen?«

Sie nickte stumm und trat einen Schritt zur Seite.

Sie hat nicht gefragt, ob ihm etwas zugestoßen ist, dachte Tommy.

»Dann hat er sie also geschlagen?«, fragte Solveig.

Tommy nickte. »Ja, und zwar so richtig. Einmal hat er ihr sogar den Arm gebrochen. Ein anderes Mal den Wangenknochen. Und …« Er blätterte durch seine Notizen, »er hat sie mit einem Messer bedroht.«

»Okay«, sagte Edvard. »Hat sie gesagt, warum? Was hat diese Misshandlungen ausgelöst?«
»Soweit ich das verstanden habe, konnte das alles Mögliche sein. Die reinsten Bagatellen endeten in Wahnsinnswutausbrüchen. Agnete Hermansen ist der Meinung, dass mit Gunnar Tvifjord etwas nicht stimmt, dass er irgendwie krank ist.«
»Aber angezeigt hat sie ihn nicht?«, fragte Solveig.
»Nein, das hat sie nicht gewagt. Sie war nur froh, als sie irgendwann gehen konnte. Sie ist dann vier Monate untergetaucht. Als sie wieder zurückkam, hatte er eine andere.«
»Hm«, sagte Edvard.
»Er ist es, oder?« Wie gewöhnlich sprach Preben Jordal aus, was alle dachten.
»Es sieht so aus.« Edvard hielt inne, bevor er weitersprach. »Doch, verdammt, das ist unser Mann. Haben wir ihn zu guter Letzt also doch gekriegt.«
Ein erleichtertes Grinsen breitete sich auf ihren Gesichtern aus.
»Yes«, sagte Preben Jordal und reckte den Arm hoch. »Schampus?« Er sah Edvard fragend an.
»Okay, Preben, aber nur eine Flasche, die wir uns teilen. Morgen beginnen wir dann mit der Feinarbeit.«

»Bist du dir sicher?«, fragte Victoria.
»Ja, das bin ich, du bist nicht mehr in Gefahr.«
Edvard hatte sich entschieden, zu ihr nach Hause zu fahren und es ihr persönlich zu sagen. Sie lächelte und begann zu weinen. Unsicher ging er ein paar Schritte auf sie zu, aber sie machte eine abwehrende Handbewegung und verschwand im Bad.
Als sie zurückkam, waren ihre Augen rot gerändert. Sie schniefte, wischte sich über das Gesicht und schmierte Wimperntusche auf ihre Wange.
»Sorry«, sagte sie. »Du musst mich schrecklich finden.«

Sie holte Kräcker und Käse.

»Ich habe keinen Wein«, entschuldigte sie sich. »Ich trinke nur selten.«

»Ich auch«, sagte Edvard.

Sie tranken Tee. Das Schweigen waren ihnen nicht unangenehm.

»Ich denke an Unni«, sagte Victoria schließlich. »Sie war so glücklich. Es war das erste Mal, dass ich sie so gesehen habe, als hätte sich ihr eine ganz neue Welt eröffnet. Ich glaube, sie hatte immer das Gefühl, kein Glück zu verdienen. Dass sie all die miesen Dinge, die ihr widerfuhren, selbst verschuldet hatte. Aber dann traf sie Gunnar, und alles wurde anders. Zum ersten Mal sah sie eine normale Zukunft vor sich. Mann, Kinder, Stabilität, all das, was andere als gegeben hinnehmen. Sie war so verliebt.«

Victoria holte tief Luft. »Was ist er eigentlich für ein Mensch? Wer hat ihm das Recht gegeben, so ...«

»Sie nehmen sich das Recht«, sagte Edvard. »Das ist das eigentliche Kennzeichen eines Mörders. Sie empfinden sich als das Maß aller Dinge.«

Victoria schüttelte sich und gähnte.

»Entschuldige«, sagte sie. »Aber ich bin plötzlich so müde, dass ich die Augen nicht mehr aufhalten kann.«

»Die typische Reaktion«, sagte Edvard. »Geh nur schlafen. Ich bleibe heute Nacht hier. Ich kann mir selbst das Bett machen.«

Irgendwann im Laufe der Nacht kam sie zu ihm. Ihre Haut war kühl und glatt, als hätte sie eine Weile in der kalten Nachtluft gestanden, bevor sie sich entschlossen hatte, zu ihm unter die Decke zu kriechen. Nur ihr Mund war brennend heiß. Nachdem sie miteinander geschlafen hatten, verließ sie ihn ohne ein Wort, als könnten die Stille und das Dunkel sie vor ihren eigenen Handlungen schützen.

Victoria stand am Wohnzimmerfenster und sah, wie das kalte Morgenlicht die Straßenlaternen langsam überflüssig machte. Ein Paar ging über die Straße. Der Mann hatte den Arm um die Schultern der Frau gelegt. Edvard gesellte sich zu Victoria und streichelte ihr über den Rücken. Einen Moment lang ließ er seine Hand auf ihrem Po liegen. Die Berührung war gleichermaßen intim wie distanziert und erlaubte ihr, einen Schritt zur Seite zu treten, um wieder frei zu sein.
Doch sie tat es nicht.
»Du bist früh auf.«
»Ja«, sagte sie. »Ich wache oft früh auf. Aber wenn du willst, kannst du noch ein bisschen schlafen.«
Er schüttelte den Kopf, wollte etwas sagen, zögerte aber. Victoria spürte es. Sie fürchtete seine Worte. Solange sie bei ihm sein konnte, solange sie sich lieben oder sie ihn wenigstens umarmen konnte, passierte ihr nichts. Worte waren nicht vorhersehbar, kalt, voller Abstand und Missverständnisse.
Es war schließlich er, der den kleinen Schritt zur Seite machte und ihr die Freiheit gab, die sie nicht wollte. Er sah auf seine Armbanduhr.
»Ich muss zur Arbeit«, sagte er.

Etwas später drehte sie eine Runde durch die Stadt. Zum ersten Mal seit langem war sie allein, keine Polizisten passten auf sie auf, und kein Edvard war in ihrer Nähe. Victoria dachte, dass sie sich jetzt frei fühlen sollte, aber sie fühlte sich ausgeliefert, einsam, eine innere Unruhe hatte sie erfasst. Ihre Schritte beschleunigten sich.
Als sie um die Ecke bog, wäre sie fast mit einem Mann zusammengestoßen. Er murmelte eine Entschuldigung und hastete weiter, ohne sie anzusehen. Ein gewöhnlicher Mann ohne besondere Kennzeichen. Victoria dachte, dass sie ihn schon einmal ge-

sehen hatte, sie konnte sich aber nicht daran erinnern, wann oder wo. Trotzdem hatte er etwas an sich, das sie beunruhigte. Sie drehte sich um, aber er war bereits außer Sichtweite.
Sie war schreckhaft wie eine Katze geworden, musste sich zusammenreißen und Edvard vertrauen. Sie war jetzt in Sicherheit.

Kapitel 59

Der Anruf kam gleich nach dem Essen.
»Hier ist Gunnar Hellstrøm.«
»Hallo. Lange nichts gehört«, sagte Edvard. Es versetzte ihm einen Stich, fast so, als hätte er ein schlechtes Gewissen. Er hatte die Briefe seiner Mutter noch nicht gelesen. Hatte in den letzten Tagen nur noch wenig an sie gedacht.
»Wie ich höre, habt ihr da drüben den Durchbruch geschafft?«
»Sieht so aus, ja.«
Sie plauderten über den Fall, aber Edvard wusste, dass Hellstrøm nicht deshalb anrief.
»Um was geht es denn?«, fragte Edvard.
»Kommst du in den nächsten Tagen mal nach Oslo?«
»Nach Oslo? Warum? Geht es um … meine Mutter?«
»Es gibt da etwas, das ich dir gerne zeigen würde.«
»Ich denke, ich kann kommen, ja.«

»Ihr müsst wirklich jeden Stein umdrehen«, sagte Edvard. »Die lokalen Kräfte sollen sich um die Hintergrundinfos kümmern und um die Zeugen, die etwas gesehen haben. Die müssen alle eine Fotografie von Gunnar Tvifjord zu sehen bekommen. Okay?«
Sie nickten und machten sich Notizen.
»Solveig und Tommy koordinieren und helfen je nach Bedarf. Wenn Entscheidungen gefällt werden müssen und ich nicht zu erreichen bin, hat Solveig das Sagen.«
»Wohin fährst du?«, fragte Solveig.
»Ich muss kurz nach Oslo. Ich fliege morgen früh und bin morgen Nachmittag wieder da.«
»Etwas Wichtiges?«, fragte Tommy.

»Ich weiß es nicht«, erwiderte Edvard. »Ich glaube nicht.«
Aber das Gefühl der Unruhe seit dem Telefonat mit Hellstrøm wurde nur noch stärker.

Im Taxi auf dem Weg zum Rechtsmedizinischen Institut spürte er ein Unwohlsein, als hätte er sich den Magen verdorben. Hellstrøm saß, vertieft in einen Bericht, in seinem Büro und blickte erst auf, als Edvard mit dem Finger an den Türrahmen klopfte. Er legte die Mappe weg und stand auf.
»Gut, dich zu sehen, Edvard«, sagte Hellstrøm, »und entschuldige, dass ich dich von deinen Ermittlungen abhalte.«
»Das geht schon. Die anderen wissen, was sie zu tun haben.«
»Ja.« Hellstrøm sah unsicher aus, als wüsste er nicht, womit er anfangen sollte. »Der Grund, weshalb ich dich gebeten habe, zu kommen …«
»Nun spuck's schon aus, Gunnar.«
»Komm, ich zeig's dir lieber.«
Die lange, magere Gestalt eilte davon, und Edvard folgte ihr über Korridore und Treppen bis hinunter in den Keller. Ihre Schritte hallten von den kahlen Wänden wider.
»Das ist das reinste Labyrinth hier unten«, sagte Hellstrøm. »Die meisten Räume werden gar nicht benutzt, aber als wir den Auftrag bekamen, uns um das Massengrab in Riis zu kümmern, brauchten wir Platz. So, da wären wir.«
Er blieb vor einer anonymen, braunen Tür stehen. Nachdem er ein paar Schlüssel ausprobiert hatte, fand er den richtigen und schloss auf. Edvard trat über die Schwelle und sah sich um.
Der weißgestrichene Raum war groß, vielleicht zehn mal zwanzig Meter, und in der Mitte befand sich ein Säulengang. Glänzende Stahltische waren in langen Reihen aufgestellt. Auf jedem Tisch lag ein Skelett. Die Szene hatte etwas Unwirkliches, beinahe Surreales, wie ein groteskes Gemälde.

»Hier hinten«, sagte Hellstrøm und blieb vor dem vorletzten Tisch auf der rechten Seite stehen.
»Ist sie das?«, fragte Edvard, obwohl er es längst wusste.
»Anna Isaksen«, sagte Hellstrøm, »deine Mutter.«
Die Worte klangen absurd, so absurd, dass Edvard lachen musste. Was da vor ihm auf dem Metalltisch lag, war nur ein Skelett. Braun verfärbt nach vielen Jahren in der Erde. Es hätte hundert, tausend Jahre alt, wer auch immer sein können. Eine Ansammlung von Knochen. Kein Mensch. Edvard wusste nicht, was er sagen sollte. Er wusste nicht einmal, was er fühlte.
Hellstrøm schien es mitzubekommen, denn er redete in einem geschäftsmäßigen Ton weiter. »In dem Grab lagen einundvierzig Skelette. Mit den Jahren lösten sich die Särge auf, und als sie mit dem Bagger neue Gräber aushoben, haben sie alles ziemlich durcheinandergebracht.« Er machte eine weit ausholende Armbewegung. »Aus diesem Grund lagen die Skelette nicht so, wie man sich das wünschen würde. Es war das reinste Puzzlespiel, sie wieder zusammenzusetzen.«
Er ergriff einen kleinen, U-förmigen Knochen, der ganz oben zwischen den Nackenwirbeln lag. »Bei diesem Teil hier hatten wir ziemliche Schwierigkeiten. Erst vor wenigen Tagen ist es uns gelungen, dieses kleine Knöchelchen mit dem Rest eines Skeletts zu vereinen – gelungen ist uns das nur mit Hilfe eines DNA-Tests. Dieser Knochen ist übrigens einer der wenigen im Skelett eines Menschen, der mit keinem anderen verbunden ist. Also nur durch Muskeln und Sehnen, so dass er leicht auf Abwege gerät. Du kennst ihn vielleicht?«
»Das Zungenbein?«
»Richtig. *Os hyoides*, auch Zungenbein genannt, weil seine primäre Aufgabe darin besteht, der Zunge strukturellen Halt zu geben.«
Er hielt ihm den kleinen, etwas unebenen Gegenstand hin. »Was

uns auch nicht gleich aufgefallen ist, obwohl uns das hätte auffallen müssen, ist das hier.« Er streckte seinen langen, knochigen Zeigefinger aus. »Siehst du, was das ist, Edvard? Ein Riss. Und wenn wir den Knochen so halten, sehen wir, dass er nicht mehr gerade ist.«

»Ist er gebrochen?«

»Das ist korrekt. Und du weißt ebenso gut wie ich, was das zu bedeuten hat.«

Edvard wusste es. Ein gebrochenes Zungenbein ist eines der sichersten Indizien für eine bestimmte Todesursache. Er wusste es, brachte es jedoch nicht über die Lippen.

Hellstrøm kam ihm zu Hilfe.

»Sie wurde aller Wahrscheinlichkeit nach erwürgt. Anna Isaksen wurde ermordet.«

Edvard hörte die Worte, aber die Bedeutung schien nicht zu ihm durchzudringen.

»Ja«, sagte er nach einer Weile. »Danke. Ich muss jetzt wieder zurück nach Bergen. Wir haben unsere Ermittlungen noch nicht abgeschlossen. Sie brauchen mich dort.«

Hellstrøm warf ihm einen verwunderten Blick zu und nickte nur.

Auf dem Flughafen lief er wie auf Autopilot. Edvard checkte ein, passierte die Sicherheitskontrolle, legte den Gürtel ab, zog die Schuhe aus, alles ging wie von selbst. Seine Gedanken waren an einem anderen Ort. Erst als er im Flugzeug saß, schien das, was er gesehen und gehört hatte, in sein Bewusstsein zu dringen und real zu werden.

Ermordet. Jemand hatte sie ermordet. Anna Isaksen, seine Mutter. Erwürgt. Bei der Landung in Bergen war in ihm ein Entschluss herangereift.

Später am Abend, wieder zurück im Hotelzimmer, nahm er den Karton mit den Briefen aus dem Kleiderschrank.
Er machte es sich in seinem Sessel bequem, nahm den ersten Brief aus dem Umschlag und begann zu lesen. Der neue Tag war längst angebrochen, als er den letzten Brief beseitelegte.

Kapitel 60

Der Verkehr auf dem Danmarksplassen stand wieder einmal still. Solveig trommelte ungeduldig auf das Lenkrad.

Tommy gähnte. »Ich verstehe einfach nicht, warum das nicht das Fußvolk von Jordal erledigen kann.«

»Sie könnten das machen, sind aber gerade in der Nachbarschaft von Laila Nilsen unterwegs und befragen die Leute, deshalb übernehmen wir das.«

»Und du glaubst wirklich, dass Robert Langeland Gunnar Tvifjord gesehen hat?«

»Eher nicht. Aber es ist nicht auszuschließen, dass Tvifjord seine Opfer überwacht hat, bevor er zur Tat geschritten ist. Und dann könnte Langeland ihn natürlich bemerkt haben.«

»Nicht sehr wahrscheinlich«, sagte Tommy.

»Vielleicht. Aber wir hätten das ja nicht zusammen machen müssen, du hättest ruhig im Büro bleiben können«, sagte Solveig spitz.

»Nein, nein. Eigentlich weiß ich gar nicht, weshalb ich mich beschwere, bin doch froh, ein bisschen rauszukommen.«

»Wir sind bald fertig mit diesem Fall, Tommy. Ich freue mich schon auf zu Hause.«

»Ja, weg aus dieser Scheißstadt!«

Schweigend fuhren sie weiter. Solveig warf ihm einen Blick zu. Er war in den Sitz gesunken und hatte den Kopf nach hinten gelehnt. Es schien so, als hätte er sogar die Augen geschlossen. Er sah nicht gut aus. War unrasiert, und seine Haut hatte in den letzten Tagen rote Flecken bekommen, bestimmt irgendein Ekzem. Und er sah müde aus, hatte Ringe unter den Augen und eingefallene Wangen, als bekäme er nicht genug Schlaf.

Auch Solveig fühlte sich ausgelaugt. Der Fall zehrte an allen, aber sie konnte den Gedanken an die Aufnahme der Überwachungskamera und das Foto auf Tommys Handy einfach nicht abschütteln. Sie wusste, dass sie ihrem Verdacht nachgehen sollte, weil sie sonst keine Ruhe finden würde, doch gleichzeitig war ihr klar, dass sie nicht genug in der Hand hatte, um damit einen Kollegen des Mordes zu beschuldigen.
Als sie vor Robert Langelands Haus parkten und Tommy die Autotür öffnen wollte, bat ihn Solveig, einen Augenblick zu warten. Er sah sie fragend an.
»Was ist denn, Solveig? Stimmt was nicht?«
»Ich …« Die Worte blieben ihr im Hals stecken. »Ich habe das Foto auf deinem Handy gesehen. Das war nicht geplant, aber wir haben identische Handys, und da habe ich aus Versehen das falsche genommen.«
»Häh?«
»Da war ein Foto von Emma. Das stimmt doch, oder?«
Für den Bruchteil einer Sekunde war sein Gesicht schutzlos, als wäre er ein kleiner Junge. Solveig sah die bebenden Lippen, das Zucken unter einem Auge und wusste, dass er kurz davor war, sich alles von der Seele zu reden. Sie hatte das schon oft bei anderen gesehen. Sehr oft.
»Oh, Tommy«, sagte sie und legte ihm die Hand auf den Arm, doch da war der Augenblick auch schon wieder vorüber, und sein Gesicht verschloss sich wie eine geballte Faust.
»Was redest du da für einen Unsinn?« Er öffnete die Tür und drehte ihr den Rücken zu. »Lass uns unsere Arbeit machen.«
Der Wind war kalt und unangenehm. Tommy öffnete die hintere Tür, nahm seine Jacke heraus und sah sie an. »Willst du deine Jacke?«, fragte er, als wäre nichts geschehen.
»Ja, gerne.«
Etwas in der Tasche schlug schwer gegen den Türrahmen.

»Uih«, sagte Tommy. »Was ist das denn?« Seine Finger ertasteten die Konturen. Er zog die Augenbrauen hoch.
»Du bist bewaffnet?«
Solveig wurde rot. »Oh, das hatte ich ganz vergessen, ich hatte sie bei Victoria mit. Die muss ich in der Tasche gelassen haben.«
Er musterte sie. »Nicht gerade vorschriftsmäßig, oder?«
»Nein«, sagte Solveig, konnte den Ausdruck in seinen Augen aber nicht deuten.

»Ja?« Der Mann in der Türöffnung sah abweisend aus, als erwartete er, dass sie ihm etwas verkaufen wollten.
»Polizei.«
»Polizei?«
Solveig hielt ihm ihren Ausweis hin. »Sie sind Robert Langeland?«
Er nickte noch immer abwartend.
»Dürfen wir Sie bitten, mal einen Blick auf diese Fotos zu werfen?« Sie hielt ihm einen Stapel Bilder hin, die alle Gunnar Tvifjord zeigten. Nachdem er sie durchgesehen hatte, blickte er sie fragend an.
»Wir würden gerne wissen, ob Ihnen dieser Mann einmal aufgefallen ist, zum Beispiel, wenn Sie mit Sølvi zusammen waren, oder auch woanders.«
»Sølvi? Welche Sølvi?«
»Sie sind doch Robert Langeland?«
»Ja, klar.«
»Ihre Freundin. Sølvi Gjerstad. Wir ermitteln ...«
Der Mann schüttelte den Kopf. »Ich kenne keine Sølvi Gjerstad. Das muss ein Irrtum sein.«
Tommy, der bisher nichts gesagt hatte, trat ein paar Schritte zurück und warf einen Blick auf die Hausnummer. »Das ist doch Korallveien 27, oder?«
»Ja.«

»Und Sie heißen Robert Langeland und arbeiten bei Statoil?«
»Das stimmt auch.«
Alle drei sahen sich verwundert an. »Ich verstehe nicht, wie ...«, begann Solveig, aber Tommy unterbrach sie.
»War Edvard nicht bei ihm und hat mit ihm geredet?«
Solveig nickte. »Doch, das hat er.«
»Und das war hier?«
»Ja, das ist die einzige Adresse, die wir von Robert Langeland haben. Aber ...«
»Wohnen Sie allein?« Es war etwas Angespanntes in Tommys Stimme, und Solveigs Kopfhaut begann zu kribbeln.
»Ja«, sagte der Mann.
»Nur Sie im ganzen Haus?«
»Nein, ich habe einen Mieter im Keller.«
Solveig sah Tommy an. »Was ist hier los?«
»Ich weiß nicht, aber ich habe kein gutes Gefühl. Warum sollte sich der Freund von Sølvi Gjerstad als Robert Langeland vorstellen, wenn er gar nicht so heißt?« Er richtete seinen Zeigefinger auf den Mann in der Tür. »Sie verarschen uns nicht? Das wäre nämlich keine gute Idee, die Sache ist sehr ernst.«
Der Mann schüttelte den Kopf, er wirkte entsetzt. »Natürlich nicht.«
»Wer hat sich dann mit falschem Namen präsentiert und mit Edvard gesprochen?«
»Das ergibt doch keinen Sinn«, sagte Solveig.
»Hat er als Alibi nicht angegeben, auf der Nordsee gewesen zu sein?«
»Ja.«
»Und du hast da angerufen und es überprüft?«
»Ja.«
»Nur dass das nicht Robert Langeland war. Er hat uns verarscht. Verdammt, Solveig, er hat uns einfach so verarscht!«

Der echte Robert Langeland sah jetzt vollkommen verwirrt aus.
»Was ...«, begann er, aber Tommy unterbrach ihn.
»Hat hier jemand gewohnt, während Sie auf der Nordsee waren? Der Ihre Wohnung genutzt hat oder einen Schlüssel hatte?«
»Nein, niemand.«
»Ihr Mieter, ist er zu Hause?«
»Ich glaube schon, aber ...«
»Wie heißt er?«
»Edgar Olsen.«
»Mit dem müssen wir reden.«

Kapitel 61

Edgar Olsen war nicht besonders groß. Er war schlank, wirkte fast schmächtig, hatte rotblonde Haare und eine blasse, sommersprossige Haut. Er trug noch einen Morgenmantel und ließ sie ohne weitere Fragen herein, als sie sich vorstellten. Allerdings blieb er im Eingang stehen, so dass Solveig sich an ihm vorbeidrücken musste. Sie spürte seinen Atem auf der Wange und fühlte sich unwohl.

Sie kamen in ein kleines, aber sauberes und ordentlich aufgeräumtes Wohnzimmer. Edgar Olsen nahm auf dem Sofa Platz, schlug die Beine übereinander und zog den Morgenmantel zurecht. An der Beinmuskulatur erkannte Solveig, dass er stark und durchtrainiert war.

»Tut mir leid, dass ich noch nicht angezogen bin.«

»Das macht doch nichts.«

»Um was geht es denn? Wie kann ich Ihnen helfen?« Er war höflich und aufmerksam.

»Wir sind etwas verwirrt.«

»Ach ja?«

Solveig fragte sich, ob in seinem Lächeln nicht so etwas wie Verachtung und Ironie lagen.

Etwas unsicher, wie sie sich ausdrücken sollte, zögerte sie einen Augenblick. »Jemand hat sich der Polizei gegenüber als Robert Langeland ausgegeben, Ihren Vermieter.«

»Als Robert?« Er lächelte wieder. »Ist das verboten?«

»Das ist es definitiv, jedenfalls gegenüber der Polizei. Das eigentliche Problem ist aber, dass uns das ermittlungstechnisch einige Schwierigkeiten bereitet hat.«

»Aha.«

»Ja, jemand hat hier im Korallveien 27 die Tür geöffnet und sich als Robert Langeland vorgestellt, als Langeland auf der Nordsee gearbeitet hat.«
»Verstehe. Und Sie glauben jetzt, dass ich das war?«
Sie zuckte mit den Schultern. »Wir glauben gar nichts. Aber es könnte sein. Da Sie hier wohnen, wäre das möglich gewesen.«
»Aber ich war das nicht«, sagte Edgar Olsen und lächelte wieder, als hätten sie ein gemeinsames Geheimnis. »Tut mir leid, dass ich Ihnen nicht helfen kann.«
»Am einfachsten wäre es, wenn Sie mit uns aufs Präsidium kämen, damit wir das aufklären können.«
Er sah überrascht aus. »Sie nehmen mich fest?«
Solveig wich der Frage aus. »Es wäre eine große Hilfe, wenn Sie uns aufs Präsidium begleiten könnten.«
»Hör mal«, mischte Tommy sich ein, »ich rufe Edvard an. Er muss inzwischen ja wieder im Büro sein. Vielleicht können wir das über das Telefon klären.«
Edgar Olsen seufzte und stand auf. »Ich will Ihnen keine Schwierigkeiten bereiten. Natürlich kann ich mitkommen, wenn das für Sie eine Hilfe ist. Wenn Sie mich entschuldigen, ziehe ich mir schnell etwas über.«
Er ging wieder so nah an ihr vorbei, dass sie seine Schulter an der ihren spürte. Dann verschwand er durch eine Tür, die wohl ins Schlafzimmer führte. Tommy sprach in sein Handy. Anscheinend hatte er Probleme, Edvard an den Apparat zu bekommen, und beschwerte sich bei jemandem in der Zentrale.
Solveig blieb stehen und sah sich um. An den Wänden hingen zwei eingerahmte Plakate von Ikea. Alles stammte von dort, sah man einmal vom Fernseher ab. Ein Sofa mit dunkelbraunem Bezug, ein Tisch und ein Fernsehsessel. Das Zimmer hatte nichts Persönliches. Keine Bücher, keine Zeitungen oder Zeitschriften. Das einzige Anzeichen, dass hier wirklich jemand wohnte, war

der Fensterbriefumschlag, der auf dem Esstisch lag. Sie zögerte, ging zu der Tür, die neben der Tür lag, durch die Edgar Olsen verschwunden war, und öffnete sie. Wie erwartet führte sie in eine kleine Küche. Ebenso aufgeräumt wie das Wohnzimmer. Sie öffnete leise den Kühlschrank. Ein Karton Milch, ein Päckchen Käse und Salami, sonst nichts. Keine Reste, keine Gläser oder Dosen.
»Ja, hallo, hier ist Tommy«, hörte sie ihren Kollegen aus dem Wohnzimmer. »Verdammt schwer, dich zu erreichen.«
Gut, er hatte Edvard endlich am Draht. Vielleicht konnten sie das klären, ohne Olsen mitnehmen zu müssen.
Solveig kehrte ins Wohnzimmer zurück. Irgendetwas beschäftigte sie. Sie wusste nicht, was, konnte es noch nicht in Worte fassen. Anhaltspunkte gab es in diesen leeren Räumen ja keine. Sie ließ ihren Blick schweifen. Plakate, Sofa, Stuhl, Tisch. Der Umschlag auf der Tischplatte. Sie trat einen Schritt näher. »Interflora« lautete der Absender. Sie nahm den Brief.
»Robert Langeland ist dunkel und untersetzt«, sagte Tommy ins Telefon. Er stand mit dem Rücken zu ihr. »Dünne Haare, nein, überhaupt nicht.«
Solveig nahm den Zettel aus dem Umschlag. Eine Rechnung. Er hatte drei Sträuße Rosen bestellt. Es dauerte den Bruchteil einer Sekunde, dann traf die Erkenntnis sie wie ein Tritt in den Magen. Rosen.
»Nein, er heißt Edgar Olsen und ist ein ganz anderer Typ. Schlank, nicht sehr groß, ich tippe mal auf 1,75, und ...«
Solveig hörte nicht mehr zu. Mit drei Schritten war sie an der Tür, hinter der Edgar Olsen sich befand.
»Olsen«, rief sie. »Sind Sie fertig? Haben Sie sich angezogen?«
Keine Antwort.
Sie wartete kurz, bevor sie die Klinke herunterdrückte und die Tür aufstieß. Edgar Olsen war fertig angezogen. Er drehte ihr den

Rücken zu, hatte sich nach vorn gebeugt und suchte etwas in einem Schrank. Er drehte den Kopf und lächelte sie an.
»Ich bin gleich so weit.«
Mit seinem Lächeln stimmte etwas nicht. Da war was faul. Ihre Stimme wurde schärfer.
»Ich will, dass Sie jetzt auf der Stelle mitkommen ...«
Er drehte sich zu ihr um. Auf den ersten Blick erkannte sie nicht, was er in den Händen hielt. Es sah aus wie ein Spielzeug, doch dann bemerkte sie, dass es sich um eine Harpune handelte, wie sie Taucher benutzen, um Fisch zu fangen. Der glänzende Stahlbolzen reflektierte das Licht. Sie sah den Widerhaken. Solveig hob die Arme und trat einen Schritt zurück.
»Nicht«, sagte sie. »Nicht ...«
Er hatte noch immer dieses Lächeln im Gesicht, doch jetzt erkannte sie, was damit nicht stimmte. Es war kein Lächeln, er hatte die Zähne entblößt wie eine in die Ecke getriebene Ratte. Seine Augen, die sie als hellblau in Erinnerung hatte, waren dunkel, fast schwarz.

Tommy hörte die Veränderung in ihrem Tonfall. Er nahm das Handy vom Ohr und drehte sich zu Solveig um. Er sah die Angst in ihrem Gesicht, die erhobenen Hände.
Der Instinkt übernahm, und ohne zu zögern oder nachzudenken, warf er sich in die Türöffnung.
Das leise Zischen einer Sehne war zu hören. Tommy wirkte einen Moment lang überrascht, er bekam Schlagseite, musste sich an die Wand lehnen. Er drehte den Kopf zu Edgar Olsen, entdeckte die Harpune in seiner Hand und versuchte, zu verstehen, was geschehen war.
Solveig sah nur Tommy. Sie konnte die Augen nicht von dem Bolzen nehmen, der eine Handbreit über der Hüfte in seine Seite gedrungen war.

Tommy stöhnte.
Als sie ihren Blick endlich losriss, hatte Edgar Olsen die Harpune fallen gelassen und stand mit einem Messer in der Hand da. Es sah aus wie ein Tauchermesser.
»Erschieß ihn«, sagte Tommy.
Erst jetzt kam ihr ihre Waffe wieder in den Sinn.
Sie schob die Hand in die Tasche, legte die Finger um den Schaft, aber der Lauf hatte sich verhakt, so dass sie die Waffe nicht aus der Tasche ziehen konnte. Endlich löste sie sich.
»Lassen Sie das Messer fallen«, sagte sie und richtete die Waffe auf Olsen. »Lassen Sie es fallen, und legen Sie sich mit dem Gesicht auf den Boden.«
Er rührte sich nicht. »Erschieß das Arschloch, Solveig«, sagte Tommy. Er hörte sich müde an, als würde er jeden Augenblick einschlafen. »Er ist verrückt! Erschieß ihn!«
Sie schoss nicht, sondern rief noch einmal mit lauter, scharfer Stimme, dass er das Messer fallen lassen sollte, aber Edgar Olsen stand nur da und grinste sie an. Sein Gesicht war wie eine Maske. Dann bewegte er sich.
Solveig bekam nicht alles mit, irgendetwas war mit ihren Augen. Sie musste blinzeln, um klar sehen zu können, und da war er bereits neben Tommy. Er hatte seine linke Hand auf Tommys Schulter gelegt, als wären sie gute Freunde, und stieß ihm mit der rechten das Messer in den Bauch, viermal in rascher Folge. Grinsend. Die ganze Zeit über grinste er.
Tommy gab bei jedem Stich ein leises Geräusch von sich.
Solveig hielt die Waffe mit beiden Händen. Sie streckte die Arme aus, beugte die Knie, hatte freie Schussbahn, das Ziel war weniger als zwei Meter entfernt, sie konnte ihn nicht verfehlen. Aber sie drückte nicht ab. Sie verharrte eine gefühlte Ewigkeit, während das Messer wieder und wieder in Tommy drang. Bemerkte, wie das Licht auf der glänzenden Klinge reflektiert wurde und wie

das Blut auf die Tapete spritzte und karmesinrote blumenartige Flecken bildete.
Doch sie schoss nicht.

Sie gab auch keinen Schuss ab, als Edgar Olsen sich ihr zuwandte. Nicht einmal, als er ein weiteres Mal so dicht an ihr vorbeilief, dass sie seinen Atem spürte. Sie folgte seinen Bewegungen mit der Waffe, bis er verschwunden war. Erst dann drückte sie auf den Abzug und schoss eine Kugel in die Luft. Eine Kugel, von der sie sich von ganzem Herzen wünschte, sie hätte sie ihm in sein Raubtiergrinsen gejagt.
Der Knall war in dem kleinen Raum ohrenbetäubend.

Über das Telefon hatte Edvard alles mitbekommen. Er hatte Solveigs scharfe Anweisungen vernommen, die seltsamen Geräusche und das Stöhnen, ohne zu verstehen, was da vor sich ging. Trotzdem spürte er, dass das Verhängnis seinen Lauf nahm, dass etwas schrecklich schiefgegangen war. Der knallende Schuss hatte schließlich seine schlimmsten Ahnungen bestätigt. Ebenso die Stille danach.
Er schrie in den Hörer, bis seine Stimme versagte, und spürte Angst und Panik in sich aufsteigen. Irgendwann aber übernahm die Routine, und er rief einen Krankenwagen und schickte eine bewaffnete Spezialeinheit in den Korallveien.
Was zum Teufel war dort oben geschehen?

Kapitel 62

Die Haustür stand sperrangelweit offen, und im Flur roch es nach Kordit. Edvard zog seine Dienstwaffe, entsicherte sie und ging schnell und leise die Treppe hinunter. Auch die Tür der Kellerwohnung stand offen. Er lauschte, konnte aber nichts hören. Es war vollkommen still. Edvard holte tief Luft und ging hinein.
Tommy lag wie ein Säugling zusammengerollt auf der Seite. Blass und regungslos. Neben ihm kniete Solveig. Überall war Blut. Auf dem Boden, an den Wänden, an Solveigs Händen. Sie drehte ihren Kopf und sah Edvard mit leerem Blick an.
»Wo ist er?«
Sie schaute ihn ratlos an. »Tommy ist tot.«
»Der Mieter, Solveig. Wo ist der Mieter?«
»Weggelaufen.«
Die Anspannung ließ nach. Edvard nahm die Pistole herunter und kniete sich neben sie. Legte den Finger an Tommys Hals und suchte nach einem Puls. Glaubte, etwas zu fühlen, eine kaum spürbare Bewegung. »Er ist nicht tot. Warte hier.«
Edvard stürmte über die Treppe nach draußen. Beamte in schusssicheren Westen, mit schwarzen Helmen und automatischen Waffen hatten sich hinter Autos und Hausecken positioniert. Er gestikulierte wild, dass sie den Rettungswagen durchlassen sollten, dass alles gesichert sei. Sie zögerten, weil sie ihn nicht kannten, und er wurde wütend und war kurz davor, die Kontrolle zu verlieren, als Preben Jordal ihn festhielt und keuchend das Kommando übernahm.

Tommy war abtransportiert worden. Er war am Leben, aber bewusstlos. Solveig saß auf der Treppe vor dem Haus. Obwohl je-

mand ihr eine Wolldecke umgelegt hatte, zitterte sie. Edvard setzte sich neben sie.
»Wie geht es dir?«
Ihre Zähne klapperten, und sie stammelte: »Ich ... ich ... Ich habe es einfach nicht geschafft ...«
»Immer mit der Ruhe, Solveig, wir haben das alle schon einmal erlebt und ...«
»Nein, du verstehst das nicht. Ich war wie paralysiert. Habe vollständig versagt. Es ist meine Schuld, dass ...«
Edvard legte den Arm um ihre Schultern. »Lass uns später darüber reden, Solveig. Ich brauche eine Beschreibung des Mieters, das ist jetzt das Wichtigste. Schaffst du das?«
Sie riss sich zusammen und nickte. »Ja, ich werde es versuchen.«
Edvard rief Preben Jordal, der zu ihnen kam und Papier und Bleistift zückte. Solveig beschrieb Edgar Olsen, so genau sie konnte. Als sie fertig war, nickte Edvard.
»Das ist Sølvi Gjerstads Geliebter. Da bin ich mir fast sicher.«
»Ich verstehe den Zusammenhang nicht«, sagte Jordal.
»Das ist jetzt nicht wichtig. Gib die Beschreibung an alle Einheiten weiter, Preben. Er kommt nicht weit.«
Als Jordal gegangen war, wandte Edvard sich wieder Solveig zu. Ihr Gesicht war grau, ihre Pupillen klein und zusammengezogen, als hätte sie eine Gehirnerschütterung. »Du solltest auch ins Krankenhaus. Du stehst unter Schock.«
Sie hatte sich etwas beruhigt, zitterte nicht mehr so stark und protestierte halbherzig. Trotzdem führte er sie zu einem Rettungswagen.
Als der Wagen langsam davonfuhr, überlegte Edvard, was dort unten im Keller eigentlich passiert war. Warum fühlte sie sich schuldig? Er schob den Gedanken jedoch rasch beiseite und ging zurück ins Haus.

Edgar Olsen hatte kein Schreckenskabinett in seiner Wohnung, weder einen Raum voller Bilder seiner Opfer noch einen Schrank mit grausamen, pathetischen Souvenirs. Aber Edvard fand einen Zeitungsausschnitt und einen Notizblock zwischen Broschüren, Rechnungen und leeren Kugelschreibern in der Küchenschublade.

Der Zeitungsausschnitt war die bekannte Reportage über die Prostitution. Edvard las die erste Seite des Notizblocks im A4-Format. Mit sauberer, fast schon anonymer Handschrift hatte Edgar Olsen dort die Namen und Adressen von vier Frauen notiert. Drei von ihnen waren tot. Eine noch am Leben.

Edvard hastete die Treppe hoch, trat in das graue Tageslicht und suchte Preben Jordal, der hektisch damit beschäftigt war, seine Leute einzuteilen.

»Du musst einen Wagen zu Victoria Ravn schicken. Sie braucht wieder Personenschutz. Es eilt.«

Kapitel 63

Alles war auf einmal passiert, ein Mahlstrom aus Aktivitäten, der keinen Raum zum Nachdenken gelassen hatte. Jemand, er wusste nicht, wer, hatte ihn informiert, dass Tommy auf dem Operationstisch lag, aber niemand konnte eine Prognose abgeben.
Erst nach Stunden erfuhren sie, dass die Operation beendet war.
»Er lebt«, sagte Preben Jordal. »Mehr wollen sie zu diesem Zeitpunkt nicht sagen. Sein Zustand ist noch immer sehr kritisch. Wir müssen abwarten und hoffen.«
Edgar Olsen war wie vom Erdboden verschluckt. Er war auf der Flucht und hatte nur das bei sich, was er am Leib trug. Die Streifenwagen hatten sofort, nachdem sie über Funk die Täterbeschreibung bekommen hatten, mit der Suche begonnen. Alle verfügbaren Kräfte waren im Einsatz. Zu Fuß, in Zivilwagen und in Streifenwagen, müde, aber noch immer hochkonzentriert. Vier Frauen waren tot, ein Polizist schwebte zwischen Leben und Tod, und der Täter war irgendwo da draußen.
Nach Mitternacht kehrte Edvard endlich ins Hotelzimmer zurück. Er rief im Haukeland-Krankenhaus an und erfuhr, dass Tommys Zustand unverändert war. Erst als er schon im Bett war, kam ihm Solveig in den Sinn. Er rief noch einmal an und hörte, dass sie vor ein paar Stunden entlassen worden war. Er wählte ihre Handynummer, aber das Telefon war ausgeschaltet. Er überlegte, ob er an ihre Tür klopfen sollte, um zu sehen, ob es ihr wirklich gutging, beruhigte sich dann jedoch damit, dass sie bestimmt schlief. Gleich darauf schlief auch Edvard ein.
Am nächsten Morgen war ihr Telefon immer noch ausgeschaltet, und als er an ihre Tür klopfte, erhielt er keine Antwort. Er wurde

unruhig, ließ das Frühstück aus und ging ins Präsidium. Vielleicht saß sie ja bereits in ihrem Büro, aber das war nicht der Fall. Edvard rieb sich die Schläfen, spürte seine verspannten Schultern.

Er fand sie schlafend auf einem Stuhl neben Tommys Bett. Eine Krankenschwester bestätigte ihm, dass sie die ganze Nacht dort gewesen war.
»Wir haben versucht, sie nach Hause zu schicken«, sagte sie, »aber sie wollte nicht. Und ein Bett wollte sie auch nicht.«
»Wie geht es Tommy?«
»Sein Zustand ist noch immer kritisch«, erwiderte sie. »Er ist schwach, und wir fürchten eine Infektion in der Bauchhöhle. Doch jede Stunde ohne Komplikationen ist positiv.«
Solveig war auf dem Stuhl nach unten gerutscht. Ihr Kopf ruhte beinahe auf ihrer Brust. Es sah unbequem aus. Manchmal gab sie leise Schnarchlaute von sich oder jammerte leise.
Edvard versuchte, sie vorsichtig zu wecken, aber sie zuckte zusammen, als er sie berührte, und richtete sich abrupt auf. Ihr Blick war verwirrt. Dann erinnerte sie sich, wo sie war, und drehte sich zu Tommy um.
»Es geht ihm gut«, sagte Edvard. »Der schafft das.«
Er sah, wie ihr Blick flackerte. Ihre Lippen waren trocken und aufgesprungen. »Komm«, sagte er. »Du brauchst was zu essen.«
Er wartete, bis sie gegessen und eine halbe Tasse Kaffee getrunken hatte, bevor er sie fragte.
»Was ist gestern im Keller eigentlich geschehen?«
»Ich ... ich habe es nicht geschafft.« Ihre Lippen begannen zu zittern. »Es ist meine Schuld, dass er da liegt.«
»Erzähl mir einfach, was passiert ist, Solveig. Ich muss es wissen.«
Sie hatte sich in Gedanken längst eine revidierte Version zurechtgelegt, in der einige Details verändert und andere ausgelassen

wurden, eine Version, mit der sie und ihre Vorgesetzten leben konnten. Eigentlich hatte sie Edvard diese Version erzählen wollen, doch mit einem Mal wusste sie, dass das nicht ging, und so hörte sie sich den gestrigen Tag wiedergeben, ohne etwas hinzuzufügen oder wegzulassen. Sie sprach nüchtern, leidenschaftslos und so korrekt wie möglich. Ihre Stimme klang fest, aber sie hatte die Beine übereinandergeschlagen, und der Fuß wippte wie ein Metronom. Als sie fertig war, blieben sie beide eine Weile schweigend sitzen.

»Ich weiß nicht, warum das so ist«, sagte sie schließlich. »Aber das passiert nicht das erste Mal, wobei die Konsequenzen noch nie so drastisch waren. Ich komme mit Konfrontationen nicht klar, kann nicht handeln, wenn es darauf ankommt. Ich zögere, bin unentschlossen. Genau wie mein Vater. Ich habe ihn dafür gehasst, dass er nie gekämpft, sondern immer nur die andere Wange hingehalten hat. Ich habe mich schon gefragt, ob ich deshalb zur Polizei gegangen bin. Ob ich mir selbst beweisen wollte, dass ich nicht so bin wie er. Aber jetzt …«

»Ich habe dich nie für unentschlossen gehalten«, sagte Edvard. »Reflektiert vielleicht, aber nicht unentschlossen.« Er zögerte. »Vielleicht schaffst du es einfach nicht, einen anderen Menschen zu töten. Das ist nicht zwangsläufig eine schlechte Eigenschaft.«

»Ich bin Polizistin. Andere Menschen dürfen gelähmt sein, handlungsunfähig, aber doch nicht wir. Ich habe mich entschlossen, bei der Polizei aufzuhören.«

Die Worte rutschten ihr einfach so heraus. Solveig hatte keine Ahnung, woher sie kamen, aber als sie erst ausgesprochen waren, empfand sie eine gewaltige Erleichterung.

Edvard sah in ihr Gesicht und hielt zurück, was er hatte sagen wollen. »Du darfst gerne machen, was du für richtig hältst. Aber kannst du damit warten, bis dieser Fall abgeschlossen ist? Ich darf nicht mein ganzes Team auf einmal verlieren. Ich brauche jeman-

den, auf den ich vertrauen kann. Wir müssen diesen Kerl kriegen, bevor er noch mehr Menschen verletzt.«
Er wusste, dass er an ihre Schuldgefühle appellierte. Nach ein paar Sekunden nickte sie. »Okay.«
»Danke, Solveig.« Er stand auf. »Aber erst musst du ein paar Stunden schlafen. In deinem jetzigen Zustand kann ich dich nicht gebrauchen. Tommy schafft das schon.«
»Das hoffe ich.«
»Er ist stark. Er wird das überstehen«, sagte Edvard mit gespielter Überzeugung. »Komm, ich fahre dich ins Hotel.«

Ihr Handy klingelte, als sie im Auto saßen. Sie warf einen Blick auf das Display und wies den Anruf ab. Kurz darauf piepte ihr Handy laut, aber Solveig sah nicht einmal nach, von wem die Nachricht war.
Edvard sagte dazu nichts. »Hast du dir schon mal Gedanken darüber gemacht, dass wir auch noch ein anderes Problem haben?«, fragte er.
»Welches?«
»Emma. Vier Namen in dem Notizbuch, aber nicht der von Emma. Das könnte darauf hindeuten, dass ich recht habe und da draußen tatsächlich noch ein anderer Mörder herumläuft.«
Solveig öffnete ihren Mund, um etwas zu sagen, schloss ihn jedoch wieder. Sie konnte nicht. Nicht jetzt. Niemals. Tommy hatte ihr das Leben gerettet.
Ohne zu zögern oder an sich zu denken, hatte er gehandelt. So, wie sie es hätte tun sollen. Bei dem Gedanken an die Harpune in ihrem Körper krümmte sie sich zusammen. Tommy hatte den Bolzen abgefangen, damit ihr nichts passierte, und sie hatte wie gelähmt dagestanden, während Edgar Olsen Tommy aufgeschlitzt hatte wie einen Fisch.
Solveig wusste, dass sie ihren Verdacht niemals äußern würde.

»Möglich«, sagte sie zu Edvard. »Es kann aber auch sein, dass ihm Emma nachträglich in den Sinn gekommen ist. Wir wissen nicht, was im Kopf eines Edgar Olsen vor sich geht.«

Im Hotelzimmer überprüfte sie ihr Handy. Sechzehn unbeantwortete Anrufe. Zwei von ihrem Vater, zwei von Edvard, der Rest von Hans Christian. Sie checkte die SMS. Neun ungelesene, alle von Hans Christian. Er hatte die dramatischen Entwicklungen in den Nachrichten mitbekommen und machte sich Sorgen um sie, liebte sie, vermisste sie.
Eigentlich sollte sie ihn anrufen, brachte es aber nicht über sich. Stattdessen schrieb sie eine kurze SMS: »Alles in Ordnung mit mir, wir reden später«, und schaltete das Telefon aus.
Sie wusste, dass Schluss war. Sie würde niemals mit Hans Christian zusammenziehen. Sie würde nicht einmal mehr mit ihm schlafen, ihn umarmen, ihn küssen. Es war vorbei, ohne dass Solveig sich erklären konnte, warum. Alles hatte sich verändert. Die Solveig, die in Edgar Olsens Kellerwohnung gegangen war, gab es nicht mehr. Herausgekommen war eine andere.

Kapitel 64

»Wie geht es Tommy?«
»Er lebt«, sagte Edvard. »Sein Zustand ist noch immer kritisch, aber er lebt. Die Ärzte äußern aber nicht mehr so viele Bedenken, was ich als ein positives Zeichen werte.«
»Gut. Der kommt schon durch. Tommy ist ein harter Brocken«, sagte Preben Jordal und nickte, als wollte er sich selbst Mut machen.
Die anderen murmelten zustimmend. Ein Neuer war dabei, ein Kommissar mit dem Namen Gerhard Kolldal. Ihm oblag die Koordination der Fahndung nach Edgar Olsen in Bergen und Umgebung.
»Noch immer keine Spur von ihm?«, fragte Edvard.
Kolldal schüttelte den Kopf. »Nein, er ist wie vom Erdboden verschluckt. Aber wir haben jeden verfügbaren Mann mobilisiert, um ihn zu suchen. Wie Sie wissen, war heute ja auch eine Zeichnung von ihm in beiden Lokalzeitungen. Ich bezweifle, dass es noch lange dauern wird, bis wir ihn haben.«
»Keine Fotografie?«
»Nein, bis jetzt haben wir keine gefunden.«
»Er kann die Stadt verlassen haben.«
Kolldal zögerte. »Das glaube ich nicht. Nicht mit der Bahn und auch nicht mit dem Flugzeug, Linienschiff oder Bus. Die haben wir unter Kontrolle. Und die Straßen, die aus der Stadt herausführen, haben wir ziemlich schnell abgesperrt, mit dem Auto kann er also auch nicht abgehauen sein. Natürlich kann er mit einem privaten Boot geflohen oder in die Berge entwischt sein, aber ich persönlich glaube, dass er noch in der Stadt ist.«
»Okay, dann gehen wir mal davon aus«, sagte Edvard. »Was

ist mit Ihnen, Preben? Haben Sie mehr über ihn herausgefunden?«

»Nicht viel«, antwortete Preben Jordal. »Seine Wohnung war nahezu leer. Ein paar Kleider, Sportsachen, aber kaum private Papiere und keinerlei Bilder. Auch kein PC. Es ist auch kein Handy auf seinen Namen registriert. Laut seinem Vermieter lebt er zurückgezogen und bekommt nie Besuch.«

»Und einen Job hat er auch nicht?«, fragte Solveig.

»Doch. Einen Teilzeitjob bei einer Gebäudereinigung. Er putzt nachts die Büros der Zeitung *BT*.«

»Das erklärt, wie er an die richtigen Namen und Adressen der Frauen gekommen ist«, sagte Solveig, und Jordal nickte.

»Vermutlich, ja.«

»Was sagt sein Arbeitgeber?«

»Nichts. Sie haben ihn auf ihren Listen und zahlen ihm den Lohn aus, doch ansonsten scheint ihn niemand zu kennen. Er wurde angestellt, danach ist er aber keinem mehr aufgefallen.«

»Familie?«

»Nein, keine noch lebenden Verwandten.«

»Könnte er eine Hütte besitzen oder gemietet haben, in der er sich versteckt?«

»Daran arbeiten wir noch.«

»Was ist mit Freunden oder früheren Kollegen?«

»Wissen wir noch nicht.«

»Okay, irgendwo muss er sich versteckt haben. Und wir werden ihn finden.«

Kolldal räusperte sich etwas unsicher. »Ist er wirklich unser Mann?«

Ungläubig sah Edvard ihn an. »Machen Sie Witze? Solveig hat gesehen, wie er Tommy das Messer in den Bauch gerammt hat.«

»Natürlich«, sagte Kolldal. »Das meine ich nicht, ich habe an diese Frauen gedacht. Warum hat er die getötet?«

»Ich weiß es nicht, aber wir haben ihre Namen und Adressen bei ihm gefunden, und er war der Geliebte von Sølvi Gjerstad. Wir warten noch auf das Ergebnis der DNA-Probe, mit ziemlicher Sicherheit ist das unser Mann.«
»War er tatsächlich der Geliebte von Sølvi?«, fragte Solveig plötzlich.
Edvard drehte sich zu ihr um. »Wie meinst du das, Solveig?«
»Nun, eigentlich ist das doch nur seine Darstellung, oder? Der Vermieter meinte, dass er nie Besuch bekam, und er hat sich mit falschem Namen vorgestellt. Ansonsten hat uns keine Quelle bestätigt, dass die beiden liiert waren, oder?«
Es wurde still am Tisch.
»Und warum sollte er sich als ihr Lover ausgeben?«, fragte Kolldal. »Das ergibt doch keinen Sinn.«
»Ich weiß es nicht«, sagte Edvard. »Vielleicht hat er ja selbst daran geglaubt.«
»Wie meinst du das?«
Edvard rutschte auf seinem Stuhl herum. »Vielleicht hat er sie nur einmal getroffen. War in sie verliebt. Irgend so etwas.«
Professor Wiersholm, der an diesem Morgen bislang kein einziges Wort gesagt hatte, fluchte plötzlich laut. Alle wandten sich ihm zu.
»Mein Gott, bin ich blöd!«, schimpfte er. Und noch ehe jemand nachfragen konnte, was er meinte, fügte er hinzu: »Wie sieht dieser Olsen eigentlich aus? Hat der Sommersprossen? Rote Haare?«
»Hm, ja, das könnte hinkommen«, sagte Solveig. »Aber nicht leuchtend rot. Eher ein Rotschimmer. Eigentlich nicht sonderlich auffällig. Aber seine Haut ist ziemlich blass. Der hatte doch Sommersprossen, oder, Edvard?«
»Ich glaube schon, warum?«
»Wären Sie so gut, den Zeitungsartikel zu holen, den Sie in Edgar Olsens Wohnung gefunden haben, Solveig?«

Es dauerte ein paar Minuten. Dann breitete Wiersholm den Artikel vor sich auf dem Tisch aus. »Sehen Sie hier. Als wollte er uns eine Nachricht schicken.«

Sie scharten sich um ihn. Er zeigte auf den Ausschnitt, den Edgar Olsen gelb markiert hatte, und las laut vor. »Auf meine Frage, was sie sich für ihre Zukunft vorstellten, zuckten sie mit den Schultern, sahen sich an und lachten unsicher. ›Wir denken nicht an die Zukunft‹, sagten sie. ›Die Zukunft kommt schon, wenn es so weit ist. Das Leben findet hier und jetzt statt.‹ Nur Mia sah plötzlich nachdenklich aus.

›Ich denke an die Zukunft‹, sagte sie. ›Ich träume davon, einen Lebensgefährten zu haben, einen ganz gewöhnlichen Mann. Er muss nicht hübsch sein oder reich oder irgendwie besonders. Er kann dunkel und groß sein oder rote Haare und Sommersprossen haben.‹ Die anderen lachten, aber sie protestierte. ›Nein, ich meine das wirklich so. Ich glaube, dass er rote Haare und Sommersprossen haben wird. Und warum auch nicht? Wichtig ist doch nur, dass er die liebt, die ich bin, und dass ihm Glamour und äußere Dinge egal sind. Wenn ich diesen Mann treffe, höre ich von einem Tag auf den anderen auf. Ich will ein ganz normales Leben führen. Zwei Kinder, am liebsten einen Jungen und ein Mädchen, und ein Reihenhaus.‹ Sie zuckte lächelnd mit den Schultern. ›Ich kann ja nicht für den Rest meines Lebens so weitermachen‹, sagte sie.«

Er legte den Artikel zur Seite und lehnte sich zurück. Langsam schüttelte Solveig den Kopf. Nicht ungläubig, sondern verwundert. »Er liest das wie eine Kontaktanzeige.«

»Genau! Perfekt formuliert!« Wiersholm richtete seinen Zeigefinger auf sie. »Der Text spricht ihn direkt an. Für Edgar Olsen ist der Artikel eine direkte Aufforderung, Mia zu retten. Rote Haare und Sommersprossen, das kann doch niemand anders als er selbst sein, denkt er.«

Preben Jordal runzelte die Stirn und sah skeptisch aus. »Das ist eine Theorie.«
»Nein«, sagte Wiersholm. »Das ist mehr als eine Theorie. Jetzt fügt sich alles zusammen.«
»Das erklärt, warum er sich als Sølvis Lebensgefährte ausgegeben hat. Er hat sich wirklich dafür gehalten!«, sagte Edvard.
»Aber ... aber er tötet sie doch?«, protestierte Jordal. »Und wie kann er wissen, wer Mia ist? Sie hatten doch alle Decknamen!«
Wiersholm wollte ihm eine Antwort geben, aber Edvard kam ihm zuvor. Sein Hirn arbeitete auf Hochtouren. Plötzlich sah er alles ganz klar. »Das ist ja genau der Punkt! Er weiß nicht, wer von den vier Mia ist. Er sucht eine von ihnen auf, und als sie ihn nicht mit offenen Armen empfängt, tötet er sie aus Wut oder Enttäuschung und geht zur Nächsten.«
Preben Jordal war der Advokat des Teufels. »Was ist mit Sølvi? Sie hatte ihn doch wohl auch abgewiesen? Warum behauptete er weiterhin, ihr Lover zu sein, während sie im Koma lag?«
»Sie müssen bedenken, dass er in einer Fantasiewelt lebt«, antwortete Wiersholm. »Solange sie am Leben war, konnte er sich selbst einreden, dass die Abweisung nur auf einem Missverständnis oder einem Irrtum beruhte, und weiter seine Fantasie ausleben. Aber nachdem sie gestorben war, musste er natürlich weitersuchen.«
»Das passt zur Chronologie«, sagte Jordal langsam. »Unni wurde erst nach Sølvis Tod ermordet.«
»Und«, sagte Wiersholm, »das erklärt die Rosen. Sie hatten recht, Edvard. Er hat ihnen Rosen mitgebracht. Ein Strauß Rosen für seine Geliebte ist ja die natürlichste Sache von der Welt.«
Edvard sah zu den anderen am Tisch. Alle nickten und beantworteten damit eine unausgesprochene Frage. Sie waren überzeugt. So auch Edvard.
Er kannte das Gefühl, auf ein undeutliches, unverständliches Bild

zu starren, bis plötzlich das Motiv klar hervortrat. Und dann wunderte er sich darüber, dass er den Zusammenhang nicht viel früher erkannt hatte.

»Nun ist nur noch Victoria als mögliche Mia übrig«, sagte Solveig.

Kapitel 65

Victoria sah Edvard mit einer Mischung aus Ungläubigkeit und Wut an. »Er hat Unni umgebracht, weil er sie für seine Geliebte hielt?«
»Das glauben wir, ja.«
»Das ist doch vollkommen verrückt!«
»Ja, natürlich ist das verrückt.«
»Erklär mir das bitte noch einmal.«
Edvard legte noch einmal alles dar. Mit jedem Mal war er sich sicherer. So musste es sein. Nachdem er geendet hatte, saß Victoria still da.
Sie saßen in ihrer Küche. Edvard begann langsam, sich daran zu gewöhnen. Trotz der Situation war es so normal, mit ihr mit einer dampfenden Teetasse in der Hand an diesem Tisch zu sitzen.
»Und jetzt glaubt er, dass ich Mia bin und mich nach einem rothaarigen Mann mit Sommersprossen sehne, der mich rettet?«
»So etwas in der Art, ja.«
Sie schüttelte den Kopf. »Obwohl er entlarvt ist, will er noch immer … ich meine, gibt der nicht irgendwann auf?«
»Ich weiß es nicht, Victoria. Wer versteht denn schon, was in dem Kopf eines Edgar Olsen vor sich geht? Vielleicht flieht er, vielleicht stachelt ihn das alles aber nur noch mehr an. Schließlich weiß er jetzt, wer sein wirkliches Ziel ist. Er hat alle anderen Möglichkeiten eliminiert. Nur noch du bist da. Ich denke, er wird es versuchen.«
Ein Schauer lief ihr über den Rücken. Sie stand auf, stellte sich mit verschränkten Armen vor das Fenster und sah hinaus. Ihre Silhouette zeichnete sich vor dem schwarzen Glas ab. Der schmale Rücken und die angstvoll hochgezogenen Schultern.

»Dieses Mal werden wir aber anständig auf dich aufpassen«, sagte Edvard. »Du musst dir keine Sorgen machen.«
Victoria antwortete nicht. Was sollte sie auch sagen. Dort draußen war ein Mörder, der es auf sie abgesehen hatte. Natürlich machte sie sich Sorgen, natürlich hatte sie Angst. Alles andere war unmöglich. Und sie war es leid, Angst zu haben. Sie wollte ihr Leben zurück.
»Bleibst du hier?«, fragte sie.
Er stand auf und schüttelte den Kopf. »Nein, heute nicht. Ich muss noch einmal ins Präsidium. Wir müssen diesen Kerl finden.«

Edvard konnte nicht schlafen. Er fand keine Ruhe, sein Körper zitterte, und sein Hotelzimmer kam ihm so eng vor, dass er kaum Luft bekam. Die Fernsehbilder flimmerten vorbei. Nachrichten, misshandelte Hunde, amerikanische Detektive, die beim Sprechen kaum die Zähne auseinanderbekamen, aber nichts davon interessierte ihn. Schließlich entschloss er sich für einen Radiosender mit älterer Rock- und Pop-Musik.
Die ersten, klagenden Töne wirkten vertraut, auch wenn er das Stück nicht gleich zuordnen konnte. Erst als die Stimme den Raum erfüllte, wusste er, wer das war. Chris Isaak. Das Lied hieß *Wicked Game*. Es war wie ein Echo aus seiner Jugend, aus einer Zeit, in der ihm beinahe jeder Text so vorgekommen war, als spräche er direkt zu ihm. »I never dreamed that I'd love somebody like you.«
Er wusste, warum er so unruhig war. Es hatte nichts mit Edgar Olsen zu tun. Ebenso wenig mit dem Mysterium seiner Mutter. Victoria war der Grund. Sie war ihm zu nah gekommen, war ihm zu wichtig geworden. Und diese Tatsache weckte in ihm das altbekannte Gefühl der Panik, den Drang, jeden Kontakt abzubrechen, bevor die Bande zu eng wurden. Den Verlust jetzt zu durchleben, bevor er so weh tat, dass er ihn nicht mehr ertragen würde.
»No, I don't wanna fall in love«, sang Chris Isaak. »This love is only gonna break your heart.«

Kapitel 66

Solveig, Edvard und Preben Jordal saßen in der Kantine.
»Wo zum Henker hat der sich versteckt?«, fragte Jordal. »Der kann sich doch nicht in Luft aufgelöst haben. Die Bilder im Fernsehen, in den Zeitungen, das ganze Programm, und wir kriegen nicht einen gescheiten Hinweis. Das ist nicht normal.«
Solveig sah von der Zeitung auf. »Es ist noch früh. Seit seinem Verschwinden sind erst drei Tage vergangen. Er kann überall sein. Vielleicht ist er in eine leerstehende Hütte eingebrochen und da erst einmal in Deckung gegangen. Früher oder später muss er auftauchen.«
Sie legte die Zeitung auf den Tisch und richtete sich auf. »Was mich wirklich verwundert, ist, dass wir nichts gefunden haben. Keine einzige Fotografie. Weder eine Postkarte noch einen Brief noch Notizen oder Schmierzettel, nur die Stromrechnung. Er hatte keinen Festnetzanschluss, kein Handy, keinen Computer, kein Fernsehen, ja nicht einmal eine Zeitung hat er abonniert.«
»Aber er existiert trotzdem«, sagte Jordal. »Da können Sie Gift drauf nehmen.«
Solveig erschauderte. »Ja, aber Sie wissen, was ich meine. Haben Sie mit irgendjemandem gesprochen, der ihn kennt?«
»Sein Vermieter kennt ihn wohl am besten.«
»Richtig, und der hat ausgesagt, dass er nichts über Edgar Olsen weiß. Das ist doch nicht normal. Kein Mensch ist eine Insel, hat mal jemand gesagt ...«
»John Donne.«
»Wer?«
»John Donne, ein englischer Dichter, der Anfang des 17. Jahr-

hunderts gelebt hat. Von dem sind die Worte: ›No man is an island.‹«

»Machen Sie Witze? Woher wissen Sie denn das?«

Preben Jordal zuckte mit den Schultern. »Ich weiß es einfach.«

»Wie dem auch sei«, sagte Solveig, »ich werde den Gedanken nicht los, dass dieser Edgar Olsen eine Wahnsinnsangst haben muss.«

Die zwei anderen sahen sie verwundert an. »Wie meinst du das?«, fragte Edvard.

»Wenn man sich so vollständig isoliert, den Kontakt zu anderen abbricht, keine Freunde hat, keine Familie, Geliebte, Kinder, dann ist das doch ein Ausdruck für eine bestimmte Art von Furcht. Furcht vor dem Leben, davor, enttäuscht zu werden.«

»Mag sein«, sagte Jordal. »Aber irgendwo muss es jemanden geben, der Edgar Olsen kennt und der uns sagen kann, wer er ist. Wir müssen tiefer graben, Solveig, das ist alles.«

Wie auf Kommando standen sie alle drei gleichzeitig auf und gingen zurück in ihre Büros.

In Wahrheit konnte Edvard nicht viel tun. Die Menschenjagd lief, und jeder verfügbare Mann war auf der Suche nach dem Mörder. Der Innendienst nahm die Anrufe der Bevölkerung entgegen, überprüfte die Hinweise und durchforstete alle zugänglichen Archive und Datenbanken auf Spuren von Edgar Olsen. Edvard nahm an den Informationsbesprechungen teil und gab hin und wieder freundliche, aber bestimmte Anweisungen, doch die eigentliche Verbindungsperson zwischen den lokalen Kräften und der Ermittlungsgruppe war Solveig.

Deshalb hatte er viel Zeit zum Nachdenken. Er hatte das Gefühl, an einem Scheideweg zu stehen. Sein ganzes Leben war im Begriff, sich zu verändern. Er, der immer die Kontrolle behalten wollte, hatte ebenjene Kontrolle verloren und wusste kaum mehr, wo er stand, wo er herkam oder wohin er wollte.

In der Dämmerung ging Edvard zurück zum Hotel und versuchte zum ersten Mal in seinem Leben, sein eigenes Handlungsmuster zu verstehen, seine Furcht, enttäuscht zu werden, und warum er immer Reißaus nahm, wenn es ernst wurde.
Er dachte an Victoria. Sie war ständig in seinen Gedanken. Victoria im Morgenmantel und mit ungekämmten Haaren, wie er sie das erste Mal gesehen hatte. Victoria mit neckendem Zeigefinger, gehüllt in glänzendes Latex. Victoria mit großen, ängstlichen, tiefblauen Augen beim letzten Mal, als sie sich verabschiedet hatten. In ein und der gleichen Gestalt steckten so viele unterschiedliche Frauen wie bei einem mehrfach belichteten Foto. Edvard dachte an das, was sie gesagt hatte, dass man sich selbst neu erfinden, seine eigenen Begrenzungen hinter sich lassen müsse. Vielleicht konnte er ein anderer werden.
In Gedanken legte er Victoria in die eine Waagschale und in die andere den Rest seines Lebens. Den Bruder, den er verraten und im Stich gelassen hatte. Die biologische Mutter, die er nie kennengelernt hatte und auch nie kennenlernen würde. Die Adoptiveltern, die nicht mehr lebten. Freunde, die er selten sah. Die Arbeit. Edvard mochte seinen Beruf und wusste, dass er ein guter Ermittler war, doch diese Arbeit konnte einen zermürben und einsam, zynisch und verbittert machen.
Es spielte keine Rolle, was sie gewesen war oder was Kollegen oder Vorgesetzte sagen würden. Das war Edvard wirklich scheißegal. Die Waagschale senkte sich deutlich in Victorias Richtung. Nur sie war wirklich wichtig, und das musste er ihr sagen.

Es war kühl. Das wuchtige Massiv des Ulriken zeichnete sich messerscharf vor dem blassen Nachthimmel ab. Edvard und Victoria gingen nebeneinanderher. Nur manchmal streiften sich ihre Hände. Die Polizeiwachen folgten zwanzig Meter hinter ihnen.

»Habt ihr wirklich den richtigen Mann?«
»Wir haben ihn nicht. Noch nicht.«
»Nein, aber ist er es wirklich? Es waren schon so viele. Erst dachtet ihr, es wäre der Fotograf, dann der arme Gunnar Tvifjord … was ist eigentlich aus dem geworden?«
»Der wurde natürlich entlassen.«
»Gut. Und ich dachte jedes Mal, dass es jetzt vorbei ist. Das war verdammt anstrengend.«
»Dieses Mal bin ich mir sicher. Wir haben heute die Ergebnisse der DNA-Analyse bekommen. Wir haben biologische Spuren von Edgar an den Tatorten von Laila und Unni. Er ist es, daran gibt es keine Zweifel mehr.«
Schweigend gingen sie weiter. Edvard wollte sagen, dass er sie gernhatte, dass er bei ihr sein wollte. Die Anwesenheit der Polizisten hinter ihnen zwang ihn jedoch, damit zu warten, bis sie allein waren. Es war nicht möglich, über Liebe zu reden, ohne sich zu berühren. Victoria brach als Erste das Schweigen.
»Hast du inzwischen die Briefe von deiner Mutter gelesen?«
Er nickte, verstand, dass sie über etwas anderes reden wollte.
»Ja, das habe ich.«
»Und …?«
Er zuckte mit den Schultern. »Es war ein seltsames Erlebnis. Sie war so jung. Als sie diese Briefe geschrieben hat, war sie viel jünger als ich jetzt. Ich kriege es nicht ganz zusammen, dass wirklich meine Mutter diese Worte geschrieben hat.«
»Stand da auch was über dich?«
Er schüttelte den Kopf. »Nein, kein Wort. Ich weiß nicht, warum sie das geheim halten wollte. Vielleicht hatte sie ja ein Verhältnis mit einem verheirateten Mann.«
»Wieso meinst du das?«
»Ich weiß es natürlich nicht, aber es liegt irgendwie auf der Hand, wenn man die Briefe im Zusammenhang liest. Sie schreibt viel

über ihren Freund, wie toll er ist, wie hübsch und wie gebildet, während sie in anderen Briefen schrecklich enttäuscht darüber ist, dass sich nichts so entwickelt, wie sie sich das vorgestellt hat. Ihrem Glück schien immer etwas im Weg gestanden zu haben. Und aus den letzten Briefen kann ich herauslesen, dass sie begonnen hatte, den Glauben daran zu verlieren, jemals die wahre, vorbehaltlose Liebe erleben zu dürfen. Das Ganze ist ziemlich banal und naiv, aber auch traurig und ziemlich leicht zu durchschauen. Außerdem war sie immer wieder länger krank. Es gibt größere Abstände zwischen den Briefen.«
»Was denkst du über sie?«
Er kickte einen Stein vom Weg. In einem Bogen flog er über das Wasser und durchbrach platschend die stille Oberfläche. »Ich denke, dass sie mehr verdient hätte. Mehr vom Leben.«
Er erwähnte nicht, dass sie erwürgt worden war, wusste aber nicht, warum er ihr das vorenthielt. Vielleicht weil sie schon so oft vom Tod umgeben gewesen waren, seit sie sich kennengelernt hatten.
Er legte ihr einen Augenblick die Hand auf den Arm. »Seltsam«, sagte sie. »Genau dasselbe denke ich über Unni.«

Vor ihrer Tür blieben sie stehen.
»Kommst du mit hoch?«
»Ja«, sagte er und räusperte sich nervös. »Es gibt etwas, über das ich mit dir reden will.«
Sie wurde unruhig. »Noch mehr über Edgar Olsen?«
»Nein, das hat damit nichts zu tun. Wir müssen, ... wir müssen über uns reden.«
Victoria hatte der Spaziergang gutgetan, obwohl sie gerne mit ihm Arm in Arm gegangen wäre. Trotzdem hatte es ihr gefallen, und sie hatte sich sicher gefühlt. Die einzigen Momente, in denen sie keine Angst hatte, waren die Momente zusammen mit Edvard.

Jetzt blickte sie in sein verkrampftes Gesicht, nahm den gejagten Ausdruck seiner Augen wahr und glaubte zu wissen, was kommen würde. Sie spürte, dass sie nicht noch einmal hören wollte, wie falsch und unmöglich ihre Beziehung war, wie unprofessionell und wie sehr ihn ihre Vergangenheit belastete. Wut keimte in ihr auf.
»Nein, Edvard, tut mir leid, aber das schaffe ich heute nicht. Nicht heute.«
Alle seine Gedanken, all die Worte, die er sich zurechtgelegt hatte, verpufften, blieben unausgesprochen. Sie sah wütend und abweisend aus, und er verstand nicht, warum. Er wollte ihre Hand nehmen, spürte aber den Blick der zwei Polizisten im Nacken, und noch ehe er etwas erwidern konnte, knallte vor ihm die Tür ins Schloss, und sie war verschwunden.

Er begriff nicht, was geschehen war. Wenn er darüber nachdachte, wie harsch sie ihn abgewiesen hatte, brannte die Haut in seinem Gesicht, als hätte sie ihm eine Ohrfeige verpasst. In seiner Verzweiflung las er sich noch einmal die Briefe seiner Mutter durch, kaum dass er wieder im Hotelzimmer war. Er wollte sich zwingen, an etwas anderes zu denken.
Dieses Mal war es anders. Er kannte Anna Isaksen jetzt besser, war vertraut mit der Mischung aus jugendlicher Naivität, Zynismus und romantischer Sehnsucht.
Doch nun nahm er auch die Anzeichen ihrer Krankheit deutlicher wahr. Ihre Briefe aus der Klinik waren weniger persönlich und kürzer. Sie beschränkte sich auf die wesentlichen Mitteilungen an ihre Familie, sagte, dass es ihr gutgehe, sie am Leben sei und sie sich keine Sorgen machen sollten. Edvard zweifelte daran, dass ihre Angehörigen sich täuschen ließen. Aber es war weit von der Finnmark bis nach Oslo, weit und teuer, wenn man einzig den Verdacht hatte, dass etwas nicht stimmte. Außerdem hielten

sie Anna inzwischen bestimmt für eine erwachsene Frau, die ihr eigenes Leben lebte.

Er las weiter. Episoden aus dem Alltag, Klagen über die neugierige Vermieterin und über das hochnäsige Verhalten der Osloer, wenn sie den Finnmarksdialekt hörten, den sie noch immer sprach. Andere Briefe drückten ihre Freude über den zeitigen Frühling aus oder ihre Sehnsucht nach der Mitternachtssonne, dem Meer und der Weite des Nordens.

Und immer wieder Bemerkungen über die zusehends hoffnungsloser erscheinende Liebesbeziehung, in der sie gefangen war.

»Ich schaffe es einfach nicht mehr, an uns zu glauben«, schrieb sie in einem Brief. »Spüre keine Nähe mehr, nicht einmal dann, wenn er ein seltenes Mal bei mir ist. Da ist so viel Kälte, so viel Abstand. Das alles treibt mich in die Verzweiflung. Und das Schlimmste ist, dass er, der mich von allen Menschen am besten kennt, dem meine guten wie meine schlechten Seiten vertraut sind, dem ich meine innersten Geheimnisse gebeichtet habe und der meinen Körper und meine Seele nackt gesehen hat, gerade diese Kenntnisse nutzt, um mich zu verletzen und mir zu schaden. Das ist ein schrecklicher Betrug!«

Edvard las die Zeilen noch einmal und erinnerte sich, dass er Victoria am frühen Abend gesagt hatte, seine Mutter habe vermutlich ein Verhältnis mit einem verheirateten Mann gehabt. Plötzlich erahnte er eine ganz andere Möglichkeit, über die er sich bislang nicht im Klaren gewesen war.

Er hatte die Briefe gelesen, sich aber nicht um die Umschläge gekümmert. Erst als er sie zurück in den Karton legte, fiel ihm auf, dass die Rückseiten beschriftet waren. Er nahm einen Briefumschlag wieder heraus und betrachtete die Zeilen genauer. Es war eine Retouradresse.

Kapitel 67

Oslo?«, fragte Solveig. »Was zum Teufel willst du denn in Oslo?«
»Wo ist das Problem? In den letzten Tagen habe ich kaum mehr getan, als Däumchen zu drehen und darauf zu warten, dass die Polizei in Bergen endlich Edgar Olsen findet«, sagte Edvard. »Außerdem ist es nicht unser Job, Menschenjagd zu betreiben.«
»Da hast du natürlich recht.«
Trotzdem hörte er die Zweifel in ihrer Stimme. Er sollte in Bergen sein, hatte noch immer die Hauptverantwortung für den Fall, und einer seiner Leute lag auf der Intensivstation.
»Hör mal, Solveig. Ich bin heute Nachmittag wieder da. Ich muss nur etwas herausfinden. Kannst du mir so lange den Rücken freihalten?«
»Okay«, sagte sie mit hörbarem Missfallen.

Er hatte vorher nichts recherchiert. Nicht, ob die Adresse überhaupt noch existierte oder wer jetzt dort wohnte, sondern hatte, ohne nachzudenken, einfach die erste Maschine nach Oslo genommen. Es war noch früh am Morgen, als der Flughafenzug im Bahnhof einfuhr. Da die Rushhour aber bereits angebrochen war, entschied Edvard sich, zu Fuß zu gehen. Es war nicht weit. Er lief durch das Viertel, das früher einmal das Zentrum der Stadt gewesen war. Jetzt wurden die mittelalterlichen Stadtreste von Autobahnen und Eisenbahntrassen durchschnitten. Nur oben am Ekeberg lagen noch friedliche Stadtstraßen mit alter Bausubstanz.
Dort, wo Anna Isaksen vor vielen Jahren ein Zimmer gemietet hatte, stand ein altes, gelbgestrichenes Holzhaus. Als Edvard

durch das Gartentor ging, kam ein etwa zwölfjähriges Mädchen aus der Tür geschossen und lächelte ihn im Vorbeigehen an. Eine kräftige Frau stand in der Tür.
»Und vergiss nicht wieder, dein Brot zu essen!«, rief sie dem Mädchen nach, bevor sie ihre Aufmerksamkeit auf Edvard richtete. »Ja?«
Er stellte sich vor und fragte, ob er kurz ins Haus kommen dürfe.
»Kripos?«, fragte die Frau. »Was …?«
»Es geht um einen sehr alten Fall. Eine Anna Isaksen hat hier im Haus einmal ein Zimmer gemietet, und wir versuchen …«
»Anna? Machen Sie Witze? Anna? Das ist ja ein ganzes Leben her!«

Die Frau hieß Liv Signe Monsen und war redselig, nett und etwas übergewichtig. Edvard nahm den angebotenen Kaffee gerne an und wartete geduldig, bis sie aus der Küche zurückkam. Als sie sich schließlich gesetzt hatte, schüttelte sie erneut den Kopf.
»Anna. Ich kann das echt nicht glauben!«
»Warum nicht?«
»Nun … das ist so lange her.«
»Aber Sie erinnern sich an sie? Wir reden hier von Anna Isaksen?«
»Ich weiß nicht mehr, wie sie mit Nachnamen hieß, aber soweit ich weiß, hat hier im Haus nur eine Anna gewohnt.«
Er holte ein Bild hervor, und sie nickte.
»Mein Gott, ja, das ist sie. Ich erinnere mich so gut an sie. Wissen Sie, ich war zehn Jahre alt, als sie hier gewohnt hat. Sie hatte von meiner Mutter die hinteren Räume gemietet. Es ging uns damals finanziell nicht so gut, so dass wir einen Teil des Hauses vermieten mussten. Aber für mich war das in Ordnung, denn ich bewunderte Anna sehr. Für mich war sie die schönste Frau überhaupt. Manchmal durfte ich zu ihr rein, und dann schminkte sie

mich und machte mir die Haare. Solche Sachen. Ich war bestimmt eine Plage, aber Sie wissen ja, Mädchen in diesem Alter können junge Frauen wirklich vergöttern. Das war fast wie eine Verliebtheit. Ich erinnere mich wirklich gut an sie. Und dann die Sache mit ihrem Tod. Es hat einen Wahnsinnseindruck auf mich gemacht, dass sie unter unserem Dach gestorben ist. Ich war untröstlich und total entsetzt. Der Tod bei uns im Haus. Ein ungebetener Gast. Danach habe ich wochenlang nur mit eingeschalteter Lampe geschlafen.«

Edvard unterbrach ihren Redestrom. »Wollen Sie damit sagen, dass sie hier im Haus gestorben ist? Nicht im Krankenhaus?«

»Ja, wussten Sie das nicht?«

»An einer Überdosis, stimmt das?«

»Das habe ich erst danach erfahren, damals hat man uns so was nicht gesagt.«

»Wer hat sie gefunden? Ihre Mutter?«

»Nein, das glaube ich nicht. Nein, es war ihr Geliebter. Ich glaube jedenfalls, dass er ihr Geliebter war. Auf jeden Fall hat er sie häufig besucht. Er hämmerte eines Morgens völlig außer sich an unsere Tür und meinte, Anna sei tot und er müsse dringend telefonieren.«

»Wie hat Ihre Mutter reagiert? Erinnern Sie sich daran?«

»Wir waren beide total aufgeregt, ist doch klar. Ich erinnere mich noch, dass meine Mutter zu ihr in die Wohnung stürzen wollte. Anna hatte einen eigenen Eingang an der Seite, verstehen Sie, aber er hielt sie zurück und sagte, es sei zu spät und überdies kein schöner Anblick.

Dann begann ich zu weinen, und meine Mutter kümmerte sich um mich. Nach einer Weile kamen der Arzt und die Rettungssanitäter. Ich weiß noch, dass ich vom Küchenfenster aus zugesehen habe, als sie sie nach draußen trugen. Es war mir sehr unangenehm, sie hatten sie von Kopf bis Fuß zugedeckt, aber ich wusste, dass das Anna war und dass sie … tot war. Ich habe das nie vergessen können.«

Edvard nickte. »Und dieser Lebensgefährte, wissen Sie, wie der geheißen hat?«

Liv Signe Monsen schüttelte den Kopf. »Nein, da kann ich Ihnen nicht helfen. Ich weiß nicht einmal, ob ich den Namen jemals gekannt habe. Ich habe nie mit ihm gesprochen und ihn wohl auch nur wenige Male gesehen. Ich erinnere mich allerdings daran, dass meine Mutter wenig begeistert war, seine Besuche aber geduldet hat. Sie wissen schon, Männerbesuch auf dem Zimmer.«

»Vielleicht erinnert sich Ihre Mutter …«

»Meine Mutter ist tot.«

»Gibt es noch andere, die sich erinnern könnten?«

Sie dachte nach und schüttelte den Kopf. »Das ist lange her. Da fällt mir keiner ein.«

»Okay«, sagte Edvard. »Wie sah dieser Mann aus?«

»Tja … er war groß. Groß und blond. Von der Statur ähnlich wie Sie. Ziemlich hübsch, glaube ich, obwohl ich ihn schrecklich alt fand.« Sie lachte plötzlich, entschuldigte sich jedoch gleich wieder. »Tut mir leid, aber das hört sich so seltsam an. Groß und blond. Keine wirkliche Hilfe, oder? Warum fragen Sie das alles eigentlich?«

»Es sind neue Erkenntnisse aufgetaucht, die wir überprüfen müssen«, antwortete Edvard. »Bestimmt hat das alles nichts zu sagen.«

Sie sah enttäuscht aus.

Edvard fand ein Café, bestellte sich einen Kaffee und ein Brötchen und aß, ohne irgendetwas zu schmecken. Liv Signe Monsen hatte ihm nichts Neues sagen können, doch das war in Ordnung. Zum ersten Mal erahnte Edvard ein Muster, eine Logik hinter dem Fund der Leiche seiner Mutter. Er sah auf die Uhr und erwog, mit einem Taxi zur Rechtsmedizin zu fahren, andererseits musste er schnellstmöglich zurück nach Bergen. Die Informationen, die er brauchte, konnte er auch telefonisch bekommen. Er rief Gunnar Hellstrøm an und erklärte ihm, was ihm durch den Kopf ging.

Hellstrøm rief erst am Abend zurück.
»Du hast recht«, sagte er. »Zwei Tage vor dem Tod deiner Mutter ist tatsächlich eine junge Frau in Gaustad gestorben. Sie hieß Karina Vestlund.«
»Woran ist sie gestorben?«
»Als Todesursache wird Überdosis angegeben.«
»Wurde sie im Massengrab beerdigt?«
»Sie soll dort liegen, ja, aber bislang konnten wir sie nicht identifizieren.« Hellstrøm zögerte. »Jemand hat die beiden Leichen ausgetauscht, nicht wahr?«, fragte er schließlich. Gunnar Hellstrøm war nicht auf den Kopf gefallen.
»Ich glaube, ja«, sagte Edvard.
»Aber wer? Und warum?«
»Warum? Um den Mord an meiner Mutter zu vertuschen. Weil der Mörder nur so verhindern konnte, dass ihr Tod untersucht wurde. Denk nach, Gunnar.«
Es wurde einen Augenblick lang still, bevor Hellstrøm etwas erwiderte, erst langsam und nach Worten suchend, dann sprach er schneller, als sich ein Bild zu formen begann.
»Okay. Er erwürgt Anna Isaksen zu Hause in ihrer Wohnung. Dann ... transportiert er sie ab. Bringt sie nach Gaustad. Karina Vestlund, die vorher im Krankenhaus verstorben war, lag zu diesem Zeitpunkt vermutlich schon in ihrem Sarg. Der Mörder tauscht die Leichen aus. Er legt Anna in den Sarg und nimmt den Leichnam von Karina mit in Annas Wohnung und lässt sie da. Später kommt er zurück, findet die Leiche und schlägt Alarm.«

»Ja, etwa so muss es abgelaufen sein«, sagte Edvard. »Arzt und Rettungswagen kommen und finden den Leichnam einer jungen Frau, die sie für Anna Isaksen halten, gestorben an einer Überdosis. Die Tote hat eine medizinische Vorgeschichte mit schweren Depressionen. Deshalb kommt es gar nicht erst zu Ermittlungen. Karina Vestlund wird in Gamlebyen unter dem Namen Anna Isaksen beerdigt. Meine Mutter landete im Massengrab.«

»Aber ... wie konnte er davon ausgehen, dass nicht vorher jemand entdeckt, dass die Tote in der Wohnung nicht Anna ist?«

»In diesem Punkt ist er ein gewisses Risiko eingegangen. Ihre Eltern waren tot. Der Bruder ist schon als Kind verstorben. Sie hatte keine Familie in Oslo. Der Mörder identifizierte die Leiche selbst. Es war das fast perfekte Verbrechen. Kein Mord, keine Vermisstensache, nur ein tragisches Schicksal.«

»Wer ...?«

»Das ist die Frage, nicht wahr? Ich weiß es noch nicht, aber ich nähere mich der Antwort. Es eilt nicht. Das Ganze ist fünfunddreißig Jahre her. Ein paar Wochen mehr oder weniger spielen da keine Rolle.«

Kapitel 68

Obwohl niemand sie zusammengerufen hatte, saßen sie im Sitzungsraum, als hätten Edvard, Preben Jordal und Gerhard Kolldal nichts Besseres zu tun. Auf dem Tisch vor ihnen lagen Zeitungen, Schokoladenpapiere, Kugelschreiber, Post-it-Zettel, Büroklammern und mehr oder weniger leere Plastikbecher mit kaltem Kaffee.
»Wir hätten ihn eigentlich längst kriegen müssen«, sagte Kolldal, ohne darauf eine Antwort zu bekommen. Sie alle waren in den letzten Tagen zu dieser Schlussfolgerung gekommen. Irgendjemand hätte Edgar Olsen sehen müssen, er hätte irgendwo eine elektronische Spur hinterlassen müssen, irgendetwas.
»Vielleicht ist er tot«, sagte Preben Jordal düster. »Es kann doch sein, dass er sich das Leben genommen hat, weil wir ihn entlarvt haben. Und dann ist es alles andere als sicher, dass wir ihn überhaupt jemals finden. Scheiße, die Fälle, die im Nichts verlaufen, ohne gescheiten Abschluss, sind die schlimmsten.«
Edvard hörte nur mit halbem Ohr zu. Er dachte an Victoria, hatte Lust, sie anzurufen, war sich aber im Klaren darüber, dass er es nicht tun sollte. Bei seinem letzten Anruf, nachdem er aus Oslo zurück war, hatte sie sehr distanziert geklungen. Edvard hatte gefragt, ob sie sich treffen könnten, aber sie hatte abgelehnt, gesagt, dass sie dazu jetzt nicht die Kraft habe, dass sie warten wolle, bis der Fall abgeschlossen sei. Das Ganze lag ihm wie eine Zentnerlast auf der Seele.
Die Tür wurde aufgestoßen, und Solveig kam herein. Sie wirkte energisch, hatte rote Wangen und bewegte sich schnell.
»Ich habe etwas gefunden«, sagte sie.
Erwartungsvoll richteten sich alle auf.

»Wie ihr wisst, ist es ein großer Nachteil, dass wir keine Fotos von diesem Edgar Olsen haben, nicht wahr?«
Edvard nickte.
»Nun, ich bin ein bisschen zurückgegangen. Also bis in seine Marinezeit.«
»Ich wusste nicht einmal, dass er bei der Marine war.«
»Ja, aber nur ein paar Monate, dann ist er aus Gründen, die mir nicht mitgeteilt wurden, entlassen worden. Aber ich habe die Namen der Rekruten bekommen, mit denen er sich das Zimmer geteilt hat, und mit etwas Mühe konnte ich die meisten davon aufspüren. Ich dachte, dass die vielleicht noch alte Bilder haben könnten, auf denen er zu sehen ist, und ich hatte Erfolg.«
Sie legte ein Foto vor Edvard auf den Tisch. Es zeigte zwei Jungen, die auf einem Etagenbett saßen. Zwei normale, norwegische junge Männer, gerade mal zwanzig. Mit Pickeln, Vokuhila-Frisuren und blödem Grinsen. Sie zeigte auf den Jungen links. »Der hier heißt Lars Molven und ist aus Ålesund. Er hat mir das Bild geschickt.«
»Okay.«
Sie bewegte den Finger nach rechts. »Das ist Edgar Olsen.«
»Wie das? Der ist doch dunkel und kräftig und sieht überhaupt nicht aus wie unser Edgar.«
»Eben! Und trotzdem ist das Edgar Olsen, das haben mir mehrere in der Truppe bestätigt.«
»Das muss ein anderer Edgar Olsen sein.«
»Nein, die Personennummer ist dieselbe.«
»Wie geht das denn?«
Preben Jordal knallte die Hand flach auf den Tisch. »Er hat Edgar Olsens Identität geklaut.«
»Genau«, sagte Solveig. »So schwer kann das nicht gewesen sein, der wirkliche Edgar Olsen hat keine nahen Verwandten, und den Leuten beim Militär zufolge war er ein ziemlicher Einzelgänger.

Außerdem kommt er aus einem anderen Landesteil. Und in seinem Heimatort scheint niemand mehr Kontakt zu ihm zu haben. Und das seit vielen Jahren.«
»Und wo ist er? Also, ich meine, der ursprüngliche Edgar Olsen?«
»Wer weiß?«, sagte Solveig.
Sie alle dachten das Gleiche, bis Gerhard Kolldal es laut aussprach. »Tot. Er muss tot sein, sonst hätte das nicht funktioniert.«
Edvard sah von einem zum anderen. »Wer zum Henker ist dieser Kerl eigentlich? Wo kommt er her, und wie heißt er?«
Keiner von ihnen antwortete.
Nach einer Weile stand Edvard auf. »Ich halte das hier nicht mehr aus. Ich fahre ins Krankenhaus und besuche Tommy.«

Tommy lag regungslos da. Das Stacheldrahttattoo auf seinem Oberarm wirkte auf seiner weißen Haut wie ein Bluterguss. Er schlief, und Edvard dachte an Sølvi Gjerstad. Auch ihre Haut war vor ihrem Tod weiß wie Alabaster gewesen, durchsichtig, beinahe schwerelos.
Mit Schaudern dachte er an all die Stunden, in denen der Mörder neben ihrem Bett gesessen und darauf gewartet hatte, dass sie wach wurde. Edvard fragte sich einen Augenblick lang, ob Sølvi das gespürt haben konnte. Schließlich redete man ja mit Komapatienten, weil man hoffte, dass die Worte irgendwie zu ihnen vordrangen und sie zurück ins Leben lockten. Vielleicht funktionierte das auch umgekehrt. Vielleicht hatte Edgar Olsens fiebriges und verwirrtes Flüstern Sølvi davon überzeugt, besser nicht zurückzukommen, sondern sich lieber dem Dunkeln zu übereignen.
Der Gedanke beunruhigte ihn. Er drehte sich um und ging langsam hinaus. Auf dem Flur hielt er einen Pfleger an, der über den Flur eilte, und fragte ihn, wie es Tommy ging.
»Viel besser. Sein Zustand ist noch ernst, aber nicht kritisch. Alles geht gut.« Er lächelte professionell aufmunternd.

»Sehr schön.«
»Ich kann ihn wecken, wenn Sie wollen. Er freut sich bestimmt über Besuch.«
»Nein, lassen Sie ihn schlafen. Sagen Sie einfach, dass ich hier war. Ich komme morgen wieder.«

Als er unten an der Haltestelle auf den Bus ins Zentrum wartete, bemerkte er überrascht, wie viele Leute in die andere Richtung unterwegs waren. Einige von ihnen trugen rote Schals, Mützen oder Fahnen über der Schulter. Er brauchte ein paar Sekunden, bis der Groschen fiel. Ein Fußballspiel. Im Brann-Stadion. Die Saisoneröffnung. Eigentlich wusste er das. Einem Impuls folgend, machte er kehrt und reihte sich in den Strom ein. Er rief Solveig an.
»Hallo, Tommy geht's gut.«
»Hat er gesagt, ob er ...«
»Er hat geschlafen. Aber es geht ihm gut. Hör mal, ich bleibe noch ein paar Stunden weg. So viel können wir im Moment ja doch nicht machen. Hältst du die Stellung?«
»Okay. Wohin gehst du?«
»Zum Fußball.«
»Was?«
Er hatte bereits aufgelegt.

»Wohin wollte er?«, fragte Preben Jordal.
»Wenn ich das richtig verstanden habe, zum Fußball«, sagte Solveig.
»Ah«, brummte Jordal. »Brann gegen Rosenborg. Wenn wir nicht diesen Scheißfall lösen müssten, wäre ich da jetzt auch. Und er nimmt sich einfach die Zeit und geht!«
»Wir können ja doch nicht viel mehr machen als warten«, erwiderte Solveig.
»Ist egal«, sagte Jordal sauer. »Die verlieren sowieso.«

Victoria war unruhig. Sie konnte weder still sitzen noch sich auf das Buch konzentrieren. Sie ging ins Bad und duschte, rasierte sich die Beine, cremte sich ein und schminkte sich sorgfältig. Die vertrauten Rituale vermittelten ihr schließlich etwas Ruhe.
Durch das Fenster sah sie den Polizeiwagen. Er stand an der gewohnten Stelle. Einer der Beamten saß auf dem Fahrersitz, der andere, ein ziemlich schlanker, junger Mann in engen Jeans und schwarzem Kapuzenpulli lehnte mit verschränkten Armen an der Motorhaube. Er gähnte, ohne sich die Hand vor den Mund zu halten. Trotzdem schien er alles im Blick zu haben, aber ob das reichte? Früher oder später würde die Polizei es leid sein, sie zu bewachen, oder einen Fehler machen. Ein Augenblick der Unaufmerksamkeit reichte, denn Edgar Olsen war irgendwo dort draußen und wartete geduldig. Dessen war sie sich sicher. Sie spürte seine unsichtbare Nähe. Die Angst war ihr ständiger Begleiter und machte sie müde, schwach und kraftlos. Manchmal hatte sie den Eindruck, dass er sie besiegt hatte, ohne sich überhaupt zu zeigen. Sie hielt das nicht mehr aus. So konnte das nicht weitergehen.
Victoria zog sich an. Eigentlich wollte sie zu Jeans und Pullover greifen, entschied sich jedoch anders. Sie wollte nicht nachgeben, nicht klein beigeben. Deshalb zog sie sich Strümpfe und einen schwarzen Rock an, eine weiße Bluse und hochhackige Schuhe. Dann betrachtete sie sich im Spiegel. Ihre Hände fuhren automatisch über Rock und Hüften. Der Gedanke an Edvard meldete sich, sie hätte ihm jetzt gefallen. Sie verdrängte die Erinnerung und versuchte, sich zu überzeugen, dass diese Liebe nur ein unmöglicher Traum war.
Die Unruhe in ihrem Inneren wurde stärker.

Zu seiner Überraschung spürte Edvard so etwas wie Vorfreude und Erwartung, noch ehe er am Stadion eintraf. Es war ein ganz besonderes Gefühl, ein Teil der Masse zu sein und mit all den

Menschen in die gleiche Richtung zu gehen. Sie kamen von überall her und wurden immer mehr, je weiter sie gingen. Wie ein Fluss, der an Kraft und Stärke zunahm.

Vor den Ticketschaltern waren lange Schlangen, aber er hatte Glück und erblickte sofort einen Mann, der sein Ticket wedelnd in die Höhe hielt. Edvard gab ihm ein paar Hunderter und bekam die Karte.

»Mitten auf der alten Sitztribüne«, sagte der Mann.

Rasch ging Edvard um das Stadion herum. Die Sprinter-Skulptur stand an ihrem angestammten Platz, und er spürte, wie sehr seine Nerven kribbelten. Seit Generationen war sie der Treffpunkt all der Leute, die ins Stadion wollten. Edvard wusste nicht, wie oft er hier auf Bjørn und seinen Vater gewartet hatte. Er ging durch den schmalen Durchlass in den dunklen Tunnel und kam in eine Welt, die ihm den Atem verschlug. Alles war vollkommen vertraut und doch so ganz anders, als er es in Erinnerung hatte.

Alle Tribünen waren neu, außer der, auf der er sich befand. Das Stadion wirkte modern mit den roten Sitzen, auf denen immer mehr Zuschauer Platz nahmen. Doch was ihn am meisten beeindruckte und eine Flut von Erinnerungen weckte, war die Rasenfläche. Das hellgrüne Viereck leuchtete so, als wäre der Frühling dort unten längst angebrochen, und die weißen, schnurgeraden Linien hoben sich wie universelle, geometrische Figuren von der Spielfläche ab. Sein Puls wurde schneller.

Er fand seinen Platz und vernahm das Raunen des Publikums, als die Spieler auf den Platz kamen. Sogleich stand er wieder auf und sang gemeinsam mit den anderen das Brann-Lied. Es hatte den Anschein, als wären all die Jahre, die er nicht mehr in diesem Stadion gewesen war, verschwunden. Der Schiedsrichter pfiff das Spiel an. Ein kurzer Pass nach hinten, dann ein langer Diagonalball nach vorn. Ein Tackling, ein harter Pass an der Linie entlang,

und ein Brann-Spieler stürmte dem Ball hinterher. Er war mit Leib und Seele dabei, erreichte den Ball und schlug ihn in den Strafraum, in dem es plötzlich vor roten T-Shirts nur so wimmelte. Edvard war aufgesprungen und hörte sich schreien. Er war bereits ein Teil der Masse, des Menschenmeeres.
»Heia Brann, heia Brann«, rief er zusammen mit siebzehntausend anderen und glaubte, nie wirklich weg gewesen zu sein.

Preben Jordal war noch immer sauer und tippte beim Reden etwas abwesend auf der Tastatur herum. »Als würde er mit uns spielen oder uns zum Narren halten. Wir waren noch nicht einmal kurz davor, ihn festzunehmen, oder? Und entlarvt haben wir ihn auch nur durch einen Zufall. Er ist ein verdammt kluger Kerl, das müssen wir ihm lassen.«
»Edgar Olsen? Nein, da bin ich ganz anderer Meinung. Ich glaube, er hat keine Ahnung davon, was er da eigentlich macht.«
»Wirklich?«
Solveig nickte. »Ja, diese Idee, den Namen von Robert Langeland anzunehmen. Von seinem eigenen Vermieter. Sonderlich klug ist das nicht. Sie meinen, wir hätten ihn nur durch einen Zufall gefunden, ich würde eher sagen, dass es ein Zufall war, dass wir nicht schon früher auf ihn gestoßen sind. Ich glaube nicht, dass er besondere Pläne schmiedet, ich denke, er improvisiert. Aber in gewisser Weise macht ihn gerade das nicht vorhersehbar, er ist ziemlich schwer zu durchschauen.«
Jordal zuckte zusammen. »Ach du Scheiße!«, rief er.
»Was ist denn?«
»Brann führt eins zu null! Das ist ein Wunder. Aber das wird nicht so bleiben.«

Edvard befreite sich vorsichtig. Er war gerade von seinem Nebenmann umarmt worden, einem etwas übergewichtigen Mann,

dessen Gesicht so rot wie die Farbe der Mannschaft war, die er anfeuerte.
»Mann, ist das toll, Mann, ist das toll!«, lallte er.
Edvard hob den Blick und schrie, und es fühlte sich so an, als stiegen die Jubelschreie wie ein Donner aus reinem, unverfälschtem Glück in den Himmel empor.

Das Telefon klingelte. Preben Jordal beugte sich vor und nahm den Hörer ab. »Ja?«, sagte er, und dann: »Hm, lassen Sie mich mit ihr reden.«
Er hörte zu und stellte ein paar kurze Fragen. Langsam richtete er sich auf seinem Stuhl auf.
»Um was ging es?«, fragte sie, als er aufgelegt hatte.
»Eine Frau, die im Blumenladen am Bahnhof arbeitet, glaubt, Edgar Olsen erkannt zu haben.«
»Wann?«
»Gerade erst. Sie hat gleich angerufen, nachdem er den Laden verlassen hat. Es hat aber wohl eine Weile gedauert, bis sie zu mir durchgestellt worden ist, aber …«
»Und, klang sie glaubhaft? Sie ist ja nicht die Erste, die ihn gesehen haben will.«
»Er hat Blumen gekauft, Rosen.«
»Victoria«, sagte Solveig. »Rufen Sie die Wachleute an, die bei ihr sind, und lassen Sie uns fahren.«

»Mist«, sagte Solveig.
Preben Jordal sah rasch zu ihr hinüber, bevor er sich wieder aufs Fahren konzentrierte. »Was ist?«
»Ich kann Edvard nicht erreichen. Ich komme nicht durch.«
»Er ist im Stadion«, sagte Jordal. »Da telefonieren oder simsen Tausende gleichzeitig. Versuchen Sie es weiter, vielleicht haben Sie Glück.«

2:0! 2:0 für Brann! Gegen Rosenborg! Edvard spürte förmlich, wie sich der Boden unter seinen Füßen bewegte. Der Beton zitterte unter dem rhythmischen Getrampel und Herumgespringe.
»Meister, Meister, wir werden Meister«, schallte es aus der Fankurve. Unweigerlich musste Edvard lachen. Wie absurd und unvorhersehbar diese Stadt und ihre Menschen doch waren. Fast mediterran, von himmelhoch jauchzend bis zu Tode betrübt. Vor allem waren die Leute hier in der Lage, sich ihrer Freude voll und ganz hinzugeben.
»Meister! Meister, wir holen uns den Pokal zurück nach Bergen!«, sangen sie.
Der Schiedsrichter pfiff zur Pause, und die Spieler gingen unter tosendem Beifall in die Kabinen. Dann wurde es etwas ruhiger. Jetzt war die Zeit für Würstchen mit Cola oder Kaffee. Edvard nahm sein Handy aus der Tasche. Keine unbeantworteten Anrufe. Keine SMS. Gut.

»Hier ist alles ruhig. Allerdings macht sie nicht auf.«
Jordal musterte den jungen Polizisten. Er trug einen Kapuzenpulli und enge, schwarze Jeans und sah ganz und gar nicht wie ein Polizist aus. »Wie meinen Sie das, sie macht nicht auf?«
»Nun, nachdem Sie aus dem Präsidium angerufen haben, habe ich versucht, Kontakt mit Victoria Ravn aufzunehmen, um sie zu warnen und zu bitten, besonders vorsichtig zu sein. Aber sie macht die Tür nicht auf. Vielleicht ist sie im Bad. Aber passiert ist nichts, das weiß ich.«
Jordal stürmte ins Treppenhaus und rannte nach oben. Solveig und der junge Beamte folgten ihm. Jordal klingelte ein paar Mal und hämmerte mit den Fäusten gegen die Tür. Die Schläge hallten im Treppenhaus wider, aus der Wohnung kam keine Reaktion.
»Versuchen Sie, sie anzurufen, Solveig.«

Sie versuchte es, schüttelte aber den Kopf. »Das Telefon ist aus.«
Jordal biss sich auf die Lippe und fasste einen Entschluss. »Zur Seite mit Ihnen«, sagte er. Dann ging er einen Schritt nach hinten, trat die Tür auf und eilte in den Flur. Der andere Beamte zückte die Waffe und folgte ihm. Solveig starrte auf die geöffnete Tür und spürte einen ungeheuren Widerwillen, dort hineinzugehen. Unwillkürlich musste sie an die Geschehnisse in der Kellerwohnung denken, doch dann biss sie die Zähne zusammen und trat über die Türschwelle.
Die Wohnung war leer.
»Jetzt verstehe ich gar nichts mehr«, sagte der junge Beamte. »Ich könnte darauf wetten, dass hier keiner raus- oder reingegangen ist, seit wir Wache halten.«
»Hat er sie sich geholt?« Solveig war blass.
»Wir müssen davon ausgehen«, sagte Jordal. »Versuch noch einmal, Edvard zu erreichen.«

Die ersten Spieler kamen zurück aufs Spielfeld. Erst die Spieler von Brann, was Edvard als gutes Zeichen deutete. Sie waren offensiv, motiviert und freuten sich auf die zweite Halbzeit. Einige Zuschauer begannen, rhythmisch zu klatschen. Deshalb hörte er das Klingeln nicht, es ging in dem Jubel unter, der auf der Tribüne aufbrandete, aber er fühlte das Vibrieren in seiner Tasche. Er nahm das Handy heraus, brüllte »Hallo« in den Hörer, verstand aber nicht, was am anderen Ende gesagt wurde.
Er drückte sich die Hand auf das Ohr.
»Brann, Brann!«, hallte es durch das Stadion.
»Bist du das, Solveig? Ich kann dich nicht hören«, rief Edvard.
»Versuch, laut zu sprechen.«
»Brann, Brann.«
Edvard wandte sich halb ab und hockte sich hin. »Was? Was hast du gesagt?«

Endlich verstand er sie. Ein Gefühl der Ohnmacht überwältigte ihn, eine Gewissheit, dass sie zu spät kamen, dass sie nichts mehr tun konnten, und er musste sich taumelnd auf die Lehne vor sich stützen, bis er sich schließlich wieder zusammenriss.

»Ich komme!«, rief er ins Handy, schob sich zwischen den Stuhlreihen hindurch, schubste Menschen rücksichtslos zur Seite und stieß den Colabecher eines kleinen Jungen um, ohne sich darum zu kümmern. Panik hatte ihn ergriffen, und er rempelte und drückte, steckte aber trotzdem eine Weile zwischen den Zuschauern fest, bis er sich endlich befreien konnte. Er stürmte die Treppe hoch und eilte durch das Tor auf die Straße, wo er wie ein Verrückter in Richtung Inndalsveien rannte, während hinter ihm der Jubel auf- und abebbte. Ein Rauschen voller Erwartung und Freude, wenn auch vermischt mit der Sorge, was die zweite Halbzeit bringen würde. Die Bergenser wussten aus bitterer Erfahrung, wie schnell sich Dinge ändern konnten.

Kapitel 69

Sie gingen von Zimmer zu Zimmer. Alles sah normal aus. Es gab keine Anzeichen eines Kampfes, nichts, das darauf hindeutete, dass Victoria gegen ihren Willen entführt worden war.
»Das hat nichts zu bedeuten«, sagte Edvard. »Vielleicht hat er ihr ja einfach ein Messer an den Hals gehalten.«
Solveig merkte, dass sein Gesicht ganz weiß geworden war.
»Das haben wir uns auch gedacht. Wir verstehen nur nicht, wie er hereingekommen ist. Wenn er denn wirklich hier war.«
»Du hast mit den Wachleuten gesprochen?«
»Ja. Sie behaupten weiterhin, dass sie die ganze Zeit über aufgepasst haben. Keine Pinkelpausen, keine kurzen Ausflüge in den Laden, die Edgar Olsen genutzt haben könnte.« Sie zuckte mit den Schultern. »Aber wer weiß.«
»Was ist mit der Hintertür?«
»Die war nicht bewacht, aber die Tür in den Hinterhof ist mit einem dicken Vorhängeschloss gesichert. Auch der Zugang vom Innenhof war abgeschlossen. Und der Hinterausgang von Victorias Wohnung. Es gibt an keiner Tür Zeichen eines Einbruchs. Wenn er hier gewesen ist, muss er die Schlüssel gehabt haben.«
»Sie kann ihre Wohnung auf diesem Weg verlassen haben.«
»Ja, aber warum, sie ist sich doch wohl des Risikos bewusst, oder?«
Sie standen im Schlafzimmer. Edvards Augen flackerten ruhelos hin und her, als könnte er irgendwo einen Anhaltspunkt entdecken. Er roch etwas, das er mit Victoria verband, vielleicht ein Parfüm, vielleicht aber auch nur eine Creme, die sie benutzte. Er wusste es nicht.

»Ich weiß nicht«, sagte er. »Vielleicht hat er sie aus dem Haus gelockt.«

»Und wie?«

Er antwortete nicht, sah sich nur ratlos und voller Verzweiflung um. Das Bett war gemacht, frische weiße Bezüge, und auf dem Stuhl lagen ein paar Kleider. Es sah aus, als wäre sie bereits ausgezogen.

»Was habt ihr unternommen?«, fragte er.

»Jordal ist schon aktiv. Eine Suchmeldung ist raus, ein Bild von Victoria wird verteilt, und alle verfügbaren Leute sind mobilisiert worden. Ich weiß nicht, was wir sonst noch machen können.«

Edvard hätte am liebsten laut geschrien oder etwas kaputt gemacht. Einen Moment lang war er kurz davor, seiner Wut und Verzweiflung freien Lauf zu lassen, doch dann sammelte er sich wieder und nickte.

»Okay, das hört sich an, als würden wir alles nur Erdenkliche tun.«

»Wir können nur abwarten, Edvard. Ich weiß, das ist immer das Schlimmste.«

»Ja.«

Der Schrei steckte noch immer in ihm. Wenn die anderen ihn auch nicht hörten – für ihn war er ohrenbetäubend.

»Sind die für mich? Das ist aber lieb, danke. Die sind wirklich schön.« Victorias Lächeln war strahlend, aber zerbrechlich wie dünnes Glas. »Lass mich eine Vase holen.«

Sie berührte leicht seine Hand, als sie ihm den Blumenstrauß abnahm. Seine Finger fühlten sich kalt an, und sie unterdrückte ein Schaudern. Als sie in die Küche ging, wusste sie, dass er ihr mit den Augen folgte und jeden ihrer Schritte beobachtete. Sie ließ Wasser in die Vase laufen, stellte die Blumen hinein und drehte sich zu ihm um. Lehnte sich an die Anrichte, stellte

ein Bein vor das andere und begegnete seinem Blick zum ersten Mal.
Sie sah darin zwei verschiedene Personen. Einen Jungen, der sie voller Bewunderung, voller Hoffnung, ja fast mit Ehrfurcht betrachtete, und einen Mann, älter, zynischer, misstrauischer, der achtsam auf jedes Zeichen der Ablehnung lauerte.
Ihr Lächeln wurde breiter. »Willst du etwas trinken? Ein Glas Wein?«
Er antwortete nicht. Die Spannung in ihm war über die drei Meter hinweg, die zwischen ihnen lagen, zu spüren. Drei Meter. Drei lange Schritte. Er hatte eine Tasche in der Hand, eine altmodische, braune Ledertasche, wie sie manche Angestellte früher benutzten, um darin ihr Vesperbrot einzupacken. Was wohl in dieser Tasche war? Victoria begann unter den Armen zu schwitzen, und ihr Rücken und ihr Nacken wurden feucht. Sie wusste genau, dass in diesem Augenblick alles auf der Kippe stand.

»Wohin hat er sie bloß verschleppt?« Edvard rannte hin und her. Solveig hätte ihn am liebsten angeschrien.
»Er muss sich die ganze Zeit versteckt haben. Irgendwo hat er eine Basis, einen Ort, den wir nicht kennen.«
»Ja, Edvard.«
»Hast du alle Immobilienregister überprüft?«
»Schon vor langer Zeit.«
»Was ist mit seinen Eltern?«
»Die sind vor vielen Jahren gestorben.«
»Und hast du nachgeschaut, ob auf die etwas eingetragen ist?«
»Edvard, er ist ja nicht wirklich Edgar Olsen. Er hat nur seinen Namen genutzt.«
»Überprüf es trotzdem. Es kommt vor, dass Immobilien im Grundbuch nicht umgeschrieben werden. Überprüf alles noch einmal.«

»Okay«, sagte sie, obwohl sie wusste, wie sinnlos das war. Trotzdem war es besser, sich mit etwas zu beschäftigen, als einfach nur herumzusitzen.
Nach einer Weile hob sie den Kopf.
»Schau mir nicht ständig über die Schulter, Edvard, ich kann nicht arbeiten, wenn du mir ins Ohr atmest.«
»Sorry«, sagte er und ging wieder auf und ab. Solveig seufzte.
»Holst du Kaffee?«, fragte sie nach einer Weile. Sie wollte eigentlich keinen, aber es war wichtig, ihm eine Aufgabe zu geben.
»Klar.«
»Mit Milch und Zucker.«
»Okay«, sagte er.
Kurz darauf kam er mit zwei Tassen schwarzem Kaffee zurück.
»Hast du etwas gefunden?«
»Nein, Edvard.«
»Such weiter.«

Kapitel 70

Victoria weinte lautlos.
Ihr Körper bewegte sich im Takt mit dem des Mannes, der auf ihr lag. Er hatte die Augen geschlossen und stöhnte durch seine zusammengebissenen Zähne. Jeder Stoß in Victorias Unterleib schien ihm Schmerzen und Unbehagen zuzufügen.
Einmal war er bereits gekommen. Danach hatten sie nebeneinander auf dem Bett gelegen. Sie hatte ihn gestreichelt, seine Stirn, und leise, zufriedene Geräusche gemacht, als sein Sperma aus ihr herauslief und ihre Schenkel klamm und kalt wurden. Nach einer Weile hatte er sich ein weiteres Mal auf sie gewälzt und sich in sie gepresst. Er liebte, als wäre er allein, verbissen, schnell, heftig, auf der verzweifelten Jagd nach dem Orgasmus, gefangen von seiner eigenen Begierde.
»Oh, oh.«
Ihr Körper nahm ihn auf, bewegte sich, wie er sich zu bewegen hatte, war aber nicht mehr als ein Klumpen Fleisch. Victoria hörte sein Jammern und spürte seine Anspannung, als er sich dem Höhepunkt näherte. Ihr wurde übel. Es war unerträglich, so zu liegen, unter ihm gefangen, wie in einem eisernen Käfig.
Sie zwang sich, an etwas anderes zu denken.
Sie dachte an Unni.
An Unni, wie sie gewesen war: fröhlich, kindlich, unglücklich, voller Leben. Sie sah sie deutlich vor sich, barfuß an einem Sommertag im Gras, oder in eine Decke gehüllt auf ihrem Sofa. Der vertraute Blick. Das Lächeln. Victoria stellte sich vor, wie ihr Ende gewesen sein musste. Der Schmerz. Die Furcht. Und allem voran, die Einsamkeit. Unni war allein gestorben.
»Weinst du?«, fragte er.

Sie antwortete nicht, und er fuhr ihr über die Wange und leckte die Fingerspitze ab. »Du weinst.«
Die braune Tasche lag neben dem Bett. Es hatte darin geklirrt, als sie zu Boden gefallen war. Der Gedanke ließ sie nicht los.
»Vor Glück«, sagte sie, aber die unsichere Wachsamkeit lag wieder in seinem Blick.
Victoria wusste, dass es bald vorbei sein würde.

Edvard hatte sich einen Streifenwagen geben lassen. Er konnte nicht tatenlos im Präsidium sitzen. Obwohl die anderen protestiert und ihm klargemacht hatten, dass es sinnlos war, einfach so durch die Straßen zu fahren, hatten Solveig und Preben Jordal erleichtert ausgesehen, als er sie allein gelassen hatte.
Natürlich hatten sie recht. Es nützte nichts, durch das Zentrum von Bergen zu kurven, aber so tat er wenigstens etwas. Außerdem musste er sich auf das Fahren konzentrieren. Mental wach. Kupplung, Schalten, Gas. Grüne, gelbe und rote Ampeln. Schwarzer Asphalt.
Edvard fuhr langsam durch die Straßen und erspähte Besoffene, afrikanische Huren, die ihm zuwinkten, Jugendliche, die längst zu Hause sein sollten, und zufriedene Fußballfans. Brann musste tatsächlich gewonnen haben. Die Leute jubelten, und aus einem Auto schwenkten sie rote Fahnen.
Er fuhr hinunter nach Nøstet und wieder hinauf zum Zentralschwimmbad. In der Håkonsgaten wimmelte es von Menschen, eine Kinovorstellung musste gerade zu Ende gegangen sein. Aus dem Fußballpub waren Lieder zu hören. Studenten standen vor dem Pub Garage. Edvard fuhr die Nygårdsgaten herunter, vorbei am Florida und bog beim Nygårdsparken rechts ab.
In ihrer Wohnung brannte kein Licht. Draußen vor der Tür stand eine Polizistin, sollte sie nach Hause kommen und sich das Ganze als ein dummes Missverständnis, als falscher Alarm herausstellen. Preben Jordal hatte wirklich an alles gedacht.

Edvard fuhr weiter am Kai entlang und unterquerte die Puddefjordsbrücke.
Nach dem ersten Klingeln nahm Solveig den Hörer ab.
»Hallo, ich bin's, gibt es irgendwelche Neuigkeiten?«
»Nein, dann würde ich dich doch anrufen.«
»Natürlich.« Eine kleine Pause. »Ihr Atelier ist überprüft worden, oder?«
»Da haben wir als Erstes nachgesehen.«

Sie schrie.
Die Wand hinter ihr war rot, unzählige Tropfen, die sich zu Rinnsalen sammelten und ein kompliziertes Muster auf der weißen Fläche bildeten.
Dann dachte sie, dass der Schrei nur in ihrem Kopf war, dass sie in Wahrheit eingehüllt war in Stille. Absolute Stille.
Wie in einem Grab.

Edvard parkte vor der Werft beim Atelier. Wusste nicht, wo er sonst suchen sollte.
Die Haupttür war natürlich verschlossen. Ratlos sah er sich um und dachte, dass er sich vielleicht durch das Café auf der anderen Seite Zutritt verschaffen könnte, doch noch ehe er sich umgedreht hatte, kam eine junge Frau aus der Tür. Sie hatte lange, schwarze Haare, Piercings in beiden Augenbrauen und in der Unterlippe. Edvard packte die Tür, bevor sie ins Schloss fallen konnte. Sie musterte ihn und sah einen Moment lang so aus, als wollte sie etwas sagen, wandte sich jedoch um und verschwand im Dunkel.
Seine Schritte hallten durch die langen Korridore. Es war ein unübersichtliches Gebäude voller Winkel, Treppen und verschlossener Türen. Ein Blick auf sein Handy zeigte ihm, dass er schlechten Empfang hatte. Er ging schneller, wollte keinen Anruf oder SMS verpassen.

Als die Verbindung besser war, rief er Solveig an.
»Haben die auch in ihrem Atelier nachgesehen? Die hatten doch keinen Schlüssel. Wie haben die das gemacht? Über den Hausmeister?«
»Ich klär das ab und melde mich wieder.«
Neue Flure. Edvard hatte längst die Orientierung verloren und zuckte zusammen, als sein Handy klingelte. Das Geräusch klang zwischen den kahlen Wänden ohrenbetäubend.
»Die waren nicht drin. Die Tür war abgeschlossen. Sie haben ein paar Mal angeklopft, aber es hat niemand geantwortet, und von drinnen waren keine Geräusche zu hören.«
»Okay.«
»Bist du jetzt da?«
»Ich rufe dich wieder an.«

Er ging um die nächste Ecke, und plötzlich war die Wendeltreppe direkt vor ihm. Mit schweren Beinen, als hätte er einen weiten Weg hinter sich, stieg er nach oben und blieb vor der signalroten Stahltür stehen. Sein Körper wollte nicht, als wüsste er bereits, was sein Hirn noch nicht mitbekommen hatte. Er legte die Hand auf das kalte Metall und drückte die Klinke herunter.
Die Tür flog auf.
Der große Raum lag fast vollkommen im Dunkeln. Nur ganz hinten in einer Ecke über dem Bett leuchtete ein kleiner Spot wie ein Leuchtturm auf einem dunklen Meer. Er sah den Umriss des Körpers auf dem Bett und erkannte im schwachen Licht, dass die Wand über dem Bettgitter fleckig und verschmiert war. Kurz wurde ihm schwarz vor den Augen, so dass er sich am Türrahmen abstützen musste.
Dann ging er hinein.
Es war, als würde er durch Treibsand laufen.
Er erblickte die über den Kopf gehobenen Arme, das Licht, das

die Handschellen reflektierten, den unbeweglichen Körper. Das Gesicht war so zerstört, dass man nichts mehr erkennen konnte. Edvard stöhnte auf. Er schloss einen Augenblick die Augen und suchte in seinem Inneren nach etwas, das ihm die Stärke und Kraft gab, weiterzumachen.

»Du kommst zu spät.«
Die Stimme erreichte ihn vom anderen Ende des Raumes. Geschockt öffnete er die Augen und nahm mit einem Mal die anderen Details wahr. Die flache Brust, die Haare auf dem Bauch, die muskulösen Glieder und den schlaffen Penis zwischen seinen Schenkeln.
Edvard sah ihre Silhouette in dem Licht, das durch das Fenster fiel. Sie saß mit dem Rücken zu ihm und schaute hinaus. Er ging zu ihr, wollte sie umarmen, sie küssen, aber sie drehte sich weg, wollte nicht berührt werden.
»Nicht«, sagte sie. »Bitte, Edvard, tu das nicht.«
Erst jetzt bemerkte er, dass sie nackt war und dass an ihren Händen, ihrem Gesicht und ihrem Oberkörper Blut klebte. Langsam wurde ihm bewusst, was sie getan hatte.
»Es tut mir leid, Edvard.«
Sein Hirn funktionierte nicht richtig. Die Gedanken waren langsam und träge wie Weichtiere.
»Wie?«, sagte er. »Wie meinst du das?«
Und plötzlich begriff er. »Du wusstest es. Du hast das geplant. Hast das Haus durch den Hintereingang verlassen. Du wolltest, dass das geschieht.«
Sie nickte unmerklich.
»Aber warum?«
»Er hat mir Unni genommen. Ich hätte sie retten können. Hätte dir nur ihren Namen nennen müssen. Und ich hätte bei ihr sein können, hätte auf sie aufpassen können. Unni war der einzi-

ge Mensch, den ich hatte. Und ich habe sie betrogen und verraten.«
Du hattest mich, dachte Edvard.
Er setzte sich ein Stück von ihr entfernt hin. Sie hatte geweint.
»Aber ... wie konntest du wissen, dass er dich hier finden würde?«, fragte er nach einer Weile.
Ihre Stimme war leise und etwas heiser, als bekäme sie eine Erkältung. »Ich wusste es nicht mit Bestimmtheit, aber er kannte mein Atelier. Ich habe ihn draußen gesehen.«
»Das hast du mir nie gesagt.«
»Ich ahnte ja nicht, dass er das ist. Das habe ich erst begriffen, als die Fahndungsbilder veröffentlicht wurden. Ich habe ihn ein paar Mal gesehen. Und als du mir gesagt hast, wie er die anderen getötet hat, war mir klar, dass er auch zu mir kommen würde. Früher oder später.«
»Er hätte dich getötet. Du hast die anderen nicht gesehen, weißt nicht, was er mit ihnen gemacht hat.« Edvard schüttelte sich. »Das war Wahnsinn, Victoria.«
»Er wollte doch eigentlich gar nicht töten, oder? Er wollte nur eine Frau, die er lieben konnte und die ihn liebte. Also habe ich ihm gegeben, was er suchte, habe mit ihm geschlafen, bis er mir geglaubt hat oder ein Teil von ihm mir glauben wollte. Vielleicht dachte er ja, dass Tod und Liebe irgendwie zusammenhängen, ich weiß es nicht.«
Edvards Kopf begann zu arbeiten, die einzelnen Teile zusammenzusetzen und zu verstehen, was abgelaufen war. In seinem Körper breitete sich Kälte aus.
»Irgendwann ist er eingeschlafen«, sagte Victoria. »Die schlafen anschließend immer ein. Ich habe ihm die Handschellen angelegt und ihn nach einer Weile geweckt und ihm gesagt, dass ich ihn abscheulich finde, ihn verachte, er nur ein Wurm ist, mit dem ich nicht im Traum zusammen sein wollte. Niemals. Er be-

gann zu weinen, und ich habe ihn mit einem Hammer erschlagen.«
Es war so, als kämen ihre Worte aus weiter Ferne, als wäre ihre Stimme eine Schwalbe, die auf einem Luftstrahl segelte, beweglich, still, fast schwerelos.
Edvard schwieg lange. »Du hättest uns anrufen können. Du musstest ihn nicht töten.«
Sie bemerkte seine Wortwahl. Nicht mich, uns. Uns, die Polizei.
Nach ein paar Minuten stand er auf. Sie sah die Veränderung in ihm, sein Körper, sein Gesicht, seine Augen, er hatte sich verschlossen und wurde streng und professionell. Wie bei ihrer ersten Begegnung, und obgleich sie wusste, dass es so sein musste, dass er Polizist war und kein Weg an dieser Tatsache vorbeiführte, begann sie zu weinen.
»Zieh dich an, Victoria«, sagte Edvard.
Dann nahm er sein Handy und rief an.

Kapitel 71

Es klopfte an der Tür.
»Herein«, rief Edvard.
Es war Solveig. »Tommy hat angerufen. Er kommt morgen in die Reha. Er hat mich gebeten, dir einen Gruß auszurichten.«
»Okay. Wie geht es ihm?«
»Gut, glaube ich. Das hat er jedenfalls gesagt. Kommst du mit essen? Es ist schließlich unser letzter Tag hier.«
Der Fall galt als aufgeklärt. Die letzten Tage hatten sie größtenteils damit verbracht, ihre Büros aufzuräumen und die abschließenden Berichte zu schreiben. Edvard war nicht sonderlich hungrig, aber die unruhige Art, mit der Solveig sich die Hände knetete, brachte ihn dazu, ja zu sagen. Sie wirkte so schutz-, so hilflos.

Als sie das Präsidium verließen, wären sie beinahe mit Mikael Brenne zusammengestoßen. Er nahm zwei Stufen auf einmal, sah energisch aus, trug Anzug und Schlips und hatte eine Aktentasche unter dem Arm.
»Ein neuer Fall?«, fragte Edvard.
Brenne nickte. »Das nimmt kein Ende.«
»Nun, Sie hatten recht«, sagte Edvard. »Ihr Mandant war unschuldig. Es war nicht Gunnar Tvifjord.«
Brenne zuckte mit den Schultern. »Ich weiß nicht, ob ich recht hatte. Um ehrlich zu sein, war ich fast der Meinung, er hätte es getan, auf jeden Fall nach dem letzten Verhör.« Er sah zu Solveig und lächelte schief. »Sie waren gut. Ein verdammt gutes Verhör.«
Solveig wurde rot, und Edvard registrierte, dass Mikael Brenne etwas an sich hatte, was auf Frauen wirkte.

»Aber ich muss jetzt los. Mein Mandant wartet. Wenn ich das richtig verstanden habe, sind Sie fertig hier in Bergen?«
»Ja, wir fahren morgen früh zurück«, sagte Edvard.
»Sind Sie in der anderen Sache weitergekommen?«
»Noch nicht, aber ich bin dran.«
»Nun dann, viel Glück. Vielleicht sieht man sich ja mal wieder.« Brenne grinste. »Rufen Sie einfach an, wenn Sie wieder mal einen Unschuldigen festgenommen haben.«

Während sie aßen, tauschten sie nur ein paar nichtssagende Bemerkungen aus.
»Hast du noch etwas über seine wahre Identität herausgefunden?«, fragte Edvard.
Solveig schüttelte den Kopf. »Nein, eigentlich ist das wirklich unglaublich. Es sollte heutzutage doch nicht möglich sein. Aber weder seine DNA noch seine Fingerabdrücke sind irgendwo gespeichert. Der Mann, der sich Edgar Olsen nennt, ist ein Mensch ohne Namen und Vergangenheit. Als gäbe es ihn überhaupt nicht. Vielleicht wäre es hilfreich gewesen, wenn wir ein Bild von ihm gehabt hätten, aber …«
Edvard erinnerte sich an das zerschmetterte Gesicht, und ein Schauer lief ihm über den Rücken.
»Ja.«
»Es ist vollkommen rätselhaft, dass wir keine Spur von ihm haben. Wie lange versteckt der sich jetzt schon? Zwei Wochen, oder?« Sie schüttelte den Kopf. »Wir hätten ihn längst finden müssen. Jeder Polizist des Landes sucht nach ihm.«
»Er kann sich ins Ausland abgesetzt haben«, sagte Edvard.
»Weißt du, was ich glaube? Ich denke, er hat sich das Leben genommen. Vielleicht ist er von der Puddefjordbrücke gesprungen. Entweder treibt der irgendwann als nicht identifizierte Leiche an Land, oder wir finden ihn nie.«

»Mag sein«, sagte Edvard und sah einen Körper vor sich, der langsam durch die dunkelgrüne Tiefe trieb. Ein zerschmettertes Gesicht, Krebse und kleine Fische, die in seinen Augenhöhlen verschwanden.
»Ist was mit dir?«, fragte Solveig.
Edvard schüttelte den Kopf. »Nein.«
Aber das stimmte nicht. Es war eine Woche vergangen, seit er die Leiche von Edgar Olsen gefunden hatte. Er hatte die Geschehnisse noch haargenau im Kopf, jedes noch so kleine Detail, trotzdem fühlte sich das alles so unwirklich wie ein Traum an.

Victoria hatte keine Anstalten gemacht, sich anzuziehen. Sie hatte zugehört, als Edvard mit dem Präsidium telefoniert hatte, den Inhalt des Gesprächs aber offensichtlich nicht mitbekommen.
»Nein, es ist alles in Ordnung«, hatte Edvard zum Schluss gesagt. »Ja, sie hat einen Zusammenbruch erlitten, was ja nicht verwunderlich ist, aber ich kümmere mich schon um sie. Es besteht jedenfalls keine Gefahr. Die Suche nach Victoria Ravn kann abgeblasen und die Leute nach Hause geschickt werden.«
Nicht einmal in diesem Moment hatte sie reagiert.
Anschließend hatte er sie zum Waschbecken geführt und das Blut von ihrem nackten Körper gewaschen. Sie angezogen. Ihr Körper war steif, die Bewegungen schwerfällig.
Er fragte, wo der Schlüssel der Handschellen sei, aber sie hatte keine Ahnung, sah ihn nur verständnislos an, als spräche er eine fremde Sprache. Er fand sie unter dem Bett. Löste die Handschellen vom Bettgitter und vermied es, in das zerschmetterte Gesicht zu schauen. Dann rollte er die Leiche in das Bettzeug.
Anschließend hatten sie gewartet.

In ihrer Tasche hatte er Zigaretten und Feuerzeug gefunden. Sie saß aufrecht auf ihrem Stuhl, rauchte eine Zigarette nach der an-

deren, und das Zimmer füllte sich mit blauem Rauch. Edvard hockte auf dem Boden, den Rücken an die Wand gelehnt, ein Bein ausgestreckt. Erst langsam wurde ihr klar, dass die Polizei nicht kommen würde. Dass es nur sie zwei gab.
»Warum?«, fragte sie.
»Weil ich dich nicht verlieren will«, sagte er. »Weil ich dich liebe«, brachte er schließlich heraus. Die Worte hatten schon seit Tagen auf seiner Zunge gelegen, ungeduldig, endlich ausgesprochen zu werden. Jetzt wirkten sie mit einem Mal vollkommen schwerelos, ohne Substanz. Victoria zog an ihrer Zigarette und spürte den Rauch in den Lungen brennen. Ihre Gedanken flogen hin und her, sie konnte sich nicht konzentrieren oder auf seine Worte reagieren. Sie wusste nicht, was sie antworten sollte.

Zu später Stunde war Edvard nach draußen gegangen und hatte das Kai abgesucht. In einem kleinen Hafen namens Dikkedokken lag ein Colin-Archer-Segelboot, an dessen Heck eine kleine Holzjolle vertäut war. Er nahm die Jolle. In einem Schuppen fand er eine alte Kette, die er vorsichtig in das Boot herunterließ. Er wartete eine Weile, um sicherzugehen, dass niemand etwas mitbekommen hatte. Dann ruderte er aus dem Hafen hinaus und am Kai entlang.

Sie war kurz davor, zusammenzubrechen, als er wieder zu ihr ins Atelier kam.
»Du warst wahnsinnig lange weg«, sagte sie. »Ich dachte, du wärst einfach gegangen.«
Edvard öffnete das Fenster zum Kai. Ging zurück zum Bett und wuchtete die Leiche in dem Bettzeug über die Schulter. Er richtete sich auf, schwankte etwas und ging mit unsicheren Schritten zum Fenster. Er schob die Last über den Fensterrahmen und ließ sie fallen. Abermals wurde ihm übel, als der tote Körper zehn Meter tiefer mit einem dumpfen Klatschen auf das Kai aufschlug.

Victoria saß vorn auf dem Steven. Die Leiche, umwickelt mit der Kette, lag im Bug des Bootes. Edvard ruderte schnell und gleichmäßig. Die kleine Jolle hatte nicht mehr viel Freibord, aber der Fjord war so ruhig, dass das Wasser wie Öl wirkte. Jeder Tropfen, der von den Ruderblättern fiel, bildete einen eigenen, kleinen Kreis. Edvard betrachtete die Tropfen, die Muster, nicht Victoria.

Er ruderte und ruderte. Es fühlte sich wie eine Ewigkeit an. Als sie den Eindruck hatten, dass das Ufer weit genug entfernt war, zog er die Ruder ein und schob sie unter die Ruderbänke.
Die Leiche war durch die Kette bleischwer, so dass er sie kaum bewegen konnte. Edvard kniete sich hin und schlang beide Arme um den toten Körper. Der Geruch von Blut und rostigem Metall. Er stöhnte und fluchte. Tränen traten ihm in die Augen, und schließlich bat er Victoria, ihm zu helfen.
Als der Tote endlich auf dem Bootsrand lag, neigte der Kahn sich gefährlich zur Seite, und Victoria musste sich auf die gegenüberliegende Seite setzen und sich über die Jolle lehnen, damit sie nicht zu viel Schlagseite bekamen. Edvard mobilisierte die letzten Kräfte, die untersten Kettenglieder schlugen gegen das Boot, und mit einem leisen, kaum hörbaren Platschen wurde der Tote von dem schwarzen Wasser geschluckt. Der Kahn kippte zur anderen Seite, und Victoria schrie erschreckt auf. Wasser schwappte über das Dollbord, dann war alles wieder still.
Erschöpft streckte Edvard sich im Boot aus und keuchte.

Auf dem Weg zurück zum Kai zog Nebel auf. Erst nur dünne Rauchstreifen, die direkt aus der spiegelglatten Wasseroberfläche aufzusteigen schienen, doch schnell wurden dicke Schwaden daraus, die sie einhüllten. Er ruderte schneller, bevor die Sicht zu schlecht wurde, aber schon nach wenigen Minuten verschwanden die Lichter, die Umrisse der Gebäude, der dunkle Schatten,

der das Land markierte. Blind ruderte er durch eine graue, konturlose Welt ohne Anfang und Ende. Die Zeit schien stillzustehen, als wäre er verdammt, bis in alle Ewigkeit zu rudern.
Er hatte sein altes Leben dort draußen auf dem Fjord zurückgelassen, und ein Teil von ihm war mit der Leiche des Mörders in der Tiefe verschwunden. Gesetzestexte gingen ihm durch den Kopf, wie hoch das Strafmaß für Beihilfe zum Mord war, aber es spielte keine Rolle. Außerdem war es zu spät für Reue. Er hatte das für Victoria getan, aber als er zu ihr hinübersah, bemerkte er, dass auch sie im Nebel verschwand und sich mit jedem Zug weiter und weiter entfernte. Als ruderte er von ihr weg, als bliebe auch sie auf dem Meer zurück.
Er erinnerte sich an ihre Worte.
»Du bist zu spät gekommen«, hatte sie gesagt.

Solveig legte das Besteck weg. Ihr Teller war noch halbvoll. »Du bist so still geworden, Edvard«, sagte sie. »An was denkst du?«
Er verdrängte die Erinnerungen, wohl wissend, dass das nicht so leicht war und sie in der Nacht wiederkommen würden. »Ach, an nichts. Wahrscheinlich hast du recht und Edgar Olsen ist ins Wasser gegangen. Aber eigentlich geht uns das jetzt nichts mehr an.«
»Nein«, sagte Solveig. »Es ist gut, wieder nach Hause zu kommen.«
»Hast du noch immer vor, aufzuhören?«
»Ja.«
Er sagte nichts. Nickte nur. Solveig wechselte das Thema. »Was ist mit Victoria? Hast du noch einmal mit ihr gesprochen?«
»Nein, habe ich nicht.«
»Ich dachte tatsächlich, dass er sich auch sie geschnappt hatte. Es war eine Wahnsinnserleichterung, als du angerufen und gesagt hast, es sei alles in Ordnung. Aber kannst du mir erklären, warum sie ihre Wohnung heimlich verlassen hat.«

»Ne, keine Ahnung. Es machte den Eindruck, als wüsste sie das nicht einmal selbst. Aber es ist kein Wunder, dass auch sie ein bisschen durchgedreht ist. Sie stand ja die ganze Zeit unter enormem Druck.«
»Ich dachte … zwischenzeitlich dachte ich mal, dass da etwas zwischen euch ist. Ich habe mir richtig Sorgen gemacht.«
»Zwischen Victoria und mir?« Edvard lachte kurz. »Nein, bist du verrückt, natürlich nicht.«
Sie zögerte etwas, biss sich auf die Lippen und lehnte sich vor.
»Was ist mit dem Mord an Emma? Wird ein eigener Fall eröffnet?«
Edvard schüttelte den Kopf. »Nein.«
»Warum nicht? Du hast doch nie daran geglaubt, dass es derselbe Mörder war.«
»Dieser Fall ist so schon kompliziert genug. Der Polizeipräsident hatte keine Lust auf einen weiteren unbekannten Mörder. Er steht noch immer gewaltig unter Druck. Ich glaube, diese Entscheidung ist ihm leichtgefallen.«
»Mag sein«, sagte Solveig.

Kapitel 72

Die Wohnung roch nach Staub, verwelkten Blumen und etwas anderem, Undefinierbarem. Der Geruch der Einsamkeit, dachte Edvard. Am Morgen nach seiner Rückkehr hatte er in der Zentrale angerufen und sich krankgemeldet, danach geputzt, Staub gewischt, den Kühlschrank aufgefüllt, frische Blumen in die Vase gestellt und die Zimmer, eines nach dem anderen, wieder in Besitz genommen.

In den nächsten zwei Tagen hörte er Musik, joggte und sah fern. Er dachte an Anna Isaksen, wobei ihm der Gedanke an sie als seine Mutter noch immer nicht vertraut war. Sie war in sein Leben getreten, nicht als Person, sondern als Naturkatastrophe, durch die alles, was er über sich zu wissen glaubte, auf den Kopf gestellt worden war. Es reichte jetzt. Er würde gern zu einem Abschluss kommen, sie für immer zur Ruhe betten. Inzwischen wusste Edvard eine ganze Menge über sie, hatte aber auch erkannt, dass er sie niemals richtig kennenlernen würde. Das Geheimnis ihres Todes zu lüften, fühlte sich eher wie eine Pflicht an, er musste es tun, um sein Leben weiterleben zu können. Trotzdem zögerte er die letzten, noch ausstehenden Schritte hinaus.

Am vierten Tag riss er sich zusammen. Zuerst fuhr er in die Gaustad-Klinik. Er brauchte nur zehn Minuten, um bestätigt zu bekommen, was er überprüfen wollte. Danach fuhr er zum Standesamt. Da war es etwas komplizierter, aber zum Schluss fand eine mürrische ältere Dame das archivierte Dokument, das er brauchte. Er nahm eine Kopie mit nach draußen in die Sonne und sah sie sich an. Es verhielt sich genau so, wie er es schon eine ganze Weile vermutet hatte.

Er bemühte sich, auf seine Gefühle zu hören, suchte nach Trauer oder Erleichterung, fand aber nur innere Leere.

Am fünften Tag ging er wieder arbeiten. Er war erst zehn Minuten in seinem Büro, als er zu seiner Chefin gerufen wurde.
»Hallo, Edvard«, sagte Katrine Gjesdahl. »Setzen Sie sich.«
Ihr Tonfall war neutral, der Händedruck wie immer, trotzdem fand er ihr Lächeln etwas steif, als hätte sie ihren Streit noch nicht ganz verwunden. Aber eigentlich war ihm das egal.
Wie üblich sortierte sie noch einen Moment ihre Unterlagen und ließ ihn warten. Edvard sah geduldig aus dem Fenster. Alles sprießte, und die Bäume hatten einen grünen Schimmer. Der Frühling schien endlich gekommen zu sein.
»Erinnern Sie sich noch, worüber wir gesprochen haben, als Sie das letzte Mal hier bei mir im Büro waren? Es ging um die Verantwortung für Ihre Leute, um Ihre Führungsqualität, die Fähigkeit, eine funktionierende Gruppe zu bilden.«
Er nickte nur.
»Von Ihrer Gruppe ist nicht mehr viel übrig, oder?«
»Dann hat Solveig schon mit Ihnen gesprochen?«, fragte Edvard.
»Sie hat mir gesagt, dass sie aufhören will, ja.«
»Und Sie haben das akzeptiert?«
»Ich habe nicht versucht, sie zum Bleiben zu überreden, wenn Sie das meinen.« Katrine Gjesdahl musterte ihn. »Hätte ich das Ihrer Meinung nach tun sollen?«
Er schüttelte den Kopf. »Nein, Solveig ist eine gute Ermittlerin. Sie ist klug, systematisch, arbeitswillig, aber sie funktionierte nicht, als die Situation sich zuspitzte. Ich mache ihr diesbezüglich keine Vorwürfe, aber wer bei der Polizei arbeitet, sollte in der Lage sein …« Er machte eine Handbewegung. »Sie wissen, was ich meine.«
»Den Abzug zu drücken«, sagte Katrine Gjesdahl.

»Ja, wenn man muss.«
»Da bin ich ganz Ihrer Meinung. Vielleicht hätte man das früher erkennen können?«
Er ließ diesen Satz unkommentiert.
»Wie gesagt, von Ihrer Gruppe ist nicht mehr viel übrig.«
»Dass Tommy von einem Verrückten niedergestochen wurde, sehen Sie doch wohl nicht als Resultat meiner Personalführung?«
»Nein, das wollte ich damit nicht sagen. Aber ich muss mir die Frage stellen, inwieweit Sie als Führungsperson geeignet sind. Ich habe Ihnen das schon früher gesagt, Edvard. Sie sind ein guter Ermittler, aber das reicht nicht immer aus.«
Er zuckte mit den Schultern, wollte sich auf dieses Problem nicht einlassen.
»Und was ist mit Ihnen?«, fragte Katrine Gjesdahl nach einer kurzen Pause.
»Mir?«
»Sie waren krank. Und Sie sehen müde aus. Brauchen Sie ein paar Wochen, um wieder zu Kräften zu kommen?«
»Nein, nein, das geht schon, ich komme klar.«
»Nehmen Sie sich zwei – nein, drei Wochen, Edvard. Gehen Sie auf Angeltour.«
»Ich angele nicht.«
Sie winkte ab. »Tun Sie, was Sie wollen. Sie wissen, was ich meine. Entspannen Sie sich, feiern Sie einen Teil Ihrer Überstunden ab.«
Sie hatte sich bereits wieder über ihre Unterlagen gebeugt und blickte nicht auf, als er ihr Büro verließ.

Bevor er ging, machte er noch eine Stippvisite in der Kantine. Es kam ihm wie eine Ewigkeit vor, dass er zuletzt dort gewesen war. Ein paar Leute winkten und grüßten, und Edvard nickte zurück. Er kaufte sich einen Kaffee und ein Sandwich und setzte sich an einen freien Tisch. Nach einer Weile kamen zwei Kollegen der

Sitte und nahmen an seinem Tisch Platz. Die Frau hieß Nina, den Mann kannte er nicht. Etwas später gesellte sich auch Ragnar Petterson zu ihnen.

»Edvard«, sagte er. »Gratuliere. Hast du es doch noch geschafft.«

»In gewisser Weise«, sagte Edvard. »Wie geht es dir? Bist du mit dem Holst-Fall irgendwie weitergekommen?«

»Nein, keinen Millimeter.«

»Und die Spur, die nach Bergen führte?«

Petterson verzog den Mund. »Deine Theorie, dass er bei einer Nutte war, ist jedenfalls im Nichts verlaufen. Wir haben wirklich keine Ahnung, was er da gemacht hat.«

»Na ja, vermutlich war das dann wirklich eine Sackgasse. Das Wahrscheinlichste ist wohl, dass Hjalmar Holst von jemandem erschossen wurde, der sich rächen wollte«, meinte Edvard. »Jemand, der Opfer eines Übergriffs geworden ist, oder aus der Familie eines Opfers.«

»Mag sein, das Problem ist nur, dass wir kein Opfer gefunden haben. Ich habe eine Ewigkeit damit verbracht, mir die übelsten Bilder anzuschauen, die du dir nur vorstellen kannst, und ich habe dabei eng mit der Sitte und mit Interpol zusammengearbeitet. Alle Bilder sind Importware, um es mal so zu sagen. Er war bestimmt pädophil, aber ich finde nicht ein Indiz für einen direkten Übergriff. Wäre er nicht ermordet worden, würde ich sagen, Hjalmar Holst war einer, der sich mit Bildergucken begnügt hat.«

»Aber gäbe es diesen Markt nicht, würde das Leben viel weniger Kinder zerstört werden«, meinte Nina von der Sitte.

»Ich weiß«, sagte Petterson. »Aber das hilft mir nicht. Ich glaube, ich habe in dieser Gemeinde wirklich mit jedem gesprochen, und ich finde kein einziges Opfer.«

»Vielleicht musst du weiter zurück«, sagte Edvard. »Hat er nicht mal in Oslo gewohnt?«

»Vor fünfunddreißig Jahren. Er hat ein paar Jahre lang als Nachtwache gearbeitet, aber niemand erinnert sich an ihn.«
»Stimmt«, sagte Edvard. »Jetzt fällt es mir ein. Er hat in der ...«
Er verstummte. Mit einem Mal erinnerte er sich, wo Hjalmar Holst gearbeitet hatte. Er dachte an das eiskalte Haus, in dem Holst allein gewohnt hatte, die dunklen Zimmer, die Bücher über Religion und an den Zettel, den sie in einem Buch gefunden hatten.
Den Text darauf hatte er als religiöse Spinnerei abgetan. Er hatte etwas mit Erlösung zu tun gehabt, einem leeren Grab und der Vergebung der Sünden.
»Verdammt!«, sagte Edvard. Die anderen sahen ihn verwundert an.
»Was ist?«, fragte Petterson.
»Tut mir leid«, sagte Edvard. »Mir ist da gerade eine Idee gekommen. Vielleicht kann ich dir doch helfen. Können wir mal kurz nach oben gehen und uns die Unterlagen ansehen? Du hast bestimmt eine Übersicht über die Taxibuchungen in Bergen, oder? Für den 7. November, nicht wahr?«
»Gott sei Dank!«, platzte Petterson heraus. »Ich mache alles, um endlich diesen Fall abzuschließen.«

Kapitel 73

An der Türglocke stand K. Jensen. Sie klingelte und wartete. Hörte auf der anderen Seite leise Schritte.
»Solveig«, sagte die Frau mittleren Alters, die ihr die Tür öffnete und ihre Hände nahm. »Wie schön, dich wiederzusehen, komm herein.«
Der Raum, in den sie geführt wurde, war schlicht eingerichtet. An den weißen Wänden hingen keine Bilder oder anderer überflüssiger Schmuck, der die Gedanken ablenkte. Ein paar einfache Holzstühle standen um den einzigen Tisch herum. Die Gardinen vor dem Fenster waren zugezogen. Das Tageslicht fiel durch sie hindurch und erfüllte den Raum mit Leichtigkeit. Als Solveig hereinkam, flackerten die Kerzen, die auf dem Tisch standen, im Luftzug.
Kjersti Jensen hieß alle willkommen. »Wer etwas sagen möchte, hat jetzt dazu Gelegenheit«, sagte sie. Dann senkte sich Stille über sie.
Anfangs war es schwierig. Nervös saß Solveig auf ihrem Stuhl, ihre Gedanken schwirrten hin und her, bis auch sie irgendwann, endlich, zur Ruhe kam. Ihr rhythmischer Atem, der Rhythmus des Blutes, der Tanz der Staubkörner im Licht des Fensters. Es war so, als verginge die Zeit etwas langsamer. Solveig war damit aufgewachsen, sie kannte die stillen Andachten der Quäker, die seltsame Mischung aus Gemeinsamkeit und stiller, persönlicher Zwiesprache mit Gott. Die Stille sprach aus ihrer Kindheit zu ihr. Sie erinnerte sich an einen Spatzen, der gegen die Scheibe des Versammlungsraumes pickte, an die Sonnenstrahlen, die schräg durch die Fenster auf die Hände ihres Vaters fielen. Starke Arbeitshände, gefaltet zum Gebet.

Sie hatte nicht zu dem Glauben ihrer Kindheit zurückgefunden, spürte keinen Kontakt zu Gott. Sie wusste einfach nicht mehr, wohin sie sollte, wo ihr Weg weiterging. Sie brauchte festen Boden unter den Füßen und hatte einzig die zerbrechliche Gemeinschaft aus Menschen, die sie kaum kannte.
Aus Mangel an Alternativen faltete Solveig die Hände, schloss die Augen und betete. Sie betete für Frieden für sich und ihren Vater. Dann streifte sie der Gedanke an Tommy und glitt wie ein schwarzer Schatten durch ihr Bewusstsein. Sie betete auch für ihn und für alle, die dort draußen seinen Weg kreuzen würden.

Kapitel 74

Einen Augenblick blieb Edvard stehen und sah den roten Rücklichtern des Taxis nach. Die mächtigen Villen lagen diskret abgeschirmt hinter Buchenhecken und schmiedeeisernen Toren. Er überlegte, warum wohlhabende Viertel immer so leer und ausgestorben wirkten, schob den Gedanken dann aber beiseite. Vermutlich versuchte sein Hirn nur wieder, das Unangenehme, was ihm bevorstand, ein Stück nach hinten zu schieben.

Er hatte sich entschieden, nicht vorher anzurufen, weshalb es alles andere als sicher war, ob er überhaupt jemanden antraf. Trotzdem wurde die Tür fast sofort geöffnet. Daniel Wiersholm sah verblüfft aus.

»Matre?«

Edvard rang sich ein Lächeln ab. »Ja, tut mir leid, dass ich unangemeldet hier auftauche. Ich hoffe, ich komme nicht ungelegen. Ich bin gerade noch einmal für ein paar Tage in Bergen und dachte …«

»Ja?« Er klang nicht abweisend, aber distanziert.

»Wir haben den Fall ja nicht ganz zu Ende diskutiert, und irgendwie konnte ich Ihnen auch noch gar nicht für Ihren Einsatz danken. Außerdem habe ich einen anderen Fall, bei dem Sie mir vielleicht helfen können.«

Edvard sah, dass er sein Interesse geweckt hatte. »Ein neuer Fall? Natürlich. Kommen Sie doch herein.«

Sie gingen durch einen halbdunklen Raum in ein helles, freundliches Wohnzimmer mit Glastüren zum Garten.

»Eigentlich halte ich mich fast immer hier auf«, sagte Wiersholm. »Dieses Haus ist viel zu groß für mich.«

»Wohnen Sie allein hier?«

Wiersholm nickte. »Meine Frau ist vor einigen Jahren gestorben, und mein Sohn wohnt in den USA. Er ist Arzt, Chirurg, er macht seine Sache wirklich gut. Er ist in Ihrem Alter, denke ich. Ein Glas Rotwein?«
Edvard nickte. »Ja, gerne, warum nicht.«
Er sah sich um, als Wiersholm einschenkte. In der Ecke stand ein Sekretär, vollgestopft mit Büchern und Papieren. Die Wand dahinter war mit Fotografien übersät. Auf jedem war Daniel Wiersholm zu sehen. Immer posierte er mit irgendwelchen Männern mittleren Alters, die Edvard nicht kannte.
Wiersholm reichte Edvard ein Glas und prostete ihm zu.
»Skål.«
Edvard nippte an dem Wein. »Wirklich gut.«
Wiersholm sah zufrieden aus. »Im Gegensatz zu manchen anderen schwöre ich noch immer auf die französischen Weine.«
»Wie gesagt, ich konnte Ihnen bislang nicht richtig für Ihren Einsatz danken«, sagte Edvard.
»Ehrlich gesagt, weiß ich gar nicht, ob ich Ihnen überhaupt eine Hilfe war. Ich habe mich auf jeden Fall gründlich geirrt, was den Lebensgefährten von Unni anging, und den wirklichen Zusammenhang habe ich auch nicht gesehen.«
»Das hat keiner von uns«, sagte Edvard. »Aber fast alle Ermittlungen sind so. Wir tappen im Dunkeln, verlaufen uns, verstehen Sachen falsch. Dass wir trotzdem zum Ziel kommen, hat ebenso viel mit Glück und Zufällen wie mit unseren deduktiven Fähigkeiten und psychologischen Einsichten zu tun. Die Wirklichkeit ist viel chaotischer, als Sherlock Holmes angenommen hat.«
»Oder Sigmund Freud«, sagte Wiersholm.
Edvard lachte höflich und trank noch einen Schluck Wein.
»Sie haben einen neuen Fall erwähnt?«
Edvard stellte das Glas weg und schob die Hand in die Innentasche. »Ja. Ich habe die Hoffnung, dass Sie mir bei der Lö-

sung eines alten Rätsels helfen können. Eines rätselhaften Todesfalls.«

»Ich muss einräumen, dass Sie mich neugierig machen.«

»Schauen Sie sich mal die hier an.«

Er legte eine Fotografie auf den Tisch, mit der Rückseite nach oben. Wiersholm beugte sich vor und ergriff sie. Er drehte sie um, holte die Brille aus der Tasche seiner Strickjacke und setzte sie sich auf die Nase. Betrachtete das Bild und erstarrte.

Edvard dachte an Lots Frau. Die sich trotz der Warnungen ihres Herrn umgedreht hatte und zur Salzsäule geworden war. So etwas kann passieren, wenn man sich umdreht und plötzlich seine eigene Vergangenheit sieht.

Wiersholm schluckte schwer und laut, sein Adamsapfel war wie ein Stempel ohne Öl.

»Sie heißt Anna Isaksen«, sagte Edvard. »Aber das wissen Sie ja. Wir haben sie in einem Massengrab gefunden, in das sie nicht hineingehörte.«

Schließlich riss Wiersholm sich von dem Foto los und sah Edvard in die Augen. In seinem Blick lag so etwas wie kalkulierende Kälte, als betrachtete er eine Ameise oder eine Spinne. Edvard schauerte.

»Nun?«, sagte Wiersholm abwartend und wachsam.

»Sie war Ihre Patientin in Gaustad, damals, als Sie dort gearbeitet haben. Das geht aus den Krankenberichten hervor, wenn man nur genau genug hinschaut. Ich muss eingestehen, dass ich das beim ersten Hinsehen übersehen habe. Ihre Unterschrift ist aber auch ziemlich kryptisch.«

»Ich erinnere mich nicht. Damals waren da so viele Patienten.«

»Und auch viele Ärzte«, sagte Edvard. »Und wenn ich richtig informiert bin, haben Sie damals sehr seltsame Sachen gemacht.«

»Wir waren wissenschaftliche Pioniere. Waren der Zeit voraus.«

»Sie bezeichnen Lobotomie bei hilflosen Menschen als Pionierarbeit?«

Wiersholm antwortete nicht, verzog den Mund zu einem verächtlichen Grinsen. Edvard wusste nicht, ob das auf ihn oder die Patienten gemünzt war. Vielleicht sowohl als auch. Er holte tief Luft und sammelte sich wieder.
»Zurück zu Anna Isaksen. Ich habe die Briefe gelesen, die sie ihrer Familie geschickt hat. Offenbar hatte sie ein Verhältnis mit einem Mann, eine Beziehung, die geheim gehalten werden musste, woran sie mehr und mehr verzweifelt ist. Zuerst glaubte ich, dass es sich um einen verheirateten Mann handelte, aber als ich die Briefe noch einmal las, bemerkte ich Formulierungen, die eine ganz andere Möglichkeit eröffneten, nämlich dass ihr Liebhaber ihr Arzt war.«
»Da kommen dann aber sehr viele Leute in Frage«, sagte Wiersholm. »Wie Sie selbst gesagt haben, arbeiteten dort damals sehr viele Ärzte.«
»Sie haben recht, prinzipiell kommen viele in Frage. Sie war eine hübsche Frau, finden Sie nicht auch?«
Edvard lächelte. Daniel Wiersholm erwiderte dieses Lächeln nicht.
»Wir würden uns natürlich gar nicht um Annas Liebhaber kümmern, wenn sie nicht von jemandem erwürgt worden wäre. Ich kann Ihnen versichern, dieser Fall hat mir wirklich Kopfzerbrechen bereitet. Ein Mordopfer, das erst nach mehr als dreißig Jahren auftaucht, und dann auch noch in einem Grab, in dem es absolut nichts verloren hat!«
Er lachte, hörte aber selbst, wie künstlich dieses Lachen klang.
»Aber irgendwann hatte ich es verstanden. Der Mörder ist schlau vorgegangen, er hat Annas Leiche mit der Leiche von Karina Vestlund ausgetauscht. Ich weiß sogar, warum. Nur konnte ich die Frage, wer das gemacht hat, lange nicht beantworten.«
Edvard hatte einen trockenen Hals und trank einen Schluck Wein, der ihm plötzlich sauer wie Essig erschien.
»In gewisser Weise haben Sie ein beinahe perfektes Verbrechen

begangen. Ich musste an einen Zauberer denken, der die Aufmerksamkeit ablenkt und damit das Publikum glauben lässt, etwas zu sehen, was gar nicht geschieht. Aber es war wie bei allen Zauberern, hat man den Trick erst durchschaut, ist die Wahrheit unübersehbar. In diesem Fall wollte die Illusion den Eindruck erwecken, dass es kein Verbrechen gab. Doch als das Grab geöffnet wurde und deutlich wurde, dass es sich um Mord handelte, war der Rest einfach. Ihr Plan hing davon ab, dass die tote Frau in der Wohnung als Anna Isaksen identifiziert wurde. Ich musste also nur herausfinden, wer die Leiche identifiziert hatte. Im Standesamt habe ich den Totenschein gesehen, und da stand Ihr Name, schwarz auf weiß. Sie waren ihr Arzt, warum sollte also jemand an Ihren Worten zweifeln?«

Wiersholm sah Edvard lange an, bevor er antwortete. »Es war das perfekte Verbrechen. Auf jeden Fall, bis all die jämmerlichen, selbsternannten Opfer die Öffentlichkeit so stark beeinflusst haben, dass das Grab geöffnet wurde.«

»Heißt das, Sie gestehen den Mord?«

Jetzt war es an Wiersholm zu lachen. »Nein, Hauptkommissar Matre, das heißt es nicht. Meine Kommentare basieren einzig und allein auf Ihrer Erklärung. Aber eigentlich spielt das keine Rolle. Sie sind sich doch wohl im Klaren darüber, dass diese Sache verjährt ist?«

Edvard lehnte sich zurück. Der Schatten eines Lächelns umspielte Wiersholms Mund.

»Ich will nur wissen, warum«, sagte Edvard nach einer Weile. »Warum Sie sie getötet haben.«

»Warum?« Wiersholm beugte sich etwas vor, legte die Fingerkuppen aneinander und spitzte die Lippen. »Sagen wir ... lassen Sie uns einen Moment lang annehmen, Sie hätten recht. Ich sage nicht, dass ich diese Frau getötet habe, aber gehen wir mal davon aus, dass ein Mann in meiner Position es getan hat.«

Edvard nickte.

»Dann liegt der Gedanke nahe, dass er einen drängenden, einen sehr guten Grund gehabt haben muss. Ein Mann in einer solchen Position, ein äußerst vielversprechender Psychiater, der sein Leben dem Studium seiner Mitmenschen gewidmet hat, würde niemals so etwas tun, wenn es nicht wirklich unausweichlich wäre. Wir könnten zum Beispiel annehmen, dass diese Frau unter Wahnvorstellungen gelitten hat, dass sie geglaubt hat, der Mann würde seine Frau und seinen kleinen Sohn verlassen, um gemeinsam mit ihr zu leben, und dass sie, egal wie oft sie das Gegenteil gehört hatte, nie von dieser Zwangsvorstellung abließ.« Der letzte Satz kam mit überraschender Intensität.

»Und gehen wir weiter davon aus, dass diese Frau, die tatsächlich in vielerlei Hinsicht attraktiv war, aber keine Ausbildung hatte, aus einfachen Verhältnissen stammte und die, wenn die Wahrheit schon auf den Tisch soll, keinen guten Blick für die Realität hatte, damit drohte, zur Frau des Psychiaters zu gehen, zur ärztlichen Vereinigung und zu den Zeitungen, sollte sie nicht bekommen, was sie wollte.«

Seine Stimme wurde lauter, und sein Gesicht war rot geworden, als er seinen Zeigefinger fast anklagend auf Edvard richtete. »Man darf sich da wirklich die Frage stellen, ob sie nicht, jedenfalls in gewisser Weise, Selbstmord begangen hat. Denn sie ließ dem Psychiater wirklich keine Wahl, oder was meinen Sie?«

Er schrie jetzt fast. Dann bezwang er sich und fuhr in sachlichem Ton fort: »Und lassen Sie uns ehrlich sein, Matre, was für ein Leben hätte diese Frau erwartet? Sie war krank, klinisch depressiv, ein Mensch, der niemals glücklich geworden wäre.«

Edvard sah ihn verblüfft an. »Dann war es also nicht so schlimm?«

Wiersholm zuckte mit den Schultern.

»Und was ist mit Hjalmar Holst?«, fragte Edvard. »War das auch nicht so schlimm?«

»Was? Was sagen Sie da?«

»Hjalmar Holst«, wiederholte Edvard. »Die Nachtwache damals in Gaustad. Sie haben auch ihn getötet, und dieser Mord ist nicht verjährt.«

Wiersholm wurde blass.

»Sie konnten die Leichen nicht ohne Hilfe austauschen«, fuhr Edvard fort. »Ich wusste zwar, dass Holst in der Gaustad-Klinik gearbeitet hat, habe den Zusammenhang jedoch nicht gleich erkannt. Er hat sogar eine Nachricht hinterlassen, ich war nur zu dumm, sie zu verstehen. *Der Weg zur Erlösung führt über das leere Grab. Wer seine Sünden bekennt, wird Vergebung und Gnade finden,* hatte er auf einen Zettel geschrieben. Aber nicht das leere Grab Jesu war gemeint, sondern das Massengrab an der Riis-Kirche. Und das Bekenntnis der Sünden, über das er nachdachte, war keine Zwiesprache mit Gott, nicht wahr? Er hatte sich vorgenommen, nach all diesen Jahren zu gestehen.«

Daniel Wiersholm schien nicht länger mitspielen zu wollen.

»Der ist komplett durchgedreht, als er im Fernsehen von der Öffnung des Grabes erfahren hat«, sagte er. »Für ihn war das ein Zeichen des Herrn. Er hat mich aufgesucht und mich bedrängt, gemeinsam mit ihm ein Geständnis abzulegen.« Die Verachtung in seiner Stimme war nicht zu überhören.

»Ich weiß, dass er nach Bergen gereist ist. Wissen Sie eigentlich, dass wir überlegt haben, ob er etwas mit dem anderen Fall zu tun hatte?« Edvard lachte kurz. »Das hat mich für eine Weile ziemlich verwirrt. Aber Holst war einzig und allein in Bergen, um mit Ihnen zu reden. Ich habe die Taxiquittung gefunden, aus der hervorgeht, dass er am 7. November hier abgeholt und ins Zentrum gefahren worden ist. Was mich allerdings letztendlich überzeugt hat, dass Sie ihn ermordet haben, war, dass Sie einen Volvo SUV fahren und in der Nacht, in der Holst erschossen wurde, in Fagernes vollgetankt und mit Ihrer Kreditkarte bezahlt haben.«

»Das sind nicht gerade schlagende Beweise.«

»Vielleicht nicht«, sagte Edvard. »Doch vermutlich finden wir hier bei Ihnen das Gewehr, und es wird sich herausstellen, dass das tatsächlich die Waffe ist, mit der Holst erschossen wurde.«

Wiersholm antwortete nicht, aber Edvard sah, wie seine Haltung sich veränderte, als sackte er in sich zusammen.

»Sie wussten, dass er pädophil war?«, fragte Edvard nach einer Weile. »Haben Sie das damals ausgenutzt, damit er Ihnen hilft? Haben Sie damit gedroht, ihn zu verraten?«

»Er war ein widerliches Schwein, das niemand vermissen wird.«

»Mir ist früher schon einmal aufgefallen, dass andere Menschen für Sie oft wertlos sind«, sagte Edvard. »Fällt Ihnen das Töten deshalb so leicht?«

Sie blieben still sitzen und sahen sich an. Edvard erkannte die Ähnlichkeit zwischen ihnen. Vater und Sohn. Plötzlich kam es ihm richtiggehend seltsam vor, dass diese Ähnlichkeit nicht schon anderen aufgefallen war. Oder ihm, Wiersholm. Körperbau, Kopfform, Kieferpartie und die etwas tiefliegenden Augen waren beinahe identisch. Edvard hatte den dunklen Teint seiner Mutter, aber der Rest war von seinem Vater. Sie brauchten keinen DNA-Test, das war mit bloßem Auge zu sehen.

Edvard hatte eigentlich vorgehabt, ihm das zu sagen, ihm diese Tatsache an den Kopf zu werfen. Ihm einen Spiegel vorzuhalten, damit er endlich ein schlechtes Gewissen bekam. Er hatte sich darauf gefreut, ihn zu schockieren und die Scham in seinen Augen zu sehen, erkannte jedoch, wie vergebens diese Hoffnung war. Andere Menschen würden in Daniel Wiersholms Leben nie mehr als Nebenrollen erhalten.

Mit einem Mal verkraftete er den Anblick des Mannes nicht mehr, der regungslos auf der anderen Seite des Tisches saß. Er war ihm von ihrer ersten Begegnung an unsympathisch gewesen. Es spielte keine Rolle, ob er sein biologischer Vater war, er spürte weder Verwandtschaft noch Sympathie. Edvard stand auf und drehte ihm den Rücken zu.

Das ohrenbetäubende Klirren des Weinglases, das auf dem Parkett zersprang, zerriss die Stille, und Edvard drehte sich um, aber Wiersholm saß noch immer in seinem Sessel. Er schien sich überhaupt nicht bewegt zu haben.

Die Art, wie er dasaß, war irgendwie merkwürdig. Er war nach rechts gekippt, und die Finger seiner linken Hand öffneten und schlossen sich. Edvard beugte sich vor. Ein Auge war weit aufgerissen, das andere halb geschlossen. Speichel rann aus dem Mundwinkel des Psychiaters.

Edvard nahm wieder Platz. Und blieb lange sitzen. Die ganze Zeit über starrte das eine, weit geöffnete Auge seines Vaters ihn an. Es erinnerte ihn an den gefangenen Raubvogel, den er einmal gesehen hatte, einen Adler in einem Käfig. Die gleiche gedankenlose Wildheit, die gleiche verzweifelte Sehnsucht nach Freiheit.

Edvard spürte, wie müde er war. Ein paar Mal versuchte Daniel Wiersholm, etwas zu sagen, aber es kamen nur unverständliche Laute aus seinem Mund. Nach einer Viertelstunde, vielleicht auch einer Stunde, rief Edvard den Rettungswagen.

»Ja«, sagte er. »Ohne Zweifel ein Schlaganfall. Sie müssen sofort kommen. Es eilt.«

Kapitel 75

Mit einem Mal wurde er unsicher. Alle Häuser sahen gleich aus. Dunkel gebeizte Fertighäuser mit asphaltierten Einfahrten und gepflegten Beeten. Edvard schämte sich etwas, dass er sich die Adresse nicht gemerkt hatte. Verstohlen warf er einen Blick auf den Briefkasten und war erleichtert, doch sein Ziel erreicht zu haben. Trotzdem zögerte er. Es roch nach Gegrilltem, und er hörte fröhliche Kinderstimmen.
Er riss sich zusammen, ging die wenigen Meter zur Haustür und klingelte. Wartete und hörte trippelnde Kinderfüße. Die Tür flog auf, und zwei Augen sahen ihn erschrocken an.
»Hallo ‚Therese«, sagte er.
»Wer ist es?«, fragte eine Frauenstimme, und als sie keine Antwort bekam: »Therese, wer ist es denn?«
»Onkel Edvard«, rief sie, drehte sich um und schoss davon.
Am liebsten hätte Edvard das Gleiche getan. Der Umriss von Bjørn tauchte auf dem Flur auf und erfüllte die Tür. Er wirkte etwas fülliger, als Edvard ihn in Erinnerung hatte.
»Edvard?«
Bjørn blieb stehen und schwieg. So lange, dass Edvard unruhig wurde.
»Es tut mir leid«, sagte er. »Ich wollte nur sagen, dass …«
Er wusste nicht, was er sagen wollte. Bjørn trat einen Schritt zurück.
»Komm doch rein«, sagte er.

Sie hatten im Garten Würstchen und selbstgemachte Burger gegessen, und als die Kinder im Bett waren, holte Bjørn ein paar Bier.

»Warum bist du gekommen?«

Edvard spürte die kalte Flasche in der Hand und trank einen Schluck, bevor er antwortete. »Wir haben uns immer am Sprinter getroffen, weißt du noch?«

»Am Stadion?«

»Ja, ich war per Zufall beim Spiel gegen Rosenborg. Und plötzlich kam mir in den Sinn, wie das gewesen ist, damals, als Vater uns immer mitgenommen hat.«

»Ins Stadion«, sagte Bjørn nachdenklich. »Da war ich seit Jahren nicht mehr. Kaum zu glauben, dass du den Sieg gegen Rosenborg mitgekriegt hast.«

»So ganz mitgekriegt habe ich den nicht«, sagte Edvard. »Ich musste in der Pause gehen.«

Kurz bevor die Sonne unterging, stand Edvard auf und nahm seine Jacke, die er im Flur an die Garderobe gehängt hatte. Als er durch den Garten ging, hing die Sonne wie eine rot leuchtende Kugel direkt vor ihm. Edvard nahm sein Handy heraus und sah nach, wie spät es war. Er hatte einen unbeantworteten Anruf. Victoria.

Kapitel 76

Tommys Blick fiel auf die blauen Blumenvasen neben der Eingangstür. Wie immer waren die Blumen frisch. Seine Mutter wusste über seine Verletzung Bescheid, und das Krankenhaus hatte sie über seinen Zustand auf dem Laufenden gehalten. Eigentlich hatte er erwartet, dass sie ihn einmal besuchen würde, aber vermutlich war es im Frühjahr nicht so leicht, mal einen Tag freizubekommen. Es standen dann ja so viele Examen an. Andererseits, dachte er, ist es ganz in Ordnung, dass sie nicht gekommen ist. Sie konnte ohnehin nichts tun, und er wusste, wie sehr sie das Gefühl der Ohnmacht verabscheute. In diesem Punkt verstand er sie. Trotzdem hatte er sich in einem schwachen Augenblick nach ihr gesehnt.
Sie hatte sich nicht verändert. Ihr Gesicht war ein weißes Blatt Papier, vollkommen unvorhersehbar. Jederzeit bereit, die widersprüchlichsten Emotionen auszustrahlen.
»Soso, du bist also wieder auf den Beinen.« Die Stimme seiner Mutter traf ihn.
»Ich habe mich gefragt, wie es dir geht. Wir haben uns ja lange nicht gesehen, und du gehst nie ans Telefon.«
Sie wandte ihr Gesicht ab und nahm die Kaffeetasse, die vor ihr stand. »Ich habe im Augenblick einfach keine Lust, mit irgendwem zu reden.«
»Aber Mama, ich mache mir Sorgen, wenn ich dich nicht erreiche, das verstehst du doch wohl. Dir hätte doch etwas zugestoßen sein können …«
Sie trank einen Schluck und unterbrach ihn. »Du warst schon immer so ein Quälgeist, Tommy. Konntest mich nie in Frieden lassen. Wenn du wüsstest, wie viel ich für dich geopfert habe. Es

war vollkommen unmöglich, zu jemandem ein normales Verhältnis aufzubauen. Immer musstest du die Männer, mit denen ich zusammen war, bedrängen, bis sie es irgendwann nicht mehr ausgehalten haben und verschwanden.«

Tommy starrte sie an. Er verstand nicht, was er jetzt schon wieder gesagt oder getan hatte, das sie so aggressiv machte. Sein Gesicht begann sich unkontrolliert zu bewegen. Seit seiner Kindheit litt er unter diesen Zuckungen. Er hörte seinen eigenen Atem.

»Ich weiß noch, wie du dir in die Hosen gemacht hast, nur um Aufmerksamkeit zu bekommen.«

Ihr Gesicht nahm wieder den altbekannten harten Ausdruck an, als wäre ihre Haut eine Nummer zu klein. Tommy ahnte, was jetzt folgte. Die alte Leier, dass er ihrer Karriere, der Liebe, allem, im Weg gestanden hatte. Dass ihr Leben vollkommen anders verlaufen wäre, hätte es ihn nicht gegeben. Er spürte den Knoten in seinem Bauch. Seine Verdauung funktionierte seit den Messerstichen nicht mehr richtig. Manchmal hatte er den Eindruck, dass irgendetwas da drinnen auf immer kaputt war. Die Ärzte hatten gesagt, dass er wieder ganz gesund werden würde, aber er wusste nicht, ob sie die Wahrheit sagten. Er musste aufs Klo, wagte es aber nicht zu gehen, bevor seine Mutter ausgeredet hatte, bis sie all ihren Frust und ihre Wut losgeworden war.

Anschließend konnten sie dann miteinander reden, wenn auch nur über einfache, ungefährliche Themen. Ihre Gespräche waren wie ein Gang über ein Minenfeld, er wusste nie, auf was sie wie reagierte. Als er gehen wollte und sich zu ihr nach unten beugte, um sie zu umarmen, wendete sie sich ab.

In der U-Bahn nach Hause saß er zwei Mädchen gegenüber. Sie waren vielleicht siebzehn oder achtzehn, trugen enge Jeans, bauchfreie T-Shirts mit tiefen Ausschnitten, so dass ihre Brüste fast herausquollen. Tommy fing den Blick einer der beiden auf, zog eine Augenbraue hoch und lächelte. Ihre Augen wichen ihm aus.

Die Bahn näherte sich der Station, an der er aussteigen musste. Er stand auf, ging zur Tür, fühlte ihre Blicke im Nacken und hörte eine Explosion aus Kichern hinter sich.

Als er auf dem Bahnsteig stand und die hell erleuchteten Wagen im Dunkeln verschwinden sah, zitterten seine Hände vor Wut.

Nachwort

Das Massengrab, der Ausgangspunkt dieses Buches, existiert tatsächlich. Einige Leute behaupten, die Behörden hätten nicht die ganze Wahrheit über dieses Grab gesagt. Ich kann nicht beurteilen, ob oder inwieweit das stimmt, und habe mich nicht weiter mit den Gerüchten auseinandergesetzt, die sich um das Grab und die Tätigkeiten in der Gaustad-Klinik im vorigen Jahrhundert ranken.

Dass dort, wie im Buch erwähnt, Lobotomie praktiziert wurde, ist hingegen belegt, wobei die Zahl der Fälle und der daraus resultierenden Todesfälle umstritten ist. Ohne Frage war der Eifer, mit dem diese Methode in der Psychiatrie angewendet wurde, eine absolute Schande, und das Gleiche gilt für die Behandlung, die viele Zigeuner erfuhren, sowohl in als auch außerhalb der Psychiatrie.

Das Grab ist in Wirklichkeit nie geöffnet worden. Das ist reine Fantasie. Ich konnte mich der Idee einfach nicht entziehen.

Dass Brann Rosenborg am 20. März 2011 mit 2:1 besiegt hat, ist hingegen kein Hirngespinst. Die Wahrheit ist eben manchmal wie ein Traum.

Herzlichen Dank an Professor Inge Morild vom Gades-Institut und an Margurethe Stenersen vom Folkehelseinstitut. Ihre Unterstützung und Hilfe waren sehr wichtig für mich. Und wenn ich etwas missverstanden habe, ist das nicht ihr Fehler.

Bergen, 5. Dezember 2011
Chris Tvedt

Der Bestseller aus Skandinavien

TORKIL DAMHAUG

Feuermann

ROMAN

April 2003: In Oslo kommt es zu einer rätselhaften Serie von Brandanschlägen, eine junge Frau verbrennt. Kommissar Horvath und sein Freund, der Journalist Dan-Levi, jagen den wahnsinnigen Pyromanen – den Feuermann, der an die reinigende Kraft der Flammen zu glauben scheint. Doch sie können ihn nicht fassen. Erst acht Jahre später werden die Gespenster der Vergangenheit plötzlich wieder lebendig.

Mit äußerster Präzision stellt Torkil Damhaug die Abgründe der norwegischen Gesellschaft dar und versteht es meisterhaft, den Leser immer wieder auf falsche Fährten zu locken.

Ausgezeichnet mit dem Rivertonprisen, dem wichtigsten norwegischen Krimipreis.

Die Bestseller aus Dänemark der Hammer-Geschwister

LOTTE HAMMER • SØREN HAMMER

Schweinehunde

ROMAN

Wer sind die Toten, die von zwei Schulkindern in einer Turnhalle entdeckt werden? Was haben die fünf Männer verbrochen, dass sie so brutal ermordet wurden?
Dänemark steht unter Schock. Kommissar Konrad Simonsen und sein Team müssen den Mörder finden, bevor eine Hetzjagd das Land erschüttert.

Das weiße Grab

ROMAN

Ein perfider Killer hat sein Opfer im grönländischen Inlandeis vergraben. Kommissar Konrad Simonsen nimmt die Ermittlungen auf. Schnell wird klar, dass der Fund auf Grönland mit einer Mordserie in Dänemark vor einigen Jahren zusammenhängt. Und damals hat Simonsen einen fatalen Fehler begangen, der seine Kollegin Pauline nun in die Fänge des wahnsinnigen Frauenmörders treibt …

»Man watet durch menschliche Abgründe, aber das auf sensationell hohem Niveau.« *WDR*